Warum nicht?

Scherbenparadies

Katya Bosse

Warum nicht?

Scherbenparadies

Bibliografische Information der Deutschen Nationalbibliothek:
Die Deutsche Nationalbibliothek verzeichnet diese Publikation
in der Deutschen Nationalbibliografie; detaillierte bibliografische
Daten sind im Internet über www.dnb.de abrufbar.

©2015 Katya Bosse

Herstellung und Verlag:
BoD – Books on Demand, Norderstedt

ISBN 978-3-73478780-5

Inhalt

Prolog	7
Sturm und Drang	9
Gewalt und Zärtlichkeit	26
Vernunft und Wahnsinn	93
Danksagung	239

Prolog

„Nix Kinder, Maschine…" Mit diesen Worten hielt die tschechische Krankenschwester den Telefonhörer ungläubig in der Hand. Schnell nickte ich auffordernd, damit sie den Hörer nicht wieder auflegte.
Dann hielt sie ihn mir ans Ohr, und ich versuchte deutlich und nicht gequält zu klingen: *„Hallo meine Süßen, hier ist Mami. Macht euch keine Sorgen, ich bin in Marienbad im Krankenhaus. Nichts Schlimmes, nur der Rücken ist kaputt. Hab euch lieb."*
Nichts Schlimmes - ich war bloß total im Eimer: Gehirnerschütterung, Arm, Hand und Schlüsselbein gebrochen, Blutungen im Bauch, Gesicht verbrannt und die Wirbelsäule zertrümmert. Oh Gott!
Ich war nur froh, dass ich meine Kinder endlich nach fünf Stunden informieren konnte. Sie machten sich doch Sorgen, wenn die Mami nicht nach Hause kommt. Um mit der *„Maschine"* sprechen zu können, hatte ich sogar eine Zigarette in Kauf genommen, die ich gar nicht wollte, aber sonst wäre nie eine Kommunikation zustande gekommen. Die hatten mich doch links liegen gelassen, wahrscheinlich weil sie meiner und ich ihrer Sprache nicht mächtig waren.
Stundenlang lag ich nackt und vollgekotzt im stickigen, dunklen Zimmer. Selbst meiner Bettnachbarin, einer älteren Dame, war ich im Weg. Sie beschimpfte mich, weil ich eine Deutsche bin.
Was sollte ich nur machen? Ich war ausgeliefert und hilflos. Die Ärzte hatten mir zuerst gar nicht geglaubt, als ich ihnen sagte, dass mein Rücken gebrochen wäre. Ich musste zur Untersuchung gehen! Erst nach dem ich Röntgen hatten sie das Malheur festgestellt. Da hieß es plötzlich: strengste Bettruhe, nicht bewegen.
Zum Glück hatte ich meiner inneren Stimme vertraut: *„Mach dich steif!"* Wer weiß…
Als die Schwestern mein Krankenbett nach dem ersehnten Telefonat mit der Maschine zurück ins Zimmer geschoben hatten, war ich beruhigter, im Halbschlaf harrte ich dessen, was noch kommen wird.

Sturm und Drang

Schon die erste Frage: „Ist unter euch jemand Raucher?", forderte mich heraus, meine neu gewonnene Freiheit zu verteidigen.

Auf dem Internatshof schauten sich alle zukünftigen Studentinnen zögernd um.

„Ich hatte eine deutliche Frage gestellt", erinnerte uns die pummelige, ältliche Rektorin und schaute uns eindringlich durch ihre Hornbrille an.

Aha, Aussortierung! Allein die Wortwahl: „jemand"! Also hoffentlich niemand oder wie?!

„Ich", hob ich mich trotzig von den anderen hervor. Alle beäugten mich skeptisch. So ganz wohl fühlte ich mich in diesem Moment nicht. Kurz darauf ertönten noch weitere zaghafte „Ich's". Mutig schaute ich der Rektorin provokativ in die Augen (Na, was willst du von mir?)

Frau Schraube, unsere Wohnheimleiterin erklärte uns Rauchern, dass auf den Zimmern und im übrigen Internat sowie in der Akademie striktes Rauchverbot herrsche. Doch gäbe es auf jeder Etage des Wohnheims Raucherzimmer, die wir doch bitte benutzen sollten - na, wenn es weiter nichts ist!

Um unser Outing zu demonstrieren, sammelten sich die Raucher für eine schnelle Zigarette, während die anderen zur Eröffnungsveranstaltung trudelten. Während dieser Raucherpause lernte ich gleich meine neuen Interessenvertreter kennen, die später auch meine dicken Freundinnen wurden: Karo, Daggi und Heini (vom Nachnamen Heinrich abgeleitet). Gemeinsame Neigungen schweißen zusammen.

Die Stimmung lockerte im „Raucherclub" auf, und wir wurden vertrauter. Karo hatte wie ich ein „wohlerzogenes" Leben genossen. Sie galt zu Hause als die Brave.

Durch unsere annähernden Gespräche stellte ich fest, dass Daggi und Heini, die sehr selbstsicher waren, schon viel mehr Erfahrungen hatten in Hinsicht auf Weggehen und Alkohol. Gut, so fand ich gleich meine Begleiter in die neue Freiheit. Von ihnen erhoffte ich mir Unterstützung bei meinen neuen Unternehmungen. Nun konnte ich endlich ausgehen, trinken, rauchen und „Männerbekanntschaften" schließen, ohne die ständige Kontrolle und den einengenden Vorschriften meines Vaters! Zufrieden darüber, die erste eigene, große Entscheidung Vati gegenüber durchgesetzt zu haben, fieberte ich meinem neuen Lebensabschnitt entgegen.

Ohne Vatis Kontrollen und Vorschriften konnte ich nun eigenverantwortlich studieren, im Internat wohnen und LEBEN!

Ich fühlte mich ein bisschen erwachsener und freier, aber auch etwas unsicher.
Vati brauchte ich nicht – das wollte ich mit aller Macht beweisen.
In neugieriger Gespanntheit wollte ich die Eigenverantwortung wagen – warum nicht?
Kichernd setzten wir uns nach unserer „Gesprächsrunde" in den Vorlesungsraum zu den anderen Kommilitoninnen.
Mann, waren das viele - das wurde mir erst jetzt richtig bewusst. Wir wurden in vier Seminargruppen eingeteilt mit jeweils fünfundzwanzig Mädchen. Ich kam in die SG eins, die Chorgruppe. Zum Glück teilten mit mir auch meine neuen Freundinnen das Vergnügen, in dieser Seminargruppe zu sein. Da konnte es ja nicht so schwer fallen.
Die Regeln der Fachakademie und des Internats, die verschiedenen Fachbereiche und die Dozenten wurden uns vorgestellt. Der Einfachheit wegen betitelten wir die Akademie als Schule und die Dozenten als Lehrer, sollte doch unser Studium in Schulform verlaufen: Anwesenheitspflicht und Unterrichtseinheiten.
Zum besseren Kennenlernen sollten wir drei Wochen im Internat bleiben, ohne an den ersten Wochenenden nach Hause zu fahren. So lange war ich noch nie von zu Hause weg. Nach der Eröffnungsveranstaltung wurden wir im Wohnheim in die verschiedenen, geschmackvoll möblierten Zimmer, jeweils eine ganze Seminargruppe auf einer Etage, und zimmerweise für den Wochenputzplan (Toiletten, Duschen, Waschraum, Fernsehraum und Küche) eingeteilt.
Ich musste mein neues Heim mit der Tochter vom Kreisschulrat, Katrin, teilen. Mit ihr sollte ich auch eine Praxisgruppe bilden.
Um alles zu verdauen, steckte ich mein altes Radio, das ich von Vati mitbekommen hatte, an, drehte es auf, suchte einen passenden Sender und legte mich in mein Bett. Auf UKW war der beste Empfang, aber auf Kurzwelle die beste Musik: Radio Luxemburg. Begierig sog ich schon als Kind die westlichen Klänge auf und hoffte zudem, Kontakte von Außerirdischen zu hören. Überall auf dem Kanal waren Morsezeichen zu hören, die leider auch den Empfang beeinträchtigten. Damals lernte ich auch das Morsealphabet, doch ich war zu langsam, um irgendetwas zu verstehen. Also nutzte dieser alte Kasten nur für die Musik – Bayern drei und Radio Luxemburg, dafür war er ja da.
Ich hatte mich für unten im Doppelstockbett entschieden. Ermattet kuschelte ich mich an meinen Stoffhund Schnuffi und streichelte Muttis Bettpüppchen mit dem riesigen, grünen Schaumstoffrock. Wie beim Abschied von meinen Eltern liefen mir erneut die Tränen herunter. Es war doch nicht so einfach, ohne Mutti zu sein. Sie fehlte mir schon jetzt. Werden sie und meine Schwester Kirsten mit Vati zurechtkommen? Schaffe ich die ersten drei Wochen? Erstaunlicher Weise vermisste ich auch die angenehme Baritonstimme meines Vaters, die verschiedene Lieder wie: „Wenn ich einmal reich wär'" oder „Im tiefen Keller..." zum Besten gegeben hatte.
Nachdem ich mich ausgeheult hatte, ordnete ich meine Kleidung in den Schrank und schaltete das alte Radio aus.
Nun schwieg es, und ich zog mit Katrin los, um die auf einer Liste stehenden Fachbücher und die Essensmarken für das Frühstück und das Mittagessen zu besorgen. Das Früh-

stück kostete fünfzig Pfennig und das Mittagessen fünfundsiebzig Pfennig, in dessen Genuss wir gleich anschließend kamen. Schmackhaft und ausreichend; wir durften sogar nachholen und Kompott als Dreingabe. Unterkunft und Essen waren also fast geschenkt. Abzüglich der Essensmarken und der monatlichen fünf Mark Internatsunterkunftskosten hatte ich einhundertdreißig Mark Stipendium im Monat übrig! So viel Geld hatte ich noch nie.

Davon mussten nur noch die ermäßigten Fahrtkosten, zirka zwanzig Mark, das Abendbrot und natürlich die Zigaretten bestritten werden. Letzteres war der teuerste Part von allem bei einem Preis von drei Mark und zwanzig Pfennig für eine Schachtel! Aber noch rauchte ich nicht viel. Das wäre doch zu schaffen!

Während unserer Einführungszeit wurden gleichzeitig die Lehrer aus dem ganzen Bezirk fortgebildet. Als Katrin und ich über das Schulgelände liefen, stand gerade ein Trüppchen Lehrer beieinander.

Ich musste zweimal hinschauen: Das war doch... mein Teenieschwarm! Mein Russischlehrer aus der fünften Klasse! Ich konnte es nicht fassen - in ihn hatte ich mich damals verliebt?! Ich war mittlerweile einen Kopf größer als er, und meine Körpergröße hatte nicht gerade Modellmaße! Außerdem verrieten seine ergrauten Haare ansatzweise sein Alter. Blitzartig errötete ich, als ich merkte, dass er mich entdeckte. Wir unterhielten uns kurz und wünschten uns gegenseitig alles Gute. Seine ausgestrahlte Wärme hielt mich etwas in den Erinnerungen fest, ja – bei ihm hatte ich mich aufgehoben gefühlt. Er war nett gewesen und hatte meine schulischen Leistungen anerkannt, an mich geglaubt. Allerdings war das „lange" her, vor fünf Jahren. So vergeht eben die Zeit.

Die drei Kennenlernwochen gingen relativ rasch vorüber. Mit Katrin funktionierte es gut, Daggi, Heini und Karo sehnten mit mir den ersten Ausgang herbei - der Genuss der Unabhängigkeit von Vati.

Den ersten „Beweis" der Freiheit lieferte ich mir, indem ich mir Ohrlöcher gestochen hatte, denn Vati hatte mir Ohrringe verboten. Ich seifte eine dünne Nähnadel ein, drückte einen Korken hinter das Ohrläppchen und stach zitternd durch. Allerdings passten die Kreolen nicht durch die hauchdünnen Löcher, sodass ich mit einer stärkeren Nadel nachstechen musste. Es tat ein bisschen weh, denn ich hatte viel zu langsam gestochen. Ich stellte mich ziemlich blöd an (war ja auch das erste Mal), jedenfalls bekam ich die Stopfnadel nicht mehr aus dem Ohr. Um Hilfe jammernd rannte ich durchs Internat. Die Mädchen kreischten bei meinem Anblick - mir zu helfen, traute sich keiner. Nur Karo fasste sich ein Herz. Ich hatte letztendlich die schönsten Ohrringe der Welt! Meine Ohrläppchen entzündeten sich nicht einmal. Ich war der geborene Ohrlochstecher!

Auch als Studentin stellte ich mich nicht schlecht an. Während der Vorlesungen stellte ich fest, dass mir die ganze „Geschichte" Spaß machte, ich begriff schnell und die angebotenen Themen (Pädagogik, Psychologie, Marxismus/Leninismus, Praxisvorbereitung etc.) interessierten mich.

So lief es wieder einmal unbeschwert für mich, ich lernte im Schlaf und erzielte die besten Noten. Der Unterricht ging täglich von acht bis zirka sechzehn Uhr, einschließlich Gitarrenunterricht, Chor und natürlich die einstündige Mittagspause, die uns genügend Zeit gab, um anständig und gut zu essen und bei ein bis zwei Zigaretten zu entspannen. Samstags war schon gegen elf Uhr Schluss, dann konnte es nach Hause gehen! Mit dem Studentenausweis bekamen wir Ermäßigung für die Bus- und Zugfahrscheine. Außerdem erhielten wir in Museen, Ausstellungen und verschiedenen Veranstaltungen ermäßigten Eintritt. Nur war bei mir das Geld immer irgendwie knapp, sodass ich mich den Trampern anschloss. Erstens sparte ich somit Geld und zweitens war ich schneller zu Hause. Denn auf den Bus zum Bahnhof musste man schon eine Weile warten.
Das Trampen war überhaupt kein Problem, wir mussten nie lange an der Straße stehen, und ich lernte viele nette Menschen kennen. Vati durfte davon jedoch nichts wissen, denn er war der Meinung, es wäre viel zu gefährlich. Dass er Recht behalten sollte, erfuhr ich erst auf späteren Tramptouren.
Die öffentlichen Verkehrsmittel benutzte ich auf der Rückfahrt von zu Hause bis ins Internat. Manchmal fuhr mich auch Mutti mit unserem Trabbi zurück in die Fachakademie. Bei dieser Gelegenheit konnte ich weitere persönliche Dinge wie meinen in Ehren gehaltenen, von meinen Eltern zum Geburtstag geschenkten Plastik- Plattenspieler, meine Langspielplattensammlung und Bücher mitnehmen. Meine Kleidung hatte ich schon größtenteils im Internat. Diese durfte ich sowieso nicht zum Waschen nach Hause bringen. Ich wäre erwachsen genug, meinte Vati.
Im Internat war ein Waschraum mit Waschmaschinen, die wir gratis benutzen durften. So viel Wäsche ließ ich jedoch nicht zusammenkommen, ich wusch meine Sachen mit der Hand im Waschbecken, so wie es Vati mir gelernt hatte. Demnach war mein Reisegepäck nach Hause ziemlich gering.
Nachmittags half ich meinen Mitstudentinnen beim Verarbeiten des Erlernten, darin war ich ja schon geübt, und wir spielten gemeinsam Gitarre, besonders gerne „House of rising sun", „Sag mir wo die Blumen sind", „Lola", „Lady in black" und viele selbstgeschriebene Liebeslieder, sogar zweistimmig. Karo und ich harmonierten stimmlich super miteinander, sodass wir oft zweistimmig sangen und die anderen uns lauschten. An den freien Nachmittagen besorgten wir auch Nahrungsmittel, etwas zum Naschen, natürlich Zigaretten, erweiterten unsere Plattensammlungen und kauften verschiedene Bücher sowie Fachliteratur.
Im Ort gab es den besten Joghurt, der jemals meinen Gaumen berührte. Er wurde in der ansässigen Molkerei produziert. Um ihn zu besorgen, stiefelten Karo und ich los. Da ich ohne Brille, die ich nur im Unterricht oder im Dunkeln aufsetzte, nicht viel sehen konnte, war ich froh, Karo dabei zu haben, denn so grüßte ich wenigstens nicht die falschen Leute. An der Kinoecke sah ich ihn: groß, muskulös, lockige schwarze Haare, süße Augen und ein bezauberndes Lächeln. Mein Herz schlug Kapriolen.
Nun ging ich jeden Tag am Kino vorbei und jeden Mittwoch in die Diskothek, nur um ihn zu treffen. Einmal stand er wieder am Kino, er wartete auf den Bus. Zitternd fragte

ich ihn, wie er heiße und ob ich ihn zum Tanz wieder treffen könnte. Maxi willigte ein. Ich war glücklich!

Während der Disko quatschten und tanzten Maxi und ich oft miteinander. Mir sackten vor Aufregung fast die Beine zusammen. Ich erfuhr in unseren Gesprächen, dass er acht Jahre älter als ich war. Ich hatte ihn viel jünger eingeschätzt!
Meine Enttäuschung war groß, als er mir eröffnete, dass er verlobt war, noch dazu mit einer Studentin aus dem 3. Studienjahr! Trotzdem buhlte ich, was das Zeug hielt. Das lockte leider auch andere Männer an, von denen ich überhaupt nichts wissen wollte, zumindest nicht sexuell. Ich war der Meinung, sie akzeptierten dies und empfand sie als Kumpels.
Karo verliebte sich in Zicke. Um ihn zu treffen, wurde sie meine ständige Begleiterin. Auch wenn wir gar zu ausgelaugt vom Tag waren, zur Disko ging es immer noch. Zicke versuchte sein Glück bei mir, erfolglos. Erstens war er gar nicht mein Typ und zweitens überhaupt – mit meiner Freundin zusammen. Wütend pöbelte er mich an. Ich würde doch sonst auch mit jedem ins Bett steigen. Oops, wie kommt er auf so etwas? Ich beschwere mich bei meinen Freundinnen, war ratlos, enttäuscht, gekränkt. Sie brachten mich zur Überzeugung, dass die Männer so etwas nur behaupteten, um anzugeben und um ihr Ego zu stärken. Solche unreifen Naivlinge konnten einem durch ihr unüberlegtes Prahlen ganz schön den Ruf vermiesen!
Nur konnte oder vielmehr wollte ich den Mädels nicht gestehen, dass ich noch nie Geschlechtsverkehr hatte. Ich gab mehr oder weniger mit meiner „Sex-Erfahrung" an, bloß um eine von ihnen zu sein. Dies zeugte von keiner größeren Reife als von den Herren, die mit dem angeblichen Sex mit mir prahlten.
Ein Zurück meinerseits gab es nicht, ich hätte mich geschämt, zumal mein ausgestopfter Busen ja auch nur Vortäuschung falscher Tatsachen war! Mit diesen Lügen musste ich wohl leben.

Ein- bis zweimal abends in der Woche testeten Daggi, Heini, Karo und ich die ansässigen Kneipen. Netter Weise wurden wir von den Wirtshausbesuchern sehr oft eingeladen, sodass uns die Kneipengänge fast nichts kosteten.
Jedoch für mich war es peinlich: ich vertrug nicht viel Alkohol. Nach dem zweiten Bier „lag ich schon unter dem Tisch". Da hieß es für mich: üben, üben, üben! Allerdings brachte mir dieses Üben auch bald, hinter vorgehaltener Hand, einen Spitznamen ein.
Nach dem zweiten Bier einer „Übung" musste ich auf die Toilette. Auf dem Rückweg zum Biertisch fühlte ich in der Tasche meiner geliebten, selbst gekauften, roten Jacke einen Faden. Ich wickelte ihn um den Zeigefinger, um ihn abzureißen. In meinem Rausch merkte ich gar nicht, wie locker dieser Faden war. Am vollbesetzten Tisch angelangt zog ich mit einem Ruck den Faden heraus. Bis ich mit meinem verlangsamten Reaktionsvermögen registrierte, dass an dem Faden etwas baumelte (zum Glück nicht benutzt), hatte ich schon die Aufmerksamkeit der ganzen Kneipe auf mich gezogen. So kam ich zu dem

Spitznamen „Tampon" (sonst nannte man mich einfach nur Kathy). Meine Freundinnen kicherten, hakten mich unter und beförderten mich schnellstens ins Internat. Selbst im Rausch merkte ich an meinem heißen Gesicht, wie peinlich die Situation für mich war, leider zu spät. Mit dem neuen Spitznamen musste ich fortan leben.

Die Zeit, die ich zum Buhlen um Maxi und zur Alkoholgewöhnung hatte, musste clever durchdacht sein.. Im ersten und zweiten Semester bekamen wir laut Wohnheimordnung nur bis einundzwanzig Uhr Ausgang, einmal in der Woche konnte verlängerter Ausgang bis einundzwanzig Uhr fünfundvierzig (komische Festlegung) genehmigt werden. Die Einhaltung der Regeln wurde von drei Pförtnern abwechselnd kontrolliert. Das Wohnheim war ab einundzwanzig Uhr verschlossen. Ab dem 18. Lebensjahr wurde der verlängerte Ausgang bis zweiundzwanzig Uhr fünfundvierzig für zweimal in der Woche erweitert und zweimal wöchentlich konnte vom Gruppenrat und der Seminargruppenleiterin Nachturlaub genehmigt werden. So viel zur neuen Freiheit!
Wir waren aber nicht auf den Kopf gefallen. Wie in jeder Etage befanden sich auch im Erdgeschoss des Internats Gemeinschaftstoiletten. Die hinterste schlossen wir ab und stiegen aus dem Fenster ins Freie. Das erwies sich als sehr einfach, denn vor dem Fenster befand sich nur weicher Rasen, in dem wir keine verdächtigen Spuren hinterlassen konnten. Nachdem wir das Fenster von außen wieder fest angelehnt hatten, blieb uns der Rückweg offen. Eine Zeit lang ging dies gut, aber man ist uns auf die Schliche gekommen, nur wusste die Wohnheimleiterin, Frau Schraube, nicht, wer die Flüchtenden waren, denn sie lauerte uns nicht auf, sondern öffnete die dauernd verschlossene Toilettentür und verriegelte das Fenster, für immer!
Wir schauten nicht schlecht, als der Rückweg ins Wohnheim versperrt war. Wenn wir erwischt worden wären, dann hätte es für einen Monat Ausgangssperre gegeben! In unserer Verzweiflung klopften wir an ein Fenster, aus welchem Licht schimmerte. Kerstin aus dem zweiten Studienjahr ließ uns ein, ihre Zimmerkollegin schlief. Flüsternd bot Kerstin uns sogar an, ihr Fenster weiterhin zu benutzen. Darüber waren wir natürlich sehr erfreut, wir bedankten uns und schlichen auf unsere Zimmer. Meine Mitbewohnerin Katrin murrte und schimpfte über meine Lebenseinstellung. Es war mir jedoch relativ egal, Hauptsache, sie verpetzte mich nicht! Ich beschwichtigte sie - dafür würde ich morgens zum Bäcker gehen. Ich ging zum Bäcker, Katrin hielt dicht.
Wenn wir Kerstin Bescheid gaben, lehnte sie das Fenster abends nur an. Leider benutzten wir dieses Fenster so oft, dass sich ihre Mitbewohnerin beschwerte und uns den Einstieg untersagte, sonst würde sie sich an die Wohnheimleitung wenden.
Karo, gerissen wie sie durch uns schon war, hatte eine neue Idee: Sie machte sich an einen Pförtner heran, umschmeichelte ihn, bis sie den Wohnheimschlüssel erhielt.
Im Schlüsselbesitz durften wir nicht vor Mitternacht ins Internat zurück, denn so lange war die Nachtwache besetzt. Das war für uns natürlich kein Problem. Aber dieses Vergnügen wurde uns von dem Pförtner nur einmal in der Woche zugestanden. Naja, übertreiben müssen wir ja nicht. Und Katrins Schweigen wurde auch nicht überstrapaziert.

Damit konnten wir leben.

In Katrins und meinem Zimmer wurde es immer wohnlicher, wir räumten die Möbel um und richteten uns eine Essecke ein. Wir kamen ganz gut miteinander aus. So wagte sie es auch, mich auf meinen Busen anzusprechen. (Es war ja auch zu auffällig. Ich zeigte mich niemals „oben ohne", duschte nicht mit den anderen und wusch mich ständig, ohne mein wattiertes Bustier abzulegen.) Katrin erzählte mir eine Geschichte von einem Mädchen, das sich den Busen ausstopfte.

„Man kann ja nichts dafür, wenn die Natur es so entwickelt hat. Nur Unreife machen sich darüber lustig", teilte sie mir ihre Meinung mit. Alle anderen Freundinnen von diesem Mädchen würden genauso denken.

Jedenfalls hätte sich das Mädchen die Pille besorgt, davon würde nämlich der Busen wachsen.

Selbstverständlich meinte sie mit dem Mädchen mich! Aber was war das mit der Pille? Einen größeren Busen?! Das ließ ich mir nicht zweimal erzählen! Immerhin war das besser, als Lorbeerblätter zu essen und sich den Busen mit Eiweiß einzureiben, wie man es mir in der Schulzeit weismachte.

Sofort besorgte ich mir einen Termin beim Frauenarzt. Ihm erzählte ich, ich würde zu meinem Freund fahren, denn die Pille gab es zwar kostenlos aber nicht einfach nur so. Ich würde ihn lieben und glaubte, es wäre soweit... Nach dieser, ihn überzeugenden Geschichte verschrieb er mir meine heißersehnte, hormonelle Unterstützung. Zusätzlich bekam ich noch eine Salbe, die das Wachstum der Brust beschleunigen würde.

Ich glaubte fest daran und war zufrieden. Außerdem begann ich, mich langsam Katrin gegenüber „oben ohne" zu zeigen und mit Karo ging ich auf eine kleine Insel im Flüsschen, FKK-Sonnenbaden.

Dazu mussten wir einen Steilhang nach unten klettern und durch das Flüsschen über Steine balancieren. Wir fanden eine gut geschützte Stelle und waren ab dem Frühjahr Dauergast. Sogar die Chorprobe und den Instrumentalunterricht schwänzten wir mit der Ausrede, einen Zahnarzttermin zu haben, nur um Sonne zu tanken. Im Instrumentalunterricht verpasste ich sowieso nichts. Mit meinen Gitarrenvorkenntnissen aus der Musikschule war ich eh' unterfordert und die Lehrerin überlegte schon, ob ich nicht den Fortgeschrittenen-Kurs belegen sollte. Und Chorleiter Herr Helbig war bestimmt froh, ab und zu von mir Pause zu haben. Mit meiner Schwatzsucht und witzigen Bemerkungen störte ich doch die anstrengende Einübung verschiedener Gesangparts. So studierte er mit uns mehrstimmige Volks- und FDJ-Lieder (sogenannte Kampflieder) ein und sogar einen Kanon: „Dona nobis pacem". Diesen Kanon hatte ich gefressen, wahrscheinlich auch durch meine Abneigung gegenüber der Kirche. Ständig sang ich absichtlich laut und quer, bis Herr Helbig mich freiwillig von einigen Chorproben befreite.

Nach eben solch einem „ausgiebigen" Arzttermin lästerten Daggi und Heini: „Dass man beim Zahnarzt so braun wird...!"

Die ersten zwei Semester vergingen wie im Flug, manches Wochenende waren wir mit dem Chor unterwegs, nahmen an Wettbewerben teil, unterhielten uns, lachten und gingen gemeinsam aus. Es fand niemand mehr schlimm, dass wir nicht nach Hause fahren konnten.

Ein erstes Praktikum in einem Kindergarten zeigte mir noch meine Unsicherheit im Umgang mit kleinen Kindern. Unbeholfen suchte ich Kontakt mit den Kindern und bewunderte die Erzieherin, die den ganzen Ablauf ohne sichtbare Mühe meisterte.

Wir erhielten eine Ausbildung in Sprecherziehung (Hochdeutsch-Sprechen) und in der Technik mit audiovisuellen Unterrichtsmitteln. Das heißt: Wir lernten, Kassettenrekorder, Diaprojektoren, Tonbänder usw. bedienen und reparieren. Im Fach Deutsch behandelten wir verschiedene Kinderliteratur, spielten auch mal ein Märchen nach und lernten Sprach- und Sprechprobleme sowie Lösungsmöglichkeiten kennen.

Während verschiedener Unterrichtseinheiten vertieften wir die Methoden und Bildungsziele für Kindergartenkinder im Umgang mit der Natur, mit Mengen, im gesellschaftlichen Leben (soziale Umwelt), für das künstlerische und musische Gestalten und für die sportliche Betätigung - um nur Einiges zu nennen, ich fand das alles wahnsinnig spannend. Des Weiteren lernte ich Interessantes über die Anatomie und Physiologie der Kinder in diesem Alter, einschließlich der Kinderkrankheiten. Die Dozentin von diesem Fachbereich bewunderte oft meine „makellose Haut" – deshalb mochte ich sie wohl auch.

Muttis Briefe verkürzten mir die Zeit des Studiums, ab und zu telefonierten wir – Mutti von ihrer Arbeit aus, ich aus der Pförtnerloge. Ein Hauch Liebe und Geborgenheit. Leider benutzte Vati nun meine Schwester Kirsten als Blitzableiter. Vielleicht merkten Mutti und Kirsten jetzt, was ich alles erdulden musste. Kirsten und Mutti taten mir schrecklich leid!

Abwechslung verschafften mir auch die regelmäßigen Briefe vom Polen Reinhold, der sowjetischen Nadja, Mustafa aus dem Jemen, meiner Kinderliebe Karsten, meiner Reisebekanntschaft Churel aus der Mongolei und diverser Soldaten, die ich über ein Jugendmagazin kennenlernte, wo sie Briefkontakte - und vielleicht mehr – suchten.

Der Goldschmiedemeister Walter aus Frankfurt am Main, den ich damals bei Mutti in der Gaststätte kennenlernte, brauchte nunmehr seine Pakete nicht mehr zu meiner ehemaligen Klassenkameradin Angelika schicken. Was ich im Internat erhielt, entzog sich ja Vatis Kontrolle. Die Pakete überraschten mich jedes Mal aufs Neue. Sie versorgten mich mit vielen liebevoll eingepackten Geschenken: Dunhill-Zigaretten, Goldschmuck, den ich aus Geldmangel leider versetzen musste, Konserven wie Dorschleberstückchen und Krabben - ich wusste nicht einmal, was das ist, geschweige denn, wie es zubereitet wurde, Hauptsache aus dem Westen - Kaffee, Kakao, Süßigkeiten, Seifen, Deodorants und Parfüm. Dabei traf er eine sehr gute Wahl, denn wenn ich das Parfüm „Tramp" benutzte, zog ich alles an, Jungen wie Mädchen. Alle schwärmten vom betörenden Duft.

Auch die anderen Sachen konnte ich gut gebrauchen, wurde doch so mein Geldbeutel geschont. Nur mit dem Kochen haperte es noch, außer Spiegel- und Rührei hatte ich in der Internatsküche noch nichts ausprobiert. Die anderen Mädchen stellten sich nicht viel besser an. Das kommt davon, wenn man als Kind immer alles fertig vor die Nase gesetzt bekommt!

Lange Zeit hatte ich gebraucht, um den zweiten Teil meiner Geschichte zu schreiben. Zu viel Erniedrigung, zu viel Enttäuschung, zu viel Selbsttäuschung hatte ich in meiner geistigen Abstellkammer verschlossen. Ich hatte sogar vergessen oder verdrängt, dass es diese Kammer gibt, hatte den Schlüssel verlegt. Eine zweite Depression zeigte mir, dass ich die neuen Probleme nur verarbeiten kann, wenn ich diese Kammer öffne, hineinschaue und sie herauslasse. Es ist schwierig, aber machbar. Machbar mit vielen Anläufen und Rückschritten. Jede zusätzliche Ernüchterung kratzt an der Hoffnung, doch ich bin ein Kämpfertyp – manchmal, aber konsequent. Habe ich eine Sache begonnen, möchte ich sie auch durchziehen. Ich habe also die Tür aufgeschlossen, und ich glaube, der Anfang war nicht einmal schlecht.

Es nahte der dreißigste Jahrestag der DDR. Deshalb fand im Juni 1979 das Nationale Jugendfestival in Berlin statt. Da Karo, Daggi, Heini und ich zu den Besten des Jahrgangs gehörten, wurden wir mit einigen anderen Mädchen aus den höheren Seminargruppen zu dieser Veranstaltung delegiert. Sämtliche Kosten wurden von der Freien Deutschen Jugend übernommen, es wurden sogar Sonderzüge eingesetzt.

In diesem Monat war es sehr heiß, gepaart mit unserem Reisefieber fast unerträglich. Die bevorstehenden Zwischenprüfungen waren vergessen. Für das erste Studienjahr wurden wir ja nur mündlich in Pädagogik und Marxismus/Leninismus, das heißt im dialektischem und historischem Materialismus, geprüft. Heute weiß ich nicht 'mal mehr etwas mit diesen Worten anzufangen! Kursabschlüsse für Sprecherziehung und Technik der Arbeit mit audiovisuellen Unterrichtsmitteln hatten wir ja schon im Laufe des zweiten Semesters bekommen. Dem Jugendtreffen konnte nichts im Wege stehen.

Leicht bekleidet (Pulli und zerrissene, ausgewaschene Jeans) standen wir auf dem Bahnhof mitten unter Massen von Jugendlichen und erhielten unsere einheitlichen Schultertücher für das Festival von den FDJ-Beauftragten. Sie sollten uns als Freifahrkarte für sämtliche Verkehrsmittel in Berlin dienen. Toll, so privilegiert war ich noch nie! Die sommerliche Hitze, die unzähligen Teilnehmer und die ansteckende gute Laune brachten die Luft am Bahnsteig zum Kochen, als ein Sonderzug der Deutschen Reichsbahn einfuhr. In jeder Kreisstadt wurde ein solcher eingesetzt. Alles war gut durchorganisiert, jeder bekam einen Sitzplatz. Sorgfältig verstaute ich mein Gepäck, richtete mein Amulett (ein Dschingiskhan aus Kupfer von meinem mongolischen Brieffreund) und fiel zufrieden auf meinen Sitzplatz.

Nach einer kurzweiligen Fahrt, auf der wir viel Gitarre gespielt, gesungen und gelacht haben, kamen wir am Berliner Ostbahnhof an. Dort wurde uns das Programm der Veranstaltungen ausgeteilt. Alles war freiwillig, nur an Demonstrationen und Kundgebungen mussten wir mit unserer FDJ-Gruppe teilnehmen. Der Treffpunkt war die Turnhalle, welche uns als Unterkunft diente. Karo und ich waren unter den Wenigen, die privat untergebracht wurden. Wir wohnten in einem Einfamilienhaus in einem Randbezirk und bekamen von unseren freundlichen Gasteltern gleich den Haustürschlüssel und Verpflegung für die erste Kundgebung.

In Massen zogen wir in FDJ-Kleidung durch das prächtig geschmückte Berlin, am Staatsratsgebäude und am roten Rathaus vorbei, sangen begeistert sozialistische Jugend- und Kampflieder und schwangen unsere großen Halstücher. Überall winkten uns die Menschen zu, die Stimmung war phantastisch! Wir schwitzten unter dem strahlend blauen Himmel und liefen uns fast die Füße wund. Erleichterung und Abkühlung verschafften uns die netten Berliner. Sie schütteten eimerweise Wasser über uns Demonstranten, sogar Feuerwehren erfrischten uns mit ihren Wasserspritzen. All dies brachte unsere Stimmung immer wieder auf Hochtouren. Geduldig und enthusiastisch hörten wir uns die Reden der DDR-Staatsoberhäupter an und jubelten ihnen zu.

Nach dieser riesigen Eröffnungsfeier hatten wir Freizeit, in welcher wir von Zelt zu Zelt tingelten, uns die verschiedenen Bands anhörten und wie die Verrückten tanzten. Dabei warf ich meine Keilabsatzschlappen in den Staub und tanzte barfuß. Alle lachten und viele taten es mir gleich. Es war nicht einfach, die Schuhe wiederzufinden! Am nächsten Tag hatte ich vor, meine Römersandaletten anzuziehen, die waren bequemer. Zwischendurch konnten wir uns mit Gutscheinen Essen und Getränke in verschiedenen Gaststätten und Cafés sowie an Kiosken besorgen und uns stärken. Nur Alkohol musste selbst bezahlt werden.

Ich wartete vor einem Café auf Karo, während sie uns ungarische Langos besorgte. Zwei Jungen nutzten die Gelegenheit, um sich von mir ein Autogramm auf ihrem Festivaltuch geben zu lassen. Plötzlich kamen noch vier Mädchen dazu und die Schlange, die nun vor mir stand, wurde immer länger. Ich fühlte mich wie eine Prominente, vielleicht glaubten die anderen es auch. Jedenfalls genoss ich diesen Augenblick und grinste Karo an, als sie mit zwei vollen Händen ungläubig vor dem Café stand. Nachdem ich die Autogrammjäger befriedigt hatte (es dauerte fast eine halbe Stunde) stopften wir uns mit den Langos zu und gingen selbst auf Autogrammjagd.

In Berlin waren auch viele fremdländische Jugendliche, mit denen wir uns in englisch, russisch, deutsch und mit Händen und Füßen verständigten. So verabredeten wir uns mit zwei Algeriern am Abend auf der Wiese vor dem Palast der Republik.

Karo und ich stärkten uns für unser Date mit einem Bier - ich vertrug immer noch nicht viel mehr - und warteten auf dem Rasen sitzend auf unsere Errungenschaften.

Gemeinsam mit den zwei exotischen Männern lauschten wir der Musik, knabberten Salzstangen und tranken noch ein Bier. Bei Anbruch der Dunkelheit war ich schon enthemmter und ließ mich auf die Zärtlichkeiten meines geheimnisvollen Partners ein. Ich hatte noch nie Zärtlichkeiten mit einem Ausländer ausgetauscht, schon gar nicht mit einem aus der „westlichen" Welt. Neugierig machten sich meine Hände auf die Entdeckungsreise. Doch unter der Gürtellinie angelangt, hielten mich seine Hände einfach fest. Enttäuscht versuchte ich es wieder, ganz behutsam, ohne Erfolg, aber er hatte bei mir damit kein Problem. Das war mir einfach zu blöd, ich wollte gehen. Karo erging es ebenso. Wir verstanden nicht, warum unsere Hände unangenehm für sie sein sollten. Etwas beleidigt verabschiedeten wir uns, Achmed gab mir noch seine Adresse. Er war Schneider und lebte in

Westberlin. Später schickte er mir noch eine Levis, die wie eine zweite Haut und viel besser als die Wrangler vom Goldschmied aus Frankfurt am Main passte. Ich liebte sie heiß und innig, bis sie total zerrissen war, hauptsächlich am Hintern. Damals gab es für uns zwei Sorten Jeans: Westjeans und Ostjeans. Die Ostjeans waren aus sehr groben, steifen Material. Sie sahen aus wie Arbeitshosen und trugen den Markennamen PIONIER. An Westjeans kannte ich nur zwei Marken: LEVIS und WRANGLER. Der Unterschied war enorm!

Mit der S-Bahn fuhren Karo und ich zurück zur Unterkunft. Auf dem Weg zu unseren Gasteltern bemerkten wir noch eine Party, die im vollen Gange war. Angeheitert luden uns unbekannte Berliner Jugendliche dazu ein, wir sagten natürlich nicht nein.

Völlig erledigt krochen wir am beginnenden Morgen, so leise es uns möglich war, ins Bett, um für die nächste Kundgebung am folgenden Tag wieder fit zu sein.

Es war eine sehr kurze „Nacht".

Aufgepäppelt mit einem kräftigen, späten Frühstück ging es zur nächsten Kundgebung. Die Müdigkeit steckte noch in den Gliedern und die Begeisterung hielt sich in Grenzen. Gelangweilt, muskelschwach und unter den strengen Blicken unserer Gruppenleiter setzten wir uns einfach zwischen den ganzen FDJlern auf unser voll signiertes Tuch und rauchten eine Zigarette, hoffend, bald wieder in die Festzelte gehen zu können.

Nach dieser anstrengenden Hürde stürzten wir uns in das Vergnügen, genossen die Live-Musik und feierten, was es das Zeug hielt.

Ungern ging Karo mit mir zu meiner Verabredung mit meinem Brieffreund Mustafa aus Jemen. Er wohnte in Marzahn und studierte auch in Berlin. Es war einfach, nach Marzahn zu kommen, denn wir hatten ja einen Freifahrtschein, den wir für die U-Bahn benutzten. Marzahn war schrecklich öde, nur Hochhäuserblöcke und kaum Grün. Alles sah irgendwie schmuddelig aus. Mit unsicherem Umherirren fanden wir seine Wohnung. Nach einer freundlichen Begrüßung im kleinen, geschmacklos eingerichteten und nicht ganz sauberen Zimmer ging es dann zur Sache. Zum Glück hatte ich Karo im Schlepptau, denn Mustafa wollte einfach nur Sex. Er hatte sogar seinen Kumpel dabei. Total unwohl und ängstlich log ich ihm einen Termin vor und trat mit Karo überstürzt den Rückzug an. „Scheiß Ausländer", dachte ich. Wir beschlossen, für diesen Tag aufzugeben und das Bett aufzusuchen.

Auf dem Nachhauseweg stießen wir erneut auf eine Party und es ging durch bis zum nächsten Morgen, an dem Karo und ich nur noch unsere Sachen von unseren Gasteltern holten, uns bei ihnen mit einem kleinen Geschenk (Handtücher, denn schöne waren Mangelware) bedankten und zum Treffpunkt am Bahnhof Straußberg ermattet krochen.

Der eingesetzte Sonderzug für die Heimreise ließ auf sich warten. Anfangs tauschten wir unsere Erlebnisse mit unseren Freundinnen aus und sie neckten mich mit meinem ersten Knutschfleck, den ich stolz zur Schau stellte.

Doch Karo und ich wurden immer müder. Wir suchten irgendeinen Ort zum Langlegen. Nicht einfach bei so vielen schnatternden Jugendlichen, der ganze Bahnhofsvorplatz war eng gestopft mit fröhlichen Jungen und Mädchen.

Vor einem Gartenzaun schauten Karo und ich uns in die Augen: „Die hohe Wiese! Ideal! Nur einen Moment, bis der Zug kommt!"

Sogar die leicht zu öffnende Gartentür lud uns ein. Wir fielen erschöpft bäuchlings ins hohe Gras, unsere Taschen hatten wir am Vorplatz stehen gelassen. Das Gras war so hoch, dass wir total darin versteckt waren, keiner konnte uns sehen und eventuell Schwierigkeiten machen – wegen unbefugtem Betreten und so. Es war so weich, so angenehm, so still... So still?! Wo waren die anderen?!

Erschrocken sprang ich hoch: „Träume ich? Karo, wir sind eingeschlafen, wach auf! Die sind alle weg!"

Verdattert und unbeholfen stürzten wir zum Bahnhof. Da standen einsam unsere Taschen. Wir schnappten sie und rannten so schnell wir konnten. Der Zug war gerade im Begriff loszufahren.

„Halt! Halt!" schrien wir und stolperten hinterher. Der Zug wurde schneller, wir auch. Karo verlor ihre Schuhe, da öffnete sich während der Abfahrt noch eine Tür.

„Schneller, schneller", feuerten uns Daggi und Heini an und hielten uns die Hände entgegen. Im letzten Moment erwischten wir sie und ließen uns in den Zug ziehen.

Geschafft! Ist zum Glück nochmal gut gegangen. Gar nicht auszudenken, wenn der Zug ohne uns gefahren wäre! Wir hätten gar nicht gewusst, wie wir nach Hause gekommen wären, ohne Geld! Erst jetzt bemerkte ich, dass ich meinen Glücksbringer Dschingiskhan verloren hatte. Gewiss im hohen Gras, oder beim Rennen? „Es wird sich bestimmt jemand darüber freuen", sinnierte ich traurig. Da war eben nichts mehr zu machen. Ohne Schuhe und ohne Talisman schliefen Karo und ich im Abteil ein, kein Lärm störte uns. Dieses Festival war trotz der verlorenen Dinge ein riesentolles Erlebnis! Freude, Freiheit, Leichtigkeit, Geselligkeit – alles hatten wir in der kurzen Zeit erlebt.

Mit überwältigenden Eindrücken kehrten wir in den Ausbildungsalltag zurück. Nun mussten wir für die Prüfungen in Pädagogik und Marxismus/Leninismus lernen. Dies bereitete mir wenige Probleme, sodass ich mit dem Mittagessen auf dem Schoß vor dem Prüfungszimmer saß, während die anderen eifrig in ihre Hefter schauten.

„Was ich heute noch nicht weiß, lerne ich vor der halbstündigen, mündlichen Prüfung sowieso nicht mehr", war meine Devise. Also ließ ich es mir in aller Ruhe schmecken. Dass alle Aufregungen umsonst gewesen wären, bewiesen meine Prüfungsergebnisse. Am Ende des ersten Studienjahres wurde ich als beste Studentin des ersten Kurses ausgezeichnet. Die Urkunde und ein Buch über psychologische Fallbeispiele überreichte mir der zweite stellvertretende Direktor und Deutschlehrer Dr. Makowsky, der erstaunlicher Weise bei meinem Anblick leicht errötete.

Mein provozierendes Wesen griff es natürlich auf, schaute ihm direkt in die Augen und hielt seine zur Gratulation gereichte Hand etwas länger. Die Mädchen in der Appellrunde kicherten hörbar und Dr. Makowsky leitete nervös zum nächsten Thema über.

Ich wurde aufgrund meiner Leistungen zur Studentenbeauftragten gewählt. Das hieß: Ich arbeitete mit der stellvertretenden Direktorin Frau Maler zusammen und war für die Studienleistungen der anderen verantwortlich. Ich musste die Benotungen kontrollieren, leistungsschwache Studentinnen erkennen, deren Gründe für den Leistungsabfall erfahren und ihnen Hilfe (Extraseminare) anbieten. Diese neue Aufgabe steigerte enorm mein Selbstbewusstsein und machte mich mächtig stolz.

Außerdem bekam ich für das dritte und vierte Semester das höchste Leistungsstipendium in Höhe von achtzig DDR-Mark zugesprochen. Das war mehr als toll, somit hatte ich zweihundertsechzig Mark im Monat zur Verfügung!

Während des gesamten Studiums mussten wir einmal am Studentensommer teilnehmen, das war Vorschrift. Diese vier Wochen sollten uns einen Einblick ins Arbeitsleben gewähren. Karo, Daggi, Heini und ich entschieden uns für die diesjährigen Ferien.

Der Studentensommer fand in Berlin statt - wie praktisch, wir kannten Berlin ja schon vom Jugendfestival. Berlin war einfach anders!

Das Zeltlager für die Studenten war in Wuhlheide. Zirka zehn Jugendliche (Jungen und Mädchen natürlich getrennt) teilten sich jeweils ein Zelt mit Doppelstockbetten und Spinden. Es gab auch zwei „geschlechtergetrennte" Waschzelte mit ewig langen Steinwaschtrögen und offenen Duschen, Toiletten, ein Rot-Kreuz-Zelt und eine Kantine, die aus Stein gebaut und mit einer Terrasse versehen war. Dort konnte man sich auch Kleinigkeiten wie Zeitschriften, Süßigkeiten, Getränke, Snacks und Zigaretten kaufen. Für alles Lebensnotwendige war also gesorgt.

Unser Trupp wurde in dem gleichen Zelt untergebracht, Unterhaltung war somit auch gesichert.

Karo und ich sollten von Wuhlheide zwei Stunden mit der Straßen- sowie S-Bahn nach Berlin-Adlershof fahren, um in einer – man staune - Schiffswerft zu arbeiten, wo Bullaugen hergestellt wurden. Das Werk befand sich direkt an der Mauer zu Westberlin, und mir war es bei diesem Anblick schon etwas mulmig zumute. Kann man hier drüber klettern? Wird man hier erschossen oder von Wachhunden angefallen? Was ist mit dem Apfelbaum, der an dieser Mauer stand? Durfte man die Äpfel essen? All diese Fragen waren für mich wichtiger als zu wissen, worin meine Arbeit bestand.

Ich erfuhr aber, dass es nur eine Sichtschutzmauer vor der eigentlichen Mauer war. Ahnte jedoch nichts von den angeblich dahinter befindlichen Minenfeldern und Selbstschussanlagen.

Notwendigerweise erklärte mir der Schichtführer meine Arbeit: Ich musste Schrauben sortieren! Ein sehr anspruchsvoller Job! Das konnte ich in Kauf nehmen bei der guten Bezahlung. Außerdem waren ja noch andere Arbeiter in der Halle und ich konnte denen zusehen, zum Beispiel wie Metallrahmen für die Schiffsfenster in verschiedene Becken mit irgendwelchen Flüssigkeiten getaucht wurden. Ahnung hatte ich davon jedenfalls keine. Arbeitskleidung bekamen wir keine, dafür diente eine abgenutzte Cordhose und ein paar ausgetretene Halbschuhe, da wir auf Anweisung der Schulleitung zum Studentensommer alte Kleidung mitnehmen sollten. Ein Kollege schenkte mir ein schönes, langes, blau-weiß-gestreiftes, kragenloses Herrenhemd, zu damaligen Zeit auch „Fleischerhemd" genannt.

Ich war keine langsame Arbeiterin, deshalb war ich mit dem Sortieren schneller fertig bevor der Nachschub kam. Die aufgetretenen Pausen nutzte ich mit Essen, Rauchen und Sonnen! Karo war ein bisschen benachteiligter, weil sie andere Kleinteile geliefert bekam, von denen genug auf Lager war. Irgendwann jedoch war überhaupt keine Arbeit mehr da, weder für Karo noch für den Rest der Belegschaft.

Schnell wurden die Tauchbecken gesäubert, mit Wasser aufgefüllt und los ging es! Während der bezahlten Arbeitszeit konnten wir baden und uns genüsslich sonnen oder Wechselbäder unter der Dusche nehmen und in der Kantine essen. Das war gut verdientes Geld! Bloß die Anwesenheit war Pflicht. Man konnte nicht so einfach zu Hause bleiben, denn dies wurde durch die Stechuhr kontrolliert. Kam man mal zu spät, was durchaus passieren konnte, stempelte jedoch ein Kollege für dich ab, aber fernbleiben ging gar nicht. Das wäre Verrat an den Kollegen, mit denen wir uns sehr gut verstanden.

In den Genuss, dass andere für mich meine Anwesenheitskarte abstempelten, kam natürlich auch ich.

Ich hatte mich mit Karsten verabredet und besuchte ihn zu Hause. Er wollte mich unbedingt mit auf eine Party nehmen, um mich seinen Freunden vorzustellen.

Eigentlich hatte ich keine Lust, doch er bettelte solange, bis ich einwilligte. Bei seinem Kumpel Lars war es ganz lustig, es wimmelte von jungen Berliner. Wir redeten, sangen, tanzten und tranken bis alle Hemmungen von den meisten verschwunden waren. Auch bei Karsten. In einem Nebenzimmer küssten wir uns und gingen vorsichtig auf Körperkontakt. Karsten legte sich auf ein Bett und wollte mich zu ihm ziehen, da er glaubte, dass mir dies nicht fremd wäre. Ich spürte, dass er mächtig erregt war und hatte plötzlich ziemliche Angst zu versagen. So trunken war ich noch nicht, dass mich meine Unerfahrenheit nicht störte. Schließlich wäre es für mich das erste Mal gewesen. Ich wollte mich nicht blamieren, wies ihn ab und gesellte mich schlechten Gewissens zu den anderen. Gerade in diesem Moment fiel Lars, der über den Teppich stolperte, gegen eine Glastür und zerschnitt sich dabei ziemlich arg den Arm. Geschäftig kümmerte ich mich um ihn, nur damit ich mich nicht Karsten erklären musste, und wandte meine Kenntnisse aus „Gesundheitserziehung" an: Fachmännisch versorgte ich den klaffenden, in Strömen blutenden Unterarm, säuberte die Wunde und legte einen schützenden, blutungsstillenden Verband an. Karsten sah leicht eifersüchtig – wie ich meinte – zu und drängte mich, mit ihm nach Hause zu gehen. Ich wusste, was mich da erwartete und benutzte als Ausrede, bei Lars wegen der Verletzung bleiben zu müssen. Beleidigt, ohne Abschiedsküsschen, verließ Karsten die Party und so nach und nach leerte sich das Haus, sodass Lars und ich nur noch alleine waren. Es war schon drei Uhr am Morgen, in vier Stunden musste ich auf Arbeit sein. Abzüglich der zirka zwei Stunden Fahrzeit nach Adlershof, blieben mir also noch zwei Stunden. Es lohnte sich also nicht mehr nach Wuhlheide. Wir schliefen erschöpft in Löffelstellung auf der Couch ein, ohne Sex.

Erschrocken sprang ich nach dem Nickerchen auf. Fünf Uhr dreißig! Und wie komme ich zum S-Bahnhof?!

Nach einer kalten Gesichtsdusche, mit einer Semmel in der Hand setzte ich mich auf Lars' Moped, mit dem er mich bereitwillig - um abzukürzen, quer durch einen Wald - zum Bahnhof fuhr. Unterwegs rutschten wir durch meinem Mangel an Gleichgewichtssinn und Vertrauen auf dem lockeren Sandboden aus und fielen mitsamt dem Moped zu Boden, zum Glück nur leicht, denn durch den Sand wurde der Aufprall abgedämpft. Bloß weil ich Lars nicht zutraute, das Moped durch die Bäume zu schlängeln! Ist ja noch einmal gut gegangen.

Endlich in der S-Bahn sitzend hatte ich mich dann auch noch verfahren. Weil ich durch meine Müdigkeit vergessen hatte umzusteigen, landete ich da wo ich eben nicht hin wollte – in Wuhlheide. Also musste ich noch einmal zwei Stunden fahren, um zur Arbeit zu gelangen.

Dort angekommen begrüßten mich meine Kollegen lächelnd mit: „Mahlzeit!", es war wirklich schon Mittag. Nur Karo war sauer. Kein Wunder, ich hatte den Spindschlüssel bei mir und sie musste in geliehenen Arbeitssachen von einem Kollegen, die viel zu groß waren, herumrennen! Verlegen versuchte ich meine Lage zu erklären, doch so wirklich interessierte sich niemand dafür, stattdessen schickten sie mich in die Garderobe: „Schlaf dich erst mal richtig aus, Mädel!"

Das ließ ich mir natürlich nicht zweimal sagen und legte mich auf die hartgepolsterte Rot-Kreuz-Liege zur Ruhe, bis mich Karo wieder versöhnlich weckte: „Steh auf und komm was essen!"

Aus Schlafmangel bekam ich Wadenkrämpfe. „Wechselduschen helfen", meinte Karo und wir verschanzten uns zu zweit in Fleischerhemd und Unterhosen hinter dem Duschvorhang, setzten uns auf das kleine Becken und ließen uns gegenseitig unter Stöhnen abwechselnd kaltes und heißes Wasser über die Beine laufen. Tat das gut!

Erst später merkten wir, dass sich einige Frauen in der Garderobe tuschelnd Gedanken machten, was wir wohl stöhnend hinter dem Vorhang trieben.

Kichernd beendeten wir unsere Wellness und aller Unmut war vergessen.

Das Arbeiten lastete uns überhaupt nicht aus. Wir genossen das Lagerleben bis tief in die Nacht hinein, sangen, spielten Gitarre, unterhielten uns und rauchten und rauchten. Das Geld reichte bald nicht mehr aus und ich besorgte mir die billigen und starken „Karo". Bald hatte ich einen Raucherhusten, der so schmerzhaft war, dass ich mich krümmte. Aber statt mir einen Krankenschein und Medikamente zu geben, empfahl mir nur der Lagerarzt, ich solle mit dem Rauchen aufhören! Klasse. Selbst Vergnügungen hatten Nebenwirkungen. Die Nächste ließ auch nicht lange auf sich warten.

Karo und ich verabredeten uns auf der Arbeit mit einigen jungen Herren für eine Party. Wir besorgten eine Flasche Wodka und gingen am Nachmittag zur Bushaltestelle, wo wir abgeholt werden sollten. Wir warteten und warteten, niemand kam. Entweder der falsche Ort, die falsche Zeit oder einfach nur die falschen Leute, die uns vergessen hatten. Frustriert zogen wir in einer Affenhitze mit der Flasche Wodka in den Wald in der Nähe des Zeltlagers. Die Blöße wollten wir uns nicht geben, dass wir versetzt worden waren. Uns blieb nichts anderes übrig, als zu zweit die Flasche zu leeren.

Anfangs hatten wir viel Spaß, dann schlich sich die Melancholie ein und wir erzählten uns gegenseitig unsere Sorgen und heulten solidarisch. Zum Schluss war es uns nur noch schlecht, aber verschenken wollten wir nichts! Mit Ekel und großer Überwindung leerten wir auch noch den letzten Schluck der Flasche. Karo musste sich übergeben und wurde etwas nüchterner. Ich jedoch war total blau! Mit stierendem Blick auf den Boden, damit ich wusste, wohin ich meine Füße setzte, torkelte ich an Karos Arm lallend zum Lager. Der Lagerwache sind wir natürlich trotz gleich aufgefallen. Karo erklärte ihnen, dass ich meine Brille suchte, weil ich so komisch auf den Boden starrte. Leider hatte auch sie einige Artikulationsprobleme, die Wachhabenden hatten nämlich „Pille" statt „Brille" verstanden und wollten uns bei der Suche helfen. Aus Panik, dass sie unseren Rausch entdeckten rannten wir kurzerhand nach dem unschuldigen Zücken des Studentenausweises in die Richtung unseres Zeltes, vorbei an der Kantinenterrasse, auf der ein paar Studenten saßen.

Da passierte es: Platsch! Ich lag im Dreck zu Füßen der anderen! Sch...!
Peinlich übermannt raffte ich meine Jacke und den Ausweis zusammen und flitzte außer Sichtweite ins Waschzelt, um mir eine ernüchternde Dusche zu nehmen. Ich ließ meine Sachen fallen und räkelte mich im kalten, erfrischenden Wasserstrahl. Wieder Sch...! Ich war in der Männerdusche und einige Jungen schauten mir belustigt zu.

Ich griff nach meinen Sachen, nicht mal ein Handtuch hatte ich, hielt sie mir vor den Körper und flüchtete in unser Zelt, das ich für den Rest des Tages nicht mehr verlassen hatte.

So konnte es nicht weitergehen! Ich muss meine Perspektive ändern. Es wurde Zeit, dass ich eine Beziehung einging, um gesitteter zu werden. Außerdem war ich ja noch immer Jungfrau – und das mit siebzehn Jahren!

Ohne es zu ahnen, bewegte ich mich Schritt für Schritt in die Richtung eines neuen Lebensabschnittes. Vielleicht würde ich es heute anders machen, vielleicht aber auch nicht, denn ich hätte sonst eine andere Lebensqualität und einen anderen Lebensinhalt, den ich eigentlich doch nicht missen möchte. Also musste es so sein.

An den Wochenenden brauchten wir nicht arbeiten und konnten in Ruhe das Lagerleben genießen. Als Karo und ich so durch das Lager schlenderten, sah ich IHN. Inmitten der anderen Jugendlichen saß ein blonder, nicht sehr groß wirkender, vollkommen in Jeans bekleideter Mann mit schulterlangen, dünnen, gewellten Haaren und Schnurrbart, rauchte und trank ein Bier aus der Flasche. Seine Gitarre lehnte am Tisch, die Mundharmonika lag daneben und eine Brünette umgarnte ihn liebevoll. Trotzdem trafen sich unsere Blicke. Da war etwas! Es kribbelte, ich spürte seine Begierde und mein Atem wurde schwer. Er verkörperte die komplette Freiheit, die ich ersehnte. Hemmungslos flirtete er mit mir und schickte kurzerhand seine Freundin weg. Karo überließ mich grinsend meinem Schicksal. Jetzt oder nie!

Wir verschwanden in seinem Zelt. Das erste Mal – ich war wahnsinnig aufgeregt!

Wenn ich zurück denke, war das die schönste Zeit in meinem Leben, die Jugend halt. Der Genuss der Unabhängigkeit, der Duft der Freiheit, die Sehnsucht nach Neuem, nach Selbstständigkeit – Erinnerungen, die sich erhalten, die gehütet werden, die geformt haben, die erwachsen machen. Diese schöne Jugendzeit bekam leider einen grauen Schleier, der sich erbarmungslos über die Leichtigkeit legte, der aber zum Leben gehört. Diesen Schleier anzuheben, darunter zu schauen und das Darunter zu akzeptieren, bereitet mir starkes Herzklopfen. Schaffe ich es, nüchtern zu erkennen, anzunehmen? Der Versuch ist es wert, ich brauche die Herausforderung, um das Heute zu verstehen, zu akzeptieren und genießen zu lernen. Nutze den Tag, er hält immer etwas Schönes bereit – du musst es nur zulassen!

Gewalt und Zärtlichkeit

Es dämmerte schon, Wolf, so nannten ihn alle, schob mich im Zelt zu einem Bett in der rechten Ecke, gleich neben dem Eingang. Auf der unteren Liegefläche, auf welcher nur ein Kissen und eine Decke lagen, ließ ich mir von Wolf die Hose abstreifen. Er ging ziemlich routiniert vor. Dann drang er, gierig knutschend, in mich ein. Komisches Gefühl. Was sollte *ich* jetzt tun? Er bewegte sich stöhnend hin und her, vor und zurück und mit ihm das Bett. Ich hielt mich mit den Händen kopfüber an den Metallstangen vom Bett fest und dachte immer und immer wieder: „Wie lange dauert das noch?", „Das soll schön sein?", „Ist das langweilig."
Jedenfalls war ich wohl ein totales Brett und zufrieden, als Wolf sich erleichtert hatte. Nach einer Weile stand ich auf - das war`s, das erste Mal.
Stolz, nun auch „dazu zu gehören", ging ich in unser Zelt, um Karo genauestens Bericht zu erstatten.
Am nächsten Vormittag saß Wolf wieder vorm Zelt bei einer Flasche Bier, blies Mundharmonika und ließ sich von der Brünetten streicheln. Ein bisschen zwickte es mir ins Herz. So schnell vergessen? Aber der Klang seiner Mundi zog an, und ich setzte mich errötend ihm gegenüber. Er grinste mich verschmitzt an.
Über Gott und die Welt gequatscht, verschwanden wir wieder im Zelt, diesmal auf die obere Etage eines Bettes inmitten vieler anderer. Einige waren mit anderen Jungs belegt, die lümmelten oder lasen. Um mich nicht zu blamieren und als prüde dazustehen, ließ ich alles geschehen, allerdings sehr darauf bedacht, die Decke nicht verrutschen zu lassen, denn so unbekümmert freizügig war ich nun auch wieder nicht!
Als Wolf seine Lust befriedigt hatte, unterhielten wir uns das erste Mal über persönliche Dinge. Er hieß Wolfgang Dragon, war dreiundzwanzig Jahre alt, hatte zwei jüngere Brüder, lebte in der Nähe von Berlin und studierte zur Zeit in Sachsen Ingenieur für Maschinenbau. Er liebte den Blues und musizierte gern. Zum Beweis holte er seine Gitarre, nackt wie er war, diskutierte lautstark mit der Brünetten und spielte mir einige Songs im Bett vor. Herrlich! Dazu tranken wir einen Schluck Bier und da stand sie – die Lagerwache!
„Ich...ich...ich bin schon achtzehn!", stammelte ich. Machtüberlegen schauten sie mich an: „Lagerausweis!"
„Wo soll ich bitteschön hier einen Ausweis haben?", wehrte ich mich frech, richtete mich auf und bedeckte nur meinen kleinen Busen, um ihnen meine Nacktheit zu demonstrie-

ren.

„Na gut, aber beim nächsten Mal!", drohten sie und verließen das Zelt. Nochmal gut gegangen.

Von nun an hing ich jeden Abend bei Wolf im Bett, wurde als Stammgast sogar geduldet und genoss die „andere" Zeit. Mittlerweile machte mir der Sex schon Spaß und ich stellte mich auch nicht mehr so blöd an. Ich war verliebt, aber total!

Der Sommer neigte sich seinem Ende entgegen.

Mit den Taschen voller Geld und vor Tränen und Liebe glänzenden Augen fuhren wir Studentinnen wieder nach Hause. Werde ich ihn wiedersehen? Wir hatten nicht einmal unsere Adressen getauscht!

Am Bahnhof meiner Heimatstadt angekommen, traute ich meinen Augen nicht. *Er* stand am Bahnsteig! Wie hatte er das gemacht? Woher wusste er, wo ich wohne, wann ich am Bahnhof ankomme, wieso war er vor mir da? War es nur Zufall? Mein Herz klopfte, mir wurde schwindelig, ich war glücklich! Den kleinen Rosenstrauß und einen heißen Kuss nahm ich dankbar entgegen, und Wolf trug meinen Koffer nach Hause. Ich sollte ihn meinen Eltern vorstellen! Es deutete darauf hin, eine feste Beziehung zu werden.

Überglücklich und strahlend klingelte ich an der Wohnungstür.

Vati öffnete die Tür und polterte: „Wer ist das denn?! Einer aus dem Urwald?! So ein Hergelaufener kommt hier nicht rein!"

Er schob mich grob in die Wohnung, ich konnte mich nicht einmal von Wolf, der wie ein begossener Pudel dastand, verabschieden oder ein Treffen ausmachen oder, oder, oder.

Zu Hause war gleich dicke Luft. Vati hielt mir einen Vortrag, was die Leute denken würden, dass Wolf nach nichts Gutem aussah und verbot mir den Umgang mit ihm.

„Na, warte", dachte ich. „Jetzt erst recht! Wenn du denkst, du kannst mir mein Leben kaputt machen, hast du dich geschnitten."

Mein armes Schwesterlein radelte für mich zum zirka fünfzehn Kilometer entfernten Studentenwohnheim zu Wolf, um ihm zu sagen, dass ich am Samstag von zu Hause wegfahren werde, und dass ich ihn liebe. Sie hatte es geschafft. Von der langen Strecke war sie total k.o, die treue Seele.

Lange hielt ich die erdrückende Stimmung mit Vati nicht aus. Abends packte ich meine Sachen und fuhr am nächsten Morgen mit dem Zug Richtung Wohnheim.

Am Umsteigebahnhof sah ich Wolf wieder. Hatte er die ganze Zeit auf mich gewartet? Es kommen doch mehrere Züge, und weder er noch ich hatten gewusst, mit welchem ich fahren werde. Das war doch Vorherbestimmung! Allerdings nahm mir Wolf sofort ein bisschen Luft aus den Segeln: „Wenn du dich mit mir triffst, ziehe gefälligst keine Absatzschuhe an!"

Der Nächste, der mir was vorschreiben wollte! Wolf war nur einen halben Kopf größer als ich. Bei einem Mann musste man sich an die Schulter anlehnen können, zu einem Mann musste die Partnerin aufschauen – dachte ich. Also sah ich seine Forderung ein.

Da es Samstag war, schlug Wolf mir vor, bei ihm im Internat zu schlafen. Natürlich! Das musste er mir nicht zweimal sagen!

Es war ein riesiges Studentenwohnheim bestehend aus zwei miteinander verbundenen Gebäuden im Plattenbau-Stil. Auch hier war eine Pförtnerloge, wo die Studenten sich ausweisen mussten. Auf allen Vieren kroch ich unter dem Fenster hindurch, während Wolf die Aufpasser mit einem kurzen Gespräch ablenkte.

Sein Zimmer, das er mit Pitty, einem rothaarigen, zotteligen Vollbärtigen, teilte, war etwas spartanischer eingerichtet als die Zimmer in unserem Wohnheim. Aber im Prinzip war es dasselbe, sodass ich mich gleich wie zu Hause fühlte. Wolf schlief oben im Bett und wir nahmen es sofort ein, während Pitty höflicher Weise das Zimmer verließ.

Wolf verwöhnte mich von Kopf bis Fuß, mit seinem Mund, seiner Zunge, bis ich zu meinem ersten Höhepunkt kam. Es war mir ein völlig unbekanntes Gefühl, ich wusste nicht, was mit mir geschah. Mein Körper kochte, bebte und zitterte. Ich hörte mich nur noch: „Hilfe – Mama!", schreien, was mir dann doch relativ peinlich war. Aber schön!!!

Nun konnte das zweite Studienjahr beginnen. Ich nahm mein Amt als Studentenvertreterin anfangs sehr ernst. Stolz genoss ich die Macht und kontrollierte die Leistungen sämtlicher Studentinnen, hatte ich doch Einsicht in alle ihre Leistungen und zog sie zur Rechenschaft, wenn der Leistungsstand sich verschlechterte. Endlich war ich wer. Nur merkte ich nicht, dass es mit mir selbst stetig abwärts ging.

Begonnen hatte es mit meiner Zimmernachbarin Katrin, mit der ich in einer gemeinsamen Praxisgruppe in einem Kindergarten war.

Höflich, wie ich erzogen wurde, hielt ich mich immer im Hintergrund, versuchte unauffällig zu sein und teilte meine Ideen Katrin mit. Sie als Tochter vom Kreisschulrat wollte natürlich positiv auffallen und verkündete meine Vorschläge lautstark unserer Mentorin, was dazu führte, dass ich schlechtere Benotungen bekam und Katrin ihr Liebling wurde. Schließlich beurteilte unsere Mentorin mich als bequem, ich würde alles meiner Mitstudentin überlassen und müsste endlich selbst Aufgaben übernehmen. Ich konnte mich anstrengen wie ich wollte, sie sah es einfach nicht. Ich fühlte mich unverstanden und massiv unwohl, wie so oft in meiner Kindheit, keine Aussprache hatte geholfen. Ich heulte nur noch, wollte nicht mehr zum Praktikum in den Kindergarten. Katrin begann ich zu hassen. Das anständige Mädel war für mich hinterlistig und rücksichtslos. Ich wurde öfter krank, begann beim Arzt Krankenscheine zu stehlen und fälschte sie, ich kannte ja die Schlüsselnummer für Magen-und Darm-Verstimmung, da diese Symptome am schnellsten eine Krankschreibung einbrachte. Ich wollte nur nicht mehr in die Praxiseinrichtung.

Bei einer „Symptomdemonstration" wurde ich sogar mit Blaulicht ins Krankenhaus gefahren, weil meine vorgetäuschten Bauchschmerzen und die tatsächlich erhöhten Leukozyten auf eine Blinddarmentzündung deuteten. Mann, hatte ich Bammel, operiert zu werden! Ich flehte regelrecht unter Tränen den Chirurg an, es nicht zu tun, bis er mich mit schlechtem Gewissen doch nach Hause gehen ließ, nicht ohne mir das Versprechen abgenommen zu haben, bei einer Verschlechterung unverzüglich ins Krankenhaus zu kommen. Erleichtert versprach ich alles, was er wollte. Nie wieder wollte ich Bauchschmerzen vortäuschen, da war das Fälschen von Krankschreibungen doch sicherer.

Den nun echten Krankenschein nutzte ich aus und verbrachte die Zeit bei Wolf im Internat. Wie es hinein ging, war ja schon erprobt, nur das Verlassen war immer wieder eine Schwierigkeit. Mal musste ich durch den Heizungskeller fliehen und dabei nicht vom Hausmeister entdeckt werden, mal sprang ich aus der ersten Etage aus dem Fenster, mal kletterte ich bei einem Kumpel aus dem Fenster, mal musste ich an der Wache vorbei kriechen. Ich wurde nie erwischt! Clever.

Wolf lernte mir während des „Kassenurlaubes", wie man Spaghetti mit Tomatensoße kocht, wir duschten gemeinsam und er zeigte mir, was ein Mann beim Sex so mag. Ich glaube, ich war einen gute Schülerin, er war jedenfalls zufrieden.

An Blockpraktika hingegen nahm ich regelmäßig und mit guten Ergebnissen teil, dennoch wurden die Lehrkräfte stutzig über mein ständiges Fehlen an den üblichen Praxistagen. Ich wurde zur Rede gestellt. Unter Tränen teilte ich ihnen mein Unbehagen mit. Sie hatten Verständnis, zwar könne es mit meiner Einstellung so nicht weitergehen, aber sie schlugen mir vor, die Einrichtung sowie die Zimmernachbarin zu wechseln. Ich gelobte Besserung.

So kam ich mit Karo in ein Zimmer, da waren ja die Richtigen zusammen, beide Raucher, beide Nachtschwärmer! Die versprochene Besserung an den Praxistagen trat ein, aber das Leben außerhalb der Schule nahm an Intensität zu.

Karo und ich begannen, auf dem Zimmer zu rauchen, stopften mit Parfüm getränkte Wattebausche ins Schlüsselloch. Wurden wir dennoch von der Wohnheimleiterin erwischt, heulten wir und spielten Liebeskummer vor - darauf war Frau Schraube ganz heiß, sie geilte sich an unserem angeblichen Kummer auf und erlaubte uns dabei sogar das Rauchen.

Dann gründeten Karo und ich einen gemischten Jugendklub, das hieß Mädchen der Mädchenschule **und** Jungen aus dem Ort. Im Vorstand des örtlichen Jugendklubs waren wir ja eh schon und durften mittwochs sogar länger ohne Beantragung ausbleiben, um die Räumlichkeiten wieder auf Vordermann zu bringen.

Unser neuer Klub- und Gesellschaftsraum wurde nach langem Verhandeln mit den „Vorgesetzten" versuchsweise in den Keller unseres Internats gelegt, der von allen Mitgliedern begeistert renoviert, gestrichen, eingeräumt wurde. Im Keller ist ein angenehmer Aufenthaltsraum mit Tischtennisplatte, Bar und Musikanlage für alle entstanden.

Heute ist wieder so ein Tag, an dem ich nicht weiß, wie es weitergehen soll, an dem Illusionen verwischen, wie die Blütenpollen vom Regen.
Erst hieß es, die Forderungen gegen die Versicherung müssen wir über den Haushaltsschaden berechnen; wir haben in kürzester Zeit alle notwendigen Unterschriften besorgt. Nach einer mehrstündigen Skype-Konferenz unseres Anwalts aus Perth mit der „Pflichtanwältin" des Rechtsschutzes in Tschechien waren sich alle einig.
Doch gestern schwenkte die tschechische Anwältin plötzlich um. Die Forderungen wären zu hoch, außerdem sollten wir die Schäden bei den vorherigen tschechischen Anwälten

einklagen, die hätten es doch versäumt, Forderungen dem Gericht vorzulegen, was wiederum zirka zehn Jahre dauern würde. Aber vielleicht auch nicht - im Falle des Ablebens der Beiden oder eines unbekannten Aufenthaltsortes. An ihrer Stelle würde ich mich auch verdünnisieren, genügend Schmiergeld abgesahnt und vor den Konsequenzen flüchtend. Was haben die schon für eine Ahnung von angemessener Schadenshöhe, nach neun Jahren Kampf für Gerechtigkeit. Das Leben ist versaut, die Gesundheit nicht mehr reparabel, die finanzielle Situation mehr als unsicher, die alten Freuden verabschiedend vegetiert man im neuen Leben dahin und sucht vergeblich den Sinn. Was wäre, wenn der Unfall nicht passiert wäre? Was wäre, wenn ich die Augen nach dem Zusammenstoß nicht mehr geöffnet hätte? Was wäre, wenn...

Nach den sexuellen Erlebnissen mit Wolf war ich neugierig, wie das so mit anderen Männern ist.
Der Alkohol machte die Sache leichter. Gefiel mir jemand, ließ ich so lange meine vorhandenen weiblichen Reize spielen, bis ich ihn hatte. Es war nicht immer erfüllend. Ein Freund einer Kommilitonin inspirierte mich mit seinen langen, schwarzen Haaren. Mit ihm war es äußerst langweilig, er war eher auf Akrobatik aus als auf Genuss.
Einen frisch aus dem Gefängnis Entlassenen wollte ich wegen seiner Enthaltsamkeit testen, wir trieben es gleich im Park, ungeachtet dessen, dass andere auch durch den sogenannten Lustgarten gingen. Bei ihm ging es mir zu schnell.
Einen Freund von Maxi bezirzte ich, bis er mich mit nach Hause nahm. Auf dem Schaffell war es zwar romantisch, aber sonst auch nichts weiter. In Erinnerung blieb mir nur die im Hintergrund vom Plattenspieler singende Kate Bush, deren Stimme mir die Langeweile vertrieb.
Maxi, meinen Schwarm vom ersten Studienjahr, hatte ich auch endlich soweit. Zitternd lagen wir auf seinem Bett. Ich war zu allem bereit, doch leider: Meine Anatomie passte nicht zu seiner. So etwas Überdimensionales machte mir nur Angst und mein Körper konnte es nicht aufnehmen. Verständnisvoll begnügte sich Maxi mit Petting. Ich war enttäuscht und traurig, verbrachte aber später noch mehrere Nächte bei Maxi mit Petting, oftmals auch, weil ich bei genehmigtem Nachturlaub nicht nach Hause fuhr, sondern das Nachtleben ausgelassen genoss und nicht wusste, wo ich den Rest der Nacht verbringen sollte. Blöd war nur das Hinausschleichen, denn Maxis Familie durfte mich nicht bemerken, da er ja verlobt war. (Wie stellte es nur seine Verlobte an, ihn zu beglücken?!) Hauptsache für mich war aber, dass ich ihn **hatte**!
Im Herbst durften wir unser Stipendium wieder aufpeppen; statt Studium stand die Hilfe zur Kartoffelernte auf dem Programm. Während wir Mädchen die Kartoffeln aus der Erde klauben und in Körbe füllen mussten, leerten junge Studenten der Ingenieurschule dieselben in die Anhänger. Wolf war auch dabei, so konnten wir ungehindert flirten, und er versorgte uns mit Alkohol, um „bei dem Regenwetter nicht auszufrieren". Die vom Schlamm getränkten Hosen und der schmerzende Rücken machten uns nichts aus, beka-

men wir diese „sozialistische" Erntehilfe doch angemessen bezahlt. Mit diesem Geld ging es abends in den Jugendklub. Ein Verehrer wollte bei mir punkten, indem er mir seinen Freund, einen aktiven Gewichtheber, vorstellte. Zu seinem Pech gingen die Punkte an den Sportler, welcher mich dunkelhaarig, muskulös und viel Charme verzauberte. Es knisterte sofort, die Chemie stimmte, ihn wollte ich haben!
Ich hatte Erfolg, wenn auch peinlich endend. Er nahm mich mit zu sich nach Hause. Schon beim Entkleiden bekam ich wackelige Knie, überall zitterte ich vor Begierde, mir verschlug schon sein entblößter Körper den Atem. So sehr hatte mich noch kein Mann inspiriert. Als wir endlich im Bett waren, geschah es: Wadenkrampf!
Ich sprang von ihm herunter und hüpfte vor Schmerz im Zimmer herum. Versuch Nummer zwei: schon wieder! Ich war so aufgeregt, dass ich mich ständig verkrampfte.
Nach einigen weiteren Versuchen gab es der Verursacher meiner Beschwerden auf. Ich schämte mich und wusste nicht, wie ich mich verhalten sollte. Ich schnappte meine Sachen und verschwand. Da es schon spät – oder früh – war, lief ich gleich zur Bushaltestelle, um wieder pflichtbewusst wie die anderen zur Kartoffelernte zu fahren.
Die vergangene Nacht sah man mir an, und ich hatte arg mit der Müdigkeit zu kämpfen. Die Kartoffelernte war bald beendet und auch die Geschichte mit dem so umwerfenden Gewichtheber. Ihn sah ich glücklicher Weise nie wieder.
Von einer weiteren Bekanntschaft musste ich allerdings die Folgen tragen: Johnny. Wir lernten uns in einer Kneipe kennen. Er war auf Montage und hatte ein verführerisches Lächeln, genau wie mein erster „Freund" Jens. Allerdings war Johnny blond und wiedermal langhaarig. Langhaarige Typen faszinierten mich wohl.
Wir hatten nur verlängerten Ausgang und mussten die Kneipe noch vor dreiundzwanzig Uhr verlassen. Mit den Gedanken bei Johnny stieg ich dann völlig nackt (so schlief ich öfter, denn es war angenehmer) in mein Bett und war gerade am Einschlafen, als es an unsere Zimmertür klopfte: „Katya, hier will jemand zu dir!"
„Wolf?", nuschelte ich.
„Johnny heißt er", verbesserte mich Kerstin, die an diesem Abend Nachtwache hatte.
„Ich schlafe schon!", wollte ich ihn abwimmeln. Es ehrte mich zwar, dass er angebissen hatte, aber im Internat und um diese Zeit?!
„Zu spät", entschuldigte sich Kerstin, die fest annahm, mir einen Gefallen zu tun, und öffnete die Tür. Grinsend stand Johnny da und ließ so nach und nach seine Kleidungsstücke fallen. Karo wurde es unheimlich und sie flüchtete zu Heini ins Zimmer.
Nun war ich allein mit ihm. Was sollte ich tun? Eigentlich wollte ich ja nur schlafen. Schon etwas dreist von ihm, was er sich heraus nahm. Ich konnte ihn doch nicht raus schicken, wenn er erwischt werden würde, bekäme ich Schwierigkeiten, schlimmsten Falles – Wohnheimausweisung. Schreie ich, kommt auch nichts Besseres raus. Na ja, eigentlich war er mir ja sympathisch, eigentlich stichelte mich die Neugier an, eigentlich... Da war Johnny auch schon unter meiner Bettdecke. Es wurde eine sehr schöne, bewegte Nacht. Ich hatte jedenfalls nicht eine Sekunde schlafen können. Gegen sechs Uhr stand er auf, zog sich wieder an und ging nach einem Abschiedskuss zur Tür.

„Wie willst du raus kommen?", fragte ich besorgt.
„Lass das mal meine Sorge sein", und weg war er. Johnny hatte ich nicht mehr gesehen, doch eine unangenehme Tatsache erinnerte mich zwangsweise an diese Nacht: Ich bekam eine Vorladung vom Gesundheitsamt.
Dort saßen sie, Johnnys Eroberungen, die Hälfte kannte ich sogar! Peinlich. Wir hatten alle dieselbe Diagnose: Tripper. Spritzen, ein viertel Jahr Geschlechtsverkehrsverbot und Angabe aller Sexpartner. Sch..., und wie sollte ich das Wolf beibringen? Ich verschwieg es ihm einfach, er hätte ja von seiner vorherigen Freundin angesteckt worden sein können.
Zu meinem Glück war natürlich auch er infiziert, deshalb musste ich ihm die vierteljährige Enthaltsamkeit nicht erklären. Heute weiß ich, dass Wolf in dieser Zeit auch kein Waisenknabe war. So ist das Leben.
Aus purer Neugier auf das andere Geschlecht war ich nach der Zwangspause wieder sehr beschäftigt. Ich glaubte, viel nachholen zu müssen, weil Vati mir alles verboten hatte. Mal hatte ich Einen im Schlepptau, mal Karo, mal spritzte Wolf mit dem Motorrad eines Kumpels zu mir und übernachtete, mal war Klubabend, mal Saufgelage. Manchmal testete ich Wolfs Kumpels. Doch eine Regel stellte ich: mich durfte nur anfassen, wer mir gefiel und den ich sowieso im Visier hatte. Immer bekam ich, was ich wollte, fast immer. Der Versuch, einen schwulen, hübschen Kellner im Beisein meiner Freundinnen zu ködern, schlug kläglich fehl. Ich war eben nicht vollkommen.
Die zwischenzeitlichen Kneipengänge endeten ab und zu fast im Komasaufen. Einmal ging es sogar soweit, dass ich nach dem Abknutschen irgendwelcher am Zaun wartenden Männer einfach auf dem sattgrasigen Hang vor unserem Internat liegen blieb und schlafen wollte.
Irgendwie schafften es meine Freundinnen, mich ins Internat zu bugsieren. Kompliment. Daggi jedoch sollte diese Aktion bitter bereuen. Ich weiß nur noch, wie Karo, Daggi und Heini trockenes Brot in mich, auf Heinis Bettkante sitzend, hineinstopften, damit ich wieder zu Sinnen kam. Das Brot vertrug sich aber leider nicht mit meinem Mageninhalt. Ich schaffte es gerade noch zur Toilette, stützte mich mit beiden Armen an der Wand ab und versuchte, mit meinem Schwall die Schüssel zu treffen. Vergeblich, die Sauerei beseitigten meine aufopfernden Freundinnen.
Damit aber nicht genug: Am nächsten Morgen kletterte Daggi aus dem Bett, um ihre Hausschuhe anzuziehen, dabei landete sie mit einem Fuß in der Brühe. Ich hatte in dieser Nacht genau in ihren Schuh gekotzt, was ich natürlich nicht mehr wusste. Daggis Morgen begann somit alles andere als anregend. Sie war verständlicher Weise mächtig sauer auf mich. Ich hatte mir geschworen, ab sofort gesitteter zu werden. Die Schulleitung drohte mir ohnehin: „Solche wie Sie können gegangen werden!"

Genauso hatten wir es uns vorgestellt: Alle bisherigen Beweise werden vom tschechischen Gericht nicht akzeptiert! Dass ich bis zum Ende meines Lebens nicht mehr arbei-

ten kann, zählt nicht. Sämtliche Belege würden nur durch Bestätigung von „unabhängigen" Gutachtern anerkannt, die Kosten sollen wir tragen.
Mir wird vorgeworfen, dass ich nach dem Unfall arbeiten war. Deshalb wird meine Arbeitsunfähigkeit in Frage gestellt. Der medizinische Dienst hatte mich ja sowieso (nach Ferndiagnose, entgegen der Meinung meines Arztes) für „gesund" erklärt.
Wo leben wir?!
Der ehemalige, vom Verkehrsrechtsschutz zugewiesene (und nach unserer Beschwerde des „Nichtstuns" desselben vom Rechtsschutz als „in Ordnung" gewürdigter) tschechischer Anwalt hatte bis 2005 nichts eingereicht, deshalb bestünde kein Schaden. Freundlicher Weise teilte uns die neue, wieder vom Rechtsschutz zugewiesene, tschechische Anwältin eine Woche nach dem Gerichtstermin mit, dass wir noch eine Gnadenfrist von dreißig Tagen seit Gerichtstermin haben, um erneute „Beweise" und Gutachten zu beschaffen, was relativ unmöglich ist.
Und noch so eine Hiobsbotschaft: Weil die ehemaligen tschechischen Anwälte in meinem Fall dem Gericht nichts vorgelegt hatten (bei mir war der Fall eigentlich klar mit den Nachweisen für Lohn, Rente und Behinderung), soll ich gar nichts mehr bekommen. Es wäre verjährt.
Wozu haben wir neun Jahre auf diesen Sachverhalt hingewiesen? Wozu haben wir neun Jahre gekämpft? Wozu habe ich neun Jahre lang auf meinen Nerven herum trampeln lassen? Wozu das alles? In welchem Thriller spiele ich hier die Hauptrolle? Und das ohne Bezahlung!
Wie kann man Opfer noch mehr demütigen und zugrunde richten?!
Wir haben noch schnell die Website überarbeitet, denn wir wollen an die Öffentlichkeit gehen. Beim Lesen unserer einzelnen Geschichten muss ich weinen, es tut so weh. Morgen werde ich an unseren Anwalt in Perth schreiben, denn er reagiert überhaupt nicht mehr. Ich habe mir schon den Wortlaut aufgeschrieben:
„Sehr geehrter Herr Prof. Dr. ..., es sind mittlerweile zwei Tage seit der Hiobsbotschaft vergangen, und die Zeit läuft uns weg.
Welche Strategie schlagen Sie nun vor oder haben Sie aufgegeben, weil wir nichts von Ihnen hören?
Erbitte baldigste Benachrichtigung.
Mit freundlichen Grüßen..."
Nun aber Schluss mit diesem Thema!
Das Osterwochenende war so schön. Ich habe den Besuch meiner beiden Mädchen tief genossen, ihre Liebe wie ein Schwamm eingesaugt. Dieses Glücksgefühl, das von allen Sorgen ablenkt, hielt leider nicht lange an. Ich musste zur Bedarfsmedikation (Melperon) greifen und rauche schon wieder unendlich viel. Wie lange halte ich das noch aus?
Ich kann nicht mehr darüber nachdenken, muss mich ablenken, sonst haben Depressionen wieder eine Chance, und ich müsste erneut für lange Zeit in die Klinik.

Nun begannen meine guten Vorsätze: An den Wochenenden fuhr ich wieder ganz brav nach Hause und kurierte während der Woche mein Alkoholverlangen aus.

Jungs interessierten mich nicht mehr, ich war gesättigt. Auch wenn ich daheim wegging, hatte ich genug von Männerbekanntschaften.

Bei einem Diskobesuch mit Christiane aus meiner Heimatstadt traf ich alle meine ehemaligen Kumpels wieder. Die Wiedersehensfreude war riesig, wir begossen das Ereignis mit einem Glas Sekt und wussten viel zu erzählen.

Ein Mädchen beobachtete mich dabei ständig und lief mir überall hinterher. Zaghaft fragte sie mich, was ich von Jungs halte. Im Moment natürlich nichts.

Es stellte sich heraus, dass sie Mädchen bevorzugte und in mich verliebt war, für mich eine ganz neue Erfahrung. Wir unterhielten uns lange, wobei ich ihr klar machte, dass ich diese Neigung bei mir noch nicht entdeckt hatte. Wir tauschten trotzdem die Adressen, sie schrieb mir nette Briefe und deckte mich mit kleinen Geschenken ein. Vielleicht wollte sie sich meine Sympathie (oder mehr) erkaufen. Doch bei mir zwecklos, ich war ja „normal".

Umso erschrockener reagierte ich auf mein nächstes Erlebnis. Mein Herz schlug bis zum Hals, als ich ein blondes, süßes Mädchen sah. Und wie sie tanzen konnte! Ihre Bewegungen, ihr Lachen, ihre Stimme, alles verzauberte mich. Ich war völlig durcheinander. Bin ich doch lesbisch? So etwas war mir doch nie passiert! Meine Beine zitterten wie Espenlaub in ihrer Nähe.

Sie hatte einen Freund, mit dem sie sich lautstark auseinandersetzte. Um ihr Herz auf mich freundlich zu stimmen, versuchte ich, über ihren Freund den Grund ihres Streites heraus zu kriegen, damit ich die Unstimmigkeiten zwischen ihnen schlichten konnte. Ihr Freund wollte sich aussprechen, aber wo fand man in der überfüllten, lärmgeschwängerten Diskothek einen geeigneten Ort? Uns fiel nur die Toilette ein. Ausgerechnet in der Mädchentoilette debattierten wir auf dem Klodeckel, sicherheitshalber riegelten wir von innen ab, damit niemand mitbekam, dass sich hier zwei Vertreter beiderlei Geschlechts aufhielten. Wir glaubten, sicher und anonym zu sein, er heulte sich bei mir aus, dass seine Freundin ihn missverstand, da polterte es an die Tür. Wir verstummten erschrocken und lauschten.

Plötzlich rief eine Stimme: „Mach auf, ich weiß, dass du hier drin bist!"

Ich öffnete die Tür, erhielt einen erstaunten Blick und eine darauf folgende schallende Ohrfeige. Sie hörte sich nicht einmal meine Erklärung an. Mit einer glühenden Wange und eingezogenem Kopf verließ ich die Diskothek. Im Hintergrund spielte gerade der Song „Video Kill The Radiostar". Höre ich dieses Lied, muss ich immer an das Mädchen, welches meine Sinne verwirrte, und an die heftige Ohrfeige denken. Auf diese Weise verabschiedete sie sich aus meinem Leben, und ich besuchte nie wieder diese Diskothek. Ich wollte ihr nicht mehr begegnen.

Für mich gab es nur noch Wolf. Auf ihn konzentrierte ich mich dermaßen, dass ich das Studium fast aus den Augen verlor. Ich nahm für ihn alles in Kauf, sogar seine beginnenden Eifersuchtsattacken.

An einem freien Nachmittag wollte ich ihn unangekündigt besuchen, schmuggelte mich ins Ingenieurwohnheim, aber Wolf war nicht da. So wartete ich bei seinen Kumpels auf ihn. Als er mich bei ihnen auf dem Zimmer entdeckte, warf er mir vor, ich hätte mit seinen Kumpels ein Verhältnis. Weshalb sonst wäre ich in deren Zimmer. Er zerrte mich heraus und schlug auf mich ein, drückte mich in sein Zimmer, dort ging es weiter. Meine Beteuerungen unter Tränen konnten ihn nicht besänftigen. Da mein Geheule nach außen drang, griffen Wolfs Mitstudenten ein und stellten ihn zur Rede. Für sein Verhalten wurde Wolf vom Mensadienst entlassen, wo er sich ein kleines Zubrot verdiente.
Wolfs Eifersüchteleien gingen nach diesem Vorfall trotzdem so weit, bis er aus dem Wohnheim gewiesen wurde. Eine Dozentin von Wolf wagte mir gegenüber die Bemerkung: „Mit ihm können Sie nicht glücklich werden."
Ich war der festen Meinung, ich könnte Wolf ändern. Durch meine Liebe bekäme er Vertrauen, durch meine Liebe würde er weniger trinken. War Wolf angetrunken, dann war er noch reizbarer, also mit Vorsicht zu genießen.
Der „Wohnheimrauswurf" verlangte von Wolf, sich nach einer neuen Bleibe umzuschauen, wenn er weiter studieren wollte, wozu ich ihn nach seinem Frust überredete.
Wolf fand ein Zimmer bei seinem Stammwirt. Es waren nette Leute, sie wollten nicht einmal Geld und erlaubten mir, bei Wolf jederzeit zu übernachten.
Für mich war es wie im Himmel, kein Versteckspiel mehr! Unser eigenes Reich!
Keine Überwachung! Da zeigte sich wieder einmal, dass nichts ohne Grund geschieht. Ich konnte kommen und gehen, wann ich wollte, musste nur für mich Nachturlaub beantragen.
Da ich mittlerweile schon achtzehn war, stellte dies kein Problem mehr dar.

Zu meinem achtzehnten Geburtstag hatte ich von meinen Eltern, ich glaube auf Vatis Geheiß, noch einmal ein ganz besonderes Geschenk bekommen: echte, helle Leder-Salamander-Stiefel und eine passende, flauschige, hell melierte Felljacke! Mann, sah das geil aus! Die Felljacke konnte ich zwar im Frühjahr nicht anziehen, aber ich freute mich schon auf den Winter, in dem ich sie ausführen durfte. Die Stiefel zog ich gleich an, die Jeans in die Stiefel gesteckt stolzierte ich los. Das sah gut aus, außerdem vornehm! Wenn es nicht gerade über fünfzehn Grad Lufttemperatur war, sah man mich nur noch in diesen tollen Stiefeln.
Um Geld zu sparen, trampte ich ständig zwischen Wolf und meinem Internat hin und her. Mit diesen Stiefeln hatte ich keine Probleme, mitgenommen zu werden.
So ungefährlich war dieses Unterfangen aber nicht. Einmal nahm mich ein Franzose, der Gastarbeiter im Gelenkwellenwerk war, in seinem Auto mit. Es war schon dunkel und er fuhr an den Seitenstreifen. Dort zwang er mich, ihn oral zu befriedigen. Widerwillig, unter Gewalt, stand ich ihm zu Diensten. Er reichte mir danach sogar ein Taschentuch – wie aufmerksam! Es war einfach eklig.
Ein anderes Mal verpasste ich den Bus, und ein älterer Herr, der an der Bushaltestelle in seinem Wagen saß, fragte mich freundlich, ob er mir helfen könne.

Ich erzählte ihm von meinem Dilemma und dass ich Ausgangsverbot bekäme, wenn ich nicht pünktlich im Internat wäre. Bereitwillig bot er sich als Fahrer an.
Ich hatte einfach zu viel Vertrauen.
Während der Fahrt bemerkte er, so fast nebenbei, dass er Mädchen mag. „Schön", dachte ich. Auf seine Frage, ob ich Opas mag, antwortete ich naiv: „Ja, sehr. Besonders solche nette wie Sie!" (Hatte ich doch als junges Mädchen alte Leute regelmäßig betreut.)
Dieser Opa meinte es natürlich ganz anders. Er fing während der Fahrt an, mit seiner rechten Hand über meine Beine und höher zu streichen. Erschrocken wehrte ich ab: „So war das nicht gemeint!"
„Denkst du, ich fahre dich umsonst?", kam seine barsche Meinung zurück. Ich wollte aus dem Auto steigen, da gab er noch mehr Gas, lachte dreckig und schubste mich: „Mach doch! Los, mach doch!"
Heulend schloss ich die Autotür, er bog plötzlich ab und fuhr in einen Wald, immer weiter. Ich kannte die Strecke überhaupt nicht und wusste nicht im Geringsten, wo wir uns im Moment befanden.
„Will der mich verschleppen und dann vergewaltigen?", dachte ich panisch.
„Wie kann ich das verhindern? Was kann ich tun?" Da kam mir eine Blitzidee: Ich muss so tun als ob!
„Okay, ich mach mit", stammelte ich vor Angst schwitzend, meine Hand sein Knie streichelnd. „Bist du dir sicher?"
„Ja, aber Sie müssen mich dann ins Internat fahren."
Der Alte grinste selbstgefällig und blieb auf einem Parkplatz in irgendeinem Wald stehen. Während er den Motor ausschaltete und den Fahrersitz zurück kurbelte, löste ich die Türverriegelung und sprang ins Freie.
So schnell ich konnte, rannte ich dieselbe Strecke zurück, die er gefahren war. Ich hatte aber nicht an seine gekränkte Eitelkeit und die sich daraus entwickelte Wut gedacht. Gar nicht lange nach meiner Flucht hörte ich hinter mir den Motor eines Autos, was mit hell aufgeblendeten Scheinwerfern auf mich zu raste. Er fuhr so knapp an mir vorbei, dass ich in den Straßengraben fiel.
Wieder aufgerappelt rannte ich weiter, plötzlich wendete er sein Auto und schoss erneut auf mich zu.
Vor lauter Angst sprang ich selbst in den Graben, kroch und stolperte dort, um nicht gesehen zu werden, auf allen Vieren im Dreck. Mein Herz raste, und ich heulte. „Wie komme ich da nur wieder heil raus?", jammerte ich verzweifelt, auf Rettung hoffend.
Endlich erreichte ich total verschmutzt und verrotzt die Hauptstraße und entdeckte ein Bushäuschen. Als ich mich sicher fühlte, schlich ich so unauffällig wie möglich in diese Haltestelle, um von dort den nächsten Bus zu nehmen.
Wieder hörte ich das Auto. Er suchte mich! Zitternd drückte ich mich in die dunkelste Ecke und atmete kaum.
Immer und immer wieder fuhr er vorbei. Ich wagte mich kaum zu bewegen, wusste immer noch nicht, wie ich da raus kommen sollte. Ich hatte solche Angst, dass ich den Bus

überhörte, der vorbei fuhr, da niemand aussteigen wollte und ich unsichtbar war. Vor Enttäuschung wurde ich vom Heulkrampf durchgeschüttelt. Ich weiß nicht, wie lange ich so zusammengekauert in dieser Ecke lungerte. Da! Wieder ein Motorengeräusch! Es klang nicht wie ein Auto. Ich nahm meinen ganzen Mut zusammen und als das Gefährt in Höhe der Haltestelle war, sprang ich auf die Straße. Ein junger Mann auf einem Motorrad stoppte und betrachtete mich ungläubig.
„Sie sind meine Rettung! Bringen Sie mich hier weg! Ich werde verfolgt", haspelte ich durch meine nassen, zerzausten, ins Gesicht hängenden Haare und streifte oberflächlich den Schmutz von meiner Jeans.
„Mal langsam", beruhigte mich der junge Mann, und ich stammelte in Kurzfassung die Story. Dann lud er mich auf sein Motorrad und düste mit mir ins Internat. Selbst auf dieser Fahrt musste ich ständig heulen, obwohl ich in Sicherheit war. Aber vielleicht mischte hier die Erlösung auch ein bisschen mit.
Die Internatsleiterin beruhigte mich, hörte sich vom Motorradfahrer meine Geschichte an, denn ich konnte immer noch nicht richtig reden, nahm mich in den Arm und informierte die Polizei.
Ich erfuhr, dass ich nicht sein einziges Opfer war.
Später wurde der Mann durch meine Täter- und Fahrzeugbeschreibung gefasst und verhaftet. Ich wurde mit Samthandschuhen angefasst, ohne Folgen für den Ausgang.
Zwei Tage brauchte ich, um mich von diesem Erlebnis zu erholen. Dann fuhr ich wieder zu Wolf, diesmal mit dem Bus.
Als ich ihm mein Erlebnis erzählte, bekam ich alles andere als Mitleid und Verständnis. Er machte mir eine heftige Szene, ich hätte mit Absicht den Mann sexuell erregt, und er schlug in seiner Wut blind auf mich ein. Ich verstand die Welt nicht mehr, fühlte mich doppelt gekränkt und verletzt.
Im Anschluss ging es in die Kneipe, um den Vorfall zu ertränken. Wolf bestand darauf, dass ich genau so viel wie er trinken musste. Es würde ein blödes Bild abgeben, wenn nur ich nüchtern wäre. Der Alkohol kam gerade Recht, um mein verletztes Ego zu vergessen. Ich wankte nach draußen, übergab mich und wollte mich in der Regentonne, welche in der Ecke des düsteren Hinterhofs stand, säubern. Dabei verlor ich mein Armband, welches Wolf mir „in Liebe" geschenkt hatte. Voller Panik bat ich die Wirtsleute, die gleichzeitig Wolfs Vermieter waren, mir bei der Suche zu helfen. Das blieb Wolf nicht verborgen.
Wütend schreiend zerrte er mich weg, bis in sein Zimmer. Dort verprügelte er mich aufs Neue. Ich hätte seine Liebe mit Füßen getreten. Nachdem ich verstört auf dem Boden kauerte, ging er, wahrscheinlich um erneut zu „tanken".
Sollte das Liebe sein? Ich grübelte und kam zu der Erkenntnis, dass ich mich trennen musste. Aber mein Herz sträubte sich. Ich konnte ihn nicht aufgeben. Ich liebte ihn doch.
Für mich blieb nur ein Ausweg. Ich durchsuchte die Hausapotheke unserer Vermieter und fand glücklicherweise eine volle Packung Belladonna, ein starkes Beruhigungsmittel. Ich schluckte den ganzen Inhalt mit Rotwein. Ich weiß nicht mehr, wie viele es waren, aber

für eine mächtige Dröhnung reichte es. Vom Leben Abschied nehmend trank ich heulend die ganze Flasche Rotwein leer und wartete auf den Tod - die Lösung meines Problems.
Es war schön, so langsam in die Bewusstlosigkeit zu gleiten, das Verflüchtigen des Kummers.
Ich fand mich auf der Toilette wieder, über das Becken gebeugt, von irgendwem gehalten. Sie flößten mir immer wieder übelschmeckendes Salzwasser ein. Der andere hielt meinen Kopf fest. Immer wieder übergab ich mich. Filmriss.
Irgendwann erwachte ich im Bett, allein. Durch meinen Kopf ging es: „Du musst zur Schule!"
Wankend und ich weiß nicht wie, stand ich vor dem Lehrerzimmer, an dessen Tür ich zaghaft klopfte. Ich wusste weder welcher Tag noch welche Uhrzeit es war. Die freundliche Psychologiedozentin öffnete und ich sank zusammen. Es war später Nachmittag, wie ich erfuhr. Die Internats-Krankenschwester versorgte und pflegte mich, bis ich wieder auf den Beinen war.
All das wurde mir einfach zu viel. Die schulischen Leistungen sackten auf ein Mittelmaß herab, und das als Lernbeauftragte, ich hatte wieder ständig einen Kater, musste mich sogar im Unterricht übergeben, sodass die Dozenten dachten, ich wäre schwanger. Es gab nämlich schon die eine oder andere Studentin, welche sich an dieser „Ansteckung" infiziert hatte. Ich bekam kaum noch etwas vom Unterrichtsstoff mit und zu allem Übel strich man mir mein Leistungsstipendium.
Ich ruderte um bessere Leistungen, bekam aber wieder zur Antwort: „Solche wie Sie können gegangen werden! Sie hatten zwar alles richtig, können aber mehr!" Verzweiflung schlich sich ein. Alle waren gegen mich! Ich wollte ihnen beweisen, dass ich den richtigen Weg gehe. Ich wollte beweisen, dass Wolf der Richtige für mich war, hatte aber nicht wirklich die Kraft, fand nicht den Weg.
Ständig verlangte Wolf von mir, dass ich genau so viel Alkohol trinken musste wie er. Seine Begründung war: Einseitige Betrunkenheit diskreditiert den Anderen. So war ich fast jedes Mal, wenn ich bei Wolf war, im Rausch, was das Leben leichter erscheinen ließ.
Meine Freizeit füllte sich immer mehr mit Wolf aus, seinen Kumpels und den Wessis, welche mit unserem Trupp über die Bluesmusik Kontakt aufgenommen hatten. Wir veranstalteten in leerstehenden Fabrikgebäuden Musiksessions mit made by self: Mundharmonikas, Querflöte, Brummbass (ein Tontopf mit Trommelfell bespannt, ein Stab in der Mitte, der mit einem feuchten Tuch durch Auf- und Abreiben tiefe Brummtöne erzeugte), Maultrommeln, Schellentrommeln, Rasseln sogar ein Saxophon und natürlich Gitarren. Wolf konnte ausgezeichnet Gitarre spielen, was mich immer wieder in den Bann zog. Auch hörten wir verschiedene Musik von mitgebrachten Schallplatten, Kassetten und eigenen Tonbändern. Meine Favoriten waren Led Zeppelin mit „Stairway to heaven" und Chicago mit „If you leave me now". Ich war eben eine Romantikerin. Auch von Jazz wurde ich begeistert, vor allem über Kopfhörer war der Musikgenuss perfekt.
Gemeinsam fuhren wir zum Dixielandfestival nach Dresden. Die ganze Mannschaft, in

zerrissenen Jeans, langen Haaren, bestempelt mit schwarzem Ruß (durch unser Lieblingswürfelspiel „Schummelmax", wobei der, der verlor oder beim Schummeln ertappt wurde, einen Rußstempel bekam), Männer mit langen Bärten und alle angeheitert, zog hinter den Pferdewagen der Jazz-Bands her und wackelte im Rhythmus mit. Es war einfach unvergesslich! Die gute Laune konnte nicht besser sein. Viele Menschen schauten uns ungläubig nach, aber innerhalb der Festzüge waren alle gleich. Von eins bis achtzig: alle Altersgruppen beieinander und die Stimmung gelöst und ansteckend.

Übernachtet hatte unser Trupp bei Emmes und seiner hübschen Freundin, die in Dresden eine Wohnung gemietet hatten. Durch den Alkoholspiegel störte mich das gemischte Übernachten nicht, ich hörte niemanden schnarchen, schämte mich nicht, war glücklich und totmüde. Viel zu schnell ging dieses Festival vorüber.

Das blieb nicht unsere letzte Unternehmung. Da ich gute Beziehungen durch meine damalige FDJ-Arbeit besaß, organisierte ich für uns alle Eintrittskarten zu einem Konzert der beliebten Band „Karussell". Diese Gruppe entstand aus der in der DDR verbotenen Gruppe „Renft", spielte Blues, Rock und sozialkritische Songs, weswegen Karussell und ihr Leader Cäsar besonders hoch im Kurs standen. Cäsar live zu erleben, gehörte für mich auch zu einem der schönsten Erlebnisse. Ich vergötterte ihn und seine Songs, kannte alle Lieder und spielte sie teilweise auch selbst auf der Gitarre, was ich oft am Lagerfeuer im Lustgarten, dem Park in der Ausbildungsstadt, zum Besten gab.

Wir hatten ziemlich weit vorn Plätze gefunden und ich saugte Cäsars Nähe auf, spürte sogar seine Körperwärme, seinen Geruch. Die Songs sorgten für ein begeistertes Beben im ganzen Veranstaltungssaal. Es war einfach toll!

Diese Erlebnisse versüßten scheinbar mein Leben. Es tat gut. Irgendwie bekam ich es wieder in den Griff.

Es kam die Zeit, wo Wolf mich endlich seinen Eltern vorstellen wollte.

Wir fälschten meinen Studentenausweis, damit ich mit dem Zug ermäßigt nach Berlin fahren konnte. Es klappte, ich bekam diese Fahrkarte und ab ging es mit Wolf Richtung Berlin. An einem Vorstadtbahnhof mussten wir in den Bus umsteigen, um in die Heimatstadt von Wolf, ein bekannter LKW- und Flugzeug-Bau-Standort der DDR, zu fahren.

Diese Stadt beeindruckte mich sehr. Überall die damals beliebten Neubauten mit Balkonen und sehr, sehr viel Grün. Durch die Stadt verlief ein riesiger Park, vor allen Häusern waren Grünanlagen, Spielplätze, überall sichere Radwege, die gut genutzt wurden, moderne Kaufhallen, und die Hauptstraße gesäumt von verschiedenen Geschäften. Einfach wunderbar.

Wolfs Eltern wohnten in einem Neubaublock mit Balkon, erste Etage. Der Blick nach hinten bot Aussicht in ein Wäldchen - gesunde Luft; diese Stadt hatte es mir angetan.

Seine Eltern begrüßten mich ziemlich zwanglos, nur der Vater, Mannfred, stolz auf das Doppel-N in seinem Namen, musterte mich eindringlich. Dagmar, Wolfs Mutter, hatte ein Superessen gekocht: Kartoffelklöße und Schweinebraten. Etwas befremdlich hörte ich

Wolf seine Eltern „Mami" und „Papi" nennen. So eine Verniedlichung war ich nicht gewöhnt. Wolfs Brüder waren auch zugegen, der fünf Jahre jüngere (also in meinem Alter), muskulöse Nils und der Nachzügler Lars, der gerade einmal dreizehn Jahre zählte.
Beim Essen war es sehr gestelzt. Alles sollte perfekt sein, keiner sprach ein Wort. Nils hob diese Stimmung unfreiwillig auf: Ihm fiel ein Kloß von der Gabel auf den Teller, und die Soße spritzte überall hin, zu seinem Leidwesen auch direkt auf das saubere Hemd von Mannfred. Dieser schaute erschrocken und vorwurfsvoll Nils an, wir anderen konnten uns das Lachen nicht verkneifen. Das Eis war gebrochen, danke Nils!
Am Abend stellte mich Wolf seinen Freunden im Jugendclub vor. Sie nannten ihn alle „Drachen" - ein passender Name, wie ich später heraus fand. (Der Drache raubt die Jungfrau, hält sie gefangen und speit Feuer.)
Wolf schickte mich an die Theke, um Bier zu holen. Ich wusste, dass in Berlin die Sachsen verpönt waren. Ich mochte den sächsischen Dialekt sowieso nicht, ging nicht umsonst in den Rezitationskurs, hatte in Sprecherziehung eine Eins und musste zu Festlichkeiten Gedichte rezitieren oder Reden halten - wegen meiner guten Aussprache. Dessen überzeugt stand ich an der Bar und verlangte: „Zwei Bier."
Mehr sagte ich nicht, war wohl doch nicht so ganz von mir überzeugt.
„Ihh, ein Sachse", kam die erwidernde Bemerkung.
Gesenkten Hauptes lief ich mit den zwei Flaschen Bier zu unserem Tisch zurück und nahm mir vor, recht schnell zu berlinern.
Es wurde noch ein schöner Abend. Nachts wollte Wolf Sex mit mir, mir war das gar nicht so Recht, wegen seiner Familie, gab aber trotzdem nach, bemüht, geräuschlos zu sein.
Am nächsten Morgen ging ohne Vorankündigung die Tür auf und die splitterfasernackte Dagmar ging zum Schrank und holte irgendwelche Kleidungsstücke raus. War mir das unangenehm! Hatte ich doch noch nie eine erwachsene Frau nackt gesehen, und mit *solchen* Brüsten! Ich schämte mich wegen meines Flachgebirges und wurde das Gefühl nicht los, Dagmar wollte mir zeigen, was ein Mann braucht. Total beschämt kroch ich unter die Bettdecke.
Hinzu kam, dass ich am vorherigen Abend von Wolfs Freunden erfuhr, dass Wolf vor mir lange mit einer vollbusigen Blondine verlobt war.
Meine Komplexe waren wieder erwacht. Beruhigend redete Wolf auf mich ein, dass wäre normal in seiner Familie, schließlich sind sie aktive FKK-Gänger. Trotzdem fühlte ich mich noch relativ unwohl.
„Fahren wir an die Ostsee", beschloss Wolf. Ich hatte doch gar keine Badesachen mit, und wie sollten wir hinkommen? Schnell organisierte Wolf ein Motorrad, Badesachen bräuchte ich nicht, wir würden an den FKK-Strand gehen. Heiliger Strohsack! Da war ich ja noch nie!
Die Übernachtung wurde auch geregelt, in einem kleinen Ostseedorf bei der Mutter des Studiekollegen Henne (mit den fusseligen, langen Haaren) durften wir schlafen.
Innerhalb einer Stunde ging es los. Zirka dreihundert Kilometer mit dem Motorrad. Wolf fuhr gut und schnell, am Mittag standen wir schon an den Dünen des FKK-Strandes.

Überall nackte Leute. Verlegen senkte ich den Kopf, während wir zum Meer liefen. Bloß nirgendwo hin schauen! Als ich den Kopf kurz hob, um zu sehen, wo wir gingen, sah ich als erstes einen nackten Mann auf mich zukommen. Seine Hoden hingen an den Kniekehlen. Oh Gott! Erschrocken richtete ich den Blick auf seine Partnerin. Diese hatte wegen einem Sonnenbrand auf jeder Brustwarze etwa einen Zentimeter dick Creme aufgetragen. Wohin sollte ich denn jetzt sehen?! Ich muss total unbeholfen reagiert haben. Ich wusste nicht, wie ich mich bewegen sollte, wohin ich meinen Kopf wenden sollte, und außerdem waren wir ja noch angezogen.
„Was muss ich denn zuerst ausziehen?", fragte ich zögerlich Wolf, als er eine Fläche für uns ausgewählt hatte.
„Zieh dich einfach nur aus."
Ich hatte das Gefühl, jeder starrte mich an und beobachtete mich beim Entkleiden.
Komischerweise legte ich das Oberteil zuletzt ab. Oder mit Absicht? In unserer Nähe spielte ein sehr schönes Mädchen mit wohlgeformten Brüsten Ball. Ein wenig war ich neidisch auf ihren Körper.
So unsicher und voreingenommen ich war: Mir. Schaute. Niemand. Zu. Wirklich NIEMAND. Alle bewegten sich völlig natürlich, waren freundlich, wie eine große Familie. So langsam begann ich, mich wohl zu fühlen.
Das erste Mal im Meer! Etwas salziges, kühles Wasser, Wellen und Quallen, es war einfach herrlich. Das Wasser umspülte und streichelte meinen nackten Körper, ich fühlte mich wie ein Baby. Ich konnte gar nicht genug bekommen. Das Wechseln der Badesachen entfiel auch. Ich wurde zum Fan vom Nacktbaden.
Zwei Tage blieben wir am Strand und genossen nebenbei die Gastfreundschaft von Hennes Mutter. Ich nahm ein schmerzendes Andenken von unserem Ausflug mit: einen heftigen Sonnenbrand am Po.
Dreihundert Kilometer auf diesem schmerzenden Teil auf dem Motorrad wieder zurück fahren! Oh, oh. Ich hatte durchgehalten.
Mit dem gefälschten Studentenausweis ging es erholt und zufrieden zurück zum Studieren.
Von nun an pendelte ich ein Wochenende nach Hause und ein Wochenende mit Wolf zu seinen Eltern. Ich war Teil der neuen Familie.

Das Nacktbaden machte mich mutiger. Da unser Sportunterricht auch Schwimmen beinhaltete und ich noch keinen Kopfsprung konnte, übten Karo und ich nachts im Schwimmbad den Köpper, natürlich nackt.
Beim nächsten Schwimmunterricht weigerte ich mich wiederholt, vor Publikum kopfüber ins Wasser zu springen. Mein Sportlehrer lächelte: „Nachts klappt es doch auch!" Errötend grübelte ich, woher er das wusste. Ich erfuhr, dass Herr Meyer gleich gegenüber des Schwimmbades in einem Neubaublock mit Balkon wohnte. Erwischt. Hatte er mehr gesehen, als er sollte? Die nächtlichen Übungsstunden ließen wir ab sofort bleiben.
Herr Meyer spielte auch sonst den Lehrer, den man vertrauen konnte. Er lud unseren

Trupp zu einer Sauftour in eine Gartenkneipe ein und füllte uns ordentlich ab. Am nächsten Tag schickte er uns heimtückisch zur Benotung auf den Schwebebalken und lachte sich innerlich halb kaputt. Die Schadenfreude war ihm ins Gesicht geschrieben. Wie ich ihn dafür hasste.
Auch war er der Kommandeur in unserem ZV-Lager: Lager für Zivilverteidigung. Es war Teil unseres Ausbildungsplanes. Das nichtsozialistische Ausland könnte uns ja angreifen, wir müssten wissen, wie man in solch einem Gefahrenfall reagiert. Man unterrichtete uns über Waffenkunde, verschiedene Bomben, Verhalten im Katastrophenfall, erste Hilfe, verschiedene Verletzungen (mit Bildmaterial!) und so weiter. Auch mussten wir Uniformen tragen, Atemmasken basteln, wurden gedrillt im Ausdauerlauf, Sturmbahn, Marschieren in kompletter Ausrüstung, auch unter Einsatz von Gasbomben, was die Sicherheit unserer selbst gebastelten Atemmasken erproben sollte. Da war unser Herr Meyer natürlich in seinem Element. Er labte sich an den erschöpften Mädchen.
Das Lager befand sich abseits der Zivilisation, mitten in der thüringischen Pampa, es gab lediglich eine Kneipe und eine Kaserne vier Kilometer entfernt, die nur zu Fuß zu erreichen waren. Es sollte wohl niemand von unseren Kriegsspielen etwas mitbekommen. Doch einmal, mitten in einem „Gasangriff", fuhren Neugierige in einem Trabant mittendurch. Sie kurbelten die Fenster herunter, bestaunten uns vermummten Kämpfer im Schritttempo und mit offenen Mündern. Sie reagierten nicht auf unsere Warnungen mit hektischem Winken. Sie tuckerten einfach weiter, so fasziniert waren sie. Aber nicht lange! Denn die Gaswolke machte auch vor dem Auto mit den offenen Fenstern nicht Halt. Diesmal grinsten wir „Kämpfer" schadenfroh.
Einmal in der Woche hatten wir Ausgang, natürlich in Etappen, damit im Ernstfall jemand im Lager ist. Vor dem Lager versorgte uns ein kleiner Kiosk mit dem Nötigsten. Karo und ich füllten hier unseren Bestand an Zigaretten auf. Während die Eine die ältliche Verkäuferin freundlich in Beschlag nahm und irgendetwas zum Naschen kaufte, füllte die Andere ihre Taschen mit unseren Marken „Sempers" und „Cabinett". So sparten wir uns das knappe Taschengeld. Zwar gemein, doch die nette Frau möge uns verzeihen.
Die ZV-Ausbildung war sehr hart, es konnte schon mal mitten in der Nacht die Alarmsirene heulen, und wir mussten in kürzester Zeit in voller Montur zum Marsch antreten. Ich hatte da ein wenig Glück im Unglück. Bei einem Marsch zum Ende der ersten Woche hatte ich Gummistiefel an, weil es so warm war verzichtete ich auf Socken. Das Ergebnis nach fünfstündigem Marschieren durch sehr undurchdringliches Gelände waren fette Blasen und blutige Füße. Der Lagersanitäter verarztete mich und befreite mich von sämtlichen körperlichen Einsätzen. Ich brauchte nur noch die Theorie über mich ergehen lassen, während der Einsätze spielte ich mit den Betreuern Skat und nutzte meine ärztlich verordnete Faulheit in der Sonne.
Schnell gingen die Wochen vorüber und der Endspurt des zweiten Studienjahres fing an. Meine Leistungen normalisierten sich halbwegs, und der Sommer wurde ausgenutzt:
Wenn es nur möglich war, gingen wir ins Freibad. Dort erntete ich die Aufmerksamkeit eines blonden, braungebrannten, gut gebauten, jungen Mannes. Alle Mädchen um-

schwärmten ihn, aber er legte sich auf <u>meine</u> Decke. Ich fand ihn auch nicht übel, nur ein wenig lästig. Ging ich zum Volleyballspielen, ging er mir hinterher, ging ich ins Wasser – er hinterher. Bei allem, was ich tat, begleitete er mich. Die anderen Mädchen beäugten mich neidisch und tuschelten. Na wenn schon, ich war die Auserwählte, also ließ ich mich auf ein Gespräch mit ihm ein. Sören war „Dressman" und wohnte auch hier in der Stadt. Zur Zeit hatte er Urlaub. Na gut, so langsam machte er mich neugierig, wann trifft man schon mal ein Model. Sören lud mich ein, mit dem Moped an einen einsamen Teich zu fahren, an dem man FKK-Baden konnte. Das lockte mich natürlich gewaltig, und ich willigte ein. Wir waren die einzigen in den Sanddünen. Er versuchte, sich mir zu nähern, ich spielte trotz meiner vorgenommenen Männerentsagung mit. Doch dann wollte er, dass ich mich wehre, ich spielte weiter mit. Als ich aber wie ein Pferd wiehern sollte, war es mir zu blöd. Sind die in solchen Kreisen alle so abgefahren?
Ich wollte nur noch zurück ins Internat, mit dem Vorwand noch zu einer Vorlesung zu müssen. Das sah er widerwillig ein und brachte mich zurück.
Seit diesem Ausflug wartete Sören jeden Tag vorm Internat, um mich abzuholen. Ich ließ mich ständig verleugnen, bis es mir zu bunt wurde. Ich verschwand durch den oberen Ausgang der Fakultät, schnurstracks in eine Kneipe. Karo beauftragte ich, ihm zu sagen, dass ich in ebendieser auf ihn warten würde.
Schnell suchte ich mir ein Opfer, auf dessen Schoß ich mich platzierte. Als Sören den Raum wie erwartet (sogar mit einem Blumenstrauß) betrat, schmuste ich heftig mit meinem auserkorenen, überraschten Opfer, dem es sichtlich gefiel. Diese Szene musste ich noch eine Weile aufrecht erhalten, denn der arme Kerl setzte sich an den Nebentisch. Nach einem hastigen Bier verließ Sören das Lokal. Geschafft. Es war zwar nicht die feine englische Art, aber ihn hatte ich los.
An diesem Abend spielten wir noch mit Würfeln, tranken etwas über den Durst, wurden aber auf dem Nachhauseweg schlagartig nüchtern. Karos Freund Zicke trieb es mitten vor dem Lustgarten mit einem Schaf! Für alle war es pervers-lustig, aber Karo – am Boden zerstört.
Zurück im Internat legten wir erst mal eine Schallplatte von Pink Floyd – „The Dark Side Of The Moon", auf , rissen das Fenster weit auf und schalteten auf höchste Lautstärke. Mit dem ersten Song „Speak To Me" beschallten wir die ganze Wohnheimbelegschaft, geil! Die richtige Musik zum Abschalten, zum Runterkommen und zum Schwelgen in anderen Sphären. Wer da noch schlafen konnte, war selbst Schuld.
Nachdem wir wieder auf dem Boden der Realität zurückkamen und die Musik verklungen war, redeten wir über unsere Sorgen, und ich tröstete Karo. Dabei gestand sie mir, dass sie in *meinen* Wolf verliebt war! Arme Karo, ich jedoch war empört. Er war doch mein Liebster! Die Freunde von ihr waren für mich doch auch tabu. So war eben meine Moral. Wusste ich doch noch nicht, dass man Gefühle nicht abschalten kann. Karo zeigte ja in Wirklichkeit mir gegenüber sehr viel Vertrauen, mit dem ich nicht richtig umzugehen wusste. Ich war ihr jedenfalls sehr böse.

Jedes zweite Wochenende fuhr ich mit gefälschtem Studentenausweis Richtung Berlin. Oft veranstalteten wir Blues-Sessions, an denen fast immer die „Bundis" anwesend waren. Mal hielten wir uns bei Bekannten in Berlin auf, mal in einem abgerissenen Fabrikgelände, mal bei Pittys Eltern – Vater: Professor, Doktor B., bei welchen ich meine ersten Luxuszigaretten „Duett" rauchte, die uns Frau B. bereit legte.

Die Partys gingen manchmal durch die ganze Nacht, gegen die Müdigkeit wurde uns von den Bundis eine kleine Pille verabreicht: „Hallowach" sollte der Name dieser Droge gewesen sein. Da ich aber keine Ahnung über Drogen hatte und diese kleine Pille die versprochene Wirkung halten sollte, langte ich gerne zu.

Die Bundis brachten uns kleine Geschenke mit, wie Kassetten von BAP, Panach und Kunert, Bob Dylan, Renft; Bücher, Zeitschriften und Instrumente. Sie schwärmten uns vom tollen Leben in der Bundesrepublik vor, waren arbeitslos und bekamen dies auch noch bezahlt! Sie fuhren einen VW-Käfer, trugen die bei uns beliebten Parkas, welche angeblich jeweils nur eine Westmark beim Roten Kreuz gekostet hätten. Heute vermute ich fast, dass diese Wessis absichtlich unter unsere Studentengruppe geschleust wurden. Denn es ist ein bisschen unwahrscheinlich, dass Arbeitslose sich trotz des Zwangsumtausches von täglich fünfundzwanzig D-Mark pro Person einen solch langen Aufenthalt in der DDR leisten konnten. Alles war irgendwie zu easy.

Gierig sogen wir die Neuigkeiten aus dem Schlaraffenland auf und befanden unser Leben im Vergleich trostlos, zu bescheiden. Es entstand der Wunsch, die Gesellschaft zu verändern.

Die Treffen waren sehr unterhaltsam, wir lernten neue Gesellschaftsspiele (da wurde schon mal mitten in der Nacht ein Mieter herausgeklingelt, um bei ihm ein Spiegelei zu braten), hatten dabei viel Spaß und sexelten durcheinander. Nur ich blieb meinem Wolf treu, er war eben meine Liebe.

Auf dem Weg zurück nach Süden benutzte ich noch den Zug, dabei wurde ich Opfer eines Exhibitionisten.

Der Zug war fast leer, ich saß in einem Abteil, den Blick in Richtung Zwischentür, mir gegenüber ein junger Mann. Während ich mich in ein Buch vertiefte, schweifte mein Blick hin und wieder zur Tür. Ein anderer junger Mann ging ziemlich oft musternd an mir vorbei, bis er mich vom Vorraum aus beobachtete. Bei einem flüchtigen Blick zu ihm stellte ich erschrocken fest, dass er an sich selbst, mich beobachtend, fummelte. Ich war empört, doch immer wieder wanderte mein Blick zu ihm. Ich weiß nicht warum, es war eklig und von außen gesteuert.

Ich bat den mir gegenüber sitzenden Mann, etwas zu unternehmen, doch er ignorierte dies. Als der „Wichser" seine Ladung gegen die Scheibe des Ausgangs spritzte, kochte ich. Nach Luft ringend schimpfte ich lauthals, der Wichser verschwand. Eine Frau mit Kind erschien, sie wollten an der nächsten Station aussteigen. Das Kind kam den schleimigen Spritzern gefährlich nahe. Mich würgte es, und aufgeregt warnte ich diese Frau. Dann suchte ich den Schaffner auf, aber dieser konnte den unangenehmen Fahrgast nicht mehr finden. Er war wohl ausgestiegen.

Dieses Erlebnis verstärkte natürlich nicht die Lust zum Zugfahren, deshalb und weil das Geld oft nicht reichte, stand ich wieder mit meinen Salamander-Stiefeln an der Straße und hob den Daumen. Ich lernte bei diesen Gelegenheiten viele nette Menschen kennen, Männer wie Frauen wie Pärchen.
Bei einem Mann flüchtete ich jedoch an der geschlossenen Schranke aus dem Auto, er sah schlecht, wenn er den Mund aufmachte, kam unverständliches Kauderwelsch heraus, und er kannte keine Verkehrsregeln oder Fahrbahnbegrenzungen. Ich war froh, wieder festen Boden unter den Füßen zu haben.
Ein anderes Erlebnis war etwas gefährlicher, im Nachhinein aber zum Schmunzeln. Wie so oft wurde ich von einem LKW-Fahrer mitgenommen, sie suchten auf ihren langen Fahrten einfach nur Unterhaltung.
Dieser Fahrer aber war nicht gesprächig sondern müde. Immer wieder fielen während der Fahrt seine Augen zu. Ich pufftе ihn gegen die Rippen, damit er wieder zu sich komme. Ich hatte wirklich Angst, dass etwas passiert. Schließlich hielt er mir eine Flasche zum Trinken hin, aus der er selbst einen riesigen Zug genommen hatte – WODKA! Ich hatte heraus gefunden, dass er ein Bulgare war und beschwichtigte ihn auf russisch, einen Parkplatz anzufahren. Dort überredete ich ihn, sich munter zu waschen. Er lächelte, stimmte mir zu und goss sich einen ganzen Kübel Wasser über den Kopf. Nach einer deftigen Brotzeit mit reichlicher Knoblauchwurst konnte die Fahrt weiter gehen. Doch er fuhr am Autobahnkreuz in die völlig andere Richtung, als ich wollte. Wild gestikulierte ich, er solle mich raus lassen. Kurzerhand hielt er mitten auf der Autobahn an, warf mich raus und schmiss mir meine Reisetasche hinterher.
Wo sollte ich nun hin? Nirgendwo ein Parkplatz, keine Abfahrt! Vorsichtig lief ich am Randstreifen in die Richtung, wo wir hergekommen sind, just hielt neben mir ein Polizeistreifenwagen. Ich musste meinen Ausweis zeigen, erklären, was ich hier mache und den Inhalt meiner Reisetasche offenlegen. Darin hatte ich nur ein paar Klamotten, drei lose Zigaretten, welche mir unterwegs Motorradfahrer geschenkt hatten, eine angebissene, trockene Semmel und eine Mark fünfzig. Mit abwertenden Blicken belehrten mich die Polizisten und setzten mich auf einer einsamen Landstraße aus.
„Lassen Sie sich ja nicht mehr von uns blicken! Und kommen Sie ja nicht wieder auf die Autobahn!", drohten sie mir.
Einsam und ratlos stand ich auf dieser Straße, kein Hinweisschild, kein Ort, keine Menschenseele in Sicht, wie ein amerikanischer Highway mitten in der Prärie. Ich wusste nicht, in welche Richtung ich gehen sollte, geschweige denn, wie ich überhaupt nach Hause kommen sollte.
Zu meiner Rettung hörte ich ein knatterndes Geräusch. Ein Motorrad, ein Mensch! Glücklich über die Hilfe des Schicksals stellte ich mich mitten auf die einsame Straße. Dieser einzige Motorisierte weit und breit entpuppte sich als freundlicher, hilfsbereiter, junger Mann. Eigentlich war er ja mit seiner Freundin verabredet. Er wollte mit ihr in Dresden ins Kino gehen, hatte aber Erbarmen mit mir.
So lud er mich auf den Sozius und ab ging es mit Vollgas in Richtung Karl-Marx-Stadt,

wieder auf die Autobahn. Mit extra langsamen Tempo fuhren wir an den besagten Polizisten, welche gerade wieder mit einer Kontrolle beschäftigt waren, vorbei. Diese schauten überrascht auf, und ich winkte ihnen frech zu. War das ein Gefühl! Von wegen: „...nie wieder..."!

Der junge Mann fuhr mich direkt zum Bahnhof, doch leider hatten wir den Zug in Richtung Heimatstadt knapp verfehlt. Mein Helfer eilte zum Busbahnhof und fand heraus, dass in Kürze ein Bus dahin fuhr. Da ich kein Geld für einen Fahrschein hatte, kaufte er mir kurzerhand ein Ticket und verfrachtete mich in den Bus. Ich ließ es mir nicht nehmen, nach seiner Adresse und seiner Bankverbindung zu fragen, denn ich war ihm sehr dankbar und wollte mich erkenntlich zeigen.

Gerade noch pünktlich erreichte ich meine Heimatstadt, zur gleichen Zeit wie der Zug aus Berlin, so dass es meinem Vater nicht auffiel, dass ich getrampt bin. Meinem Vater musste ich nämlich immer genau Rechenschaft ablegen, mit welchem Zug ich gefahren bin. Er wollte somit sein „Tramp-Verbot" kontrollieren. Eben wiedermal Glück gehabt.

Mit dem jungen Mann stand ich noch eine Zeit lang in Briefkontakt, und ich habe selbstverständlich meine Schulden beglichen. Seine Freundin war auch sehr verständnisvoll, und es gab somit für ihn keine Probleme. Manchmal hat man eben einfach nur Glück.

Zur selben Zeit erkrankte mein Opa mütterlicherseits an Lungenbeschwerden. In der Stadt, wo ich studierte, gab es auch ein schönes Schloss, das in eine Lungenheilanstalt umfunktioniert wurde. Leider war es für Angehörige recht umständlich (Bahn, Bus) zu erreichen. In eben dieses Schloss wurde mein Großvater, ein attraktiver Weiberheld, der um einiges jünger als meine Oma war, stationär aufgenommen.

Bei einem Umzug zu einem Staatsfeiertag vermutete ich ihn am Straßenrand, flirtend mit den vielen jungen Studentinnen. Leider entdeckte ich ihn nirgendwo. Das machte mich stutzig. Opa ließ sich doch so etwas nicht entgehen! Deshalb gab ich dem inneren Drang nach, ihn alsbald in der Klinik zu besuchen.

Gleich am Eingang des gut erhaltenen, pompösen Schlosses entmutigte mich eine Krankenschwester: „Heute ist keine Besuchszeit! Nur mittwochs und sonntags."

An der Rezeption stellte man mir, mich von Kopf bis Fuß musternd, die ungläubige Frage, wer ich eigentlich sei. „Na die Enkelin", empörte ich mich etwas, noch immer den Weiberhelden erwartend. Was glauben die denn, wer ich sei?

Von hinten rief eine andere Krankenschwester: „Wen will sie besuchen?"

Als sie den Namen meines Opas genannt bekam, flüsterte sie mit einer anderen Schwester. „Na gut. Ausnahmsweise. Hier hinten liegt er", war die plötzlich traurig angehauchte Entscheidung. Kurz vorm Eintreten ins Zimmer wurde mir noch vorsichtig und leise geraten: „Lassen Sie sich nichts anmerken."

Zaghaft öffnete ich die Tür, da lag er. Allein, schwach, eingefallen, um Jahre gealtert, traurig blickend, hilflos. Nichts war mehr da vom „Gentleman". Seine Augen sagten mir: „Wie kannst du mich denn in diesem Zustand sehen?!" Er war nicht mehr in der Lage zu sprechen, aus seinen blassen, aufgeplatzten, mit Bläschen übersäten Lippen kamen nur

röchelnde, brummende Laute. Ein Glas Tee stand neben seinem Bett.
„Willst du etwas trinken?", fragte ich hilflos. Er schüttelte nur den Kopf.
Um die Zeit zu überbrücken und wie es mir geraten wurde, mir nichts anmerken zu lassen, erzählte ich von zu Hause sowie von meinen Erlebnissen und richtete ihm viele Grüße von allen aus. Obwohl keiner wusste, dass ich ihn besuchte, versuchte ich, ihn mit meinen „Lügen" aufzumuntern. Ich glaube, er und ich wussten, dass es langsam vorbei war. Nach zwei Stunden einseitigem Unterhaltens verabschiedete ich mich von ihm und versprach, morgen mit Blumen wieder zu kommen, wie damals bei Uropa. Diesmal schauten Opas Augen anders. „Geh bitte nicht", schienen sie mir zu sagen. Ich fühlte mich fast wie ein Verräter, ging aber trotzdem.
Am nächsten Tag tauchte ich mit den versprochenen Blumen wieder auf. Das Krankenhauspersonal schaute mich mitleidig an. „Er ist leider letzte Nacht verstorben. Er konnte nicht mehr atmen."
Zum dritten Mal war ich die Letzte, die einen Angehörigen vor dem Sterben gesehen hatte. Zum dritten Mal deutete mir meine innere Stimme, was ich tun sollte. Seltsam. Aber ich war froh; froh, dass Opa noch einen aus unserer Familie gesehen hatte. Froh, dass ich ihm in seinen letzten Stunden noch ein bisschen Freude geben konnte. Froh, dass er von seinem Leid erlöst wurde.
Mit dieser traurigen Nachricht fuhr ich nach Hause. Dort erzählte ich Oma und Mutti, dass ich bei Opa war, dass er sie grüßen ließ und dass er viel an sie gedacht hatte. Ich verschwieg seine Qual; ich glaubte, so fiele ihnen der Abschied leichter. Manchmal sind Notlügen doch ganz hilfreich.

Noch eine Perle, noch eine Perle und..., krampfhaft versuche ich die Silberperlen von meinem Armband zu putzen, um auf andere Gedanken zu kommen. Nichts hilft, nicht einmal Tavor, ein stärkeres Beruhigungsmittel.
Die Zähne schmerzen, der Rücken foltert mich. Jetzt haben sie mich wieder so weit.
Neun Jahre Kampf für die Katz'?! Die scheiß korrupten Geldsäcke, denen ist anderer Leben völlig egal!
In meinem Kopf ist alles zu schwer. Ich denke ständig in Symmetrien. Es ist so anstrengend zu denken, doch ich kann nicht aufhören. Eigentlich weiß ich gar nicht genau, was ich denke. Mein Gehirn ist so voll und gleichzeitig so leer, wie ein Sieb, alles sickert durch, nichts bleibt haften. Ich. Will. Nicht. Denken!
Wer könnte mir helfen, obwohl – Hilfe annehmen ist auch erdrückend. Ich möchte mir einfach nur „die Kante geben". Alles sinnlos, auslaugend.
Seit wann werden Opfer als Täter behandelt? Mit welchem Recht?! Wer lässt das eigentlich zu?
Es kann doch nicht angehen, dass sich unser Leben nach neun Jahren immer noch ausschließlich um den unverschuldeten Unfall dreht, um Gesundheitssorgen, um Geldnöte, nur um Beweise, die <u>wir</u> erbringen müssen! Beweise, dass man im Krankenhaus war, Be-

weise für medizinische Behandlungen, Beweise für einst unternommene Urlaubsreisen, Beweise für die Arbeitsunfähigkeit (aber von Gutachtern, möglichst tschechischen; Rentengutachten wird nicht akzeptiert), Beweise für Fehldiagnosen, Beweise für Unterstützungen, die wir wegen Finanzprobleme nicht in Anspruch nehmen konnten, Beweise, warum ich doch nicht voll arbeitsfähig war, Beweise, Beweise, Beweise..., zirka achtundzwanzig, die innerhalb von zehn Tagen erbracht werden sollen.
Spätfolgen oder -kosten können nicht bezahlt werden. Außerdem gelten Dinge wie Haushaltshilfen, die man nicht in Anspruch nehmen konnte und kann, weil man wegen dem Unfall und der daraus erfolgten Erwerbsunfähigkeit kein Geld mehr dafür hat, **nicht als Schaden!**
Das heißt: wenn ich verhungere, weil ich kein Geld mehr habe, um Brot zu kaufen, so ist das nach deren Auslegung kein Schaden. Gut zu wissen...

Gegen Ende des vierten Semesters, welches sehr turbulent und endlich geschafft war, standen wieder Prüfungen bevor. Diesmal hatte ich mich ins Zeug gelegt, wollte meine nachgelassenen Leistungen wieder aufbessern.
In „Gesundheitserziehung" hatte ich enormes Glück. Dieses Fach interessierte mich besonders, hier gab es einige medizinische Einblicke, was meinem ehemaligen Berufswunsch Rechnung trug. Meine Leistungen hatten sich auf diesem Gebiet nicht verschlechtert, sondern ich behielt den Durchschnitt von eins Komma null bei. Meine Dozentin befreite mich mit dieser Begründung von der Prüfung. Das war so super, denn wie ich erfahren hatte, kam zur Prüfung der gesamte Stoff der letzten zwei Jahre dran, sogar Blutkörperchen, -zusammensetzung, Zellaufbau und so weiter. Davon hatte ich keine blasse Ahnung mehr.
In „Politischer Ökonomie" erreichte ich nur eine Zwei, Wirtschaft war nicht so mein Ding. Die Deutsch-Facharbeit handelte sich um Sprech- und Sprachprobleme, Diagnostik und vorgeschlagene Maßnahmen. Leider hatte ich nicht alle Sprachstörungen richtig diagnostiziert, folglich wurde die Facharbeit auch nur mit einer Zwei beurteilt.
Die schönste Prüfung war in „Russisch". Hier bekamen wir einen Fachtext in russischer Sprache, den wir ins Deutsche übersetzen sollten. Dafür waren vier Stunden vorgesehen. Zu Beginn der Prüfungszeit packte ich erst mal mein Frühstück inklusive Kaffee aus und stärkte mich. Meiner Russischkenntnisse war ich mir mehr als sicher. Beim Lesen dachte ich schon in dieser Sprache, so konnte ich nach meinem Frühstück und dem Nachschlagen mir noch fremder Vokabeln mit dem Lesen und dem sofortigen Übertragen ins Deutsche loslegen. Nach zirka einer Stunde war ich fertig und langweilte mich. Der Prüfungskommission fiel es auf, und sie fragten mich, ob ich wirklich schon fertig wäre. Nach meinem Bejahen durfte ich die Arbeit abgeben und den Prüfungsraum verlassen. Natürlich schloss ich diese Prüfung mit einer Eins ab. Für mich also zwei Erfolgserlebnisse und die Bestätigung, dass ich fast wieder die „Alte" war.
Mit dieser gestärkten Stimmung konnte ich in die Ferien gehen, während welcher ich mich für vier Wochen als Gruppenleiter in einem Ferienlager in Thüringen zur Verfügung

gestellt hatte. Erstens mussten acht Wochen Semesterferien verplant werden, zweitens konnte ich das Geld gut gebrauchen, und drittens konnte ich mich schon einmal für meinen späteren Job an Kinder gewöhnen sowie meine schon „erworbenen" pädagogischen und psychologischen Fähigkeiten erproben.

Das Ferienlager befand sich etwa vier Kilometer entfernt eines imposanten Schlosses, in welchem J.W.Goethe lange gelebt hatte. Ein Museum im Schloss zeugte von dieser Vergangenheit. Rundherum war ein gepflegter kleiner Park und in der Nähe ein Naturfreibad. Also pure Erholung.
Als erstes bekam ich die Verantwortung über zirka fünfzehn dreizehnjährige Jungs. Es war nicht einfach, ihr Vertrauen zu gewinnen, zumal ich selbst aussah wie dreizehn. Sogar während des Duschens musste ich sie beaufsichtigen, das war Vorschrift. Natürlich zierten sich die pubertierenden Knaben, aber mit viel Witz und Einfühlungsvermögen vertrieb ich ihre Scheu.
Mir war klar, dass ich die Jungs fordern musste. Also teilte ich Funktionen wie stellvertretender Gruppenleiter, Ordnungsverantwortlicher, Freizeitbeauftragter und so weiter ein, spielte mit ihnen Fußball, unternahm stundenlange Wanderungen, kletterte mit ihnen auf Felsen, wir bauten im Wald „Buden" aus umherliegenden Ästen und Zweigen und wanderten jeden zweiten Tag zum Schloss beziehungsweise ins Freibad. Damit jeder gleiche Chancen hatte, wechselten wir die Aufgabenbereiche. So kam jeder in den Genuss der Verantwortung. Das Ergebnis sprach für uns. Wir wurden die beste Lagergruppe, die Ordnung im Zimmer, das Verschönern unserer Baracke und die „Disziplin" waren einfach vorbildlich. Dafür bekam meine Gruppe einen Geldpreis, der das Taschengeld der Jungs am Ende des Ferienlagers wieder aufpeppte.
Mit den ausgesuchten Unternehmungen hatte ich die Buben auf meiner Seite. Interessiert besichtigten wir das Schloss, sangen auf Wanderungen, sammelten Pilze für das Abendessen, hatten einfach nur Spaß.
An einem Wochenende besuchte mich Wolf. Er durfte nicht ins Lager, Vorschriften. Also ging er mit uns ins Freibad und abends wollten wir uns treffen. Die Jungs waren mir wohlgesonnen, sie versprachen, keinen Lärm zur Nachtruhe zu machen und mich nicht zu verraten. Ich wusste, dass ich mich auf sie verlassen konnte, kletterte im Dunkeln aus dem Fenster der Unterkunft und stahl mich davon.
Wolf wartete auf dem Feld vor einer Strohpuppe, zusammengebunden aus Getreide, wie ein Zelt. Romantisch, dachte ich.
Wir verbrachten eine unruhige Nacht, denn nicht nur Wolf lenkte mich ab, sondern das Getreide pikte überall unangenehm. Für mich war es alles andere als romantisch, denn zum Schlafen bin ich dadurch nicht gekommen, zusätzlich hatte ich noch gewaltige Platzangst. Aber man muss es einmal probiert haben.
In den frühen Morgenstunden schlich ich mich ins Lager zurück und legte mich noch eine Stunde zur Ruhe. Nichts war aufgefallen. Der Lagerleiter hätte mich zwar vermisst, aber meine Helden hatten ihm erklärt, ich wäre auf der Toilette, Darmverstimmung. Ak-

zeptiert und nicht mehr nachgefragt. Ich war stolz auf sie.
Am Ende der zwei Wochen verabschiedeten sich alle von mir und umarmten mich. Manche weinten sogar. Auch mein Herz drückte, aber es kam ja gleich Nachschub.
Diesmal bekam ich neunjährige, zartbesaitete Mädchen, die schon am Anfang heftiges Heimweh hatten. Mit ihnen musste ich feinfühliger umgehen, Mama und Freundin zugleich sein. Allzu große Wanderungen waren nicht drin, dafür Spaziergänge über Wiesen, Blumenkränze flechten und Geschichten erzählen. Bis zum Freibad oder zum Schloss war ihnen der Weg nicht zu weit. Also konnten wir diese Gelegenheiten gut nutzen. Auch den Mädchen fiel der Abschied am Ende des Ferienlagers sehr schwer. Sie weinten genauso heftig wie sie sich zu Beginn von ihren Eltern verabschiedeten.
Durch diese guten Erfahrungen als „angehende Erzieherin" bekam ich mehr Selbstbewusstsein. Ich war gerüstet für das letzte Studienjahr und für die nächsten Praktika.

Wolf hatte sich inzwischen für meinen Vater die Haare „vernünftig" schneiden lassen. Nun sah er nicht mehr aus wie ein dahergelaufener Penner, Vati akzeptierte ihn etwas mehr. Er durfte sogar bei uns zu Hause übernachten, aber oben im Doppelstockbett, was von Vati strengstens kontrolliert wurde. Inzwischen hatten wir uns heimlich verlobt, ein süßer kleiner, goldener Ring mit einem zarten, eingefassten Stein zierte meinen Finger.
Wolf studierte nun nicht mehr, er war wegen seines Verhaltens exmatrikuliert worden. Ich nehme mal an, dass er wieder zu tief und zu oft ins Glas geguckt hatte. Aber darüber machte ich mir eigentlich nicht so viel Gedanken. Die Hauptsache war, dass wir uns an den Wochenenden sahen.
Mein Studium gestaltete sich super. Da Wolf jetzt die Woche über bei Berlin als Monteur arbeitete, war ich auch nicht mehr so abgelenkt. Den Praktika stand ich aufgeschlossen und zielsicher gegenüber, ich hatte die Souveränität und vor allen Dingen Spaß, dies zeigte sich auch in meinen Noten. Ich hatte mich wieder gefangen, nahm meine Funktion als Studentenvertreterin wieder korrekter wahr, unterstützte die „Neuen" und bekam eine kleine Finanzspritze: Leistungsstipendium, zwar nicht die volle Höhe, aber immerhin sechzig Mark. Die halfen mir, die Fahrtkosten zu bestreiten.
Ein Wochenende ging es wieder zu mir, das andere zu Wolf nach Hause. Für mich stand jetzt schon fest, bei Berlin werde ich einmal arbeiten!
Die Zeit verging sehr schnell. Es nahten die Weihnachtsferien, Wolf besuchte mich ein letztes Mal in diesem Jahr zu Hause.
Auf der Küchencouch verführte er mich, er war süchtig nach Sex. Nach diesem Vorfall bekam ich an der Scheide leichten Ausschlag, dachte mir jedoch nichts dabei.
Wolf hatte Verwandte in meiner Heimatstadt, einen Opa und einen Onkel, beide stolze Hausbesitzer. Den Opa hatte ich schon kennengelernt, der Onkel war mir neu.
Wolf veranstaltete eine Silvesterparty, die im Haus des Onkels, das mit dem Bus zu erreichen war, stattfinden sollte. Sie fing schon vier Tage früher an, denn alle Kumpels, einschließlich den Bundis und Karo, waren eingeladen.
Wolf wollte mich zu dieser Party abholen und klingelte an meiner Tür. Als Vati erfuhr,

dass sogar Westdeutsche an der Party teilnehmen und alle auf dem Fußboden verstreut schlafen würden, hatte er mir das Feiern natürlich strikt verboten. Wären wir doch lieber nicht ehrlich gewesen! Nach vielen Tränen und Betteln durfte ich nur mal „Hallo" sagen und sollte zwanzig Uhr wieder zu Hause sein.

Ich fühlte mich wohl unter all unseren Freunden. Für Wolf und mich hatten die Bundis ein Verlobungsgeschenk mitgebracht: „Herr der Ringe" von Tolkin, alle drei Bände. Mit neuen Gesellschaftsspielen wurde das Zusammensein richtig ausgelassen. Ich wollte sie nicht ohne mich weiterfeiern lassen, glaubte etwas zu verpassen.

Da ich Vati am nächsten Tag auf Arbeit vermutete, holte ich meinen alten Plan aus der Versenkung. Mein Schwesterlein musste mir wieder beistehen.

Als meine Eltern sich schlafen legten, zog ich mich wieder an, stellte meine Schuhe, die ich an diesem Tag trug, auf den Abtreter, Kirsten ließ mich leise aus der Wohnung und sperrte hinter mir die Tür wieder ab, damit Vati, wenn er halb fünf auf Arbeit geht, nicht merkt, dass ich „geflüchtet" bin. Am nächsten Morgen wollte ich gegen acht Uhr wieder nach Hause kommen. Mutti würde das sicher verstehen.

Die Feier war super, der Alkohol floss, das Kuscheln mit Wolf blieb auch nicht aus. Ich fühlte mich geborgen und pudelwohl.

Als mir Kirsten am nächsten Morgen die Tür öffnete, sah ich schon an ihrem verstörten, ängstlichen Blick, dass etwas nicht stimmte. Sie brachte kein Wort hervor, deutete mit dem Kopf nur in Richtung Wohnküche. Ich ahnte bereits das Malheur!

In der Küche, vor dem neu angeschafften Farbfernseher, saß auf dem Stuhl **Vati** und schaute mich streng an. Ich zitterte und stammelte, bettelte und weinte, zwecklos.

Vati verbot mir, die Restferienzeit mit „solch einem Typ" zu verbringen. Er wäre ein schlechter Umgang für mich, er würde mich verderben.

Erneut musste mein armes Schwesterherz mit dem Drahtesel zu Wolf radeln, um ihm die traurige Nachricht zu überbringen und ihn auf das Ferienende vertrösten. Kirsten war richtig lieb, sie tat alles für mich, ich war ihr sehr dankbar.

Heute geht es mir ganz gut. Ich will es noch gar nicht glauben! Sechsmal habe ich Medikamente ins Rückenmark gespritzt bekommen, zwei Wochen extreme Schmerzen, da jedes Mal wieder der Nerv gereizt wurde, weil ich durch meine vielen Narben innerlich total verwachsen bin. Mein Arzt meint, wir machen jetzt eine Pause von zwei Wochen, damit sich der Nerv beruhigt und die Medikamente wirken können. Das heißt wieder: schonen! Heute könnte ich Bäume ausreißen. Immer nur schonen ist mir einfach zu langweilig; lesen, rauchen, lesen, rauchen... Deshalb habe ich heute nur leichte Arbeiten erledigt, wie Bäume im Garten gegen Ungeziefer mit Brennnesselsud besprüht, die Holzstange, an denen meine Blumenampeln hängen mit Holzschutzlasur gestrichen. Ich muss mich bremsen, dass ich es nicht übertreibe. Es tut nur soooo gut, sich fast schmerzfrei zu fühlen!

Von unserem Prozess haben wir bisher nichts mehr gehört. Lediglich die AOK bat mich in einem Schreiben, über meine Krankheit zu berichten, da die gegnerische Versicherung einen Pauschalbetrag angeboten hatte. Na sieh mal an! Bei mir bestreiten sie die Verletzungen und deren Folgen. Wir haben die Kopie des Schreibens natürlich gleich an unseren Anwalt geschickt. Mal sehen, was da raus kommt.

In den Wintersemesterferien schenkte Vati meiner Familie und mir einen letzten gemeinsamen Urlaub an der Ostsee, auf der Insel Rügen, in Binz. Nachvollziehbar war ich nicht gerade begeistert von seinem Vorhaben, war doch die Stimmung zwischen uns nicht so prickelnd. Aber ich erkannte seinen guten Willen und versuchte, ein bisschen zugänglicher zu sein.
Das Hotel in Binz war groß und vornehm. Wir besuchten die Hafenstadt Rostock, das Meereskundemuseum in Stralsund und unternahmen ausgedehnte Spaziergänge am schneebedeckten Strand, sehr erholsam!
Nur abends grüßte die liebe Langeweile. Lediglich mit den Eltern dazusitzen, beim Essen, beim Tanz, beim Varieté war nicht so das, was man sich als junges, erwachsenes Mädchen vorstellte. Folglich schloss ich Bekanntschaft mit der anwesenden Jugend und dem jungen Personal. Irgendwann veranstalteten wir unsere eigene Party im Aufenthaltsraum. Einige Mädchen vom Personal gesellten sich unerlaubter Weise zu uns. Sie durften mit den Urlaubern keinen Kontakt haben. Aus diesem Grund schlossen wir die Tür ab und vereinbarten einen Klopfcode. Ich wechselte von der Party zur Abendveranstaltung, an der meine Eltern teilnahmen, hin und her. Damit es nicht auffiel, gab ich an, zur Toilette zu müssen. Dort hielt ich mich wahrscheinlich zu oft und zu lang auf, denn Vati begann, an diesem Alibi zu zweifeln, er schickte meine Schwester Kirsten hinterher. Nichts ahnend wollte Kirsten mich warnen und klopfte mit dem vereinbarten Zeichen an die Tür des Aufenthaltsraumes. Als die Tür geöffnet wurde, stand Vati, der ihr heimlich gefolgt war, vor der Tür und Kirsten heulte. Er zerrte mich am Arm aus dem Raum und schrie: „Was suchst du hier?! Treibst dich mit anderen Kerlen 'rum! Du bist verlobt!"
Vati schleifte mich zu unserem Zimmer und schrie und tobte, ich wäre mit meinem Verhalten Schuld, dass Mutti Migräne hätte usw. Dabei zog er seine schweren Armeestiefel aus und schlug damit auf mich ein. Pausenlos. Er duldete keine Erklärung, und immer wieder ließ er einen Lederstiefel auf meinen Rücken, meinen Kopf und mein Gesicht mit voller Wucht nieder. Während dieser Wutattacke erschien meine blasse, mitgenommene Mutti und wollte Vati beruhigen. Natürlich ging es nach hinten los. Es folgte die alte Leier: „Das ist dafür, weil deine Mutter sich einmischt!"
Auch Mutti blieb nicht verschont.
Wieder einmal fühlte ich mich gedemütigt und unverstanden. Und obwohl Mutti Migräne hatte, musste auch sie leiden. Und ich war Schuld.
Vom restlichen Urlaub weiß ich nichts mehr, aber mit Vati hatte ich kein Wort mehr gesprochen.
Zu Hause wieder angekommen, packte ich meine Sachen und setzte Vati vor die Wahl: „Entweder du entschuldigst dich bei mir und Mutti oder ich komme nicht mehr nach

Hause!"

Er blieb natürlich stur und ich zog aus. Blöd war nur, wo sollte ich an den Wochenenden hin? Das Internat war wochenends geschlossen. Entweder musste ich heimlich dort bleiben oder zu Wolf gehen, der auf Montage war und ab und an wochenends bei seinen Wirtsleuten wohnte.

Das erste Wochenende verbrachte ich bei Wolf. Wir waren nur nackt. Kochten nackt, speisten, duschten gemeinsam und den Rest der Zeit ließ ich mich im Bett trösten. Das nächste Mal waren wir bei mir im Internat. Es war ziemlich anstrengend, wir konnten ja nicht mal abends das Licht anmachen, da ein Lehrerehepaar gegenüber in der Schule wohnte.

Das viele Zusammensein mit Wolf brachte mich ihm noch näher. Ich war ihm hörig. Alles, was er von mir verlangte, machte ich mit, hatte ich doch sonst niemanden mehr. Mittlerweile gewöhnte ich mich an das „Vagabundenleben" und auch das Sexleben war mehr als gewöhnlich, allerdings meldete sich mein Ausschlag an der Scheide. Er schmerzte beim Verkehr sogar. Doch Wolf kannte keine Gnade. Sexverweigerung setzte er mit Untreue gleich. Er zwang mich trotz der unangenehmen Schmerzen zum Sex, bis es blutete. Nach kurzer Zeit verteilte sich der Ausschlag überall, sogar innen. Ich musste zum Arzt! Diagnose: Kondylome, sprich – Feigwarzen. Natürlich vermehrten sie sich durch das Blut und durch Geschlechtsverkehr. Ich bekam eine Salbe und striktes Sexverbot. Für Wolf war es nicht maßgebend, er zwang mich weiter zum Sex, und die Kondylome nahmen zu. Ich sah aus wie ein Blumenkohl. Ich war geschockt. Mutti rief mich ab und zu von ihrer Arbeit aus an, (Vati entschuldigte sich natürlich immer noch nicht), so erfuhr sie, dass ich wegen der Infektion stationär in eine Spezialklinik musste. Ich glaube, sie war genauso aufgeregt wie ich.

In der Klinik sollten die Kondylome unter Narkose ausgebrannt werden, Laser gab es noch nicht.

Nach der Operation hatte ich riesige Schmerzen, die Ärzte meinten, jetzt wäre eine Entbindung eine Kleinigkeit für mich. Die Brandwunden waren zirka fünf Zentimeter tief, heilten von außen nach innen, und bei jeder Bewegung rissen die Wunden wieder ein. Ich musste lange einen Blasenkatheder in Kauf nehmen. Die Entfernung dessen war sehr schmerzhaft, außerdem verkrampfte sich meine Blase, und die Schmerzen schnitten in den Unterleib. Der Harndrang war groß, alle fünf Minuten, doch ich war froh, wieder auf die Toilette gehen zu können, auch wenn das Wasserlassen fast unerträglich und der Urin blutig war. Auf der Toilette traf mich erst einmal ein Schock: Ich sah aus wie ein Mann! Meine Geschlechtsteile waren so geschwollen, dass sie Hoden ähnelten. Ich hatte Angst, dass es so bleibt. Die Ärzte trösteten mich, es werde alles wieder in Ordnung kommen.

Da Wolf sich bei mir (oder ich mich bei ihm?) angesteckt hatte, wurde er parallel in einer anderen Klinik behandelt. So waren Mutti und meine Freundinnen die einzigen Besucher. Mutti litt mit mir mit, meine Freundinnen hielten mich mit dem Studium am Laufenden. Nach einem langen Krankenhausaufenthalt wurde ich arbeitsunfähig entlassen. Mein Studium durfte ich noch nicht fortsetzen. Ich hatte keine Wahl und musste mit Mutti nach

Hause fahren.

Ein Vierteljahr war ich krankgeschrieben, ein Vierteljahr Schmerzen, die sich aber mehr und mehr linderten. In dieser Zeit blieben Vati und mir nichts anderes übrig, als uns wieder anzunähern, wenn die Stimmung auch gespannt war. Doch ich spürte: Ich war seine Tochter. Er machte sich Gedanken um mich. Das stimmte mich ein bisschen nachsichtiger, und ich verzichtete auf seine Entschuldigung. Wieder einmal war Vati der „Sieger".

Wolf hatte inzwischen die Wiederaufnahme seines Studiums beantragt – abgewiesen. War wohl zu schlimm, was er sich geleistet hatte. So ging er weiter als Rohrleitungsbauer auf Montage.

Den versäumten Stoff holte ich schnell nach, Karo hatte alles mit Pauspapier mitgeschrieben und mir die Kopien zukommen lassen.

Da ich mich ja sowieso langweilte und Zeit ohne Ende hatte, eignete ich mir das neue Wissen selbst an und konnte genesen und gerüstet in den Endspurt gehen.

Der Endspurt begann gleich mit dem Prüfungspraktikum und integrierter Facharbeit. Mein Thema lautete: „Wie wirkt sich die gezielte Kunstbetrachtung mit Kindern auf ihr künstlerisches Gestalten aus".

Mein Praktikum war in einer kleinen Stadt in der Nähe meines Zuhauses. Viele alte, prunkvolle Villen zierten das ruhige Stadtgebiet, in dem sich der Kindergarten befand, einfach traumhaft.

Meine Mentorin, Frau Schmidt, war die erste Anleitung, mit der ich super zurecht kam. Wir waren uns sympathisch, sie reflektierte sehr gut mit mir, gab mir Tipps und Chancen, meine Arbeit in dieser mittleren Gruppe mit einundzwanzig vier- bis fünfjährigen Kindern zu optimieren. Ich fühlte mich geachtet, aufgehoben und sicher.

Frau Schmidt gab mir die Gelegenheit, die Theorie meiner Facharbeit mit den Kindern zu erproben und zu belegen, damit auch der praktische Teil beendet werden konnte.

Ich wählte ein Gemälde mit starkem Hell-Dunkel-Kontrast von einem sozialistischen Maler, dessen Namen ich leider vergessen habe, aus: Der Lampionumzug. Mit den Kindern wollte ich erarbeiten, wie man auf einem Bild die Leuchtkraft besser unterstreichen kann.

Die Kinder verstanden dadurch einige Gesetzmäßigkeiten bei der Bildgestaltung, welche sie auch gekonnt beim Malen mit Wasserfarben umsetzten. Kurz und gut: Sehr gelungen!

Auch meine praktische Prüfung verlief mehr als gut. Ich musste mit den Kindern Tierstimmen erarbeiten, zuordnen und bezeichnen. Dafür nahm ich verschiedene Tierstimmen auf eine Kassette auf und wählte aus dem Materialraum entsprechende Bilder aus. Doch gleich zu Beginn, als die Prüfungskommission Platz genommen hatte, funktionierte der Kassettenrekorder nicht. Das war nicht geplant! Klappte doch gestern beim Austesten alles bestens! Mir schoss alles durch den Kopf: meine Kenntnisse aus dem Unterricht mit audiovisuellen Mitteln, der Fortgang meines Angebotes – ich hatte leider keinen Plan B, und die Kinder durften nicht unruhig werden! Obwohl ich total konfus war, stellte ich den Kindern ein Tierrätsel, nach dessen Lösung sie das entsprechende Bild auswählen sollten. Währenddessen untersuchte ich den Rekorder, den Anschluss, oder war die

Steckdose kaputt? Als ich dies inspizierte, stellte ich erleichtert fest, dass lediglich der Stecker gezogen war. Wahrscheinlich die Putzfrau! Der Schaden war behoben und mein Angebot ging reibungslos vonstatten. Die Prüfungskommission lobte mein besonnenes Verhalten – wenn die gewusst hätten! - und belohnte mich mit einer Eins. Das Abschlusspraktikum beendete ich auch mit einer Eins. Ich war zufrieden und Frau Schmidt sehr dankbar.

Meine Facharbeit wartete fundiert und komplett darauf, getippt zu werden. Zur damaligen Zeit gab es noch keinen Computer, mit der Schreibmaschine musste der auf vielen, losen Seiten handgekritzelte Text auf's Papier gebracht werden. Dies beherrschte ich nicht. Wolfs Mama Dagmar bot sich an, die Facharbeit zu schreiben. Ich war froh, kannte ich doch sonst niemanden, der dazu in der Lage war. Dagmar ließ auf sich warten. Immer kam etwas dazwischen, der Abgabetermin rückte näher und näher, ich wurde immer nervöser.

Am letzten Tag vor der Abgabe hielt ich dann endlich mein Meisterwerk in der Hand! Doch beim Durchlesen stellte ich haufenweise Rechtschreibfehler fest. Oh je, das beeinflusste doch die Gesamtnote! Und Dagmar war über dreihundert Kilometer weit weg! Also lieh ich mir vom Büro die alte Schreibmaschine und korrigierte die ganze Nacht meine zweihundert Seiten im Zweifingersystem. Allerdings hatte jeder Schreibmaschinentyp seine eigene Schrift, das Tipp-ex funktionierte nicht gerade toll und mit dem richtigen Einspannen hatte ich Laie auch so meine Probleme, die Buchstaben standen dann schon 'mal etwas schief. Für mich war wichtig: Orthographisch und fachlich – einwandfrei!

Der prüfende Kunstdozent sah es leider anders. Fachlich und orthographisch gab es zwar eine Eins, doch in „Form" eine Vier, sodass die Arbeit insgesamt nur noch mit einer Zwei bewertet wurde. Alles Diskutieren half nichts, hatte ich diesen Lehrer im letzten Jahr sowieso gegen mich gestimmt, indem ich Hausaufgaben nicht abgab, schwänzte und dafür zwei Fünfer kassierte. Enttäuscht musste ich das Ergebnis hinnehmen.

Die Abschlussprüfungen in Pädagogik und Wissenschaftlicher Kommunismus verliefen wie gewohnt, nur in meinem Lieblingsfach Psychologie versagte ich. Ich hatte eine Definition über den Charakter mechanisch, ohne Nachzudenken gelernt. So erklärte ich dem Prüfer den Charakter als <u>eine</u> Anlage, bewies aber in meinem Vortrag, dass er <u>keine</u> Anlage ist und sich durch Erziehung und Erfahrungen bildet. Das Temperament hingegen sei eine Anlage. Mir war alles klar, verstand deshalb nicht, warum Prof. Dr. Göbel mich wieder und wieder nach der Definition fragte. Hätte ich nur nachgedacht! So schloss ich das Fach Psychologie mit einer Zwei ab.

Das Zeugnis als staatlich geprüfte Kindergärtnerin bescheinigte mir wegen der schlechten Leistungen vom Vorjahr leider nur ein Gut. Tja, kleine Sünden haben eben auch ihre Folgen.

Während der Prüfungszeit organisierte ich die Anstellung in den Bezirk Brandenburg, und bei einem Besuch bei Wolf nahm Dagmar an mir Maß und schneiderte für meine Zeugnisübergabe ein wunderschönes, langes, den kleinen Busen mit Rüschen bedeckendes, dunkelblaues Abendkleid, das mit großen Blumen gemustert war und einen tiefen Rückenausschnitt hatte. Mann, war das elegant!

Eine Angestellte der Volksbildung traf sich mit mir und zeigte mir meine neue Arbeitsstelle. Auf einem Dorf, zirka sechs Kilometer entfernt von Wolfs Zuhause, neben einem Schloss und einem großen Landwirtschaftsgut. In diesem Gut sollte ich wohnen. Ein kleines Zimmer, Bett, Tisch, Schrank, Ofen und zwei Stühle. Die Toilette war auf dem Gang. Die einzige Waschgelegenheit war auf der Toilette. Und das Beste: Das alles sollte ich mit ausschließlich Männern – LPG-Bauern – teilen! Katastrophe! Niemals!

Ja später, da sollte ich eine bessere Wohngelegenheit bekommen, und Baden durfte ich einmal in der Woche bei einer Arbeitskollegin. Sie hätte sich schon bereit erklärt.

Frustriert besprach ich dies mit Wolfs Eltern, und wir beschlossen, dass ich in der Zwischenzeit, bis ich eine vernünftige Wohnung bekäme, bei ihnen im Gartenhaus kampieren werde. Ein schöner großer Garten, hinter der Schwimmhalle, in der Nähe einer Gastarbeitersiedlung; zwei liebevoll eingerichtete Räume: Küche und „Wohnzimmer" mit Bar, allerdings war die Toilette und die Wasserpumpe draußen. Auch nach der Klobenutzung musste man mit einem Eimer gepumpten Wassers nach- spülen. Das hörte sich für mich jedenfalls besser an, als mit fünf Männern die Toilette und das Waschbecken zu teilen. Es war ja nur vorübergehend.

Das Zimmer auf dem Gut nahm ich dennoch an, konnte ich darin meine persönlichen Sachen unterbringen. Als meine Eltern mir später in den Ferien mit dem neuen Shiguli halfen, meine Sachen unterzubringen, waren sie von meiner neuen Bleibe total geschockt. Selbst das Gartenhäuschen überzeugte sie nicht. Vati fand hinter der Bar eine Menge leere Schnaps-, Bier- und Weinflaschen. Upps, daran hatte ich nicht mehr gedacht.

„Das ist dein Abstieg", gab mir Vati mit auf den Weg.

Nach der feierlichen Zeugnisübergabe, ich – stolz im passenden, raffinierten Abendkleid, feierten wir noch mit der Ortsjugend unseren Abschied. Karo und ich tauschten Adressen und wollten in Kontakt bleiben.

Das war's.

Lange hielt ich die letzten Ferien bei meiner Familie nicht aus, mich zog es in die Ferne, weg von Vati, hinein in die endgültige Unabhängigkeit. Ich packte meinen letzten Krempel, benutzte noch einmal meinen gefälschten Studentenausweis und saß im Zug, Richtung neue Heimat.

Als ich aus dem Fenster sah, überkam mich dann doch die Traurigkeit: „Nie wieder werde ich die Berge sehen, nie wieder meine Freunde." Auch der Abschied von meinen Eltern und meiner Schwester drückte mir aufs Herz. Wann werde ich sie wiedersehen? Sie hatten mir versprochen, mich bald zu besuchen. Dass ich ihnen dazu einen besonderen Grund lieferte, wusste ich noch nicht.

Wolf musste, da er noch immer keine Zusage zum Weiterstudieren hatte, weiter in seinem früheren Betrieb auf Montage gehen. Im Sommer nahm er Urlaub, um die Zeit mit mir zu

verbringen und mich auf das „Camperleben" vorzubereiten.
In dieser Zeit feierten wir viel, sahen fern (im „Gartenwohnzimmer" stand ein Schwarz-Weiß-Fernsehgerät), musizierten und Karo kam zu Besuch.
Wolf hatte extra ein Zelt für sie aufgebaut.
Wir redeten, spielten, lachten und der Alkohol kam auch nicht zu kurz. Plötzlich verschwand Wolf, er musste zur Toilette. Karo und ich quatschten und quatschten. Wolf kam einfach nicht wieder, da kam Karo auf die Idee, nach ihm zu schauen.
Auch sie kam nicht wieder. Ich fühlte mich ein bisschen verlassen. Dachten die beiden denn, ich hätte zu viel getrunken und würde nichts merken?
Ich wollte mich selbst überzeugen, ob sich meine Ahnungen bestätigten.
Ich fand sie beide im Zelt. Wolf lag unten, Karo saß auf ihn und beugte sich zu seinem Gesicht. Ich flippte aus. Meine beste Freundin! Schuldbewusst kam sie aus dem Zelt: „Es ist nicht so, wie du denkst", stammelte sie.
„Ja wie denn sonst?!", fauchte ich sie an und verpasste ihr eine schallende Ohrfeige. Karo packte ihre Sachen und verschwand kommentarlos.
Wolf flippte aus: „Wie gehst du mit deiner Freundin um?! Wo soll sie jetzt schlafen?! Hol sie zurück!"
Ich dachte nicht daran. Das war Vertrauensbruch! Wolf schlug mich windelweich. Als ich heulend auf dem Bett kauerte, ging er auf die Suche nach Karo. Erfolglos kehrte er zurück und sprach kein Wort mehr mit mir. Ich fühlte mich verraten. Er war mein Verlobter und hielt nicht zu mir!
Am nächsten Morgen tauchte Karo ungekämmt und verschlafen auf. Sie entschuldigte sich bei mir, doch ich schwieg. Wegen ihr hatte ich Prügel bezogen. Wolf kümmerte sich rührend um sie, und ich ging jammernd spazieren. Karo habe ich danach lange nicht wiedergesehen. Sie schrieb mir nur noch ab und zu.
Bevor ich meinen allerersten Dienst antrat, musste ich mich gründlich untersuchen lassen. Bei dieser Gelegenheit ging ich gleich zum Frauenarzt, die Antibabypille neu verschreiben zu lassen. Das war ziemlich unkompliziert, denn sämtliche Ärzte befanden sich in dieser Poliklinik, die sich direkt neben dem Krankenhaus hinter einem Wäldchen in der Nähe des Autowerkes befand. Alles war leicht mit dem Fahrrad zu erreichen, war doch alles eben, und die gut ausgebauten Radwege waren sicher.
Ich war kerngesund, jedoch verschrieb mir der Gynäkologe die Pille nicht. Er behauptete, meine Derzeitige wäre die stärkste und könne zur Unfruchtbarkeit führen, zumal ich sie schon so lange genommen hatte. Ich sollte dringend eine Pillenpause einlegen, mindestens für drei Monate, so lange brauche der Körper, um sich wieder zu entgiften.
Nachdenklich schob ich mein Fahrrad nach Hause, ins Gartenhäuschen. Sollte ich wirklich keine Kinder kriegen? Ich hatte doch schon so viel „Lust" bekommen. Drei Mädchen aus meiner ehemaligen Seminargruppe hatten schon ein Baby. Um ihr Studium fortzusetzen, wechselten wir uns mit dem Babysitten ab. Die waren so süß! Da ist man schon auf den Geschmack gekommen. Ich sollte das jetzt nicht erleben können? Traurig beschloss ich, die Pille nie wieder zu nehmen. Wolf sah das etwas gelassener, ich hätte ja noch mei-

nen Job, wenn ich so gerne ein Kind will, Adoption wäre auch noch eine Überlegung.
So stürzte ich mich Extraeifer in meine neue Arbeit. Mit dem Fahrrad trampelte ich die paar Kilometer in das langgezogene Dorf. Ich musste um sechs Uhr am Morgen beginnen. Der Dorfkindergarten hatte zwei altersgemischte Gruppen, die von einer Helferin und der etwa vierzigjährigen, dicklichen, dauergewellten Leiterin Frau Krüger betreut wurden. Außerdem befand sich im selben Haus, das ein bisschen spartanisch eingerichtet war, eine Kinderkrippe, geleitet von zwei „dörflich" anmutenden Frauen.
Neugierig beäugten mich meine neuen Kolleginnen. Frau Krüger zeigte mir die Räumlichkeiten, dabei legte sie Wert darauf, dass ich ihr die Türen öffnen und sie als Erste in den Raum gehen lassen sollte.
Das war mir zu blöd. „Wir leben doch nicht im letzten Jahrhundert! Kein Arbeiter öffnet seinem Brigadier die Tür! Ich mach das nicht", weigerte ich mich.
Frau Krüger holte tief Luft – und schwieg. Das war ihr wahrscheinlich noch nicht passiert.
Ich bekam die Leitung der jüngeren Gruppe, darunter ein geistig behinderter Junge und ein geistig und körperlich behindertes Mädchen, welches auch noch unter Epilepsie litt. Das erfuhr ich aber erst später, als sie mir zusammenklappte, vom Stuhl fiel und sich verletzte. Sie verdrehte die Augen und Schaum sickerte aus ihrem Mund. Ich hatte so etwas noch nie gesehen und mir war Angst und Bange. Aufgeregt rief ich ihren Hausarzt an, der gleichgültig erwiderte: „Das gibt sich wieder. Das ist bei Epilepsie so."
Na danke, das hätte man mir auch vorher sagen können. Jedenfalls wusste ich jetzt Bescheid, wenn Maja wieder einmal von der Toilette kippte oder einfach beim Laufen umfiel.
Sie war rechtsseitig gelähmt, mit viel Zuwendung lernte ich ihr, mit der rechten Hand den Löffel zu halten. Toni lernte ich das Sprechen, und wenn er mich sah, strahlten seine Augen und ein kleiner Sabberfaden tropfte aus seinen Mund. Solch kleine Erfolge waren mein Glück.
Mit den Kindern und deren Eltern kam ich sehr gut zurecht. Auch die Fachberaterin, welche einmal monatlich bei mir hospitierte, war zufrieden.
Gleich in der ersten Woche wurde ich offiziell ins Dorf eingeführt. Eine kleine Feier, bei der meine Kolleginnen, der Bürgermeister, die Gemeindeangestellten und natürlich ich zugegen waren.
Nach einem kleinen Imbiss und genügend Wein spielte die Musik vom Plattenspieler.
Der Bürgermeister forderte mich zum Tanz auf. Das konnte ich ja nicht ablehnen. Ich merkte, dass er ein bisschen zu viel von dem Wein erwischt hatte. Bei einem ruhigen Song wanderten seine Hände über meinen Po. Mir war das enge Tanzen eh unangenehm, aber das! Ich holte ohne Nachzudenken aus – und „Wusch!", klatschte meine flache Hand auf seine linke Wange. Damit war die Feier beendet, aber meinen Kolleginnen wurde ich etwas sympathischer.
Wolf musste wieder seinen sozialistischen Gang gehen – arbeiten. Durch die Montage kam er nur an den Wochenenden nach Hause.

Mit steigerndem Herzklopfen sehnte ich mir die Wiedersehen herbei. Während der Woche war ich doch ziemlich einsam, schlief aus Unerfahrensangst wegen der Gastarbeiter in der Nähe sogar mit dem Luftgewehr. Sicher war sicher. Auch hatte ich während der Woche keinen Kontakt zu Wolfs Familie, ich war zu schüchtern. Ich wollte mich nicht aufdrängen.

Die Wochenenden gehörten völlig uns. Wir schwelgten wieder in verträumter Liebe, begleitet von alkoholischen Inspirationen.

An einem Wochenendeahm ich mir vor, Wolf zu überraschen. Ich wollte ihm eine gute Hausfrau sein und ihn wie seine Mutter mit kulinarischen Genüssen verwöhnen. Deshalb kaufte ich beim Fleischer einen Hasen und bereitete ihn nach Kochbuch zu. Im Rezept wurde Ketchup verwendet, was völlig den Geschmack verdarb. Also blieb der Hasenbraten nur noch für den Mülleimer übrig, und Schwiegermama übernahm die Verpflegung.

Nach einer Liebesnacht wurde es mir arg übel, ich musste mich ständig übergeben und bekam auch noch eine Darminfektion. So hatte Dagmar ihr Söhnchen das Wochenende für sich und brauchte ihn nicht mit mir zu teilen. Nicht mal etwas vom Mittagessen schickte sie mir mit. Ich kam mir überflüssig vor. Eine leichte Eifersucht meiner Schwiegermutter gegenüber stieg in mir auf.

Indes wurde es immer kühler, das „Sweet Home" beheizte ich dauernd über Strom mit einer alten Heizröhre von einem Eisenbahnwaggon. Eine Wohnung war noch immer nicht in Sicht, mein Magen- und Darmkatarrh wollte sich auch nicht bessern. Ich glaubte, da wären die feuchte Kälte in der Laube und das ständige Radfahren bei Wind und Wetter Schuld.

Beherzt ging ich zum Wohnungsamt.

„Ja, eine Wohnung hätten wir. Aber Sie sind nicht verheiratet. Wenn Sie eine Familie gegründet haben, bekommen Sie sofort eine Wohnung."

Na ja, warum denn eigentlich nicht? Wolf und ich sind schon so lange zusammen, irgendwann würden wir sowieso heiraten. Außerdem liebte ich ihn.

Als ich Wolf diese Nachricht mitteilte, war er nicht abgeneigt. So beantragten wir auf dem Standesamt (in einer Baracke, wie das gesamte Rathaus dieser Stadt) einen Trauungstermin für Anfang November. Zwar eine ungewöhnliche Zeit für eine Hochzeit, aber der Zweck heiligt die Mittel.

Dagmar arbeitete beim Rat der Stadt und kannte die Standesbeamtin, so konnte sie mit ihr alles Notwendige klären.

Vati ist bald aus allen Wolken gefallen, als er von meiner Absicht erfuhr.

„Denk daran, Wolf hat ein zweites Gesicht!", wollte er mich wohl in seinem Brief noch von meinen Vorhaben abbringen.

Doch was ich mir in den Kopf gesetzt habe, ziehe ich auch durch.

Ich besorgte mir ein wunderschönes, weißes, langes Hochzeitkleid, mit schräger Schärpe und einen passenden halblangen Schleier. So schlank, wie ich war, war das keine Leichtigkeit.

Wolf kümmerte sich mit seiner Mami um einen dunkelblauen Anzug, um den Blumen-

schmuck – auch für das Brautauto, natürlich Vatis Shiguli – und organisierten das Essen bei seinen Eltern, inklusive Kaffeetrinken sowie eine Unterkunft für meine Eltern und mein Schwesterherz, die ich schon lange nicht mehr gesehen hatte. Auf die drei freute ich mich schon.
Der besondere Tag rückte heran, Wolf wurde immer aufgeregter.
Am Hochzeitstag erschienen Wolfs Freund Harald, der im Nachbarhaus wohnte, mit seiner Frau Karin. Karin frisierte und schminkte mich, steckte mir den Schleier.
Vati holte uns stolz mit seinem glänzenden, blumengeschmückten (ein wirklich schönes Bukett) Shiguli ab.
Langsam fuhr er uns in das äußerlich geschmacklose Standesamt, vor dessen Tür schon Mutti und Kirsten sowie Wolfs Opa warteten.
Als ich Mutti um den Hals fiel, rannen mir schon kleine Tränen die Wangen entlang. War es die Wiedersehensfreude, der endgültige Abschied vom Kindsein oder die Vorahnung? Ich konnte die Tränen einfach nicht halten, obwohl ich mich glücklich fühlte.
So glücklich, dass ich in meinem zittrigen Taumel von der Trauung fast nichts mitbekam. Ich fühlte mich mächtig erwachsen, befreit von Vati.
Dagmar hatte Rouladen mit Klöße gekocht. Meine Eltern wollten mit mir anstoßen, wurden aber leider nicht mit den Getränken versorgt. Sie saßen auf dem Trockenen. Ich bemerkte dies nicht, war noch zu aufgeregt und wollte meine, pardon – unsere, Geschenke begutachten. Von meiner Familie haben wir dreitausend Mark für den Neustart bekommen, damit konnten wir unsere Wohnung, die wir versprochen bekommen hatten, einrichten.
Nach dem Essen kam der Alkohol ins Spiel, Vati war beleidigt, da er vorher nicht erhört wurde. Niemand war auf ihre Wünsche eingegangen, sie wurden von Wolfs Familie kaum beachtet. Vor lauter Gnatz gab Vati seinen Schnaps meiner gerade mal fünfzehn Jahre zählenden Schwester. Die Folge: Kirsten wurde trunken und musste in die Unterkunft meiner Eltern, ein Zimmer in einem Arbeiterwohnheim, gebracht werden. Dort verschlief sie den ganzen Nachmittag und verpasste die Hochzeitstorte. Wolfs Vater Mannfred filmte alles mit seiner Videokamera, ein Hobby, dem er noch heute mit Begeisterung frönt. Ich war immer noch im Glückstaumel und zusätzlich vom Alkohol leicht abgehoben, dass ich alles nur wie im Traum mitbekam.
So verging unsere Hochzeit ziemlich schnell. Nachdem alle Gäste abgereist waren, konnten wir in der nächsten Woche den Wohnungsantrag stellen. Dagmar ließ ihre Beziehungen spielen, und wir mussten gar nicht so lange warten. Man wies uns eine Zweizimmer-Neubauwohnung mit Kachelofenheizung zu. Sie bestand aus einem kleinen Flur, Schlafzimmer, Bad mit Duschecke und Wohnzimmer mit angrenzender Kochnische. Leider war in der Kochnische kein Herd, nur ein elektrischer Kocher mit zwei Platten, das war ich ja vom Garten schon gewohnt. Und ein Balkon fehlte. Da vor jedem Wohnblock genügend Grünanlagen angelegt waren und sich unsere Wohnung im Parterre befand, waren wir ja schnell in der Natur. Der Garten meiner Schwiegereltern befand sich auch nur ungefähr zehn Gehminuten entfernt. Bushaltestelle, Apotheke und drei Kaufhallen befanden

sich ganz in der Nähe. Eine Kaufhalle hatte schon sechs Uhr früh geöffnet, eine andere normal und die dritte bis zwanzig Uhr. Wir waren also rundum versorgt.

Dagmar besorgte uns aus einem Wohnungsnachlass ein altes Schlafzimmer mit Kommode und Matratzen und ein elektrisches „Backwunder". Von Wolfs Opa bekamen wir einen alten Kleiderschrank und von dem Geld meiner Eltern kauften wir einen großen Kühlschrank, ein Jugendzimmer aus Furnierholz, das wir als Wohnzimmer umfunktionierten, eine gebrauchte Kunstleder-Couch-Kombination mit passenden Drehsesseln und ein gebrauchtes Schwarz-Weiß-Fernsehgerät, das wir ständig bei Bildausfällen mit einem Faustschlag aufs Gehäuse wieder zum Laufen brachten. Die Küchenmöbel waren vorhanden, mein alter Couchtisch aus meinem ehemaligen Kinderzimmer vervollständigte das Bild. Außerdem nähte uns Dagmar aus Stoffresten, die sich in ihrem Kleiderschrank stapelten, noch die Gardinen (sie hatte ja ursprünglich Schneiderin gelernt). Nun war unser richtiges „Sweet-Little-Home" fertig! Eigenartig, etwas vollkommen Eigenes zu besitzen. Doch ich war ja erwachsen.

Da ich mich immer noch morgens bis mittags übergeben musste, und ich meinen angeblichen Magen-Darm-Katarrh noch nicht in Griff bekommen hatte, suchte ich in der Poliklinik einen Arzt auf. Zugegeben, meine Regel war auch ausgeblieben und mein Busen spannte, aber ich schob es auf die Pillenpause.

Umso überraschter, war ich, als ich mit der Diagnose nach Hause ging: Schwanger.

Mit dieser neuen Situation musste ich mich erst einmal vertraut machen. Damit hatte ich gar nicht gerechnet, sollte ich doch seit der letzten Auskunft des Frauenarztes Probleme mit dem „Schwangerwerden" haben. Natürlich freute ich mich über diese Nachricht! Aufgeregt war ich, zittrig. Ein kleines Wesen wächst in meinem Bauch! Ich werde Mama! Jetzt wusste ich auch, weshalb mir immer übel war. Für mein Baby nahm ich das gern in Kauf.

Dann war ich schon bei der Hochzeit schwanger! Hoffentlich hatte ich mit dem Alkohol mein Kind nicht in Gefahr gebracht!

Die Schwangerschaft bescherte mir noch weitere Unannehmlichkeiten: zu niedrigen Blutdruck und Hämoglobinwert, was mir ständig das Bewusstsein trübte, wenn ich aus der Hocke nach oben ging (für meinen Beruf als Kindergärtnerin nicht gerade optimal), poröse Zähne, wovon mir während der Schwangerschaft **drei** ausfielen und jeden Morgen bis mittags Erbrechen. Ich hatte Heißhunger auf gesalzene, mit Butter beschmierte Brötchen, die ich in den Kakao tunkte, im Wissen, es kommt eh wieder raus. Man kann sich bestimmt gut vorstellen, wie gut der angesäuerte, lauwarme Kakao schmeckte, den ich täglich wieder nach oben beförderte! Ich wusste jedoch, für wen sich mein Körper so gebärdete, deshalb ertrug ich tapfer die Nebenwirkungen. Für das neue Menschenwesen war es mir wert.

Nach wie vor weigerte ich mich, Frau Krüger die Türen zu öffnen, ihr den Vortritt zu lassen und sie zu bedienen. So sollte ich zum Beispiel in der Kaffeepause die Kaffeesahne aus der Küche im zweiten Stock holen, weil ich die Jüngste wäre. Ich konterte: „ Aber auch die Schlankeste. Sie haben Bewegung nötiger." Da waren alle platt. Schon bekam ich mehr Respekt.

Inzwischen wurde mir die Leitung des Kindergartens angetragen, ohne Vorwarnung von heute auf morgen. Meine Chefin musste sich einer schweren Ohrenoperation unterziehen. Gleich am ersten Tag meiner Leitungstätigkeit wurde ich auf die Probe gestellt. Da die Einrichtung mit Kachelöfen von uns beheizt wurde, musste ich als Leitung Kohlen bestellen. Ich wusste nicht, wieviel. Hatte ich mich doch noch nie um so etwas kümmern müssen. Die Kolleginnen stellten sich dumm, aus dem Durcheinander der Unterlagen meiner Chefin war auch nichts Brauchbares zu finden. Also telefonierte ich mit der Firma und konnte es doch gut regeln. Auch die Essensbestellungen waren für mich neu. Das Mittagessen wurde uns nämlich vom Gut gebracht. Wir kochten in der Küche auf dem Gasherd nur den Tee für die Kinder. Meine Kolleginnen wussten natürlich auch davon nichts. Irgendwie habe ich alles hinbekommen, und ich wurde in das Kollektiv integrierter. Die Krippenerzieherinnen bezogen mich mit in ihre Arbeit ein, zeigten mir Probleme mit ungepflegten Säuglingen und berieten mit mir die weiteren Schritte.

Die Fachberaterin freute sich, dass ich den Laden so schmiss. Sogar eine Henne vom Nachbarhof würdigte meine Arbeit und legte mir jeden Tag ein Ei neben mein Fahrrad, mit welchem ich fast täglich von zu Hause in den Kindergarten fuhr.

Den Bus benutzte ich nur, wenn ich mir die Arbeitszeit später gelegt hatte. Aber das war jedes Mal eine Tortur. Kaum stieg ich aus dem Bus, musste ich mich an der Bushaltestelle in den Papierkorb übergeben. Ich schaffte es immer gerade noch. Auf den Weg in den Kindergarten wiederholte es sich meist. Aber ab dem Mittagessen war wieder Ruhe.

Alle fieberten mit meiner Schwangerschaft, behandelten mich wie ein rohes Ei und erlebten das Wachsen meines Bauches.

Einmal blieb ich beim Teekochen mit dem Geschirrhandtuch am Gashahn hängen und schüttete mir zirka fünf Liter kochendes Wasser über meinen rechten Arm. Die ganze Hand war böse verbrüht, ich bekam Schüttelfrost. Die Rennerei war groß. Ich war doch schwanger, dem Baby durfte doch nichts passieren. Gleich wurde der Notarzt verständigt, und meine Aufgaben an diesem und den folgenden Tagen wurden mir von meinen Kolleginnen und den Kindern abgenommen, bis ich wieder fit war. Alle umsorgten mich.

In dieser Einrichtung fühlte ich mich richtig wohl, es war wie in einer großen Familie, wenn nur die Fahrerei nicht wäre.

Zu Hause trat auch eine Veränderung ein: Wolf ließ sich wegen meiner Schwangerschaft in seinem Stammbetrieb zurücksetzen, das hieß – er musste nicht mehr auf Montage. Ich freute mich riesig! Endlich ein normales Familienleben.

Die Normalität gestaltete sich etwas abweichend von meinen Vorstellungen.

Erst einmal musste ich alle meine Brieffreundschaften einstellen, um nur noch Wolf zu gehören. Im Gegenzug entfernte er alle Erinnerungen an seine Ex-Verlobte. Doch ich verstand es nicht so recht, Brieffreunde waren doch harmlos. Wolf zeigte enorme Eifersucht gegen sie, deshalb gab ich nach.

Alsbald bemerkte ich, dass Wolf jeden Tag sein Bier brauchte. War keins mehr im Haus, verprügelte er mich. Ich musste für sein Wohlbefinden sorgen. Wenn kein Geld mehr für sein Bier vorhanden war, klaute ich frühmorgens vor der Kaufhalle Leergut, nur um seinen Durst befriedigen zu können.

Frühmorgens musste ich halb fünf aufstehen, ihm das Frühstück bereiten, Kaffee kochen und ihn sanft für die Arbeit wecken. Das Wecken wiederholte sich oft bis zu fünfmal. Manchmal schimpfte Wolf mit mir, weil der Kaffee schon kalt war; goss ich ihn aus diesem Grund erst auf, wenn er aufgestanden war, gab es Krach, weil der Kaffee noch nicht fertig war. Wie sollte ich es ihm bloß Recht machen?

Nach der Arbeit musste ich für Wolf kochen: Spiegelei, Ragout fin, Nudeln oder was sonst er sich auch immer vorstellte. Ab und zu änderte er seine Meinung und ich musste bis zu drei verschiedene Mahlzeiten kochen. Erst war es mir zu blöd, aber seine Schlagkraft überzeugte mich, gehorsam zu sein.

Nach dem abendlichen Fernsehen, griff er zu seinem Bier und zur Gitarre, und egal wie müde ich war, musste ich ihm zuhören und mit ihm singen. Er rauchte dazu und genoss es. Ich hatte mich dem Nikotin abgewandt, seit ich von meiner Schwangerschaft erfahren hatte. Es war eine ganz schöne Herausforderung, dabei nicht auch zur Zigarette zu greifen.

Nach seiner Abendmusik, es war oft nach Mitternacht, wollte Wolf dann noch Sex von mir. Weigerte ich mich, weil ich so arg müde war, prügelte er mich, da dieses Verhalten vom Fremdgehen zeugen würde. Ich war hilflos und wusste nicht, wie ich solch grundloser Unterstellung entgegentreten konnte. Also wurde der Sex vor dem Schlafen zum Ritual, von dem ich gar nichts mehr hatte außer Angst.

Wolf nahm überhaupt keine Rücksicht auf meine Schwangerschaft. Zudem akzeptierte er meine Übelkeit nicht. Ich erinnere mich noch, dass er mit mir an einem Wochenende ausgehen wollte, um seine Kumpels zu treffen. An diesem Tag ging es mir wirklich nicht gut, und ich bat Wolf, alleine zu gehen. Da flippte er vollends aus. Er schubste mich um, sprang urplötzlich auf meinen Bauch und schrie: „Wegen deiner blöden Schwangerschaft versaust du mir alles!"

Ich bettelte, flehte um Vergebung, weinte, hatte Angst um mein Baby – nichts half. Ich musste trotz allem nachgeben. Ich war verzweifelt, war das der Mann, der mich liebte? Aber **ich** liebte ihn doch so, wie kann er meinem Baby und mir so etwas antun? Was nahm ich für ihn alles in Kauf? Ich war ihm hörig. Oder hatte ich einfach nur Angst?

Bei Dagmar weinte ich mich wegen der Gewalttätigkeiten ihres Sohnes aus. Ihr Kommentar: „Du wirst ihm schon einen Grund gegeben haben. Als liebende Frau musst du das in Kauf nehmen."

Sie sprach aus ihrer eigenen Erfahrung. So nebenbei bekam ich mit, dass Mannfred eine Geliebte hatte und Dagmar darunter litt, es aber duldete. Es endete damit, dass Mannfred sein Auto gegen den Baum fuhr, weil er es nicht mehr ertrug, seine Frau zu betrügen. Also hatte Dagmar, obwohl an Scheidung gedacht wurde, mit ihrer Methode doch noch „gewonnen".

Ich fühlte mich schuldig, wusste nur nicht, was ich falsch gemacht haben könnte. Was war der Grund?

Beständig versuchte ich, eine gute Ehefrau zu sein und es Wolf beziehungsweise Drachen, wie ihn seine Freunde treffend nannten, in allen Bereichen gehorsam behaglich zu machen.

So wagte ich mich an das Backen. Biskuitnapfkuchen – das las sich im Kochbuch jedenfalls einfach. In dem Backwunder konnte ich sowieso nur runde Kuchen backen. Das Bild dazu zeigte einen runden, mittelbraunen Kuchen. Das wäre doch zu meistern! Leider stand beim Rezept nicht, wie lange der Kuchen backen musste. Und ich hatte doch vom Backen absolut keine Ahnung. Also beobachtete ich den Kuchen und wartete, dass er braun würde. Eine Stunde und länger. Ich weiß nicht mehr, wie lange ich wartete bis der Kuchen endlich braun wurde. Nur war mein Meisterwerk nach dem Abkühlen nicht zu schneiden. Eisenhart! Mit dem Einsatz aller meiner Kräfte versuchte ich, das betonfeste Stück zu zerkleinern, in dem ich es immer wieder auf die Schrankkante knallte. Endlich war es mir gelungen, einige Stücke abzuschlagen, damit mein Erstlingsstück in den Mülleimer passte.

Frustriert bat ich meine alles besser wissende Schwiegermama um Rat. Bereitwillig übernahm ich ihre Back- und Kochrezepte. Ich musste erkennen, dass noch kein Meister vom Himmel gefallen ist.

Deshalb holte ich mir bei Wolfs Studienkollegen Carmen und Heiko, die gerade Eltern geworden waren und nur einige Häuserblocks weit entfernt wohnten, Ratschläge für das „Muttersein". Sie waren sehr hilfsbereit und vertrauten mir ihre kleine Tochter gerne an. Ich sah beim Stillen zu, lernte sie zu wickeln, zu baden und gab ihr auch später die Flasche.

Als ich dann im Schwangerschaftsurlaub war, besuchte ich sie täglich. So war ich auch gut auf mein Kleines vorbereitet.

Meine Schwangerschaft verlief super. Der Arzt lobte mich bei jeder Untersuchung. Gewichtszunahme war nur so viel, wie das Baby wuchs, keine Wassereinlagerungen, nur der HB-Wert war, wie der Blutdruck, immer niedrig, doch besser als ein zu hoher.

Mein Bauch hatte schon ab den dritten Monat zugelegt, allerdings nur durch Blähungen.

Die ersten Bewegungen meines Babys spürte ich erst im fünften Monat bewusst. Anfangs glaubte ich, es wären Darmtätigkeiten, bis diese immer heftiger auftraten. Manchmal wartete ich jedoch über einen Tag auf ein Lebenszeichen. Ich hatte Angst, das Baby könnte nicht mehr leben. Doch die schnellen Herzschläge, die ich beim Arzt hören durfte, beruhigten und machten mich glücklich. Und außerdem nahm mein Busen endlich akzeptable Maße an! Ich fühlte mich richtig als Frau!

Der Babybauch war auch sehr praktisch: Ich hatte immer meinen Tisch dabei. Wollte ich Kirschen essen, stellte ich die Schüssel einfach auf dem Bauch ab. Das fand ich toll. Auch die gesetzlichen Vorzüge nutzte ich gerne: In öffentlichen Verkehrsmitteln hatte man bei Vorlage des Schwangerschaftsausweises einen Sitzplatzanspruch, beim Einkaufen durfte man sich in der Reihe vorn als Dritte anstellen. Super!

Zu dieser Zeit war es noch so, dass man den Bauch etwas versteckte. So hatte ich ein neues Hobby: Schwangerschaftsklamotten shoppen, damit ich mich auch äußerlich wohl fühlte. Das Kaufhaus war ja neben dem Rathaus, und dort konnte man alles erhalten. Ich deckte mich mit Babysachen, Windeln und Spielzeug ein und erstand sogar für dreihundert Mark einen schönen hellbraunen, modernen Kinderwagen. Der einzige in seiner Sorte, einen zweiten hatte ich nie gesehen. Die Farbe passte auch gut, denn wir wussten noch nicht, ob es ein Junge oder ein Mädchen wurde, nur mein Gefühl sagte mir, dass es eine „Sie" wird.

Sonst war alles Stangenware. Stangenware machte mich nie so richtig glücklich, ich wollte etwas Besonders, auch für mein Baby. So erfuhr ich von einem Second-Hand-Shop in der Holzhaussiedlung neben der Autobahn, die über eine Brücke durch die Stadt führte. Im Second-Hand-Shop fand ich wunderschöne Babysachen und für mich Umstandskleidung. Die Ladenbesitzerin erhielt Vieles aus dem „Westen". In dieser Stadt hatten wohl wegen der Nähe zu Westberlin so Einige Westkontakt, und was nicht mehr passte oder was einfach zu groß oder zu klein geschickt worden war, brachten ihre Kunden in ihr Geschäft. Zum Glück für mich. Jeden Mittwoch kam neue Ware. In diesem Laden wurde ich Stammkundin.

Den Stubenwagen bekam ich von meinen Eltern (darin hatten Kirsten und ich schon gelegen). Ich nähte mit Hilfe von Carmen einen neuen Stoffhimmel.

Nun war ich eingedeckt. Der Geburtstermin rückte näher, und mein Rücken ließ nur noch langsame Bewegungen zu. Das Baby drückte auch sehr gegen meinen Magen, war ich doch eh sehr schmal gebaut, und das neue Wesen suchte sich seinen Platz. Deshalb plagte mich neben dem täglichen Kotzen noch zusätzlich Sodbrennen. Ich wusste ja, für wen das war. Ich war nicht krank – ich bekam ein Baby!

Und alle Welt sollte es sehen! Ich erstand einen braunen Badeanzug, der am Bauch sehr dehnbar war und fuhr mit dem Fahrrad und Wolfs kleinen Bruder Lars durch den Wald zu den Kiesgruben im Nachbardorf.

Alle beäugten mich neugierig, als ich mein Umstandskleid auszog. Eine Hochschwangere beim Baden sah man wohl eher sehr selten. Ich war stolz auf meinen Bauch, und im Wasser fühlten mein Kleines und ich uns richtig wohl. Wenn es das Wetter erlaubte, waren Lars und ich an den Kieskuten und genossen das kühle, aufmunternde Nass. Mit der Zeit gewöhnten sich die Leute an meinen Anblick, und ich konnte mich frei bewegen.

Während der heiße Planet immer stärker wärmte, fuhren Carmen, Heino und ihre Kleine in den Urlaub und baten mich, in ihrer Wohnung Blumen zu gießen. Auch Wolfs Familie fuhr in den Urlaub, denn es war inzwischen Sommer. Um die Blumen und die Post musste ich mich auch bei ihnen kümmern. Ich war also mit Beschäftigung ausgefüllt.

In Berlin-Karlshorst hatte ich auch ein An-und Verkaufsgeschäft entdeckt, wo ich mich auch des öfteren mit „Keiner-Stangenware" eindeckte. Dafür hatte ich mir von meinem Gehalt, das ich in voller Höhe weiterbezahlt bekam, heimlich etwas zur Seite gelegt.

Ich hatte gerade zwei Beutel voll in dieser Fundgrube erstanden und fuhr mit der S-Bahn noch schnell nach Berlin Mitte, um dort echte ungarische Salami in einem Spezialitätengeschäft zu besorgen, damit ich Wolf wegen meines Kaufrausches milde stimmen konnte.

Vollgepackt ging es dann Richtung Heimat, die Wohnungen von Heiko und Carmen sowie von meinen Schwiegerleuten zu versorgen und zu Hause Ordnung zu schaffen. Dabei fiel mir noch ein, die Fenster zu putzen. Mann, war ich erledigt!
Abends umsorgte ich noch Wolf und endlich im Bett, musste ich noch meine Ehepflichten erfüllen.
Da passierte es: Ein schneidender Schmerz in meinem Bauch. War wohl doch alles ein bisschen viel. Morgens um vier wachte ich auf, ich glaubte, ins Bett gemacht zu haben. Alles war nass. Aber solche Mengen?! Das konnte kein Urin sein. Ich erinnerte mich, dass sie uns bei der Geburtsvorbereitung gesagt hatten, wenn die Fruchtblase platzt, beginnt die Geburt. Man soll sich wegen der Sicherheit des Kindes nicht mehr bewegen und sofort den Notdienst anrufen.
Vorsichtig weckte ich Wolf und erzählte ihm, was geschehen war. Er zog sich sofort an, um den Krankenwagen zu bestellen, Telefonzellen waren ja an jeder vierten Ecke.
Währenddessen ging ich breitbeinig ins Bad, um mich ein bisschen frisch zu machen. Dann packte ich meine Sachen für das Krankenhaus. Ich Kamel machte alles breitbeinig, ohne Unterhosen und hinterließ fleißig Wasserspuren, denn ich verlor immer noch Fruchtwasser, und nicht wenig! Statt ich mir Binden oder ein Tuch vorgelegt hätte, tropfte ich unerfahrenes, aufgeregtes Ding alles voll.
So unbeholfen wurde ich auch von den Sanitätern, die gleichzeitig mit Wolf eintrafen, abgeholt. Das ging ja schnell. Ob ich ziehende Schmerzen hätte, wurde ich gefragt. Mir zieht es immer. Sollen das die Wehen sein? Es waren doch noch zwei Wochen bis zum Geburtstermin! Breitbeinig watschelte ich zur Liege und ließ mich zudecken. Wolf wollte nicht mitfahren. Er wollte lieber im Krankenhaus anrufen.
Im Kreißsaal angekommen, war schon im Vorraum eine Gebärende, die inständig nach ihrer Mami rief. Ich kam gleich ohne Einlauf und vorbereitendes Bad auf eine der drei Liegen, die im Raum standen. Die anderen zwei waren auch schon mit stöhnenden, schreienden Frauen belegt. Das konnte ja heiter werden!
Nach der Untersuchung kam ich an den Wehentropf. Da ich doch noch keine Wehen hatte, sollten diese mit dem Medikament angeregt werden. Die Wehen kamen und gingen, nichts tat sich. Nur dass ich mich ständig übergeben musste und das Fruchtwasser herausströmte. Ich war ständig klatschnass, ich wusste gar nicht, dass so viel Flüssigkeit im Bauch sein konnte. Mich befiel so ein komisches Gefühl, als wären die Wehen nicht echt, als kämen sie von außen, waren nicht eins mit meinem Körper.
Die Zeiger der Stationsuhr tickten langsam voran, ich beobachtete sie, und die Zeit war ewig. Mein Muttermund hatte sich zwei Zentimeter geöffnet, dann war Schluss. Ich bekam immerzu Spritzen in die Scheide, damit sie sich entspannen und weiten konnte, denn sie war knochenhart. Das war ziemlich unangenehm.
Nachdem die dritte Infusion durchgelaufen war, ich außer dem Mageninhalt sowie dem Fruchtwasser nichts zu Tage förderte und schon drei Frauen entbunden hatten, beschloss die Frauenärztin, mich auf die Station zu legen und es morgen erneut zu versuchen.
Ich heulte, ich wollte **jetzt** mein Baby haben. Wozu hatte ich mich schon die ganzen

Stunden abgemüht und in der brütenden Hitze geschwitzt? Ich glaube, es war der heißeste Tag in diesem Jahr, und außer einem nassen Waschlappen für die Lippen gab es nichts zu Trinken.

Mein Heulen erreichte sein Ziel, ich bekam noch eine Infusion mit wehen-anregendem Mittel. Es war schon nachmittags nach zwei. Meine Nachbarin sagte zu mir: „Bis achtzehn Uhr gebe ich dir noch, dann muss dein Baby da sein."

Aber die Herztöne wurden schwächer, die Wehen blieben ganz aus. Meiner Kleinen ging es gar nicht gut. Schnell wurde ein anderer Arzt, Dr. Becke, der eigentlich nur privat praktizierte und äußerst christlich überzeugt, geholt. Er war sehr lieb zu mir, wie ein Vater. Nach der Untersuchung erklärte er mir: „ Frau Dragon, für einen Kaiserschnitt ist es zu spät, das Baby sitzt schon zu tief. Sie müssen jetzt ganz tapfer sein und richtig mithelfen. Sonst könnten Sie oder Ihr Baby sterben."

Ich war sehr erschöpft, aber ich hatte den Willen, mein Kind gesund auf die Welt zu bringen. Ich konnte gar nicht so schnell denken, wie alles um mich geschah: Klappe von der Liege weg, Beine hoch, Dammschnitt ohne Wehe und Betäubung, Zange, eine Hebamme kniete auf meinen Bauch und schob ihn nach unten.

„Noch einmal kräftig pressen!"

„Nicht kotzen, pressen!"

Ich drückte, was ich konnte, ohne Wehen, mein Becken wurde mit der Geburtszange auseinander geknackt, das Baby kam! „Aufhören!", rief der Arzt.

Doch ich konnte meine Kräfte nicht so abrupt abstellen. Ich merkte nur noch etwas aus mir herausflutschen und verlor das Bewusstsein. Ich kam wieder zu mir, als sie das Baby gerade von meinem Bauch nahmen, blutender Kopf und mit weißem Schleim bedeckt.

„Ein Mädchen."

Ich war glücklich, mir liefen die Tränen.

Siebzehn Uhr fünfzig! Geschafft, und das ohne zu schreien! Mein Baby! Dreitausendeinhundertfünfzig Gramm, fünfzig Zentimeter groß und ein Köpfchenumfang von vierunddreißig Zentimetern! „Joanna" sollte sie heißen. Joanna war für mich ein einzigartiger Name. Er war selten, stammte von „Johanna" (der Name meiner Großmutter, der mich schon immer faszinierte), und die Trägerin dieses Namen hatte in meinen Vorstellungen schwarze Haare. Wie mein Baby. Kaum zu glauben, dass diese ganze Prozedur drei Stunden gedauert hatte, für mich fühlte es sich wie ein kurzer Augenblick an, insgesamt war ich zwölf Stunden im Kreißsaal. Endlich war ich erlöst.

„Ist sie gesund? Warum blutet sie?", waren meine besorgten Fragen.

„Das kommt von der Zange. Wird schon wieder. Alles dran."

Erleichtert fielen mir wieder die Augen zu. Da hatten die Ärzte damals bei meiner Unterleibsoperation gesagt, jetzt wäre Kinderkriegen für mich eine Kleinigkeit! Wenn die wüssten! Drei Stunden Pressen, ohne Wehen, war schon ganz schön hart.

Als ich das Bewusstsein wieder erlangte, bereiteten sie alles für die Epi-Naht vor. Der Dammschnitt wurde wieder zugenäht, aber diesmal mit Betäubung. Es kam mir vor, als würde bei mir da unten jemand klöppeln. Eigenartig.

Nach der Naht sollte ich aufstehen und mich waschen gehen.
Wupps, fiel ich gleich wieder neben der Liege um. Sie brachten mir das Waschzeug an die Trage, nachdem sie mich irgendwie wieder hochgehieft hatten.
Joanna wurde auch gewaschen und mir an die Brust gelegt. Sie stellte sich etwas an, schon wieder war ich besorgt: Wenn ich nun in meinen kleinen Brüsten keine Milch hatte, was dann?
Doch die Hebamme meinte, es sei alles in Ordnung, die Milch würde schon noch „schießen". Ich wurde in ein Zimmer gefahren, damals schon purer Luxus: ein Drei-Bett-Zimmer. Der Arzt verordnete mir strenge Bettruhe. Ich hätte zu viel Blut verloren und bekäme eine Transfusion, Joanna brachte man auf die Babystation, ich bekäme sie zum Stillen wieder ans Bett gebracht.
Wolf kam mit einem Strauß roter Rosen ins Zimmer und küsste mich überglücklich. Ich hätte ihm das größte Geschenk gemacht.
Die Transfusion hatte ich abgelehnt. Ich wollte kein fremdes Blut, ich ekelte mich davor, wollte allein meinen Kreislauf wieder in Schwung bringen.
Die anderen Frauen durften ihr Baby selbst vor dem Säuglingszimmer abholen, ich sollte ja das Bett hüten und hatte riesige Angst, meine Joanna könnte verwechselt werden. Schon am nächsten Tag übte ich Stück für Stück das Gehen, wie nach meiner Knieoperation. Erst langsam und immer öfter aufsetzen, auf die Toilette an der Wand entlang, am Handlauf festhaltend. Ich dehnte die Strecke immer weiter aus, bis ich vor meinem Baby stand! Wieder heulte ich vor Glück. So ein kleines Wesen, das selbstständig lebte. Die zarten Ärmchen, der kleine Rücken, und das war alles in meinem Bauch. Ein intensiv warmes Gefühl stieg in mir auf.
Nach dem nächsten Gehversuch nahm ich sie dann selbst mit auf mein Zimmer. Es ging aufwärts! Auch die Milch „schoss" ein. Meine Brüste waren hart wie Stein. Joanna konnte da ja nichts herauskriegen. Ich bekam Nasentropfen, damit die Milch läuft und Joanna wurde mit der Flasche zugefüttert und dabei vor und nach jedem Trinken gewogen.
Eigenartig: Nasentropfen für den Milchfluss. Aber es hat geholfen. Ich konnte meine Süße endlich richtig stillen. (Und ich stillte Josi ein halbes Jahr, denn ich wollte sie gesund ernähren, und außerdem gab es ja noch einen finanziellen Anreiz vom Staat: monatlich zwanzig Mark „Stillgeld". Der Staat war sowieso großzügig, denn man bekam tausend Mark für die Geburt des Kindes und einen Teil vom Ehekredit erlassen.)
Ein bisschen unbeholfen ging ich trotz allen vorherigen Übens mit dem kleinen Wesen um. Das erste Klopfen auf den zerbrechlichen Rücken, damit Joanna ein Bäuerchen nach dem Stillen machte, war wohl etwas heftig. Aber wir beide gewöhnten uns langsam aneinander.
Bei der Entbindung war ich außer dem medizinischen Personal so gut wie allein bis auf Vati, er hatte die Geburt anscheinend miterlebt, wie ich später erfuhr: Genau zur selben Zeit holten meine Eltern aus Eisenach ihren neuen Wartburg ab, und auf der Heimfahrt bekam Vati eine Herzattacke. Meine Eltern mussten eine lange Pause einlegen, bis diese heftige Attacke vorbei war. Vatis Kommentar: „Mit Katya stimmt irgendetwas nicht." Es

war genau dieselbe Zeit, wo sich bei der Geburt alles kritisch zuspitzte. Telepathie?

Nach einer Woche Erholungspause im Krankenhaus ging es dann wieder nach Hause.
Für mich war es eine Riesenumstellung. Windeln waschen, wickeln, stillen, spazieren fahren, kaum Schlaf und nebenbei noch den anspruchsvollen Ehemann.
Beim Stillen hatte ich Angst, Joanna könnte zu wenig Milch abbekommen. Unsicher wog ich sie vor und nach dem Stillen, um die Trinkmenge zu errechnen. Entweder ging die Waage falsch oder ich war zu blöd. Jedenfalls zeigte die Waage immer zu wenig an, und ich fütterte Joanna mit künstlicher Babymilch, Milasan, nach. Mit dem Ergebnis, dass Joanna alles wieder nach oben beförderte. Ich kaufte eine andere Babymilch, Babysan, und kochte Reisschleim, um beides zu vermischen, doch das Ergebnis war dasselbe: Joanna spuckte, und ich blieb ängstlich.
Die Körperpflege des Babys war für mich auch total neu. Das zarte Wesen war ja so zerbrechlich. Anfangs badete ich sie im Waschbecken, um sie sicher halten zu können. Doch sie flutschte mir aus den Händen und machte den ersten Tauchversuch. Das Tauchen hatte ihr wohl gefallen, denn Joanna wurde später eine richtige Wasserratte.
Auch beim Wickeln war ich noch nicht so versiert. Wolf hatte einen Wickeltisch geschweißt, der neben der Kochnische stand. Wenn ich Joanna waschen wollte, ging ich mit dem Lappen zum Spülbecken, Feuchttücher gab es noch nicht. Statt ich mir eine Schüssel neben den Wickeltisch gestellt hätte! Es waren nur kurze Sekunden, die ausreichten, dass mir Joanna vom Wickeltisch (ein Meter fünfzig Höhe!) fiel. Zum Glück nicht auf die Metallfüße! Wieder ein Beweis meiner Unfähigkeit. Meine blöde Unsicherheit wurde durch Schwiegermutters Bemerkung: „Joanna ist ja sowieso für dich nur eine lebendige Puppe", nur noch verstärkt. Wie konnte sie so etwas sagen?! Es traf mich hart, ich fühlte mich missverstanden. Joanna bekam doch all meine Liebe! Sie war mein ein und alles.
Jeden Handgriff konnte Dagmar besser und sie gab mir kluge Ratschläge, die mich nur noch mehr verunsicherten. Ich fühlte mich hilflos. Der Zeitdruck kam noch dazu, denn pünktlich siebzehn Uhr musste ich das Abendbrot fertig haben, und Wolf mit Joanna vom Radweg abholen - das gehöre sich so von einer Ehefrau.
Abends musste ich dann wieder meine ehelichen Pflichten erfüllen, die für mich nur noch Zwang bedeuteten.
Ich war völlig ausgelaugt. Wolf nahm keine Rücksicht, forderte nur. Auch als meine Eltern uns besuchten, wurde ich wieder gefordert - von Vati. Ich musste Essen kochen: Vorspeise, Hauptgang und Dessert. Dann regte er sich auf, dass ich zu lange zum Stillen und zum Wickeln brauchte. Ich solle mich gefälligst um meinen Besuch kümmern. Er fuhr mit dem Finger sogar über unsere Schränke, was er jedes Mal tat, wenn er uns besuchte, um zu kontrollieren, ob ich auch überall Staub gewischt hatte. Ich fühlte mich zerrissen, unverstanden, überfordert.
Joanna weinte sehr viel, und ich verstand ihr Weinen noch nicht zu deuten. Was wollte sie? Hatte sie Durst? Waren die Windeln voll? Hatte sie Schmerzen? Alles, was ich tat, half nichts. Ich war verzweifelt. Ich weinte und schüttelte sie: „Sag mir doch bitte, was

du hast!" Ich war nicht mehr Herr meines Tuns. Ich machte mir so viel Sorgen und brachte ihr Leben in Gefahr. Ich warf sie voller Verzweiflung in den Stubenwagen und ein Heulkrampf schüttelte mich. Ich war hilflos und endlos enttäuscht über mein Verhalten. Ich wusste einfach nicht mehr weiter und fühlte mich allein. Keiner war da, um mich zu beruhigen, um mir zu helfen. Ich hatte nicht gewusst, wie sehr man dadurch einem Säugling schaden kann. Zum Glück ist Joanna nichts passiert.

An ihr Weinen gewöhnte ich mich so langsam, reagierte später auch nicht immer sofort darauf, da ich lernte, ihr Weinen zu unterscheiden. Das machte mich etwas gelassener.

Trotz aller Pflege wurde Joanna wund, was hatte ich nun wieder falsch gemacht? Ich hatte sie vor und nach dem Stillen mit frischen, ausgekochten und sogar gebügelten Windeln neu versorgt und jedes Mal gewaschen. Was tun? In der Poliklinik holte ich mir Rat. Joanna wurde vom Arzt mit einem farbigen Wundmittel eingepinselt, was sogar ulkig aussah.

Unbesorgt fuhr ich unbesorgt mit dem Zug zu meinen Eltern. Als ich Joanna wickelte, waren die Fahrgäste mir gegenüber skeptisch und beäugten mich eigenartig. Ich dachte mir nichts dabei. Erst nachdem mich meine Eltern erschrocken fragten: „Was hast du bloß mit der Kleinen gemacht?", war mir klar, was alle dachten: blaue Flecke. Ich spürte, so richtig glaubten sie mir meine Erklärung nicht.

Die blauen Flecken und mit ihnen das Wundsein gingen vorüber. Ja, Mama sein war gar nicht so einfach. Es änderte sich so vieles, und die Erfahrungen machten klüger.

Wolf indes wollte so weiter leben wie bisher: trinken, feiern, rauchen. Ich musste mit ihm auf Partys gehen, wo ich Joanna entweder auf dem Bauch im Tragetuch oder im Kinderwagen mitschleppte, dabei musste ich mich um Joanna kümmern und um meinen Mann, der immer öfter zu tief ins Glas schaute. Ich war eben die „Mami".

Mich beunruhigte Wolfs Alkoholkonsum, für ihn war es normal, keine Diskussionen. Er ging sogar so weit, dass er betrunken von der Arbeit kam.

Das erste Mal, als ich ihn betrunken heimkommen sah, war ich traurig. Die Folge: Wolf verprügelte mich, weil ich mich angeblich nicht freute, dass mein Mann heimkam. Das nächste Mal zwang ich mir ein Lächeln ab, da verprügelte er mich im Beisein von Joanna, dass ich ihn angeblich auslachte, weil er betrunken wäre. Ihm konnte ich es nie Recht machen. Erneut setzte Verzweiflung ein. Ich zweifelte an meinen Fähigkeiten, als Mutter und als Ehefrau, als Mensch. Ich hatte von niemanden die geringste Bestätigung, fühlte mich als Versagerin.

Umso empfänglicher war ich, als ich Nachricht von Karsten, meiner Kindheitsliebe, bekam.

Wieder einmal kreiseln die Gedanken nur um den Unfall. Wieder einmal werde ich fremdbestimmt und muss mich wieder und wieder mit diesem Scheiß-Unfall beschäftigen. Über tausend Seiten musste ich durchsehen, um ein bestimmtes Schreiben, in welchem die Versicherung sich vor drei Jahren zur Zahlung bereit erklärte, zu finden. Ich habe es gefunden, eingescannt, als Mail verschickt, um zu erfahren, dass dieses Schreiben vor Gericht doch keine Gültigkeit hätte. Dann soll ich noch ein Schreiben meines mich damals behandelnden Arztes besorgen, aus dem hervor geht, dass er mit der Entscheidung des Medizinischen Dienstes: „Arbeitsfähig", nicht einverstanden war. Was spielt denn das für eine Rolle? Und wenn ich tausend Mal arbeitsfähig gewesen wäre, ich leide an den Spätfolgen des Unfalls! Der Name sagt es doch schon: „Spätfolgen"! Die hat man nun mal nicht unmittelbar. Fakt ist doch, dass ich wegen dem Unfall nicht mehr arbeiten kann, auch wenn ich es noch drei Jahre versucht hatte. Man bekommt doch nicht aus Spaß die Erwerbsminderungsrente. Außerdem habe ich von der Krankenkasse ein Bestätigungsschreiben bekommen, dass die Versicherung jeden Cent der bisher entstandenen knapp einundsechzigtausend Euro Gesundheitskosten ihnen zurückerstattet hat. Ist das keine Anerkennung des gesundheitlichen Schadens?! Ich verstehe die Welt nicht mehr. Ich fühle mich wieder wie ein Verbrecher behandelt. Ich kann doch nicht mein ganzes Leben nur das Unglück anziehen. Ich! Will! Ein! Ende!!

Wolf bekam nach der dritten Bewerbung die Genehmigung, sein Studium fortzusetzen. Ich glaube, sie hatten ihn damals erpresst, denn immer wieder wurde er ins Ministerium für Inneres vorgeladen, angeblich weil sie ihn bei der Feuerwehr haben wollten (so erklärte es mir Wolf). Der dritte Antrag war der letzte, wenn er abgelehnt würde, wäre es aus mit dem Studium. Als er nach langem Fiebern die Zusage bekam, freuten wir uns natürlich riesig. Und ich hoffte, ein bisschen Luft in meinem neuen Leben als Ehefrau und Mutter zu bekommen.
Nur an den Wochenenden kam Wolf nach Hause, und die Liebe war neu entfacht. Zitternd ersehnte ich den Freitag, an dem wir endlich wieder beisammen waren. Die Wochenenden verliefen relativ harmonisch.
Kirsten überraschte mich mit einem Brief von meiner Kindheitsliebe Karsten, der an meine Heimatadresse gesandt war. Er wollte wissen, wie es mir geht.
Ich schrieb ihm zurück, dass ich verheiratet wäre und ein Töchterchen hätte. Die Nähe unserer Wohnorte (er lebte immer noch bei Berlin) veranlasste mich dazu, ihn unverbindlich einzuladen, damit er meine Familie kennenlernen konnte. Ich lud ihn für einen Freitag ein, Karsten kam schon gegen Nachmittag.
Ich freute mich riesig, wir unterhielten uns ausgelassen über alte Zeiten, und als ich Joanna ins Bett gebracht hatte, öffnete ich zur Feier des Tages eine Flasche Rotwein.
Wir hatten uns wirklich viel zu erzählen, viel war passiert, und wir amüsierten uns über unsere jugendlichen Dummheiten.
Da ging die Tür auf, Wolf stand da. Er ließ mir für Erklärungen und freundlichem Vorstellen keine Gelegenheit.
„Hatte ich mir doch gleich gedacht, dass du einen Lover hast! Du Schlampe! Du Hure...!", polterte er los.
Mir war es peinlich, alle Beschwichtigungen gingen ins Leere. Um die Situation zu ent-

schärfen, verabschiedete sich Karsten. Er wusste ja nicht, wozu Wolf fähig war.
Als Karsten weg war, ging es erst richtig los. Wolf schlug, boxte, trat und beschimpfte mich. Ich fühlte mich so erniedrigt. Ich schwor ihm, dass da nichts war, zwecklos. In mir regten sich Rachegefühle. Ich bekam Schläge für etwas, was ich nicht getan hatte, Joanna bekam den Streit mit und schrie.
„Das sollst du mir büßen!", schwor ich mir.
Mittlerweile war der Mutterschaftsurlaub zu Ende. Beim Kinderarzt schlug ich noch vier Wochen raus, um mehr Zeit mit Josi, wie ich mittlerweile mein Töchterchen nannte, zu verbringen.
Mein Arbeitsplatz wurde an den Stadtrand verlegt, ein Betriebskindergarten in der Nähe eines Waldes. Ich wollte es so, denn ich konnte Josi erst sechs Uhr in der Kinderkrippe abgeben, wie sollte ich da zur gleichen Zeit im Dorfkindergarten sein? Mein Versetzungsantrag wurde genehmigt. Die Leiterin des neuen Kindergartens war sehr streng, altmodisch und von der alten Schule, auch die Stellvertreterin war eine Genossin, die sich ständig mit Händeklatschen Aufmerksamkeit verschaffen wollte. Aber das würde ich schon hinkriegen. Der Kindergarten hatte eine schöne Lage, einen Swimmingpool und war mit dem Fahrrad leicht zu erreichen.
Das erste Mal, als ich Josi in der Kinderkrippe im Kinderwagen abstellte, zerriss es mir fast das Herz: Ich gebe mein Kind weg! Werden sie lieb zu ihr sein? Wird sie weinen? Wird sie mich vermissen? Aber da musste jede junge Mutter durch. Außerdem bekam ich ja auch eine ganz neue Gruppe und musste mich voll auf die Arbeit konzentrieren. Wie gesagt: Das kriege ich schon hin.
Alles verlief wieder im geregelten Gang, und ich konnte meine Rachepläne schmieden. Ich schrieb Karsten, dass es meinem Mann Leid tue, er sollte zur Versöhnung nächste Woche Donnerstag wieder vorbei kommen.
So war es dann auch, und ich hegte einen Plan: Ich wollte Karsten für meine Genugtuung verführen. Damit Wolf endlich Grund hatte, mich geschlagen und beleidigt zu haben.
Natürlich kam Wolf *zufällig* nicht nach Hause, natürlich waren wir zufällig mit Josi allein. Karsten wartete so lange auf Wolf, bis kein Bus mehr zum „Sputnik" fuhr, dem Zug zur S-Bahn nach Berlin, und er bei mir übernachten musste.
Er schlief auf der Wohnzimmercouch, ich mit Josi im Schlafzimmer.
Die arme Josi musste für meine Pläne herhalten. Mit meinem durchsichtigen, gelben Nachthemd stand ich mehrmals auf und wickelte sie im Wohnzimmer. Das blieb von Karsten natürlich nicht unbemerkt. Da er immer beim Schlafen gestört wurde, bot ich ihm mein Bett an und verfrachtete Josi in die Stube.
Karsten war sich unsicher, gab aber nach. Im Bett versuchte ich, mich ihm zu nähern. Er lehnte entschlossen ab, ich wäre doch verheiratet. Wo bliebe da die Moral?
Es war ein hartes Stückchen Arbeit, doch ich schaffte es. Wir liebten uns verlangend, verboten und sinnlich. Man sagt ja: Verbotene Früchte schmecken am besten!
Ich war zufrieden, hatte das Gefühl, meine Ehre verteidigt zu haben.
Karsten fuhr wieder nach Berlin, und ich wartete auf Wolf.

Als er seinen Seesack in die Ecke gestellt hatte, trat ich ihm mutig, auf alles gefasst entgegen: „Jetzt hast du Grund, mich zu schlagen! Ich hab's gemacht!"
Doch Wolf fing an zu weinen: „Warum hast du mir das angetan?"
Ich wunderte mich über seine Reaktion und fühlte mich das erste Mal meinen Mann gegenüber überlegen. Es tat mir gut, obwohl das Mitleid etwas nagte.
Von nun an besuchte mich Karsten jeden Donnerstag. Wenn Wolf erst für Samstag sein Heimkommen ankündigte, blieb er leichtsinniger Weise sogar bis zum Samstagmorgen. Einmal kam Wolf überhaupt nicht nach Hause, weil er angeblich einen freiwilligen Arbeitseinsatz - "Subotnik" - hatte. Das bedeutete ein superlanges Wochenende für uns.
Es war eine zärtliche Zeit. Karsten zeigte mir, wie begehrenswert ich war, er war lieb zu Josi, trug mich auf Händen. Wir liebten uns im Bett, auf der Couch, unter der Dusche, ich genoss seine Wärme, seine Besorgtheit, sein Dasein. Ich hatte dies so lange vermisst!
Wolf erzählte ich davon kein Wort, benahm mich, als sei ich die perfekte Ehefrau.
Bis ich eines Morgens nach einer Nacht mit Wolf eine böse Nachricht bekam, die mich völlig irritierte.
Nach dem Sex sagte Wolf zu mir: „Du bist fremdgegangen. Wir sind krank."
Ich dachte natürlich sofort an Karsten, bestritt meine Liaison jedoch heftig.
Ich wusste ja nicht einmal, dass die Ansteckungszeit drei Tage dauerte.
So ließ ich mir von Wolf einreden, dass man diese Krankheit immer in sich tragen würde, besonders wenn man viele Geschlechtspartner gehabt hätte. Und irgendwann würde die Krankheit dann ausbrechen und andere anstecken.
Beschämt ging ich zur Fürsorge.
Dort musste ich leider auch Karsten als Sexpartner angeben, ich schämte mich wie sonst was.
Von der Arbeit aus rief ich Karsten an (er hatte zu Hause einen Telefonanschluss, was in der DDR selten war), um ihn vorzuwarnen. Er war eigentlich ganz ruhig, aber seine Mutter mischte sich ein und beschimpfte mich. Ich wäre eine Schlampe, eine verheiratete Frau macht so etwas nicht und so weiter.
Noch eingeschüchterter besuchte ich die nächste Sprechstunde der Fürsorge und heulte meinen Frust und meine Schuldgefühle aus. Nach der Spritze, der Aufklärung und Sexverbot versuchten mich die Krankenschwestern zu trösten: „Ihr Mann ist kein unbeschriebenes Blatt. Außerdem dauert der Ausbruch der Krankheit drei Tage nach dem Geschlechtskontakt." Damit wusste ich Naive leider nichts anzufangen. Hinter den Sinn dieser Aussage kam ich erst später.
Wieder fühlte ich mich als Versagerin, als Schuldige. Die Beziehung zu Karsten, den ich so gebraucht hätte, löste sich in Luft auf.
Ich erzählte Carmen von meinem Frust. Dabei fragte Heiko aus dem Bad: „Bist du nun endlich dahinter gekommen?"
„Hinter was?", fragte ich nach. Carmen druckste umeinander. Ich ließ nicht locker und erfuhr, dass Wolf eine Freundin hatte, bei der er sogar während des Studiums wohnte.
Das traf mich ziemlich hart, und mir wollte er alles in die Schuhe schieben! Carmen klär-

te mich über die seltsame Aussage der Krankenschwester auf. Also hatte Wolf in dem Wissen, den Tripper zu haben, mit mir geschlafen. Das war erst mies. Es verletzte mich mehr als sein Verhältnis.
Irgendwie sah ich es als Strafe für meine Liaison mit Karsten. In einem Brief an Karo, meiner Freundin aus Studentenzeiten, schrieb ich mir meinen Kummer von der Seele: „...ich weiß, dass mich Wolf betrogen hat..."
Die Antwort zog mir den Boden unter den Füßen weg. Karo entschuldigte sich, „es" wäre nur unter Alkoholeinfluss passiert. Sie würde doch niemals unsere Freundschaft aufs Spiel setzen, es sei einfach nur so geschehen, am Wochenende, an dem Wolf angeblich Subotnik hatte. Es würde ihr schrecklich leid tun. Ich verstand die Welt nicht mehr. Haben er und Karo also doch...?
Außerdem erfuhr ich von meiner Mutti, dass Wolf sie ab und zu in der Gaststätte besuchte, und sie ihm Geld für uns zusteckte, welches er wohl mit seiner Freundin durchbrachte. Ich wollte nicht, dass meine Ehe vorbei war. Ich schluckte den Herzschmerz tapfer runter und versuchte, Wolf wieder für mich zu gewinnen.
Nach Abschluss des Studiums arbeitete Wolf als Ingenieur in seinem alten Betrieb. Sein Verhältnis war damit zwangsweise zu Ende, und wir hätten eine normale kleine Familie werden können.
Wir bekamen eine Zweieinhalb-Zimmer-Wohnung mit Gasheizung und Balkon, gegenüber von seinen Eltern, am Rande eines Naturparks mit vielen kleinen Teichen. Ich besorgte antike Möbel (zwei schöne Anrichten), eine Küche mit richtigem Gasherd war inklusive! Die Lebenslage war mehr als positiv, wenn Wolfs zwanghafte Eifersucht nicht gewesen wäre.
Da ich meine Arbeit als Kindergärtnerin sehr genau nahm, führte ich in jeder Familie, nachdem ich Josi ins Bett gebracht hatte, einen Hausbesuch durch, um die Wohnsituationen und familiären Verhältnisse zu verstehen, Erkenntnisse in meine Arbeit zu integrieren und den Eltern Ratschläge bei der Erziehung zu geben. Diese Hausbesuche waren sehr persönlich und wurden gerne angenommen. Es wurde fast immer sehr gemütlich, sodass ein Besuch bei einer Familie schon einmal drei Stunden dauern konnte. Der Erfolg dieses Vorgehens war, dass ich einen Superkontakt zu den Eltern hatte und bei meinen Elternabenden im Kindergarten fast alle Eltern anwesend waren.
Wolf glaubte mir nicht, dass die Hausbesuche so lange dauerten. Er warf mir eine Affäre vor. Alles Flehen und Beschwichtigen half nichts, ich brachte sogar die Unterschriften der Eltern, die mir meinen Abend bestätigten, nach Hause. Er verprügelte mich trotzdem. So manches Mal ging ich mit einem blauen Auge zur Arbeit. Die stellvertretende Leitung sagte damals nur: „Du wirst es wohl brauchen."
Ich bekam einfach keine Unterstützung. Auch das Klagen bei Wolfs Mutter endete nur in Vorwürfen. Ich würde ihm wohl Grund geben. Eine Frau muss sich unterordnen, eine Frau muss leiden,...waren Dagmars Ratschläge. Sie gab mir nie das Gefühl, eine eigenständige, gereifte Persönlichkeit zu sein. Sie versuchte mich auszuspielen, von Wolf noch mehr zu entfernen. So kochte sie Essen, buk Kuchen und schickte Lars rüber, um für

Wolf etwas von Mamis Köstlichkeiten zu bringen. Für Josi und mich war natürlich nichts dabei. Ja, auch Dagmar schaffte es, mir das Selbstbewusstsein zu nehmen.

Wolf trieb seine Erniedrigungen soweit, dass er mich nach Hausbesuchen oder Elternabenden kontrollierte, ob ich „sauber" wäre. Dazu musste ich mich vor ihn mit heruntergelassenen Hosen stellen, wobei er mich mit seinem Finger untersuchte. Anfangs weigerte ich mich, aber für Wolf war es wieder ein Beweis meines Fremdgehens mit dem Ergebnis, dass er mich erneut verprügelte. Ich kann gar nicht beschreiben, wie stark ich mich als Abfall fühlte. Ich hatte das Gefühl, Klopapier zu sein: erst mit Scheiße beschmieren und dann wegwerfen.

Darüber hinaus erfuhr ich, dass Wolf während der Arbeit mit einer dicken jungen Frau Sex hatte, dass er angeblich „alles vögelte, was nicht bei drei auf dem Baum war, selbst wenn es ein Astloch wäre". Es ekelte mich so an. Weil er kein Waisenknabe war, traute er mir selbiges zu!

Einmal waren die Prügel sogar so schlimm, dass ich den Notarzt aufsuchen musste. Diese Ärztin erstattete sofort Anzeige.

Wolf hatte sich derweil zu seinen Eltern geflüchtet, wohl die Folgen ahnend. Dagmar warf mir später vor, wie ich als liebende Ehefrau ihrem Sohn eine solche Schmach bereiten konnte. Er wurde mit Handschellen abgeholt.

Ich wähnte mich schon in Sicherheit, atmete auf, doch keine zwei Stunden vergingen, und Wolf stand mit einem hämischen Grinsen vor mir.

„Jetzt werde ich dir da weh tun, wo es keiner sieht!", drohte er mir. So riss er mir büschelweise die Haare aus und boxte mich in die Magengrube, bis ich erbrach. Langsam begann ich mich zu wehren. Ich entwickelte Hassgefühle, gepaart mit Angst. Ich wusste nicht mehr, wie ich mich richtig verhalten sollte und wünschte mir manchmal, dass Wolf etwas zustoßen würde.

Ich merkte schon an seinem schiefen Grinsen und an seinem „irren" Blick, wann er mich schlagen oder zum Sex zwingen wollte. Zum Schlagen hatte er immer einen Grund. Entweder das Essen, was nicht nach seinen Vorstellungen war, zu wenig Alkohol im Haus oder eben einfach nur krankhafte Eifersucht.

Nach jedem Streit gelobte er Besserung und schwor mit, dass er mich liebe. Jedes Mal fiel ich wieder darauf rein. Jedes Mal hoffte ich wieder auf Harmonie. Jedes Mal glaubte ich ihm erneut. Doch seine Versprechungen hielten meistens nur vierzehn Tage, dann ging es erneut von vorn los.

Der Sex mit Wolf bereitete mir schon lange keinen Spaß mehr. Nun erzwang er sich den Sex mit körperlichen Einsatz. Ich hatte keine Chance. Ich schlief sogar mit einem Messer, um mich zur Wehr setzen zu können, Wolf entdeckte es und quälte mich erst recht. Ich bemerkte, das es keinen Zweck hatte, sich zu wehren und ersann eine neue Taktik: Ich machte mit und spielte ihm Lust vor. Als er gerade in Ekstase geriet, griff ich mit meiner rechten Hand zu. Ich umfasste seine Hoden und drückte mit aller Kraft. Er schrie, und ich ließ nicht locker. Es war mir ein Genuss, ihn „in der Hand" zu haben!

Es endete damit, dass sich Wolf auf dem Boden krümmte und ich stolz erhobenen

Hauptes über ihn hinweg stieg. Mit Erfolg, er verzichtete auf Sex mit mir. Ich wollte mich nun mit allen Kräften gegen ihn wehren. Ich wollte nicht mehr leiden.

Einmal stieß ich ihm eine Fleischgabel in den Bauch, einmal hielt ich ihm mein Gesicht hin und forderte ihn provozierend zum Schlagen auf, ich warf einen schweren Aschenbecher oder die volle Kaffeetasse nach ihm, ich zerschlug eine volle Bierflasche auf seinem Kopf. Eigenartiger Weise bekam er nicht den geringsten Schaden. Nur ich wurde krank. Ich bekam Angst vor mir selbst, ich hatte Mordgedanken. Allein Josi war mir eine Stütze.

Aus Vorsicht ging ich zum Psychiater. Ich hatte Angst durchzudrehen. Ich bekam das Beruhigungsmittel Faustan verschrieben. Wolf wusste dies und beschimpfte mich nicht mehr nur mit „Schlampe" und „Hure" sondern auch „Irre", Gestörte", „Frigide". Das verletzte mich sehr.

Ich suchte Trost. Zwei Faustan und eine Flasche Wein brachten mich jeden Abend dazu, über mich selbst zu lachen. Endlich wieder lachen! Mir war alles egal. Ich hatte keine Angst mehr. Egal war mir das Abenbrot für Wolf, egal waren mir die Prügel, die Beleidigungen. Ich war eingehüllt von einer unsichtbaren Wand, die mich leicht machte, die mich vergessen ließ. Ich merkte nicht einmal, dass ich immer dünner wurde, dass ich nur noch aus Haut und Knochen bestand. Egal.

Nicht egal wurde es mir, als Joanna in unseren Streit gezogen wurde.

Bei einer Prügelei stellte sich die Zweijährige tapfer vor mich und schrie Wolf an: „Lass meine Mama in Ruhe!"

Wolf gab ihr einen Schubs, so dass sie in die Ecke flog. Das war zu viel für mich. Nicht meine Joanna! Mir war ganz plötzlich klar: „Ich lasse mich scheiden!"

„Versuch es doch. Dann bring ich dich und Josi um!" Wolf hatte mich zwar eingeschüchtert, aber der Entschluss stand für mich fest. „Dann mache ich es eben heimlich. Ich ziehe es durch", schwor ich mir.

Eine Arbeitskollegin, selbst geschieden, verstand meine Lage. Zu ihr verlagerte ich meine „Hausbesuche" und füllte heimlich die vielen Unterlagen für die Scheidung aus. Martina war hilfsbereit, verständnisvoll, doch die Leute redeten über sie. Sie schminkte sich zugegeben etwas auffällig und trug aufreizende Kleidung. Na und, sie war eben auf Partnersuche. Das passte manchen Frauen nicht.

Als ich öfters die Abende für zirka eine Stunde (natürlich unter dem Vorwand der Hausbesuche) bei ihr verbrachte, um die Unterlagen auszufüllen, die Ehegeschichte – wie gefordert – zu schreiben und um Verständnis zu finden, erzählten sich die Leute, wir wären lesbisch. So sind die Leute, versuchen sich am Leid Anderer zu laben und ersinnen Geschichten.

Selbstverständlich waren wir deshalb dem Kindergartenteam ein Dorn im Auge. Da musste ich durch.

Meinen Eltern teilte ich diesen Entschluss mit. Vati fiel aus allen Wolken: „Wenn du dich scheiden lässt, brauchst du keine Hilfe mehr von uns erwarten. Ich hab dir gleich gesagt,

dass der Dahergelaufene ein zweites Gesicht hat. Du bist selber Schuld. In unserer Familie gibt es keine Scheidungen!"
Nur Mutti hatte Mitleid. Gegen Vatis Willen setzte sie sich in den Zug, um mich zu besuchen. Von meinem Aussehen und meiner psychischen Situation war sie so geschockt, dass sie unter Tränen wieder zu Hause ankam. Die gesamte Zugfahrt musste sie weinen. Ihr Trost munterte mich etwas auf, doch von Vati wollte ich mich nicht wieder einschüchtern lassen.
Martina versuchte, mich auf andere Gedanken zu bringen. Sie war mit ungarischen Männern befreundet, die einige der vielen Gastarbeiter unter Vietnamesen, Angolanern, Mosambikaner waren. Von ihnen bekam sie so Manches besorgt, was in der DDR nicht erhältlich war: modische Pullover, Drogerieartikel.
Sie verabredete sich mit ihrem verheirateten Lover Nandor, der ein Haus am nahegelegen See besaß. Nandor wiederum lud einen anderen ungarischen Freund ein, Martina hatte mich im Schlepptau. Es sollte eine zwanglose Party werden. Ich hatte sowieso nichts zu verlieren, Wolf fand ja immer einen Grund zum Streit, so täuschte ich einen Elternabend vor, um mal an etwas Anderes als an die Scheidung und mein Elend zu denken. Nun tat ich das, was er immer befürchtet hatte: Ich benutzte meine Arbeit als Alibi.
Mit Nandor fuhren wir in seinem Skoda mit Panoramadach, ein sehr begehrtes Auto in der DDR, an das Seegrundstück. Ferenc kam dazu, wir tranken etwas Wein und unterhielten uns.
Mit einem Mal verschwanden Martina und Nandor ins Schlafzimmer und forderten Ferenc und mich auf mitzukommen. Das war mir gar nicht Recht. Deshalb war ich doch nicht mitgekommen, ich wollte eine Party.
Ferenc war auch nicht gerade mein Typ. Dreizehn Jahre älter, lichtes Haar, dürre, Hakennase, tief liegende, dunkelbraune Augen und Angst einflößendes Äußeres.
Unschlüssig standen wir im Schlafzimmer und sahen, wie die Beiden sich liebten. Um kein Spielverderber zu sein und sich nicht überflüssig zu fühlen, taten wir es ihnen gleich. Unbeholfen, mit gespielter Erregung. Ich fühlte mich überhaupt nicht wohl und war froh, als es wieder nach Hause ging.
Wolf hatte inzwischen nachgeforscht, ob der Elternabend stattfand, aber der Kindergarten war leer. Als er mich zur Rede stellte, behauptete ich, dass wir hinterher noch bei einem Glas Wein bei der stellvertretenden Leiterin, die im Block gegenüber wohnte, waren, was mir später von ihr noch mächtigen Ärger einbrachte.
Am nächsten Tag wartete Ferri vor dem Kindergarten auf mich, entschuldigte sich für die blöde gestrige Situation und lud mich ein, mit ihm ganz zwanglos Kaffee zu trinken. Er wollte sein Verhalten wieder „gut machen".
Ich willigte ein. Im Café entdeckte Ferri meine blauen Flecke. Er hörte mir sehr geduldig und verständnisvoll zu, riet mir zur Scheidung. Er und seine Frau, die um einiges älter war als er, würden sich auch nicht mehr verstehen. So spielt das Leben.
Nach dieser Verabschiedung trafen wir uns dann täglich zu einem kurzen Plausch, es tat mir gut. Seit Langem behandelte mich ein Mann so voller Achtung. Ich genoss es und

verliebte mich in ihn. Ferri besuchte mich während der Arbeitszeit und ging mit meiner Kindergruppe und mir im nahen Wäldchen spazieren. Er hatte entgegen meiner Einschätzung ein liebes Händchen für die Kinder.
Nach ein paar Wochen verabredeten wir uns auch abends.
Wenn Wolf eingeschlafen war, legte ich einen Zettel auf den Tisch, auf dem stand, dass ich nicht schlafen könnte und spazieren gehe. Riskant, aber mir war es das wert.
Dann schlich ich (meistens gegen Mitternacht) aus der Wohnung und stieg zu Ferri ins Auto, der eine Straße weiter auf mich wartete. Wir benutzten Nandors Bungalow als Liebesnest. Zweimal in der Woche gehörte es uns. Ich erlebte das erste Mal während des Aktes einen Höhepunkt! Bei Ferri verlor ich all meine sexuellen Hemmungen. In seinen Armen konnte ich mich richtig fallen lassen. Fühlte das sich gut an! Meine Zuneigung zu Ferri verstärkte sich, auch ich ließ ihn nicht kalt. Liebevoll nannte er mich „Kicsi", was „Kleine" bedeutete.
Gegen halb fünf schlich ich wieder in unsere Wohnung, ich musste ja Wolf um fünf Uhr wecken und das Frühstück bereiten. Mich graute es vor der Prozedur! Meine Abwesenheit fiel glücklicher Weise nicht auf.
Die durchmachten Nächte hinterließen deutlich Spuren. Auf Arbeit schlug die Müdigkeit richtig zu. Während des Mittagsschlafes der Kinder, in der ich meine schriftlichen Vorbereitungen verrichten musste, passierte es, dass ich einnickte. Die Gruppe war toll: hatten sie mich schlafen gesehen, flüsterten sie nur und warteten auf mein Erwachen. Zum Glück bemerkte es die Kindergartenleitung nicht. Um dem vorzubeugen, nahm ich mir einen Wecker mit. Die schriftlichen Arbeiten, welche erledigt werden sollten, nahm ich einfach mit nach Hause.
Ferri stärkte mein Selbstbewusstsein, bei ihm fühlte ich mich als Frau. Er lernte Josi kennen und beschenkte uns mit Blumen, Süßigkeiten und Kosmetikartikel.
Es war schön, verwöhnt zu werden.
Einmal stellte mich Wolf zur Rede, ich würde einem alten Mann nachsteigen. Das jedenfalls würden sich die Leute erzählen. Ich stritt natürlich alles ab, stellte mich dumm. Auch als Dagmar mich belehrte, dass eine Frau ihrem Mann keine Hörner aufsetzen sollte, stellte ich mich dumm. Diese Stadt war halt doch ein Dorf, hier passte man auf! Ich musste vorsichtiger werden. Wir verabredeten uns nun abends an einer entfernteren Straße.
Ferri besuchte mich weiterhin während der Arbeit im Wald. Es war schön, mit ihm zusammen zu sein. Er ließ mich aufleben. Ich wurde innerlich gestärkt und sah der Scheidung und Wolfs Drohungen gelassener entgegen.
Nicht immer stand uns das Haus am See zur Verfügung. So wichen wir in die Wälder aus, waren doch unsere Treffen geheim. Einen festen Ort hatten wir nicht, immer wieder suchten wir uns eine neue, versteckte Stelle. Dabei fuhren wir uns einmal so richtig fest. Und das gegen Mitternacht! Wir bekamen das Auto einfach nicht mehr aus dem Schlamm. Aufgeregt suchten wir den Weg aus dem Wald und stellten uns auf die Straße, um Hilfe zu bekommen. Nach einer Weile hielt ein netter Fahrer an und folgte uns in den

Wald. Ihm wurde es bestimmt unheimlich. Es ging immer tiefer hinein, bis wir vor Ferris Auto standen. Durch das Licht des Helferautos sahen wir überrascht, dass wir kurz vor einer tief ausgeschobenen Müllkippe standen. Wer fährt denn schon zum Tét-á-tét an die Müllkippe?

Der nette Mann schleppte uns mit seinem Wagen aus dem Wald.

Aus unserer Absicht wurde an diesem Abend nichts mehr, aber wir mussten herzlich lachen! Wir versetzten uns in die Lage unseres Retters: Mitten in der Nacht wird er angehalten und in einen Wald zu einer Müllkippe gelockt! Ein Wunder, dass er nicht den Rückzug angetreten hatte!

Mit Ferri genoss ich wieder ein Stück Freude, lernte die ungarische Sprache, und Josi fühlte sich bei ihm auch sehr wohl. Er benahm sich ihr gegenüber liebevoller als der eigene Vater. Dummerweise lernte sie, zu Ferri „Apuci" zu sagen – das ungarische Wort für „Papa".

Josie „gedieh" trotz aller Wirrungen von Anfang an zusehends (Speikinder – Gedeihkinder) und wurde schön proppig. Leider fing sie mit einem Jahr zu röcheln an. Der Kinderarzt verkündete mir die niederschmetternde Diagnose: „Chronische Bronchitis." Sie solle unheilbar sein, und Josi musste täglich bittere Tabletten nehmen. Unter Tränen, Josi unter dem linken Arm eingeklemmt, versuchte ich, ihr die Medizin einzuzwingen. Wie tat mir das leid! Es musste leider sein.

Mit dieser Diagnose konnte ich mich nicht abfinden. Ich grübelte immerzu: hatte ich doch in der Schwangerschaft und in der Stillzeit keine einzige Zigarette geraucht! Wie konnte ich ihr helfen? Kam es daher, dass Wolf in ihrer Gegenwart rauchte? Ich war verzweifelt. Jetzt konnte ich auch erahnen, weshalb sie als Baby so oft weinte.

Und damit hatte sie mich weiß Gott genervt: Wie oft klingelte die Nachbarin: „Die Prinzessin weint", wie oft eilte ich hinaus und schob den Kinderwagen hin und her. Es war mir einfach zu viel.

Die Schwiegerleute nahmen mir Josi nur selten ab. Nur meine Schwester Kirsten besuchte mich einmal im Monat, um mit Josi etwas zu unternehmen. Ich war ihr sehr dankbar. Fühlte ich mich doch irgendwie den Aufgaben einer berufstätigen Hausfrau und Mutter nicht gewachsen.

Einmal geschah deshalb in der alten Wohnung, Josi war gerade ein Jahr alt, ein sehr gefährlicher Unfall: Nachdem ich Wolf das Frühstück gerichtet hatte, er schon unterwegs war, wirbelte ich durch die Wohnung, um den Kachelofen zu heizen, denn wir erwärmten morgens unser Wohnzimmer mit einem elektrischen Bahnheizkörper, sonst würde es zu lange dauern, und das hätte für Josi Erkältungsgefahr bedeutet, hatte sie ja sowieso oft Bronchitis und Mittelohrentzündung! Josi war schon wach und stolperte im Unterhöschen durchs warme Wohnzimmer. Ich hatte mit ihr schon gefrühstückt und ging schnell ins Bad, um mich für meine Arbeit bereit zu machen. Da hörte ich plötzlich einen Schrei. Da ich nicht sofort zu Josi rannte, wenn sie weinte (ich wollte erreichen, dass sich Josi nicht bei jedem Anlass mit Tränen durchsetzte), lauschte ich erst einmal, doch das Schreien hörte nicht auf. Ich rannte ins Wohnzimmer und sah sie mit ihren nackten Beinchen auf der Heizröhre liegen. Instinktiv riss ich sie runter, erschrak über die Brandverletzung, besprühte die kreisrunden Brandwunden mit Panthenolschaum, legte sie in den schon zu klein gewordenen Kinderwagen, den ich eilig aus dem Keller geholt hatte, während ich aufgeregt die Nachbarin bat, nach Josi zu sehen. Dann warf ich mir schnell irgendwelche Sachen über, bedeckte Josis Beine mit einer Baumwollwindel, einer Decke und einem Federkissen, drückte ihr ein Fläschchen Tee in die Hand und rannte mit ihr zur Poliklinik. Ich machte mir die größten Vorwürfe über meine Unachtsamkeit, die Tränen wollten nicht aufhören. Verschnieft erzählte ich in der Notaufnahme das Unglück. Der Arzt beruhigte mich, ich hatte Josi richtig versorgt. Sie wurde krankgeschrieben, bekam weiterhin Panthenol, und ich hatte erst einmal „Krankenurlaub", um mich um Josi, die zur Genesung unten herum nackt bleiben musste, kümmern zu können. Mit Bilderbüchern und Liedern versuchte ich sie abzulenken. Sie sog es auf wie ein Schwamm. „Der kleine Angsthase" wurde ihr Lieblingsbuch, was sie mit zwei Jahren schon ganz allein erzählen konnte. Auch kannte sie die verschiedensten Kinderlieder und Fingerspiele. Sie war anderen Kindern in ihrem Alter weit voraus.

Nicht nur Wolfs Verletzungen oder Josis Krankheit ließen mich die Poliklinik aufsuchen, ich konnte dies auch ganz gut selbst. Flog ich als Kind schon mit Kartoffelschalen in der Schüssel die Treppe hinunter, schaffte ich es als junge Frau am helllichten Tag nüchtern, auf ebener Fläche, die Straße zu küssen: Josi hatte ich versorgt, sie spielte im Kinderzimmer, ich hatte für Wolf das Abendbrot bereitet und musste nur noch schnell die Wäsche vom Wäscheplatz holen, bevor Wolf nach Hause kam. Die Zeit war sehr knapp, also musste ich zum Wäscheplatz rennen, nur mein Rock war im Weg. Kurzerhand hob ich den Rock hoch, hielt ihn in der rechten Hand zusammengeknüllt fest und sauste los. Allerdings rutschte der Stoff durch die schwungholenden Armbewegungen aus der Hand und leitete eine Vollbremsung ein. Meine ausladenden Schritte wurden durch den wieder herunter gerutschten Rock abrupt gestoppt und ich lag der Länge nach auf der Straße.

So schnell ich lag, stand ich auch wieder und schaute mich schnell um, ob mich niemand gesehen hatte. Meine Knie sahen schlimm aus. Ich säuberte sie und ging so zerschunden am nächsten Tag in die Arbeit. Leider entzündeten sich die Wunden, dass ich doch zum Arzt musste. Dieser dachte, ich wäre schon am helllichten Tag betrunken gewesen, denn er konnte nicht verstehen, wie man auf ebener Strecke hinfallen kann! Wie peinlich!

Durch solche Vorfälle wurden meine Schwiegereltern natürlich in ihrer Meinung über mich bestärkt, wie unfähig ich bin. Wenn sie Josi mal „holten", um mir zu zeigen, wie man richtig mit einem Kind umgeht, wurde sie natürlich mächtig verwöhnt. Ihr wurden keine Grenzen gesetzt, über alles wurde gelacht, selbst, wenn sie mit dem „Hauen" begann.

So war es auch an einem beliebten Badeort, an einem idyllischen See, wohin Wolfs Eltern uns an manchen sonnigen Wochenenden in ihrem Trabbi mitnahmen. Mannfred ging seiner Lieblingsbeschäftigung, dem Filmen nach. Josi, auf meinem Arm, schlug so ganz nebenbei mir mit der Bürste auf den Kopf. Als sich die Anderen darüber amüsierten, legte Josi erst richtig los. „Mal sehen, was Mama macht?", wird wohl in ihrem schlauen Köpfchen kursiert sein.

Ich musste gute Miene zum bösen Spiel machen. Dagmar und Mannfred würden mich rügen und Josi beistehen, falls ich ein hartes Wort gegen sie einlegte. Also lächelte ich des lieben Friedens und der Kamera Willen, hielt aber in einem günstigen Moment Josis Ärmchen und schaute ihr ermahnend in die Augen. Ein kurzer Augenblick nur, doch Josi verstand sofort meinen Unmut. Da hatte ich ja noch einmal die Kurve gekriegt. Ich musste eben zusehen, dass ich nicht als „Böse" dastand und konsequent bleiben konnte, damit Josi ihre Grenzen kennenlernt.

Um konsequent zu bleiben, versuchte ich, bei Auseinandersetzungen mit Josi nicht nachzugeben. Aber die clevere und kluge Josi hatte schon mit eineinhalb Jahren einen ziemlich starken Willen.

In der neuen Wohnung stand ich nach dem Putzen an der Wohnzimmertür, und Josi bildete sich ein, genau an dieser Stelle die Tür zu passieren. Ich versuchte ihr zu erklären, dass neben mir ja noch Platz ist, und sie leicht dort durchgehen kann. Doch Josi sah das überhaupt nicht ein. Zwei Dickköpfe trafen aneinander! Josi wollte durch meine Beine, ich presste sie zusammen. Josi wollte sich am Türstock durchzwängen, ich ging in die Hocke. Josi wollte darüber klettern, ich richtete mich auf. Ganze zwei Stunden hatte dieser Kampf gedauert, bis sie umkippte und in tiefen Schlaf versank. Ich hatte zum ersten Mal ihren Willen gebrochen. Ich wollte keine böse Mami sein, ich wollte ihr nur das Leben erleichtern, obwohl ich mich dabei nicht wohl fühlte.

Joanna lernte schnell, mit ihrem Charme andere für sich einzunehmen, ihren Willen durchzusetzen und als niedlich zu wirken, besonders in der Kinderkrippe.

Sie begann, mich zu provozieren, um wie gewohnt an ihr Ziel zu kommen, vor allem wenn jemand in der Nähe war. Leider fand ich in solchen Momenten mehr und mehr Wolfs Blick in Joannas Augen, was mich sehr verunsicherte und ängstigte. Ich hoffte, dass dies vorübergeht, wenn ich erst einmal geschieden bin. Denn dann wäre es wieder harmonischer, und ich könnte mich Josi mit meiner Liebe unbelastet zuwenden.

Mittlerweile flatterten die Scheidungsunterlagen zur Stellungnahme für Wolf ins Haus. Ich zitterte am ganzen Leib. Doch Wolf reagierte vollkommen anders. Er kniete vor mir, weinte, beschwor seine Liebe und mich, ich sollte die Scheidung zurückziehen. Kurze Zeit wurde ich schwach, ich liebte ihn doch. Nur meine innere Stimme sagte, es würde nichts bringen. So blieb ich dabei und vertröstete ihn: „Vielleicht klappt es ja nach der Scheidung besser." Das hoffte ich in diesem Moment wirklich!

War Wolf nicht zu Hause, zog ich mich zurück, hörte Hansi Biebl „Es gibt Momente" und „Als ich fortging" von Karussell und verkroch mich in meinem Kummer. Gab es wirklich keinen anderen Weg? Wie kriege ich Wolf aus meinem Kopf und aus meinem Herz? Sollte ich auf meine „große" Liebe verzichten? Wenn er mich wirklich liebte, warum tat er mir so weh? Die Verzweiflung machte sich breit. Wäre Ferri nicht gewesen, und hätte er mir nicht gezeigt, was es bedeutet, begehrt und geachtet zu werden, hätte ich die Scheidung gewiss zurück genommen. So konnte ich standhaft bleiben. Eigentlich wusste ich, dass es keinen anderen Weg gab.

Wolf wollte vor der Scheidung noch einmal mit der inzwischen zweijährigen Josi und seinen Eltern in den Campingurlaub fahren. Das konnte ich verstehen und willigte ein, im Hinterkopf eine Idee.

Ich kontaktierte Ferri, und er organisierte für uns beide in dieser Zeit einen Kurzurlaub in seine Heimatstadt – Budapest. Unterkunft bekamen wir in einer Wohnung von einem Freund Ferris, mitten in Budapest. Ich besorgte mein Visum, denn nach Ungarn durften die DDR-Bürger nur mit staatlicher Erlaubnis fahren. Da hatte es Ferri einfacher, er war ungarischer Staatsbürger.

Wir fuhren mit dem Auto über Zinnwald, die Strecke war lang, interessant und gefährlich, was ich erst später erfuhr, denn Ferri schmuggelte im Auto eine Menge Ersatzteile für Kraftfahrzeuge. Zum Glück wusste ich vorher nichts davon, denn ich war ob der fernen Reise ohnehin aufgeregt genug. Ich Kannte ja Ungarn nur von der Landkarte!

In Ungarn angekommen reagierte ich etwas enttäuscht. Das waren ja ganz normale Menschen! In meiner Phantasie verband ich Ungarn mit „Zigeuner", stellte mir exotische Menschen vor - es gab brünette und viele blonde Ungarn, nichts mit „Zigeuner". Die Enttäuschung verflog bald, schmunzelnd gewöhnte ich mich daran, dass die Ungarn einfach nur Europäer sind.

Ferri zeigte mir sämtliche Sehenswürdigkeiten der ungarischen Hauptstadt: die Fischerbastei, das Parlament, den Gellert-Berg, das zugehörige Hotel, in welchem ich das erste Mal in meinem Leben Maronen aß, die Matthias-Kirche, die nach dem Stephansdom konstruiert wurde, die Burg...

Er kaufte für mich wunderschöne Sweatshirts, Ohrringe, Kosmetikartikel, besuchte mit mir ein ungarisches Café, in welchem sich viele Schriftsteller und Schauspieler an der Wand verewigt hatten, und eine Striptease-Bar.

In diese Striptease-Bar gingen wir zusammen mit seiner Schwester und ihrem Mann. Für mich war dies sehr ungewöhnlich. Vor mir hatte noch nie exzessiv und nackt eine Frau getanzt! Ich wusste gar nicht, wo ich hinschauen sollte. Mir war das alles sehr unangenehm, und ich war froh, wieder „nach Hause" zu können.

Die Wohnung war sehr gemütlich, mit alten Möbeln aus der Kaiserzeit, alten Gerüchen und doch mit allen elektrischen Geräten. Frühmorgens saß ich gern am offenen Fenster und genoss die warme Spätfrühlingssonne. Ferri bereitete das Frühstück mit Weißbrot, Paprikawurst und echten ungarischen, frischen Paprikaschoten – wir waren wie ein altes Ehepaar. Ich übernahm das Abspülen. Oh, wie gut roch dieses Spülmittel! Es roch richtig nach „Westen". So eins wollte ich auch mitnehmen!

An einem Tag stellte mich Ferri seinen Eltern vor. Sie empfingen mich sehr förmlich mit „Küss die Hand" im altmodischen, doch vornehmen Esszimmer. Ganz nach der alten Schule.

Das Essen schmeckte lecker, die Stimmung lockerte auf. Mit meinem gebrochenen Ungarisch unterhielten wir uns angeregt, ansonsten übersetzte Ferri. Seine Eltern hatten mich sofort ins Herz geschlossen, und beim Abschied gab es sogar Tränen. Ich solle auf Ferri aufpassen, bat mich seine Mutter.

Eine wunderschöne Urlaubswoche verging. Ich war Ferri sehr dankbar, weil er mich auf andere Gedanken brachte und mich meine Sorgen vergessen ließ. Leider bemerkte ich aber auch in dieser Zeit, dass das Verliebtsein vorbei und Ferri mir einfach zu alt war. Immer häufiger galt mein Interesse jüngeren Männern. Dies versuchte ich jedoch zu verdrängen.

Wieder zu Hause, Josi war noch immer im Campingurlaub, staunten alle über meine schönen Geschenke. Martina und Nandor besuchten mich, um von mir alle Details der Reise zu erfahren. Der Abend wurde immer feucht fröhlicher, bis Nandor mit uns Sex wollte. Zwei Frauen und ein Mann – auch eine neue Erfahrung. Mit Martina konnte ich nichts anfangen. Da Nandor sehr neugierig auf mich war, fühlte ich mich Martina gegenüber unwohl. So zog ich mich dezent aus der Affäre und ließ die beiden allein. Das war eben nichts für mich.

Ich begab mich zu Jancsi, auch ein ungarischer Bekannter von Martina, geschieden mit einem zehnjährigen Sohn. Jancsi war sehr verständnisvoll und kannte meine Probleme. Bei ihm versteckte ich mich immer mit Josi, wenn Wolf wieder seine Anfälle bekam. In dieser Nacht ließ ich mich von Jancsi verführen, ich suchte immer noch Halt, Geborgenheit, die Bestätigung, eine Frau zu sein. Der Sex mit Jancsi war etwas derb, aber schön.

Naja, es kam, wie es kommen musste: Jancsi verliebte sich in mich, Ferri erfuhr von Jancsi, war sehr traurig und bat mich um eine Erklärung. Ich gestand ihm, dass ich nicht mehr dieselben Gefühle wie anfangs für ihn hätte, und es mir sehr leid tut. Wir blieben gute Freunde.

Inzwischen kam meine Josi mit Papa und Großeltern wieder aus dem Urlaub. Freudig nahm ich sie in die Arme. Ein Teil von mir war wieder da. Ich war wieder als Mensch vollkommen.

Der Scheidungstermin stand durch meinen Dringlichkeitsantrag (ich hatte Angst vor Wolf) bald fest, es war soweit. Meine Nerven waren zum Platzen gespannt, aber auch die Hoffnung auf ein neues Leben flammte auf.

Von Vati hörte ich in dieser Zeit nicht ein einziges Wort des Mitgefühls oder der Stärkung. Er war nach wie vor gegen diese Scheidung, und Mutti wurde der Kontakt mit mir verboten, doch sie setzte sich durch und besuchte mich mit Kirsten, die von Vati dafür ein blaues Auge bekam. Beide hatten den Mut, sich gegen Vatis Willen zu setzen und waren mir eine gute moralische Stütze.

Während des Termins nahmen Carmen und Heiko Joanna in Obhut.

Die Scheidung verlief sehr schnell. Die Richterin ging an das Eingemachte und stand voll auf meiner Seite. Im Namen des Volkes war die Scheidung rechtskräftig, das Sorgerecht wurde auf beide verteilt, der Ehestand zu gleichen Teilen festgelegt. Die Schulden, welche wir durch Wolfs Alkoholkonsum machten, übernahm bereitwillig ich, ich wollte mir nichts nachreden lassen.

Ich atmete auf. Geschafft.

Wolf lud mich noch zu einem Kaffee ein, ich Naive stimmte zu, und wir verstanden uns hervorragend. Wieder kamen alte Erinnerungen und Hoffnungen hoch – auf diese Weise konnte ich meine Gefühle nie von ihm lösen. Wir einigten uns darauf, dass Wolf sich bald eine neue Wohnung suchen wird.

Doch er dachte nicht daran, er begann, noch mehr zu trinken, brach nachts meine Tür auf und vergewaltigte mich in Josis Beisein, er schleppte junge, hübsche Mädchen an, mit denen er lautstark in seinem Zimmer Sex hatte. Mir zerriss es die Seele.

Es kam vor, das ich auf meiner Zahnbürste Schamhaare fand, dass Wolf und seine dann schon längere Sexpartnerin mich aus der Küche mit Beschimpfungen und Beleidigungen verdrängten und ich für Josi und mich nicht kochen konnte, und dass er nach dem Sex mit seiner Partnerin in mein Bett stieg: „Ich bin nicht befriedigt. Jetzt musst du ran!"

Ich fühlte mich noch „schmutziger", hilfloser, ausgelieferter. Die Scheidung hatte alles verschlimmert. Und doch konnte ich meine Gefühle für ihn nicht ausschalten. Liebe und Hass liegen so dicht nebeneinander! Wolf wusste es und verletzte mich psychisch immer mehr. Ich redete mir immer wieder ein, was er für ein mieser Kerl wäre, es half einfach nicht. So beschloss ich kurzfristig, mit Josi in den Urlaub zu fahren.

Ferri sprach mit seiner Schwester in Budapest: ich durfte bei ihnen im Gartenhäuschen, in welchem sie eigentlich selbst lebten, wohnen, ganz allein mit Josi. Pali und Gabi wollten in dieser Zeit bei ihren Eltern unterkommen und mir ab und zu tagsüber zur Verfügung stehen, ganz wie es ihr Dienstplan erlaubte.

Ein Freund von Jansci arbeitete bei der ungarischen Fluggesellschaft „Malev" und besorgte mir kurzfristig ein Flugticket zum normalen Preis von zirka einhundertachtzig Mark, den ich bei ihm später abstottern durfte, denn durch die Scheidung war ich finanziell ein bisschen klamm. Was ich erst nach der Reise erfuhr: ich bekam das Ticket vom ungarischen Botschafter, der diesen Flug aus irgendwelchen Gründen nicht in Anspruch nahm.

Außerdem deckte dieser Freund mich mit Zollerklärungen ein, damit ich mehr Geld tauschen konnte, denn den DDR-Bürgern wurde nur eine festgelegte Menge erlaubt.

Mein Visum hatte noch Gültigkeit, ich musste nur Josi eintragen lassen, mit der schriftlichen Erlaubnis vom Vater, dass sie mit mir das Land verlassen durfte.

Der Urlaub begann gleich turbulent. Da ich alles immer auf den letzten Drücker machte, verpasste ich den Zubringerbus und Ferri musste uns in seinem Skoda zum Flughafen fahren. Trotzdem kamen wir zu spät zur Abfertigung. Das ganze Gepäck und die Passagiere waren schon weg. Ohnehin schon aufgeregt wegen meines ersten Fluges (Davon hatte ich ja in der Kindheit oft geträumt und bin als Kind sogar schon im Traum geflogen!), wusste ich gar nicht, was ich tun sollte. Geduldig zeigte Ferri der Stewardess mein Ticket.

„Kein Problem", lächelte sie. Schnell wurde ein Bus organisiert, die Zollabfertigung fiel aus, Ferri lud mein Gepäck ein, und wir verabschiedeten uns schnell.

Der leere „Schlenki"-Bus fuhr mit Josi und mir auf die Flugpiste. Mein Gepäck wurde weitergereicht, und als ich mich mit Josi dem Flugzeug näherte, gingen alle Passagiere auf der Gangway zur Seite.

„Mann, sind die freundlich zu *Mutter mit Kind*", freute ich mich. Stolz stiegen wir die Treppe hinauf und wurden freundlich in einen großen Raum geleitet. Weiße, breite Ledersessel mit vielen Kissen für Josi, auf jeder Seite vom Gang zwei Sitze, ein großzügiger Tisch und viel Platz! Uns gegenüber saß Joachim Nowotny, der damals die Tagesschau – glaube ich – moderierte.

Er war sehr nett und schäkerte gleich mit Josi. Eine freundliche Stewardess fragte nach unseren Wünschen. Wir konnten essen und trinken, was und wie viel wir wollten, sie wäre immer für uns da. Ich genoss den Sekt am Bord, drei oder vier Gläser.

Nach dem Start saß Josi plötzlich bei Herrn Nowotny auf dem Schoß, beide fanden es gut – und ich auch. So verging der Flug ziemlich schnell, und wir sollten uns zwecks der Landung wieder anschnallen. Aber nicht mit Josi! Sie schrie, bäumte sich auf und biss sich vor Wut in die Hand. Beim Nachrichtensprecher war es anscheinend schöner. Mir lief vor Anstrengung der Schweiß über die Stirn, und alle schauten amüsiert zu. Doch Mama setzte sich durch.

Nach der Landung durften Josi und ich wieder zuerst aussteigen, und man führte uns gleich am Zoll vorbei in die Ankunftshalle, wo schon Ferris Vater auf uns wartete.

Eine Woche durften Josi und ich im Gartenhäuschen schalten und walten, das Wetter war super, der Postbote begrüßte mich mit: „Küss die Hand!", und Palis Mann Gabor nahm sich von der Arbeit frei, um mit uns das schöne Budapest zu erobern.

Josi testete inzwischen aus, wie weit sie mit ihrem Willen kam.

Mitten in der Altstadt setzte sie sich auf einen gepflasterten Platz und wollte nicht mehr mit, trotz Buggy. Alles Zureden verhalf nur zu noch lauterem Protestschreien, der die Aufmerksamkeit sämtlicher Passanten auf sich zog.

Erschöpft sagte ich zu ihr: „Na dann eben nicht. Dann bleibst du halt hier und ich gehe alleine weiter."

Gesagt, getan: Ich ging allein weiter! Allerdings nur bis zum nächsten Torbogen eines Bürgerhauses. Dort versteckte ich mich und beobachtete Josi.

Ich brauchte gar nicht lange warten, die Reaktion folgte prompt. Als Josi merkte, dass sie „allein" auf dem Platz saß, schnappte sie erschrocken nach Luft. Suchend und ängstlich ging ihr Blick in alle Richtungen. „Meine Mami!", schrie sie verzweifelt aus. Wie glücklich war sie, als ich „zufällig" vorbei schlenderte. Alles war vergessen – man kann es ja mal versuchen.

Gabor kaufte für uns beide ein: Pullover, Kosmetik, eine Kette... Als wir gerade den Goldschmied verlassen hatten, fragten mich zwei Deutsche, wo der Hauptbahnhof sei.

Da ich mich in Budapest noch nicht so gut zurechtfand, stellte ich diese Frage an Gabi auf ungarisch, denn er sprach leider keine Fremdsprache. Er erklärte mir, dass es keinen Hauptbahnhof gäbe, wahrscheinlich meinten die Touristen den Südbahnhof.

Nach einigem Hin- und Herübersetzen bedankten sich die zwei jungen Leute und meinten zu mir: „Sie sprechen aber gut deutsch!"

Schmunzelnd dachte ich: „Davon könnt ihr ausgehen."
Die erholsame, erlebnisreiche und ablenkende Woche verging sehr schnell, Josi aß das erste Mal bewusst und mit Genuss „eper" (das ungarische Wort für Erdbeeren), was für sie noch lange „eper" blieben, wir mussten wieder nach Hause.
Der Rückflug ging genauso luxuriös wie der Hinflug vonstatten. Wieder war ich zu spät, wieder brauchte ich nicht durch den Zoll, wieder wurden wir mit einer Extratour zum Flugzeug gebracht, wieder hatten wir während des Fluges alle Annehmlichkeiten.
Also „Fliegen" war für mich das Schönste und Komfortabelste auf der ganzen Welt! Warum nutzten nicht mehr Menschen diesen Luxus für so wenig Geld?
Vollgepackt mit vielen Erlebnissen und einen Haufen Geschenke kamen wir zu Hause an, wo uns Wolf mit einem schiefen Grinsen empfing: „Du bist wie eine Katze. Du fällst immer wieder auf die Füße."

„Sehr geehrte Frau Bosse,
Ich werde heute spätestens morgen Herrn J. schreiben, ich bin leider wegen Arbeitsbelastung zu Ihrem Fall noch nicht gekommen, es tut mir leid.
Mit freundlichen Grüßen E.K." -

so lautete vier Wochen nach dem erneuten, unverständlichen Platzen des Gerichtstermins die Antwort auf unsere Frage nach der Schadensaufstellung. Sollen wir wieder verarscht werden? Es geht in unserem Fall um Zig-Tausende, da kam die liebe, tschechische Anwältin wegen „Arbeitsbelastung" noch nicht dazu, sich um unser Anliegen zu kümmern?! Wie kann man einen Fall annehmen, wenn die Belastung nicht zulässt, sich damit zu befassen? Geht es nur darum, Geld zu kassieren? Vertritt man so einen Mandanten?
Gestern habe ich in den Nachrichten gehört, dass ein Kindermörder Schmerzensgeld zugesprochen bekam, weil ihm Folter angedroht wurde. Natürlich ist Folter nicht rechtens, insoweit verstehe ich es, aber was ist mit uns? Wir werden schon neun Jahre psychisch gefoltert, mit Auswirkungen auf körperliche Schmerzen. Wo ist da die Gerechtigkeit? Immerhin sind wir Opfer und nicht die Täter. Allerdings behandelt man uns als Täter. So müssen wir Kontoauszüge, Steuerbescheide etc. offenlegen, dazu jeden finanziellen und körperlichen Schaden beweisen, wofür man uns regelmäßig nur höchstens eine Woche Zeit gibt, und was dann sowieso nicht anerkannt wird.
Wo bleiben unsere Rechte. Ich habe Lust, der ganzen Welt zu zeigen, wie Menschen behandelt werden...und alles schaut zu!

Ja, Wolf lebte immer noch in unserer Wohnung. Meine Hoffnung, endlich allein zu sein, hatte sich in Luft aufgelöst. Es gäbe keinen Wohnraum, meinte er.
Ich hielt das nicht mehr aus. Ich wollte ein neues Leben, mit Josi natürlich.
Urplötzlich meldete sich Vati, er hätte eine Wohnung für mich, ich solle wieder in meine

Heimat ziehen.

Auf einmal. Jetzt war ich stur. Nein, erst ließ er mich im Stich und jetzt sollte ich nach seiner Pfeife tanzen?

„Nun brauche ich dich auch nicht mehr. Das stehe ich jetzt alleine durch!", waren meine eigensinnigen Gedanken.

Zunächst beantragte ich die Versetzung in einen naheliegenden, neu gebauten, achtgruppigen Kindergarten inmitten einer Gartenanlage, bekam grünes Licht, und mit mir gingen viele Kinder aus dem alten Kindergarten mit.

Mit der Kindergartenleitung und dem Personal verstand ich mich prima. Alles war auf das Modernste eingerichtet. Dort zu arbeiten war eine Wonne. Meine Arbeit als Pädagogin wurde mehr als anerkannt. So erhielt ich eine Auszeichnung als Aktivist der ersten Stunde, die vom gesamten Kollektiv vorgeschlagen wurde und mit einem zusätzlichen Monatsgehalt verbunden war. Ich bekam Studentinnen zur Ausbildung, meine Kolleginnen und verschiedene Delegationen hospitierten bei mir, ich schrieb Erfahrungsberichte für Fachzeitschriften. Beruflich lief alles super. Hier fühlte ich mich wohl und sicher. Aber zu Hause wartete wieder die Hilflosigkeit, das Ausgeliefertsein. Alles Verkriechen mit Josi ins Kinderzimmer, das gleichzeitig unser beider Schlafzimmer war, schützte uns nicht vor den Begegnungen mit Wolf, der oft im für mich gefährlichen Alkoholrausch war. Er bestand auf den Kontakt mit Josi, dem ich widerwillig nachgab. Mein Inneres sagte: „Josi gehört mir!"

Ich weiß, dass dies ein falsches Denken war, doch sie war alles, was ich hatte. Ich hatte Angst, dass ihr Leid geschieht. Sie war mein Kind, meine Freundin, meine Liebe, was ich recht bald verteidigen musste:

Wolf hatte Besuch und wollte seine süße Tochter Joanna vorführen.

Ich ließ sie mit in sein Zimmer, was unser ehemaliges gemeinsames Schlafzimmer war. Wolf und sein Kumpel rauchten und tranken Bier. Das würde Josi nicht schaden, entgegnete er meinem Protest.

Nach einer Weile hörte ich Josi weinen. Ich stürzte ohne anzuklopfen in das Zimmer und sah Wolf über Josis Hand gebeugt, beschwichtigend auf sie einreden. Einer von beiden hatte Josis Hand mit der Zigarette verbrannt!

„Das war ein Versehen", stammelte der angetrunkene Wolf. Das war zu viel!

„Du bekommst Josi nie wieder!", schrie ich und nahm Josi in meine Obhut.

Später verwendete Wolf diese Aussage immer wieder, um sich für das Unterlassen der Unterhaltszahlungen und des Kümmerns um sie zu entschuldigen. Ich hätte es ja so gewollt. Na ja, Josi gehörte wieder mir.

Die Auszeit in Ungarn brachte mir Ablenkung und neue Kraft, hinterließ jedoch in meinem Geldbeutel ein klaffendes Loch.

Um wieder flüssig zu sein, musste ich zur Sparkasse - Geld holen.

Ich schob mein Fahrrad in den Vorgarten des gerade in Renovierung befindlichen Gebäudes, da merkte ich, wie ich beobachtet wurde.

Ein junger, nicht unansehnlicher Bauarbeiter lächelte mir zu. Das tat gut. Hatte die Urlaubserholung mir doch etwas von meinem früheren Charme zurückgegeben?
Ich fühlte mich geschmeichelt. Als ich die Sparkasse die Auszüge überprüfend verließ, fragte mich seine nette Stimme: „Na, stimmt's?"
In meinem Kopf raste der Gedanke: „Mal sehen, ob du immer noch Interesse hast, wenn ich mit meiner Tochter komme."
Was ich nicht wusste: Als ich außer Sichtweite war, sagte er zu seinen Kollegen, dass ich für ihn die Richtige wäre, wenn ich am nächsten Tag mit Kind wiederkäme.
Gedacht, getan. Am nächsten Tag tauchte ich ganz zufällig mit Josi wieder vor der Sparkasse auf. Der nette Mann grinste, wir tauschten unsere Adressen und verabredeten uns erst mal bei ihm zu Hause.
Er wohnte in einer Dachwohnung mit Wohnzimmer, in welchem er auch schlief, kleiner Küche und kleinem Bad. Eine richtige Junggesellenbude, die leicht mit dem Fahrrad durch den Autobahntunnel zu erreichen war. Leider hinterließ der erste Besuch bei Alex nicht gerade den besten Eindruck. Im Bad stand eine Zinkwanne mit in brauner Soße eingeweichter Wäsche, und er konnte mir nur „Gänsewein" (Wasser) anbieten. Machte nichts - verstanden wir uns prächtig.
Alexander spielte Schlagzeug in einer Band und lud mich auf eine Probe ein.
Da ich mich sehr für Musik begeisterte, hatte Alex wieder einen Pluspunkt und ich ließ mir das natürlich nicht zweimal sagen.
Auf der Probe lernte ich seine hübsche Exfrau Christine kennen, die mit dem Leader Jens liiert war. Beide waren dick mit Alex befreundet. Sollte es so was wirklich geben? Für mich war es ein bisschen komisch. Sie war mit Alex im Bett! Sie hatten einen gemeinsamen Sohn!
Ich liebäugelte etwas mit dem Singen, da stellte sich meine Namensvetterin als Sängerin vor. Na ja, hatte ja bloß so gedacht.
Eigentlich fand ich ja alle Männer Sch..., ich wollte sie nur noch ausnutzen, doch mit Alex wurde es irgendwie anders. Ich erfuhr zwar, dass er noch in einer anderen Beziehung war, er sich aber total in mich verliebt hätte, ich wäre die „Richtige". Meine Vision: „Wenn es beim Sex harmoniert, klappt es auch in der Beziehung", ging in die Testphase. Prüfung bestanden.
Alex verstand sich super mit Josi. Recht bald sagte sie sogar „Papa" zu ihm. Meine Zuneigung zu Alex wuchs, allerdings waren die Gefühle nicht so arg wie damals bei Wolf. Ich war der Überzeugung, dass es die große Liebe nur einmal gäbe und versuchte mich damit abzufinden.
Nun hatte ich zwei Männer. Alex und Jancsi. Wie sollte ich sie nur unter einen Hut kriegen? Also beschloss ich eine letzte Nacht mit Jancsi. Er akzeptierte meine Entscheidung leichter als ich dachte, wenn auch nur scheinbar, wie ich später erfuhr.
Urplötzlich bekam ich meinen Moralischen. Immer noch hing ich Wolf nach, immer noch zitterten mir die Knie, wenn ich ihn sah. Ich dachte: „Die erste große Liebe bleibt immer im Herzen", wollte mir dieses Gefühl noch einmal bewahren. „Vielleicht ändert er sich

doch noch?", hoffte ich erneut.

Also schlief ich noch einmal mit Wolf, um mich von ihm zu „verabschieden" und ihm zu zeigen, was er verlieren würde. Wirklich naiv.

Diesmal war es wunderschön. Ich begann, an meiner Entscheidung zu zweifeln. Während unseres Beisammenseins klingelte Alex an der Tür und wollte mich besuchen. Da war Wolf natürlich auf hohem Ross, stolz schickte er ihn weg und gab ihm noch die Warnung mit, Alex hätte mich nicht für sich alleine.

Nach ein paar Tagen merkte Wolf, dass es mir mit Alex doch Ernst war, und seine Eifersucht erwachte aufs Neue.

Regelmäßig besuchte ich die Band-Proben, um Alex nah zu sein. Die Proben fanden abends bei Jens statt und dauerten manchmal bis dreiundzwanzig Uhr. Natürlich hatte ich vorher Josi mit dem üblichen Ritual - Geschichte und Schlaflied - zum Schlafen gebracht, ehe ich mich auf den Weg machte.

Ich genoss diese Art der neuen Freiheit. Bei den Proben gab ich ständig meinen kompetenten Senf dazu, der von den anderen berücksichtigt wurde. Dadurch wuchs mein Glaube an mich und der Wille, mein Leben ohne Wolf zu starten.

Fröhlich und gelassen ging ich nach solch einer Probe nach Hause zu Josi und zu meinem wohligen Bett.

Erschrocken sah ich Wolf vor der Haustür, mir irrem Blick, ein Messer in der Hand.

„Du Rumtreiberin, du Hure, du Schlampe, du miese Mutter...", schrie er mir entgegen und hielt mir das Messer an den Bauch. „Wo warst du? Ich bring dich um!"

Zitternd unter Tränen versuchte ich ihn zu beruhigen, keine Chance. Er wurde immer wütender und holte mit dem Messer aus. In meiner Angst schlug ich abwehrend mit meiner Hand darauf und zerschnitt mir die Finger.

Das Blut quoll, ich schrie um Hilfe, Hausbewohner erschienen fragend, ehe ich mich erklären konnte, entschuldigte sich Wolf: „Ist nicht schlimm. Sie ist stockbesoffen. Es ist nichts weiter passiert."

Hilflos und heulend konnte ich einfach nichts mehr sagen. Ich war so voller Hass. Wolf musste weg!

Nach diesem Vorfall legte mir die Hausverwaltung eine Unterschriftensammlung für Wolfs Auszug vor. Erleichtert stellte ich fest, dass sie wussten, was in unserer Wohnung passierte, fühlte Rückenwind und stellte bei der Schiedskommission den Antrag, dass Wolf durch deren Beschluss ausziehen musste. Solche „kleinen" Sachen wurden nämlich nicht vor Gericht gelöst, sondern von einer ehrenamtlichen Kommission.

Der Verhandlungstag rückte näher. Wolf musterte mich überheblich.

Als unsere Personalien amtlich aufgenommen wurden, kam Wolf aus dem Büro und prahlte mit schiefem Grinsen: „Die kenn' ich ja alle."

Ich glaubte an die Gerechtigkeit, betrat mutig die Verhandlung und legte die Unterschriftenliste der Hausbewohner vor.

Was jetzt kam, verstand ich einfach nicht und machte mich ratlos.

Wolf berichtete den Anwesenden, dass in unserer Wohnung die Männer ein und aus ge-

hen würden, ich ständig betrunken wäre und ich mich nicht um unser gemeinsames Töchterchen kümmern würde. Mir blieb die Luft weg. „Das ist doch alles gar nicht wahr!", protestierte ich.
„Sie sind jetzt nicht gefragt. Sie dürfen reden, wenn wir es Ihnen erlauben", mit diesen Worten schickten sie uns vor die Tür um zu beraten.
Draußen fragte ich Wolf unter Tränen: „Warum hast du das getan?"
„Irgendwie muss ich ja meine Haut retten", erwiderte er mir mit seinem schiefen Grinsen. Ich war sprachlos und hoffte, ich bekäme noch Gelegenheit, die Sache richtig zu stellen.
Erwartungsvoll betraten wir nach Aufforderung den Raum. Leider wurden meine Erwartungen nicht erfüllt. Sie fällten das Urteil: Ich sollte mich von Männern fern halten und dürfte nur noch bis zweiundzwanzig Uhr Ausgang haben. Bei Zuwiderhandlung würde mir das Sorgerecht für Josi entzogen werden.
Ich verstand die Welt nicht mehr. Ich hatte doch den Antrag gestellt, ich war doch die Leidtragende und wurde jetzt bestraft! Wo war die Gerechtigkeit, an die ich geglaubt hatte?
Am Boden zerstört heulte ich mich bei Alex aus. Sein Rat: Ich muss leider das Urteil befolgen.
Mir blieb ja nichts anderes übrig, ich wollte Josi nicht verlieren. Also ging ich nur noch mit meinem Mädchen zu Alex und zu den Proben und war spätestens zwanzig Uhr wieder zu Hause.
Doch selbst das nutzte nichts, Wolf wartete bis Josi im Bett war und schlug mir mit der Faust ins Gesicht. Mit dieser Erniedrigung überging ich die Vorschriften und flüchtete zu Alex. Als ich mit dickem blauen Auge den Proberaum betrat, legte Alex die Trommelstöcke zur Seite: „Jetzt reicht's!"
Er brauste mit dem Fahrrad, mich auf dem Gepäckträger, zu mir nach Hause, rief Wolf heraus, um ihn zur Rede zu stellen.
Wolf erschien überheblich und sagte nur: „Sie kriegt das, was sie braucht."
Alex platzte der Geduldsfaden. Seine Faust traf Wolf ins Gesicht, Wolf fiel die Treppe hinunter, Alex sprang hinterher. „Das ist für das, was du Katya angetan hast!", schrie er zornig und schlug und trat immer wieder auf Wolf ein, der mir plötzlich wie ein Häufchen Elend vorkam.
„Es genügt", versuchte ich Alexs Wutausbruch zu beenden. Wolf fehlten zwei Vorderzähne, und er blutete etwas. Er begab sich zum Arzt. Alex ging zur Polizei und zeigte sich selbst an.
Nach diesem Vorfall bat ich Alex, bei mir einzuziehen. Ich wollte keine feste Beziehung, hatte jedoch Angst vor Wolf und wollte für mich und Josi Schutz. Diesen Kompromiss war ich Josi schuldig.
Alexs Einzug bewirkte Wolfs Auszug. Endlich war die Bedrohung vorbei. Ich konnte wieder aufatmen.
Mit Alex kehrte ein normales Leben ein. Er verstand sich super mit Josi, war zu uns sehr

liebevoll, und wir genossen es. Wir fühlten uns umsorgt, beschützt und geliebt.
Alex fühlte sich sichtlich wohl bei uns, und er stellte mich nach kurzer Zeit vor eine Wahl, die einen neuen Lebensabschnitt einleitete: „Entweder du heiratest mich oder du siehst mich nie wieder."
Naiv wie ich war, dachte ich über diese Alternative nicht groß nach. In meinem Kopf rasten nur die Gedanken: „Ich kann doch Josi nicht schon wieder einen Vater wegnehmen. Das kann ich ihr nicht antun. Außerdem liebe ich ihn ja. Ich wäre dumm, ihn wegzuschicken. Wann kriege ich wieder eine Chance..."
Aus Angst, Alex zu verlieren, stimmte ich dem „Vorschlag" zu.
Die Hochzeit wurde einen Tag nach meinem Geburtstag festgelegt, das Aufgebot im Roten Rathaus in Berlin, ein wunderschönes Repräsentantenhaus auf dem Alexanderplatz, bestellt.
Wir freuten uns, Vati zweifelte: „Liebst du ihn wirklich? Bist du mit ihm glücklich?"
Mannfred und Dagmar freuen sich verhalten. Mannfreds Meinung: „Alex ist doch Katya nicht gewachsen."
Ich ignorierte die Zweifel und kaufte mir einen terracottabraunen Rock mit passender Bluse und endlos hochhackigen Schuhen. Dies wollte ich zur Hochzeit tragen, denn beim zweiten Mal heiratet man nicht mehr in Weiß.
Alex bat Jens und seine Exfrau Christine, unsere Trauzeugen zu sein. Sie sagten zu.
Vati lehnte es ab, mit Mutti und Kirsten zu unserer Hochzeit zu kommen, wir bekamen lediglich ein Glückwunschtelegramm.
Alex war dritter von vier Söhnen und einer Tochter seiner Eltern Martha und Fred. Sie nahmen unsere Hochzeit nicht so genau, und ihre Sympathie galt eher Christine und Alexs Söhnchen Chris als mir.
Wir beschlossen, die Hochzeit nur mit den Trauzeugen im ungarischen Spezialitätenrestaurant in Berlin zu feiern. Jens wurde gleichzeitig unser Fahrer in seinem Saporosh - ein russischer „Schlitten", von uns schmunzelnd „Zappelfrosch" genannt.
Gepoltert wurde im Fahrradkeller unseres Wohnblocks, die Hausgemeinschaft, Alexs und meine Kollegen sowie Freunde feierten mit.
Die Hochzeit war etwas hektisch. Jens fand keinen Parkplatz vor dem Roten Rathaus und es goss in Strömen. In letzter Minute hielt er vor dem Standesamt, ließ uns und Christine aussteigen, und suchte allein weiter nach einem Parkplatz.
Wir hasteten die Treppen hinauf, kamen gerade noch zur rechten Zeit, zum Schminken und Zurechtmachen blieb keine Minute mehr. Ohne Jens fing die Standesbeamtin mit der Trauung an. Ihre Rede war recht kurz, das lag wohl an dem Andrang der Brautpaare, die alle im Roten Rathaus heiraten wollten.
Pünktlich zum Ja-Wort erschien Jens. Alex und ich waren ein Ehepaar.
Das vorbestellte Essen im ungarischen Restaurant war exquisit, die Bedienung äußerst aufmerksam, fast unheimlich (wenn ich mir eine Zigarette in den Mund steckte, erschien der Kellner aus dem Nichts und bot uns Feuer an), das Blumengebinde auf dem Tisch sehr gelungen und die Atmosphäre festlich und gehoben.

Unsere kleine Feier wäre perfekt gewesen, wenn nicht Christine melancholisch geworden wäre. Sie und Alex unterhielten sich über ihre gemeinsame Vergangenheit, wobei Christine in Tränen ausbrach. Jens und ich schauten verunsichert zu. Wie passend für eine Hochzeit. Ich bereute es, sie als Trauzeugin gewählt zu haben, doch machte eine gute Miene, um unser wichtiges Ereignis nicht ganz zu versauen.
Im strömenden Regen ging es wieder nach Hause.
Eine unvergessliche Hochzeit. Das hatte ja alles gut angefangen.

Vernunft und Wahnsinn

Nun war ich, ehe ich richtig zum Nachdenken kam, das zweite Mal verheiratet. „Dieses Mal mache ich alles besser, auch wegen Josi", nahm ich mir vor.

Mit einer Hochzeitsreise wollte ich beginnen. In der ersten Ehe blieben wir nach der Hochzeit, da sie im November war, zu Hause - die Ehe ging schief.

Nun planten Alex und ich, nach Ungarn zu fahren.

Ich buchte privat für drei Personen eine Unterkunft in Fonyod am Plattensee (oder wie es in der DDR hieß: Balaton), für zwei Wochen. Die Zugtickets kauften wir in Berlin, Berlin – Budapest, Budapest – Fonyod. War das ein Gefühl!

In Budapest würden wir mitten in der Nacht ankommen, also ließ ich mir im Reisebüro eine Übernachtung in der Nähe vom Budapester Bahnhof empfehlen. Nun fehlten nur noch die Visa, welche wir sofort bei der Polizei beantragten.

Die Aufregung wuchs, die Zeit rückte näher. Die Reisegenehmigung ließ auf sich warten. Ablenkung verschaffte mir ein Unterhaltungsabend im hiesigen Klubhaus, zu welchem Frauen eingeladen waren, die am Internationalen Frauentag ausgezeichnet wurden. Zu ihnen gehörte auch ich.

Ich saß gleich in der ersten Reihe und hatte hautnahen Kontakt mit den Künstlern. In der Pause staunte ich nicht schlecht, als ich Alex und Josi im Vorraum vorfand. Fürsorglich brachte mir Alex die Pille, welche ich am Abend zuvor vergessen hatte. Vorsorge ist eben besser. Ich fand es süß.

Nach diesem Abend machten wir Kasse, wieviel Geld uns für den Urlaub blieb. Ich besorgte wieder Zollerklärungen zum Schwarztauschen und holte das Geld von der Bank. Vorausdenkend ließ ich hundert Mark Reserve auf dem Konto, denn die erste Gasheizungsrechnung stand ins Haus.

Nun war es schon Juni und wir hatten immer noch keine Visa. Ich ging zur Polizei, nichts. Einen Tag vor dem Urlaubsbeginn fuhren wir nach Zossen in die Bezirksstelle. Dort erhielten wir dann unser lang ersehntes Dokument. Gar nicht auszudenken, wenn es nicht geklappt hätte, die ganze Hochzeitsreise wäre ins Wasser gefallen.

Am nächsten Tag ging es früh gegen fünf Uhr mit dem Bus und dem Sputnik, dem Verbindungszug Potsdam-Berlin, nach Berlin-Ostbahnhof. Dort stiegen wir in unseren abfahrtsbereiten Zug und konnten ein ganzes Abteil für acht Personen, mit Tür, für uns ergattern.

Erschöpft und voller Reisefieber sanken wir in die gemütlichen Sitze, zogen die Vorhänge zu und genehmigten uns ein Nickerchen.

In Dresden wollten einige Fahrgäste in unserem Abteil Platz nehmen. Aber nicht mit mir! Ich schob die Brille schief auf die Nase, schielte, zog Grimassen und lallte: „Kommse ruhiisch rein. Hieris Blatz." Keiner wagte auch nur den Koffer abzustellen. Kaum hatte ich meine Einladung ausgesprochen, schlossen sie schnell die Tür von außen. Verdiente Ruhe.

In Usti nad Laben verließ Alex den Zug, um den Bahnsteig berühren. Er war noch nie im Ausland. Schmunzelnd verfolgte ich die Zeremonie und war stolz auf uns, es soweit geschafft zu haben und meinem Mann so etwas bieten zu können.

Gegen Mitternacht kamen wir in Budapest am Südbahnhof an. Die Luft kochte, die Stadt lebte und strahlte westliches Flair aus. Selbst die Luft roch anders. Am Nachbarbahnsteig schnaufte der Orient-Express. Ich war begeistert.

Die Suche nach der Unterkunft gestaltete sich etwas schwierig. Die Straße der Unterkunft war gleich beim Bahnhof, nur die Hausnummer war nirgends zu finden. Kurzerhand fragte ich einen Polizisten auf Streife, mein Ungarisch war ja noch präsent.

Der Polizist erklärte ganz ruhig, die Adresse wäre hier – der Bahnhof. Kein Zimmer - Wartehalle und auf die Koffer müssten wir selbst aufschauen (und das mit Kind). Typisch Osten. Nein, das kam für mich nicht in Frage. Ich wusste, dass hier in der Nähe (wie sich später herausstellte – doch ein paar Kilometer entfernt) ein Park befand. „Dann schlafen wir eben im Gebüsch. Das ist wenigstens ruhiger als auf dem Bahnhof", beschloss ich und schob den Kinderwagen mit der erschöpften Josi in die angenommene Richtung. Alex trottete mit den Koffern hinterdrein.

Ich weiß nicht, wie lange wir die Straße entlang schlichen, aber als wir Kräfte sammelnd an einer Hauswand lehnten, sprach uns ein Deutscher an: „Sucht ihr was zum Schlafen? Ich kann euch eine billige Unterkunft empfehlen."

Er kritzelte die Adresse auf einen Zettel, den wir dankbar entgegennahmen. Das nächste Taxi, das wir heran winkten, hielt vor unserer Nase, und der Fahrer steckte sein Gesicht aus dem Beifahrerfenster: „Dollar?"

Zum Glück kam unser Retter wieder zu Hilfe. Er war aus der Bundesrepublik und drückte dem Fahrer etwas in die Hand. „Okay", los ging es.

In einer stillen Seitenstraße hielt der Fahrer nach zirka zehn Minuten Fahrt an, lud unser Gepäck aus und wies mit dem Kopf auf ein unscheinbares Gebäude.

Da standen wir wieder, einsam und verlassen. Die Straße menschenleer, das Haus völlig dunkel und mit einem Schild versehen: „Theater".

Verwirrt schauten wir uns um, nirgends gab es ein Hotel, und die Adresse stimmte. Also klingelte ich an der Hintertür, die – oh wundersame Weise – geöffnet wurde. Ja, hier waren wir richtig. Man führte uns durch schummrige Räume und bot uns ein Zimmer an. Geschafft! Erschöpft, ohne Abendwäsche, fielen wir noch angezogen in die Betten und in einen tiefen Schlaf.

Am nächsten Morgen stellten wir fest, dass wir in einer größeren Kirche oder Kloster

oder so ähnlich waren. Alte Gemäuer, Innenhof mit Brunnen, düstere Gänge. Außer uns wimmelten lauter Jugendliche herum. Wir folgten dem Strom und wurden in den Frühstücksraum gedrückt. Super – wie im Hotel: Büfett mit allem, was das Herz begehrte. Man versicherte uns, dass dies in den Übernachtungskosten drin ist. Also langten wir zu und beschlossen, eine weitere Nacht in diesem romantischen Hospiz zu bleiben.
Nun mussten wir die Abfahrtszeit und den -ort nach Fonyod herausbekommen, denn Budapest hatte immerhin vier Bahnhöfe. Deshalb wollten wir zuerst mit der Metro zum Südbahnhof, welcher der Zentralbahnhof war, fahren.
Unschlüssig standen wir mit dem Klapp-Kinder-Sportwagen – Baggi - vor der langen, steilen Rolltreppe. Ich hatte Angst, dass der Kinderwagen steckenbleibt oder Josi herausfällt und traute mich nicht, dieses Monstrum zu benutzen.
Alex wurde schon ungeduldig. Auf einmal überrannte uns fast ein ganzer Pulk voller Menschen, die die Rolltreppe stürmten. Nach ein paar Sekunden war der Tumult vorbei, und ich stand wieder unentschlossen vor der luftigen Tiefe. Alex meinte zu mir: „Wenn du mir jetzt noch ein Küsschen gibst, gehört uns die ganze Welt."
Dabei grinste er und hielt ein Geldbündel, das mit einem Gummi zusammengehalten wurde, hoch. Weit und breit keine Menschenseele. Wir warteten noch ein paar Minuten, dann zählte er das Geld, was wohl jemand im Trubel verloren hatte.
„Damit können wir das Hospiz bezahlen und es bleibt noch etwas übrig", strahlte Alex. Es hat eben alles so sein müssen.
Nach großem Mutansammeln für die Benutzung der Rolltreppe fuhren wir mit der Metro zum Bahnhof und suchten für den nächsten Tag eine Zugverbindung nach Fonyod aus. Allerdings war die Abfahrt wieder an einem anderen Bahnhof.
Da wir nun Zeit hatten, wollten wir Budapest noch ein bisschen besichtigen und mit dem Bus an die Donau fahren. Einheimische erklärten mir: „Piros- nem jo." (Rot- nicht gut.)
Ich begriff es nicht, denn auf der Fahrtlinie waren dieselben Haltestationen wie auf der schwarzen Linie eingezeichnet. Prompt kam der rote Bus und wir stiegen trotzdem ein. Von wegen Haltestellen, der Bus bretterte durch, über die Elisabethbrücke nach Buda, es war ein Eilbus. Wir mussten auch noch Zuschlag zahlen. An der ersten Haltestation in Buda stiegen wir aus und liefen den ganzen Weg zurück, diesmal aber über die Kettenbrücke. Vorher schauten wir uns noch die Fischerbastei an. Josi dackelte wacker den ganzen Weg hinter ihrem Baggi her. Kompliment, das war eine Leistung!
In der Donau erfrischten wir uns. War das ein Erleben für mich, in dem Fluss, der aus dem Westen kam, meine Füße zu baden.
Am nächsten Tag ging es nach dem Aus-Checken zum Balaton. Endlich.
Unsere Vermieter überließen uns ihr Haus und wohnten im Gartenhäuschen. Janos war Bauunternehmer. Das passte gut, denn Alexs Hilfe als Maurer war erwünscht. So arbeitete Alex ein paar Tage mit auf dem Bau, verdiente gutes Geld, ich sammelte Leergut, erhielt dafür Forints, und wir konnten einen für uns luxuriösen Urlaub verbringen. Andere Urlauber und Ungarn hielten uns sogar für Wessis, da wir uns mehr als „normal" leisten konnten, zum Beispiel: zum Essen ins Restaurant, in eine Csardas oder in ein Weinlokal

gehen, eine Diskothek mit Erotik-Video-Show besuchen.
Alles in allem war es ein wunderschöner Urlaub, eine gelungene Hochzeitsreise.
Doch zu Hause erwartete uns eine böse Überraschung.

Ein Brief von der Sparkasse und die Gasrechnung lagen im Briefkasten. Die Gasrechnung war weit höher als geplant ausgefallen. Der Schock verstärkte sich mit der Reaktion der Sparkasse. Da das Konto um ein Monatsgehalt durch diese Nachzahlung überzogen war, wurde das Girokonto gesperrt.
Was nun?
Ich versuchte, vor Ort mit dem Filialleiter der Sparkasse zu reden. Es ging kein Weg rein, das Konto würde erst wieder freigeschaltet werden, wenn das Minus ausgeglichen ist, ohne wenn und aber.
Das dauerte ja mindestens zwei Monate, denn es gingen ja auch noch andere Kosten wie Miete, Gas, Kreditraten und so weiter ab!
Wie sollten wir über die Runden kommen?
Alexs Gehalt als Maurer musste herhalten, zum Glück wurde dies noch bar ausbezahlt. Davon musste ich auch das Essensgeld für Josi und mich zahlen. Oje, da lag eine Durststrecke vor uns.
Ich nahm heimlich vom Kindergarten in Schraubgläsern die Essensreste mit, so hatten wir wenigstens abends etwas gegen den Hunger. Aus Schrebergärten und von Felder stahlen wir Birnen und Mais, woraus ich Salate bereitete. Ich kam mir vor wie ein Tagelöhner, kein Geld, Nahrung klauen... Aber einen Trost hatte ich: Unseren Urlaub konnte uns niemand mehr nehmen.
Diese Zeit bekamen wir auch irgendwie rum. Es ging wieder aufwärts: das Konto wurde wieder freigegeben, Alexs Vater verkaufte uns für dreitausend Mark seinen alten Wartburg 311, wofür mir mein Vati das Geld borgte, was monatlich mit Zinsen zurückgezahlt werden sollte, ich wurde erneut als Aktivist mit achthundert Mark geehrt und meine Brüste schwollen an.
Irgendwie machte es mich stutzig, ich hatte so ein komisches Gefühl, aber die Regel blieb nicht aus. Trotzdem vereinbarte ich einen Termin beim Frauenarzt: Nicht schwanger. Na gut, dann eben nicht. Ich machte weiter in meinem Trott.
Mit Alex war alles anders: Wir besuchten die Nachtbar und nicht
verrauchte Clubs, tanzten miteinander Fox zu Schlagern (was Wolf und ich nie machten), waren begeistert für die „Neue Deutsche Welle". Er ging mit mir gemeinsam shoppen, achtete auf ein gutes Outfit, war fleißig, gab mit seiner Band Tanzabende, an denen auch ich teilnahm, war lieb zu Josi und mir, sprach nie ein böses Wort und hatte einen Führerschein!
Mit dem Wartburg fuhren wir zu meinen Eltern. Das war ein Gefährt! In der Kurve ging die Fahrertür auf, der Fahrersitz klappte unvermittelt selbstständig nach hinten und die Scheibenwischer funktionierten nicht. Da es regnete, klebte ich mit meiner Nase an der Frontscheibe und lotste Alex. Heutzutage wäre es überhaupt nicht denkbar, doch in der

DDR ging alles. Hauptsache, das Auto fährt, außerdem gab es ja kaum Verkehr, und auf der Autobahn durfte man sowieso nur hundert km/h fahren. Es war ein schönes Gefühl, mobil zu sein. Man fühlte sich nebenbei auch privilegiert. Stolz kamen wir nach dreieinhalb Stunden bei meinen Eltern an. Wir verbrachten ein schönes Wochenende, bekamen unser Hochzeitsgeschenk – eine rote, kunstvolle Likörkaraffe mit sechs passenden Gläsern. Vati wollte mir noch ein Kaffeeservice aufschwatzen, mit Jagdmotiven. Aber das war wirklich nicht nach meinem Geschmack, was Vati überhaupt nicht verstehen konnte. Bei einem Spaziergang zeigte ich ihm, was mir gefiel. In einem teuren Porzellangeschäft zierte das Schaufenster ein schnuckeliges Biedermeier-Kaffeeservice. So etwas war nach meinem Sinn. Doch Vati blieb etwas beleidigt.
Wieder zu Hause machte sich Alex an die Wohnungsdekoration. Er zauberte mit Tapete und Leisten aus meiner Einheitsküche eine rustikale Küche, baute eine gepolsterte, mit hellbraunem Leder bezogene Sitzecke, ein Bett (endlich kam das alte Fünfzigerjahrebett weg), Regale, einen Wohnzimmertisch mit Intarsienarbeiten und polsterte mit Kunstleder, das ich in Berlin erstanden hatte, die Eingangstüre ab. Er war handwerklich sehr begabt. Das gefiel mir, und bei uns wurde es richtig gemütlich.
Josi war behütet, hatte einen fleißigen, lieben, neuen Papa - die Familie war perfekt. Wolf hingegen kümmerte sich nicht um Joanna, ich musste sogar den Unterhalt für Josi einklagen, aber das störte uns nicht weiter, Wolf meinte dazu nur, ich hätte ihm ja den Umgang mit Josi verboten. Wohl eine willkommene Ausrede. Diese Begründung musste ich mir noch öfter anhören. Im Klartext: Ich war selbst Schuld. Mit seinen Eltern war der Kontakt noch da, sie akzeptierten auch den neuen Mann an meiner Seite. Alles verlief super, doch mein komisches Gefühl im Bauch flaute nicht ab.
Erneut ging ich zum Frauenarzt. Jetzt war ich auf einmal Ende des dritten Monats schwanger. War es die vergessene Pille zur Frauentagsfeier oder der Ungarn-Urlaub? Jedenfalls freute ich mich riesig. Jetzt wird die Familie komplett. Es war mein sehnlichster Wunsch, von Alex, der mich so glücklich machte, ein Kind zu bekommen.
Doch was ist mit dem Rauchen? Ich hatte doch bisher beständig inhaliert.
Ich beschloss, nicht aufzuhören, denn ich glaubte, mein Baby würde den Entzug auch mitmachen. Die Zigaretten reduzierte ich auf drei bis vier täglich.
Die Ärzte schimpften: Wenn ich damit nicht aufhöre, würde das Kind sich nicht richtig entwickeln können. Durch die beeinträchtigte Sauerstoffzufuhr würde das Baby zu klein und zu leicht werden.
Diese Warnungen ignorierte ich, mein Bauchgefühl gab mir irgendwie eine Sicherheit. Auch als ich wegen einer drohenden Fehlgeburt ins Krankenhaus sollte, fühlte ich diese Sicherheit. Ich hatte regelmäßig meine Menstruation, und im fünften Monat war der Muttermund schon zwei Zentimeter offen, aber bis zur Geburt nur im Bett liegen? Nein, das wollte ich nicht. Mit dem Versprechen, bei der nächsten Blutung in die Klinik zu kommen, durfte ich gehen.
Doch die Mensis hörte nicht auf, ich war mir jedoch sicher: Das Baby verliere ich nicht! Es ist gut in meinem Körper aufgehoben, es braucht mich, und ich hege es.

Da die Schwangerschaft so anders war als bei Josi, bildete ich mir ein, dass es diesmal ein Junge wird. „Erfahrene" Frauen bestätigten meine Annahme, da sich der Streifen auf dem Bauch verdunkelte, daran Haare wuchsen, ich mich nicht übergeben musste. Außerdem war das Baby sehr aktiv. Die ersten Kindesbewegungen spürte ich schon ab Ende des dritten Monats, das kleine Wesen trat wie ein Fußballer, meine Bauchdecke wölbte sich manchmal bis zu zehn Zentimeter hervor, man konnte kleine Hände und Füße erkennen. Das war ein überwältigendes Gefühl, was Alex und Josi mit mir teilten. Zur ersten und einzigen Ultraschalluntersuchung, die gerade im Kommen war, nahm ich Josi mit.
Da ich selbst den Monitor nicht sehen konnte, impfte ich Josi ein, genau hinzuschauen, ob das Baby einen Puller hat.
Nach der Untersuchung bestätigte sie mir lauthals: „Es ist ein Brüderchen. Er hat sooo einen langen Puller!", dabei breitete sie ihre Ärmchen aus. Ich musste schmunzeln, da wird sie wohl die Nabelschnur gesehen haben.
Trotzdem hielt ich an meinem Glauben, dass es ein Junge ist, fest. Auch meine sich ständig wiederholenden Träume, in denen mir mein Frauenarzt bestätigte: „Es ist eine Zwiebel", änderte nichts. Beharrlich bereitete ich Josi auf die Ankunft ihres Brüderchens vor.
Mit uns freute sich der ganze Häuserblock, unsere Arbeitskollegen, die Kindergartenkinder, Dagmar und Mannfred und natürlich meine Eltern.
Die Schwangerschaft verlief trotz der Warnungen der Ärzte unkompliziert. Ich bekam von einer Arbeitskollegin, die mit einem Ungarn verheiratet war, superschöne Umstandskleidung. Mit solch einem außergewöhnlichen Folklorekleid ging ich mit zur Silvesterparty, auf der Alexs Band spielte. Natürlich fiel ich mit diesem Kleid besonders auf, ich fühlte mich ausgesprochen wohl. Übrigens bekamen die Bandmitglieder zweihundert Mark für einen Auftritt. Da sie zu fünft waren (Leader Jens übernahm auch die Technik, welche er von seinen reichen Westverwandten gesponsert bekam), blieben für jeden vierzig Mark übrig. Für DDR-Zeiten ein gutes Taschengeld.
Die Band war jetzt schon so bekannt, dass wir die Erlaubnis vom Rat der Stadt erhielten, im Kulturhaus zu proben. Dadurch kannten wir auch die Organisatoren vom Klubhaus. So konnte ich mit meiner Arbeitskollegin sogar in Jeans in die Nachtbar, Klopfen genügte. Die anderen in der Schlange schauten uns neidisch nach. Auch bekamen wir die meisten Getränke spendiert, schön, wenn man zu den VIP's gehört. Allerdings wollten sie mir das erste Mal, als ich mit meiner Kollegin dort war, nicht glauben, dass ich schon achtzehn sei, und ich musste mich ausweisen. Pah, dreiundzwanzig, wenn das nichts ist! Aber es belustigte mich, dass ich immer noch so jung aussah. Jedenfalls hatten wir Zwei riesigen Spaß in der Nachtbar, und Alex akzeptierte auch meine Alleingänge.
Mit den Band-Mitgliedern war der Kontakt gut, Jens und Christine trafen sich sowieso oft mit uns, allerdings ohne Alexs Sohn. Christine meinte, es wäre besser so für ihn. Alex nahm es als gegeben hin, erwartete ich doch seinen neuen Nachwuchs.
Micha, der Bassist aus Potsdam, besuchte uns regelmäßig vor den Proben. Dabei schaffte er es, ständig zum Essen zu erscheinen, was ihm sichtlich schmeckte.
Naja, meine Kochkünste hatten sich eben entwickelt. Mit gutem Essen und Selbstgeba-

ckenem verwöhnte ich Alex und Josi, woran auch Micha Vergnügen fand.
Alex und mir war aufgefallen, dass zu jeder Probe ein altes, herrenloses Fahrrad vorm Klubhaus im Fahrradständer stand. Jedes Mal wieder. Nach gewiss dem zehnten Mal beschlossen wir, es als Ersatzteilspender für unsere Räder mit nach Hause zu nehmen. Ersatzteile waren ja bei uns Mangelware. Unter dem Autobahntunnel, auf dem Nachhauseweg, spät abends, die Tretmühle schiebend, wurden wir plötzlich von zwei Herren im dunklen Mantel angesprochen: „Wo wollen Sie denn mit dem Fahrrad hin? Das gehört ihnen doch gar nicht!"
Das Herz rutschte uns in die Hose, böse Falle.
„Äh,... wir wollten es zur Polizei bringen."
„Die hat doch gar nicht auf. Außerdem liegt sie auf der anderen Straßenseite."
„Äh, ...gerade deswegen", stammelte ich. „Wir wollten es erst mal sicher stellen und morgen abgeben."
Nochmal Glück gehabt, gerade noch den Kopf aus der Schlinge gezogen. Wir wussten jedenfalls, auf so einen billigen Trick fallen wir nicht mehr herein. Und tatsächlich, bei der nächsten Probe stand die Mühle wieder an Ort und Stelle. So plump wollte man damals den Diebstahl einschränken.
Apropos Diebstahl: Wäscheleinen waren auch Mangelware, wir ließen sie zwar auf dem Wäscheplatz aus Bequemlichkeit hängen, doch kam es vor, dass man sie dann verzweifelt suchte. Mir ist das auch passiert. Mit vollem Wäschekorb stand ich da. Meine Leine war weg. Ich benutzte Nachbars Leine und meldete den Vorfall der Polizei und der Versicherung. Natürlich hingen vor dem Diebstahl teure Jeans, Jacken und Pullover auf der Leine. Zum Glück hatte Nachbars Junge, der sich bei der Befragung sehr wichtig fühlte, einen Mann gesehen, der auf seinem Fahrrad die berüchtigte Leine mit Jeans hatte. Also bekamen wir eine stattliche Summe ersetzt, wieder das Taschengeld aufgepeppt. Danke an den Jungen!

In meiner jetzigen Schwangerschaft konnte ich alles essen, nichts kam wieder heraus. Ein gutes Gefühl. Es ging mir so gut, dass ich gar nicht merkte, wie die Zeit verging.
Im achten Monat hatte ich dann zwei Haushaltstage (von Januar und Februar) zusammengelegt. Meist nahmen dies die Frauen in Anspruch, vom Staat bezahlt. Ich wollte die freie Zeit noch einmal nutzen, mit dem Zug zu meinen Eltern zu fahren, auch um Vati die letzte Rate der geborgten dreitausend Mark zu zahlen. Eine schlechte Idee, denn es war eine Reise mit vielen Hindernissen.
Gleich am Anfang, als Josi und ich gemütlich auf dem Mutter-Kind-Platz (Schwangere und Mütter mit Kinder hatten ein Recht auf einen Sitzplatz) saßen, erfuhren wir, dass unser Zug wegen eines schweren Zugunglücks auf unserer Strecke einen Umweg fahren musste.
Die Eisenbahn tuckerte regelrecht irgendwo herum, nach vier Stunden standen wir wieder in unserem Wohnort auf dem Bahnhof. Wir waren nur im Kreis gefahren! Ich hatte Lust, einfach wieder auszusteigen. Da aber meine Eltern auf uns warteten, blieben wir

sitzen.

In Leipzig war natürlich der Anschlusszug weg. Es war schon spät abends, und wir hätten noch zwei Stunden warten müssen.

Ich fand einen Regionalzug heraus, der zwar in jedem Kaff, aber auch in meiner Geburtsstadt hielt. Gerade noch im letzten Moment konnten Josi und ich aufspringen und sanken erschöpft und froh in die Sitze.

Gegen Mitternacht kamen wir nach zirka neun Stunden am Zielbahnhof an. Von meinen Eltern war nichts zu sehen. Sie wollten uns doch abholen?

Übermüdet und erschöpft stiegen Josi und ich in die Straßenbahn, welche uns direkt in das Neubaugebiet, in welchem meine Eltern ihre neue Wohnung hatten, brachte.

Die Straßenbahn war gerammelt voll, kein freier Sitzplatz, keiner bot mir seinen Platz an. Ich zückte meinen Schwangerschaftsausweis und hielt ihn einer Frau unter die Nase. „Tut mir leid. Mir ist es selber nicht gut."

Der junge Mann neben ihr antwortete auf meine Bitte nur: „Bin selber froh, einen Platz zu haben."

Enttäuscht wandte ich mich ab. Aber nicht mit Josi.

„Ja, ja. Das Böse ist immer und ü-ber-all, Mama", zitierte sie laut und rhythmisch aus dem Lied „Banküberfall" von der „Ersten Allgemeinen Verunsicherung".

Die angespannte Stimmung löste sich auf, die Leute lachten, und wir bekamen gleich mehrere Plätze angeboten. Da muss erst so ein kleines Mädchen die Erwachsenen aufwecken.

Im Neubaugebiet angekommen liefen wir zum Häuserblock meiner Eltern. Nachdem wir die drei Etagen erklommen hatten und erlöst an der Tür klingelten, öffnete uns niemand.

Ich klingelte verzweifelt den Nachbarn raus, ob er wüsste, wo meine Eltern wären. Er verneinte, bot sich aber an, uns zu meiner Schwester in einen Kultursaal in die Stadtmitte zu fahren. Sie arbeitete dort als Kellnerin.

Es fand gerade eine große Veranstaltung statt, sodass es nicht einfach war, sie ausfindig zu machen.

Kirsten wusste auch nicht weiter. Alles, was sie wusste war, dass unsere Eltern uns vom Bahnhof abholen wollten. Sie sah mir an, wie erschöpft ich war, irgendwie spürte ich auch schon Wehen. Ich hatte Angst, dass es jetzt noch zu einer Frühgeburt kam. Kirsten gab uns ihren Wohnungsschlüssel, sie wohnte ja noch bei Mutti und Vati.

Mit dem Schlüssel düsten wir wieder zurück, stiegen erneut die drei Etagen hoch, klingelten – nichts. Also schloss ich die Wohnung auf, und der freundliche Nachbar zog mir meine heißgeliebten Salamander-Stiefel aus. Mit meinem dicken Bauch und den Schmerzen kam ich einfach nicht mehr runter. Seine Frau sah lächelnd zu, wie ihr Mann sich ein paar Treppen tiefer an meinen Füßen abmühte. Ich konnte ihm gar nicht genug danken.

Nach einer Katzenwäsche fielen Josi und ich in Muttis Bett und versanken schnell in die Traumwelt. Aber nicht lange.

Nach zirka einer Stunde hörte ich meinen Vater toben: „Die schlafen hier gemütlich, und wir suchen sie auf dem Bahnhof!"

Er wollte nicht glauben, dass ich mit dem Zug gekommen war und zeigte mir den Fahrplan. Beteuernd erklärte ich ihm, dass wir in Leipzig in die Regionalbahn umgestiegen sind. Es stellte sich heraus, dass sich meine Eltern genau zur Zeit, als wir angekommen sind, in der Mitropa-Gaststätte einen Kaffee gegönnt hatten, um munter zu bleiben. Sie hatten nie in Betracht gezogen, dass wir mit einem anderen Zug kommen würden. Mit Handy wäre das nicht passiert! Leider hatten wir damals nicht die blasseste Ahnung von der späteren Existenz des „genialen" Kommunikationsmittels.
Vati beruhigte sich schwer. Er war richtig sauer. Dass auch wir Stress hatten, daran dachte er wohl nicht. Ich mache eben alles verkehrt. Nie konnte ich es Vati Recht machen. Dabei wollte ich doch nur so schnell wie möglich bei meinen Eltern sein.
Mit nunmehr schlechtem Gewissen schlief ich dann doch endlich völlig ermattet ein.
Die vier Tage brauchten wir dann richtig, um uns von Mutti verwöhnen zu lassen und erholt wieder nach Hause zu fahren, diesmal ohne Hindernisse.

Nun hatte ich täglich im Zehnminutenabstand drei bis vier Mal Wehen. Aber sie hörten immer wieder auf, so dass ich nicht glaubte, dass das Baby schon im achten Monat ans Licht der Welt wollte.
Ich trat meinen Schwangerschaftsurlaub an und vertrieb mir die Zeit mit Stick-Arbeiten. Ein Sofakissen wollte ich unbedingt noch fertig bekommen, eine Heidenarbeit.
Das Baby trat mich erbarmungslos, drückte auf den Ischias und auf den Magen, ich konnte wegen dem Sodbrennen nur noch im Sitzen schlafen. Es hatte wohl keinen Platz mehr, obwohl es immer noch hieß, es würde zu klein und zu leicht sein.
Eine Kontrolle kurz vor dem Geburtstermin bei der Frauenärztin musste ich auch noch hinter mich bringen. Ich fuhr mit dem Fahrrad, denn gehen konnte ich nur noch wie eine Ente, in die Poliklinik und – oh große Sorge – die Wehen hörten dieses Mal nicht auf. Auf der Waage bekam ich wieder eine Wehe und versuchte, sie heimlich zu veratmen, denn auf eine Einweisung ins Krankenhaus konnte ich im Moment verzichten, es war noch viel zu viel zu tun. Die Krankenschwester blaffte mich an: „Stehen Sie nicht so verkrampft da!" - Wenn die gewusst hätte.
Nach der Untersuchung teilte mir die Frauenärztin mit, dass das Baby ein Osterhase werden würde. Na, mal sehen.
Mit dem Fahrrad fuhr ich auf dem Rückweg am Kindergarten vorbei, um Josi abzuholen. Ihre junge Erzieherin sah mich an und sagte: „Du siehst aus, als wenn es bald losgeht."
„Tut es schon", war meine schnaufende Antwort.
Nun düste ich mit Josi im Fahrradkörbchen schnell nach Hause, das Kissen wartete auf mich. Eifrig machte ich mich an die Arbeit, die ich auch bis zum letzten Stich schaffte, und verschnaufte zwischendurch die Wehen, welche sich noch im Zehnminuten-Abstand bewegten.
Alex verbreitete gleich Panik, als er nach Hause kam. Ich richtete aber erst noch das Abendbrot, brachte Josi zu Bett und nahm ein schönes, warmes Wannenbad. Als ich aus der Wanne stieg, war Alex nicht mehr da. Er hatte sich davongestohlen, um von der

nächsten Telefonzelle den Krankenwagen zu rufen. So hatte er mich überrumpelt.
Nachdem wir der Nachbarin wegen Josi den Wohnungsschlüssel gegeben hatten, begleitete mich Alex ins Krankenhaus, um bei der Geburt dabei zu sein.
Doch er wurde wieder nach Hause geschickt: „Heute Nacht kommt das Baby nicht mehr." Mein Gefühl sagte mir etwas anderes.
Im Kreißsaal war ich die einzige werdende Mutter. Eine Hebamme kam mit einer Spritze: „Damit die Wehen weggehen."
Nein! Das wollte ich nicht und setzte mich hartnäckig zur Wehr.
„Stellen Sie sich wegen so einer kleinen Spritze nicht so an!" Schwups, war die Injektion im Hintern.
„Na wartet", dachte ich. „Ihr wollt ja nur eure Ruhe haben. Ich werde euch jedenfalls nicht rufen, wenn es soweit ist. Das schaffe ich auch ohne euch."
Trotzig legte ich mich auf die Entbindungsliege, nahm ein Buch von Edgar Wallace zur Hand und wurde allein gelassen.
Der Harndrang nahm zu, alle fünf Minuten musste ich auf die sich im Kreißsaal befindende Toilette gehen. Auf der Toilette bekam ich ständig Wehen, auf dem Rückweg auch, sodass ich am Schreibtisch immer verschnaufen musste.
Eine Hebamme kam, um nach dem Rechten zu sehen: „Na, haben sich die Wehen beruhigt?" „Ne, die sind noch doller geworden." „Das kann nicht sein."
„Ich muss doch wissen, was ich fühle, ich bekomme das Kind!", fauchte ich sie an. Nach der Untersuchung gestand sie ein: „Ja, es ist gleich so weit."
Sie ging, um Hilfe zu holen, da merkte ich schon die Presswehen. Es ist fantastisch, wie der Körper den Weg zeigt, wie die Natur alles regelt.
Wieder öffnete sich die Tür, herein kamen die Hebamme, die Ärztin und ein paar Männer in weißen Kitteln. Diese stellten sich an der Wand gegenüber auf.
„Na Klasse", dachte ich. „Zuschauer auch noch." Aber ich war zu erschöpft, um etwas dagegen zu sagen. „Ich muss pressen", quetschte ich noch heraus.
Die Ärztin verpasste mir einen Dammschnitt, weil die erste Geburt eine Risikogeburt war, und setzte Elektroden an den Kopf des Babys, um die Herztöne zu überwachen. Alles gegen meinen Willen, aber man kann sich einfach nicht mehr wehren. Die Elektroden waren eine blöde Idee. Durch sie hörte ich schon, wenn sich eine Wehe ankündigte, obwohl noch nichts zu spüren war. Das setzte mich während meiner Verschnaufpausen ganz schön unter Druck. Nach einer besonders kräftigen Wehe kam das Köpfchen zum Vorschein. Schwarz behaart schaute es auf die linke Seite und schrie schon! Ich war überglücklich und mir liefen die Tränen runter. Ein Wunder! Das Baby ist noch in meinen Körper und schreit schon, es lebt, atmet schon allein. Ich war überwältigt.
Nach einer nächsten Wehe spürte ich die Ärmchen und den Körper aus mir herausgleiten. Drei Uhr sechzehn, eine traumhafte Geburt.
„Es ist ein Mädchen." - Doch kein Junge, kein Fußballer. Hätte ich doch nur auf meine Träume gehört: eine Zwiebel. Die kurze Enttäuschung verflog schnell, denn diese Geburt war das Schönste, was ich bisher in meinem Leben erlebt hatte.

Beachtliche dreitausend sechshundert fünfundachtzig Gramm, zweiundfünfzig Zentimeter! Das sollte zu klein und zu leicht sein?! Was wäre sie für ein Riesenbaby geworden, wenn ich nicht geraucht hätte?
Aber ich war froh, ein gesundes, mohrrübengebräuntes, schwarzhaariges Mädchen zu haben und nannte sie Janina. (In beiden Schwangerschaften hatte ich täglich Mohrrüben in allen Variationen gegessen, weil ich wusste, dass dadurch die Babies einen schöne Hautfarbe bekamen.)
Die Männer in Weiß entfernten sich, die Frauenärztin nähte mich, während Janina versorgt wurde. Das Nähen tat richtig weh, ohne Betäubung. Janina dagegen schrie für mich. Ihr gefiel die ganze Prozedur nicht. Ruhe trat ein, als sie genüsslich an meiner Brust saugte. Aber wehe, sie nahmen Janina weg, da ging das Geschrei wieder los. Damit ich mich erholen konnte, wurde sie in einen „Brutkasten" gelegt. Nichts mit Erholung und Schlaf, Janina schrie die ganze Station zusammen. Die Arme hatte sich bestimmt verlassen gefühlt. Erst sollte die Geburt verschoben werden, und dann wurde sie von ihrer vertrauten Umgebung isoliert. Das kleine Wesen bekam schon zeitig mit, dass man alleine durch muss. Nur wenn Janina wieder auf meinem Bauch lag, schlief sie seelenruhig ein, da war sie wieder wohlbehütet.
Also verbrachte ich den Rest der Nacht mit Janina auf dem Bauch. Indirekt war wieder einmal Vati mit anwesend. Mutti erzählte mir später, dass er genau in dieser Nacht gegen drei aufwachte, sich ans Herz griff und sagte: „Irgendetwas ist mit Katya." - Komisch.
Am nächsten Morgen gratulierte mir ein Sanitäter zur Geburt meiner Tochter und entschuldigte sich wegen des gestrigen Auftritts. Sie mussten bei der Geburt zuschauen, es wäre ein Teil ihrer Fortbildung gewesen. Ich wurde den Gedanken nicht los, dass sie deshalb Alex nach Hause geschickt hatten. Aber der Anstand hätte es verlangt, dass ich wenigstens gefragt worden wäre. Dafür konnte ich jedoch die ungebetenen Zuschauer nicht verantwortlich machen. Für mich war diese Entbindung dennoch eine Mustergeburt.
Außer Alex, die aufgeregte Josi und meine Arbeitskolleginnen besuchte mich niemand im Krankenhaus. Josi zitterte richtig, als sie Janina berühren durfte. Man sah ihr das Glück förmlich an. Die kleine Janina trank schon einhundert-zwanzig Gramm Milch und gedieh. Durch ihren heftigen Saugreflex bekam ich jedes Mal beim Stillen Nachwehen, und meine Gebärmutter bildete sich so schnell zurück, dass der Arzt seine Studenten meine Bauchdecke abtasten ließ. Auch für sie war die schnelle Rückbildung eine Sensation. Janina trank so kräftig, dass mir die Milch wie bei einer Kuh einschoss. Ich spendete die überschüssige Milch an die Klinik und wurde dafür mit zwanzig Mark belohnt.
Ein Kind zu bekommen, lohnte sich in der DDR. Wieder wurden tausend Mark vom Ehekredit erlassen, es gab Stillgeld, meine Arbeitszeit, die schon durch Josi auf achtunddreißig Wochenstunden reduziert wurde, sank auf fünfunddreißig, und beim zweiten Kind durfte man ein ganzes Jahr zu Hause bleiben.
Ich beauftragte Alex, eine Nagelschere mitzubringen, denn mit ihren überlangen Fingernägeln zerkratzte sich Janina das ganze Gesicht. Außerdem war ihr ganzer Körper von schwarzen Härchen bedeckt, sie sah aus wie ein kleines Äffchen. Ich nehme an, dass ich

schon eher, als bemerkt, schwanger war.

Das Babyjahr war natürlich auch Josi von Nutzen, denn ich holte sie nun immer nach dem Mittagessen vom Kindergarten ab.
Die Umstellung war wieder enorm. Windeln waschen, die hungrige Janina stillen, wickeln, Essen kochen - an Schlaf war kaum zu denken. Janina machte die ganze Nacht durch, sie schrie bis früh viertel vier, wahrscheinlich hatte sie ihre innere Uhr auf die Geburt abgestimmt. Alles hatte ich versucht: Stillen, Tee, Ausquartieren ins Wohnzimmer, wobei ich nervös wurde, wenn sie nicht schrie. Die beste Methode blieb mein Bauch. Lag Janina auf meinen Bauch, gab sie Ruhe, aber ich konnte nicht schlafen, denn ich hatte Angst, sie zu erdrücken. So gewöhnte ich mich daran, nur zirka drei Stunden Schlaf abzukriegen. Tagsüber war ich durch meine beiden Mädels und dem Haushalt zu beschäftigt, um das Defizit aufzuholen. Es ging so recht und schlecht.
Alle wunderten sich, dass ich mit meinen kleinen Brüsten so viel Milch hatte. Nahm ich den Still-BH ab, lief die Milch in Strömen, Duschen war eher eine klebrige Angelegenheit. Stillte ich Janina, hielt ich unter die andere Brust ein Glas, welches volllief. Diese übrige Milch bekam Josi mit Kakao verrührt. Ich war eben auf die Gesundheit meiner Kinder bedacht.
Da ich auch andere Mütter mit meiner Milch versorgte, schloss sich der Kontakt zu ihnen enger. Mit drei von ihnen war ich befreundet. Es war schon komisch, wenn ich ein anderes Kind an meiner Brust hatte, aber wenn ich helfen kann, bin ich dabei. Besser, als alles zu verschwenden.
An einem Vormittag trafen wir uns bei Simone, um auf unsere Babies anzustoßen. Wir hatten gerade jeder ein gefülltes Sektglas in der Hand, als es klingelte. Vati!
Er wollte mit Mutti uns überraschend besuchen, um seine neue Enkeltochter kennenzulernen. Ich hatte meiner Nachbarin Bescheid gegeben, wo ich mich befinde, falls irgend etwas mit Josi im Kindergarten sei, denn Josi zog sich öfters so manche überdimensionale Beule zu.
Vati stand also vor verschlossener Wohnungstüre, bekam heraus, wo ich war, denn er telefonierte mit Alex auf der Arbeit und war schon mal geladen. Dann noch Sekt am frühen Morgen! Vati war außer sich. Was wäre ich für eine Mutter, nicht zu Hause sein und morgens schon saufen. Dann der Minirock, als verheiratete Frau würde sich das nicht ziemen. Ich wäre eine Schande. Ich hätte zehn Minuten Zeit, um nach Hause zu kommen, sonst würden sie wieder fahren. Nicht dass Vati mich nach seinem peinlichen Auftritt mit dem Auto mitnahm, nein – ich musste mit dem Kinderwagen nach Hause rennen. Mutti zuliebe ließ ich mich von Vati unter Druck setzen und tat, was er verlangte.
Der restliche Tag stand unter Spannung. Vati regte sich wieder auf, dass ich so lange stillte, dass ich so wenig Zeit für sie hatte, war aber zufrieden und glücklich mit seinen beiden Enkelinnen.
Tja, so war das mit meinem Vater. Nach so langer Zeit hatte ich immer noch Angst vor Vati, noch immer behandelte er mich wie ein kleines Kind. Wann würde sich das je än-

dern?
Aber wenigstens interessierten sich meine Eltern für meine Kinder. Alexs Eltern hatten sich noch nicht blicken lassen, obwohl sie im gleichen Ort wohnten. Christine hatte inzwischen auch entbunden, und ich wusste, dass sie sie im Krankenhaus besucht hatten. Ich war ein wenig verletzt, und ich wollte mich bemerkbar machen.
Als Janina drei Monate alt war, fuhr ich mit dem Kinderwagen, in dem Josi schon geschaukelt wurde, zu Alexs Eltern. Sie wohnten am anderen Ende der Stadt, durch die Autobahnbrücke, hinter dem Bahnübergang. Es war ungefähr ein Weg von fünfundvierzig Minuten. Voller Erwartung schob ich den Kinderwagen in ihren Garten: „Wollt ihr nicht mal eure Enkeltochter sehen?" Alexs Sohn, der oft bei den Großeltern war, verdrückte sich gleich.
„Es wäre besser gewesen, Alex wäre mit Christine zusammengeblieben", war die einzige Antwort von Alexs dicken, mit der schmutzigen Standardschürze bekleideten Mutter. Enttäuscht schob ich den ganzen Weg wieder nach Hause. Was sollte ich auch machen, ich war nicht akzeptiert, nur Janina tat mir leid.

Nun ist es endlich soweit, Cony hat das erste Video ins Internet gestellt. Er hat die Nase voll, alle schweigen, es droht die nächste Verjährung. Gegen wie viele Anwälte sollen wir denn noch vorgehen? Die Allianz versteckt sich hinter den Anwälten und will nicht mit uns persönlich verhandeln.
Ich dränge schon lange auf Öffentlichkeit, ein ZDF-Reporter wurde von unserem eigenen Anwalt „vergrault".
Die Allianz-Versicherung wirbt mit Zuverlässigkeit. Viele Menschen fallen darauf rein, denn wenn wirklich ein großer, massiv lebensverändernder Schaden eintritt, dann sind sie nur noch zuverlässig im Schweigen. Die Öffentlichkeit soll durch unsere Gedichte und Conys Videos darüber informiert werden. Die Allianz hat uns fertig gemacht, jetzt schlagen wir zurück.
Eigentlich wollte ich ja vor dem Allianz-Gebäude in München einen Sitzstreik durchführen, doch Cony meint, das bräuchte noch mehr Vorbereitung. Mal sehen, ob es dazu noch kommt. Obwohl ich weiß, dass meine Gesundheit darunter leiden würde, aber ich würde es riskieren.
Momentan geht es mir ganz gut, seit zwei Tagen. Die Spritzen und das Cortison zeigen endlich Wirkung. Ich bin voller Energie, muss mich aber an die Anweisungen meines Arztes halten: Nicht übermütig werden. Nichts tun, was Schmerzen verursachen könnte. Ausruhen.
Also nutze ich meine Energie und schreibe nochmals eine „Erinnerungsmail" an die tschechische Anwältin. Ich möchte endlich meine Fahrkosten und Ausgaben für die Medikamente zurückerstattet bekommen. Sie reagiert schon genauso, wie die ehemaligen Anwälte, nämlich gar nicht. Sollte mir das nicht zu denken geben? Ich werde das Gefühl nicht los, dass auch sie „gekauft" ist. Vor Korruption ist man nirgendwo geschützt.

Jani wurde ein richtiges Mama-Kind. Sie weinte schon, wenn sie eine andere Umgebung roch. Nicht einmal bei Alex fühlte sie sich wohl. Doch entwickelte sie sich super. Sie trank ja auch wie ein Weltmeister. Ihr Saugreflex war so stark, dass mir die Brustwarze einriss. Tapfer hielt ich das aus. Nicht tapfer benahm ich mich beim Kinderarzt. Wie schon bei Josi, bekam ich jedes Mal Durchfall, wenn eine Impfung anstand. Ich war halt schon damals eine Glucke.

Zum Schlafen legte ich Jani jeden Tag in den Kinderwagen auf den Balkon, um ihre Gesundheit abzuhärten. Was ich nicht wusste: die gefährliche Wolke aus Tschernobyl machte keine Kurve um die DDR. Ein Atomreaktor war in der Ukraine explodiert und unsere Politiker und Medien verbreiteten, dass keine Gefahr bestünde. Stutzig wurden wir nur, als Vati sich über seine fußballgroßen Kohlrabis wunderte.

Jedenfalls verbrachten Josi, Jani und ich unsere freie Zeit, so oft es ging, im Freien. Auch fuhren wir mit dem Kinderwagen durch den Wald zu den Kieskuten, um zu baden. Für die Wasserratte Josi war es neben Klettern und Beulen holen die schönste Art, den Nachmittag zu verbringen. Da der Weg schon einige Zeit beanspruchte, hockte sich Josi gern in den Transportkorb unten im Kinderwagen. Ich war also schön bepackt.

Bei einem Spaziergang zu den Teichen mit der ganzen Familie inklusive Kinderwagen trafen wir Jancsi in Begleitung einer sehr hübschen, brünetten, langhaarigen Frau.

Er war erfreut, mich und meinen Nachwuchs zu sehen und stellte mir die bildschöne, wohlgeformte Frau als seine Freundin Nancy vor. Nancy war mir sehr sympathisch. Wir verabredeten uns bei mir zum Kaffee. Jancsi versprach indes, uns von seiner nächsten Reise nach Westberlin eine Kleinigkeit für Jani mitzubringen.

Mit Nancy verstand ich mich auf Anhieb gut, wir hatten viel Themen zum Quatschen, gleiche Überzeugungen und den Wunsch, sportlich aktiv zu sein. Nancy hatte eine Tochter im Alter von Josi aus ihrer früheren Beziehung, diese war körperlich etwas größer, sodass wir die ausgewachsenen Kleidungssachen von ihr bekamen.

Auch kannte Nancy die Familie von Alex und meinen Ex-Mann. Deshalb konnte ich bei ihr mein Herz ausschütten. Wir meldeten uns beim Aerobic-Kurs an, den wir regelmäßig besuchten und wurden dicke Freundinnen.

Jancsi brachte die Geschenke für Jani vorbei: einen braunen Overall, Chico-Nuckel und -Trinkflaschen, und für jeden von uns eine Kiwi. Nie zuvor hatte ich so eine Frucht gesehen. Jancsi zeigte uns, wie man sie isst – köstlich!

Aber Jancsi war nur zu mir so nett. Nancy musste ganz schön leiden. Er behandelte sie wie eine Sklavin und sagte ihr einmal im Streit: „Das Einzige, was wir gemeinsam haben, ist, dass wir Katya mögen."

Ich hatte ein schlechtes Gewissen, als mir Nancy dies berichtete. Sollte ich ihr von meiner Beziehung mit Jancsi erzählen? Ich beschloss zu schweigen, um ihr nicht noch mehr weh zu tun. Deshalb gab ich ihr nur einige Ratschläge, wie sie mit ihm umgehen sollte. Die Spannung zwischen Jancsi und ihr schwächte unsere Freundschaft nicht, im Gegenteil, wir waren immer öfter beieinander. Ich mochte sie wie eine Schwester, als würden wir uns schon ewig kennen.

Zu meinem Geburtstag besuchten uns meine Eltern. Vati erklärte mir, dass das Biedermeier- Kaffeeservice ausverkauft gewesen wäre und ich deshalb das Service mit dem Jagdmotiven als Geschenk bekäme. Die Enttäuschung unterdrückend wickelte ich die Tassen aus. Ich dachte, ich sehe nicht richtig. Das Biedermeier- Geschirr! Vor Glück fiel ich Vati um den Hals. Irgendwie war er an diesem Tag weicher. Er nahm Jani auf seinen Schoß und nannte sie: „Meine Schmunz." Es war schön zuzusehen. Auch von Nancy, die zum Gratulieren kam, war Vati mehr als begeistert. Sie gefiel ihm optisch und persönlich. Ich konnte Vati die Zufriedenheit ansehen, nur zum Abschied fragte er mich: „Bist du wirklich glücklich?" Überrascht über seine Sorge bejahte ich schnell, doch als meine Eltern wieder weg waren, stimmte mich diese Frage etwas nachdenklich.

Im Moment konnte es gar nicht besser sein: einen netten Mann und Vater meiner süßen Töchter, keine finanziellen Sorgen mehr, eine beste Freundin, einen besorgten Vater und nette Bekannte. Was wollte ich mehr? Nicht zu vergessen mein Schwesterlein. Sie nutzte jede freie Gelegenheit, um mit dem Zug zu kommen und sich um Josi zu kümmern. Sie besuchte mit ihr die Tierparks in Berlin und Potsdam, das Schloss Sanscoussi in Potsdam und ging mit ihren beiden Nichten oft spazieren. Kirsten gab mir somit Zeit, wieder aufzutanken.

Jani begann beizeiten zu krabbeln, sprach mit 12 Wochen schon die ersten Laute. Ich staunte nicht schlecht, als beim Kinderwagenschieben ein lautes „Eh..." ertönte. Erst einmal schaute ich mich erschrocken um, bis das nächste „Eh" aus dem Kinderwagen ertönte. Danach folgten „Ei" und „Au".

Nur zu ihrem Papa wollte sie immer noch nicht. Mit Gejammere und beiden Ärmchen wollte sie sich jeder Annäherung entziehen. Sie war und blieb zum Leidwesen von Alex ein Mama-Kind. Ich schleppte sie ja auch oft genug im Tragetuch herum, da war sie eben arg an meinen Geruch und meine Herztöne gewöhnt.

Jani hatte eine sehr braune Hautfarbe, schwarze irokesenförmige Haare und von Anfang an meine braunen Augen. Manche Leute machten bei ihrem Anblick dumme Bemerkungen wie „Kanaken-Kind" oder „Solche Kinder kriegen ja wegen der Gene keinen Sonnenbrand." Ich kümmerte mich nicht darum, war einfach stolz auf das etwas andere Kind.

Als Jani ein halbes Jahr alt war und sie schon teilweise feste Nahrung zu sich nahm (ab dem dritten Monat gab es schon geriebenen Apfel mit Traubenzucker oder Keksbrei), beschloss ich abzustillen. Dafür ersetzte ich einmal am Tag das Stillen durch die Flasche. Aber – oh Schreck – das Wasser kam an diesem Tag braun aus der Leitung.

In solchem Wasser konnte ich doch kein Milchpulver einrühren! Ich beschwerte mich beim Gesundheitsamt und bei der Kinderärztin. Es kam nur die pampige Antwort: „Dann holen sie sich doch das Wasser aus dem Pechpfuhl (der angrenzende Waldpark mit Teichen)." Ich war erschüttert, was hatten wir denn für Zustände?! Ich gab das Abstillen auf, Muttermilch war doch das Beste.

Mit unserer Wirtschaft ging es so langsam bergab: schmutziges Wasser, Butter-, Kaffee-, Toilettenpapier-Engpässe und vergammeltes Gemüse. Statt Butter aßen wir eben Marga-

rine, statt unseren guten „Kosta"-Bohnenkaffee gab es halt Malzkaffee, statt Toilettenpapier nahmen wir weichgeknüllte Zeitungsstücke. Aber das vergammelte Gemüse?
Ich musste für Jani alles selbst kochen. Das aus den Babygläsern spuckte sie mit Geschrei wieder aus. Da war Josi pflegeleichter gewesen.
Ich versuchte Jani auszutricksen, denn so gute Zutaten, die in der Babynahrung waren, bekam ich doch nie und nimmer zu kaufen. Also schüttete ich, als Jani noch schlief, den Inhalt des Gläschens in einen Kochtopf. Nach dem Wecken saß sie im Stühlchen in der Küche, um bei mir zu sein und mich beim Kochen zu beobachten. Ich rührte vor ihren Augen, würzte scheinbar ab, kostete hin und wieder, doch als ich ihr dies dann anbot – Geschrei und Spucken. So musste ich dann doch wieder von dem Wenigen, was es gab, etwas Frisches kochen: Kartoffelbrei, Kartoffel- Karottenbrei, Kartoffel-Kohlrabibrei, immer mit Brühe, die ich aus Knochen kochte. Nicht sehr abwechslungsreich - sie wollte es so.
Beim Essen stellte sich Jani geschickter als Josi an. Als Josi klein war, musste ich unter ihrem Hochstuhl eine Wachstuchdecke ausbreiten. Sie schaffte es schwer, mit dem Löffel den Mund zu finden. Die ganze Küche stand unter Spritzer, sogar an der Wand. Bei Jani hatte ich eben die Arbeit vorher und nicht nachher. Jedes Kind ist anders.
Zum Kochen benutzte ich leider das braune Wasser aus der Leitung. Was sollte ich denn machen? Ich hatte es sogar durch die Kaffeemaschine gefiltert. Doch es reichte nicht. Jani bekam heftigen Durchfall, wie Wasser. Ich musste ihr, obwohl sie schon mit fast einem Jahr sauber war, wieder Windeln anlegen, auch mit Kochen gingen die Verfärbungen aus den Baumwollwindeln nicht mehr raus.
Kein Arzt konnte Jani helfen, keine Spritzen, keine Kohletabletten, keine strenge Diät. Jani musste in die Kinderklinik nach Rangsdorf.
Dort war es furchtbar, für mich und für Jani. Besuchstage waren Mittwoch und Sonntag. Der erste Besuch setzte mich unter Entsetzen. In einem Gitterbettchen angebunden lag Jani in ihrer überquellenden Windel. Ich holte sie sofort aus dem Bett, um sie zu säubern. Der ganze Po war wund. Ich wusch sie ab und cremte sie ein, dann ging ich mich beschweren. Was sollte das?! Angebunden und schmutzig im Bett?!
Es herrschte Personalmangel, und das Anbinden wäre zur Sicherheit, war die Begründung. Wieder war man ausgeliefert, wieder zweifelte ich am System.
Als ich Jani zurück ins Bett legte, denn die Besuchszeit war nur auf zwei Stunden begrenzt, heulte sie los. Mein Herz wurde vor Schmerz fast erdrückt.
Am nächsten Besuchstag fragte mich der Arzt, ob ich nicht jeden Tag kommen könnte, denn Jani hatte wahrscheinlich aus Heimweh sehr hohes Fieber bekommen. Das würde natürlich die Genesung verzögern, deshalb müsste man diese Ausnahme machen. Das ließ ich mir natürlich nicht zweimal sagen. Jeden Tag fuhren wir zu Jani und durften sie sogar zum Spaziergang mit hinausnehmen. Auch konnte ich so Jani täglich neu wickeln, Jani ging es zusehends besser.
Zur selben Zeit musste auch Josi ins Krankenhaus. Sie hatte ständig Mittelohrentzündung. Diesmal lief das Eiter nicht mehr ab, sondern bildete hinter der Ohrmuschel eine

Beule. Es musste operiert werden. Für mich war es eine doppelte Sorge. Aber Josi überstand den Eingriff sehr gut, ich musste sie sogar eher aus dem Krankenhaus holen, da sie die Station in Unruhe versetzte. Sie weckte Frischoperierte, zog die Zugänge und tobte durch den Gang, kurz – die Belegschaft kam mit ihr nicht zurecht, Josi war es eben langweilig. Ich als Mama war allerdings froh, mein Mädchen wieder bei mir zu haben. Nun musste ich mich auch nicht mehr zerteilen und konnte Josi mit nach Rangsdorf nehmen.
Was Jani letztendlich hatte, erfuhren wir nie. Ich glaube Salmonellen oder Ähnliches. Die hatten es bestimmt bewusst verschwiegen.
Durch den Krankenhausaufenthalt wurde es nichts mehr mit dem Stillen. Naja, Jani war ja auch schon bald ein Jahr alt.
Damit ging leider auch mein Babyjahr zu Ende. Ich wäre viel lieber noch länger zu Hause geblieben. Aber Gesetz ist Gesetz, wir hatten nicht nur das Recht, sondern auch die Pflicht zur Arbeit.

Etwas schweren Herzens besuchte ich meine Arbeitsstelle und wollte absprechen, wann mein erster Arbeitstag ist und zu welchen Zeiten ich arbeiten muss. Da kam die nächste Überraschung meines gar so behütenden Staates: Die Vertretungskraft hatte einen festen Arbeitsvertrag, sie wollte nicht mehr gehen. Die Kollegen, die Leiterin, alle waren empört. Sie setzten sich mit der Volksbildung vom Kreis in Verbindung. Dadurch erfuhren wir, dass meine Vertretung die Frau vom SED-Bezirksleiter war. Es war nichts zu machen. So geht das also, Beziehungen.
Diskutierte ich schon in der Fachakademie gegen den praktizierten Sozialismus, so bekam ich jetzt noch mehr Zweifel: Die Wahlergebnisse stimmten spürbar nicht. Die Ausländer hatten mehr Rechte als ein DDR-Bürger – zum Beispiel bekamen sie Devisen. Verprügelten Gastarbeiter Deutsche, machte die Polizei nichts, war es anders herum, ging man ins Gefängnis. Bestimmte Produkte waren Mangelware, wie Farbfernseher, „vernünftige" Möbel, Autos, Butter, Kaffee, Orangen, Bananen, Toilettenpapier, Holz, Zement... Anfangs nahm man es augenzwinkernd hin, für Butter und Kaffee unternahm man kleine Weltreisen, für Toilettenpapier benutzte man Zeitungen, Baumaterial ließ man aus den Betrieben mitgehen, man ging während der Arbeitszeit einkaufen, aber es kam immer öfter vor, dass etwas gerade vergriffen war. Umweltverschmutzung wurde schweigend hingenommen. Beziehungen zahlten sich zunehmend aus, wie in meinem Fall. Das konnte ja nicht wahr sein!
Die Kindergartenleitung war sehr aufgebracht, doch erfolglos. Ich hingegen setzte nun die sogenannten Vorgesetzten unter Druck. Wenn ich schon „strafversetzt" werden sollte, dann dorthin, wo ich es wollte, sonst würde ich an die Öffentlichkeit treten!
Ich schlug die Kinderkombination bei mir um die Ecke, an einem Park, vor, wohl wissend, dass dort eine sehr strenge Leitung das Zepter in der Hand hielt. Doch die Einrichtung war einfacher und schneller zu erreichen, außerdem könnte ich meine beiden Kinder mitnehmen.
Diese Bedingung wurde genehmigt, Jani kam in die Krippe und Josi in den Kindergarten

desselben Hauses. Ich bekam in der gleichen Einrichtung die Leitung einer Kindergruppe, in welcher keine Kollegin bisher zurecht kam. Wohl zur Strafe?

Der größte Teil der Kinder hatte, beziehungsweise lebte in sozialen Schwierigkeiten. Ständiger Erzieherwechsel – das war nicht gerade optimal für die Kinder, keine Regeln, viel Streit und Lärm. Es war eine Herausforderung, die mich von der Trennung von Jani ablenken konnte. Die arme Kleine wusste ja gar nicht, warum die Mami sie einfach zu fremden Leuten gab und dort allein ließ. Sie weinte herzzerreißend. Jetzt konnte ich so manche schwere, langandauernde Trennung der Mütter von ihren Kindern noch besser verstehen.

Die Kindergruppe war das reinste Chaos. Alles schrie wild durcheinander, Schlägereien waren an der Tagesordnung, kein System, kein Gruppengefühl war zu spüren. Selbst das Spazierengehen ging im wahrsten Sinne des Wortes nur schrittweise voran. Die ersten vier Wochen schwitzte ich und kam aus dem Reden gar nicht raus, bis mir die Stimmbänder versagten. Es tat nicht weh, doch brachte ich kein Wort hervor, konnte mich nur durch Blicke und Zeichen verständigen, was die Kinder lustig und ungewohnt fanden. Trotzdem ging ich zur Arbeit, ich wollte nicht wieder von vorne anfangen. War es schon nicht leicht, jeden Morgen den quälenden Abschied von Jani zu ertragen, jetzt musste ich mich auch noch durch meine Arbeit kämpfen. Mein Stimmverlust tat der Lautstärke im Gruppenzimmer nichts Gutes. Die Leiterin erschien an einem solchen Morgen und verkündete mir: „Laute Kinder sind unbeschäftigte Kinder."

Als sie aber merkte, warum, schwieg sie doch lieber. Sie wollte mich anfangs sowieso nur kontrollieren. Als ich zur Küche ging, um das Obst für die Obstpause zu holen und die Kinderzahl für das Mittagessen zu melden, kam sie mir hinterher und behauptete so laut, dass es jeder hören konnte: „Eine ganze Kindergruppe sucht ihre Erzieherin!" Alle schauten sich verblüfft an, war es doch üblich, dass die Kindergärtnerin allein zur Küche ging, um diese Aufgaben zu erledigen.

„Wie du willst", dachte ich mir. Am nächsten Tag ging ich mit der gesamten Kindergruppe zur Köchin. Der enge Gang war von uns vollgestopft, keiner kam durch. Die Leitung sagte nichts mehr, die Köchin schmunzelte und ich erarbeitete mir langsam den Zugang zu den Kollegen.

Bei jedem Kind führte ich Hausbesuche durch, um deren Verhalten zu verstehen und die meist alleinerziehenden Eltern zur Mitarbeit anzuregen. Durch die Hausbesuche wuchs das gegenseitige Vertrauen, und es entwickelten sich sogar echte Freundschaften. Mit einem Elternpaar und dessen Sohn bin ich noch heute befreundet. Der Vater arbeitete in einem renommierten, großen Betrieb und war der Vorsitzende meiner Patenbrigade, mit welcher wir gemeinsam feierten; die Kinder gestalteten ein Bild oder eine Wandzeitung für die fleißige Belegschaft. Dadurch wurde mir auch jeder Wunsch zur Verschönerung des Spielplatzes erfüllt, die Beziehung zwischen der Kindergruppe und den „Werktätigen" war echt vorbildlich. Seine Frau war als Stewardess in der ganzen Welt unterwegs und brachte mir auch oft kleine, in der DDR seltene Geschenke mit, wie einen Kimono oder eine Orchidee, auf die meine Kollegen natürlich neidvoll blickten.

Selbstverständlich war die vorbildliche Patenbrigade für die Einrichtung wichtiger als für meine kleine Gruppe. So wurde sie kurzerhand von der Leitung der Kinderkombination übernommen. Jedoch meine neue Patenbrigade aus einem anderen Betrieb brachte ich Dank der bisherigen Erfahrungen auch noch soweit, dass beide Seiten mehr als zufrieden waren.

Es wurde eine Super-Kindergarten-Gruppe. Alles war plötzlich harmonisch, jedes Kind half, wo es konnte, damit mehr Zeit zum gemeinsamen Spielen oder Toben im Freien blieb. Sie putzten die Tische, räumten gemeinsam das Zimmer zum Schlafen um, gossen selbstständig die Grünpflanzen, halfen sich gegenseitig beim An- und Ausziehen (wir mussten wegen der Gesunderhaltung täglich, bei jedem Wetter, drei Stunden im Freien verbringen), wischten Staub, halfen, die Angebote vorzubereiten, aus Gewalt wurden Zärtlichkeiten und wir sangen bei jeder Gelegenheit. („Wo man singt, da last euch nieder") Ich wollte jedem Kind das Gefühl geben, ein geliebter und geachteter Teil unserer großen Familie zu sein. Ich glaube, mir ist das gut gelungen.

Meine Kolleginnen, Fachberaterinnen, die Kindergartenleitung und Delegationen hospitierten bei mir. Sie wollten wissen, wie ich es mache, ohne Schimpfen, ohne Anweisungen. Sie meinten, dass man gar nicht spürte, dass fünfundzwanzig Kinder anwesend waren. Es käme ihnen vor, als wären nur zehn im Raum. Für mich gab es kein größeres Lob. Doch passierten bei Hospitationen auch einige Pannen, die mir damals peinlich waren und worüber ich heute schmunzeln muss. Bei einer Bildbetrachtung - es stellte warm eingemummelte, kleine Kinder mit einer liebevollen Begleiterin dar, die vor dem Moskauer Kreml standen - wollte ich das Wissen meiner Kinder testen. Ich fragte sie, warum wohl im Hintergrund viele Menschen in einer Schlange stünden. Ich hoffte, sie erkannten das Leninmausoleum. Doch die Antwort lautete: „Weil es da Bananen gibt."

Als ich im Herbst das Gedicht von Fühmann „Der Apfeltraum" den Kindern vermitteln wollte, trug ich es ihnen erst einmal vor. Das Gedicht endet mit: „Da kommt ein Wind aus dem Westen und weht herab von den Ästen den allerschönsten und besten..." Ich hoffte, die Kinder hatten die Sehnsucht nach gerade diesem Apfel verinnerlicht, deshalb fragte ich sie direkt: „Warum ist dieser Apfel für das Kind der allerschönste und beste?"

Die Antwort erhielt ich prompt: „Weil der Wind aus dem *Westen* kam."

Ja, das waren halt ihre Erfahrungen in der DDR.

Mit den Kindern hatte ich einen offenen Umgang. Sie vertrauten mir alles an und stellten mir zu allen möglichen und unmöglichen Dingen viele Fragen. So wollten sie auch von mir wissen, wie Kinder entstehen. Zum Glück sprang gleich die Tochter einer Ärztin ein und erklärte alles mit Fachbegriffen. Daraus entwickelte sich ein Gespräch. Ich versuchte, so natürlich wie möglich zu erscheinen. Dabei berichtete Sven, dass dieser „Prozess" auch geht, wenn die Frau oben ist.

Überrascht fragte ich ihn, ob er wohl immer noch im Zimmer seiner Eltern schlief, da ich doch wusste, dass sie umgezogen waren, und Sven nun ein eigenes Zimmer besaß. Er verneinte es.

„Woher weißt du dann das?", hakte ich nach.

„Naja, Mama hatte in der Nacht so laut geschrien, da bin ich nachschauen gegangen."
Tja, wenn die Eltern gewusst hätten... So erfuhr ich auch von der kleinen Lissy, dass ihr Papa „krank" war. Er hatte auf dem Küchentisch gelegen und ihre Mama hatte ihm was „Schlechtes" rausgeholt. So war ich sogar über die Intimssphäre informiert. Also liebe Eltern, unterschätzt Eure Kinder nicht!
Von meiner Gruppe waren alle so begeistert, dass ich wieder einmal von meinen Kolleginnen zum Aktivisten der sozialistischen Arbeit vorgeschlagen wurde, was wieder eine beträchtliche Geldsumme nach sich zog. Trotzdem ich kein Mitglied der Partei war, was eigentlich für diese Ehrung erwartet wurde, bekam ich zum erneut diese Auszeichnung, wurde Mentorin und sollte Erfahrungsberichte über meine Arbeit in einer Fachzeitschrift schreiben.
Die „Praxis- Studentinnen" fühlten sich gefordert und wohl. Meine Devise war vom russischen Pädagogen Makarenko: „Ich fordere dich, weil ich dich achte." Jedenfalls sagten einige meiner Studentinnen: „So eine gute Anleitung hatte ich noch nie!" Das tat gut.
Weniger gut tat mir Jani, beziehungsweise ihr „Schmerz" in der Kinderkrippe. Schon von weitem hörte sie meine Stimme und rief nach mir.
Einmal hielt ich es nicht mehr aus und ging zu ihrem Bettchen. Sie schlug ständig ihren Kopf gegen die Stäbe. Ich war zutiefst berührt und nahm sie weinend auf den Arm, um sie zu trösten. Als Jani sich fast beruhigte, kam die Krippenerzieherin und blaffte mich an: „Machen Sie das nicht noch einmal! Da könnte ja jede Mutter kommen und einfach ihr Kind rausholen!"
Eingeschüchtert gab ich nach. Ging ich mit meiner Gruppe auf den Spielplatz, den die Patenbrigade so wunderbar auf Vordermann gebracht hatte, mussten mich „meine" Kinder verstecken. Kein Wort wurde gesprochen, die Kinder umringten mich, damit mich Jani nicht hörte oder gar roch. Das war einfach grausam.
Josi hingegen machte die Trennung nichts aus, sah sie mich doch täglich auf dem Gang oder durfte mich in meiner Gruppe „besuchen", wenn sie wieder einmal was angestellt hatte, wie absichtlich Milch über die Bausteine ausgießen, Schuhe verstecken, Kinder beim Schlafen wecken oder nur bockig sein. Sie nutzte das natürlich aus. Aber Jani war hilflos, noch zu klein, um zu verstehen. Das brach mir jedes Mal aufs Neue das Herz.
Um genügend Wärme und Liebe schenken zu können, nutzte ich meine tolle Arbeitszeit aus und verbrachte so viel Zeit wie möglich mit meinen beiden Mädchen.
Eine Woche musste ich von sieben Uhr bis sechzehn Uhr dreißig arbeiten, dann übernahm die Helferin die Gruppe, in der zweiten Woche brauchte ich dann nur von sechs Uhr bis zwölf Uhr arbeiten und eine Kollegin übernahm die Gruppe, natürlich mit „Anweisungen" für den Nachmittag, denn die Kinder durften bis achtzehn Uhr in der Einrichtung bleiben und sollten „weiter nach ihren Bedürfnissen spielerisch gefördert" werden.
In der kurzen Woche nahm ich meine beiden Süßen mittags mit nach Hause und versuchte, nur für sie da zu sein. Hinzu kam noch der freie und bezahlte Haushaltstag, an dem meine Mädchen auch zu Hause bleiben durften. Überall nahm ich sie mit, ging mit ihnen

zum Arzt, zum Einkaufen, bezog sie in den Haushalt ein und nahm mir Zeit, um mit ihnen zu spielen oder ihnen Märchen zu erzählen. Abends vorm Schlafengehen wurde das Märchenerzählen und ein Schlaflied zum Ritual. Ich genoss das Zusammensein mit Jani und Josi.

Bei Josi und Jani gab es mit dem Schlafen ab dem Kleinkindalter nie Probleme. Waren sie einmal eingeschlafen, wachten sie vor dem Morgen nicht auf. Selbst an den Wochenenden verhielten sie sich im Bett leise, bis sie Mami oder Papi hörten. Nur wenn sie krank waren, durften sie bei Mami im Bett schlafen, die für sie sorgte.

Da Alex unsere Wohnung zu einem gemütlichen Heim ausgestattet hatte, wollte auch ich meinen Teil dazu beitragen.

Als ich erfuhr, dass es im Möbelhaus französische Betten (allerdings nur drei) gab, nahm ich mir frei und stellte mich frühmorgens in die Schlange. Nach der Ladenöffnung stürmte ich über die anderen hinweg, direkt auf das Ausstellungsbett zu und legte mich quer darüber. Mir war klar, dass ich keine Chance hatte, eins der anderen beiden Betten zu bekommen. Also verkündete ich laut: „Das ist mein Bett, ich stehe nicht wieder auf, bevor es mir verkauft wird!"

Das hatte Wirkung. Der Verkauf wurde zu meinen Gunsten entschieden.

Nun fehlte noch ein Farbfernseher. Allerdings kostete ein solcher etwas über dreitausend Mark, und unsere Ersparnisse waren erschöpft. Ich hatte eine Bekannte, die im Nachbarort in einem Rundfunk- und Möbelgeschäft arbeitete. Sie gab mir den entscheidenden Tipp: Ich besorgte uns von der Sparkasse einen Möbelkredit von dreitausend Mark, diese Bescheinigung legten wir bei meiner Bekannten für den Farbfernseher vor. Sie schrieb auf die Rechnung: diverse Möbel. Diesen Beleg wiederum musste ich auf der Sparkasse abgeben, damit die „diversen Möbel" bezahlt wurden. Alles war geritzt. DDR- live. Beziehungen und leichter Betrug. Aber wir waren glücklich, es lief einfach gut.

Letzte Woche war ich einige Tage bei meiner Freundin in Regensburg.
Anfangs hatte ich Bammel, aus meiner „geschützten" Welt herauszugehen. Ich ersehnte einen Anruf, der mir mitteilte, dass der vorgesehene Besuch nicht klappt. Sabine ging es komischerweise genauso. Auch sie leidet unter chronischen Schmerzen und Depressionen. Vielleicht ist so ein Verhalten einfach eine unbewusste Schutzmaßnahme.
Doch der ersehnte Anruf blieb aus, es fehlten wohl die überzeugenden Argumente.
So fuhr ich mit mehreren Pausen mit dem Auto nach Regensburg. Mein Gastgeschenk – Lavendelöl – verteilte sich in meiner Reisetasche, sodass Sabine stattdessen eine Ladung schmutziger Wäsche von mir bekam.
Von der Stadt bekam ich nicht viel mit. Die ganzen Tage unterhielten wir uns, lachten miteinander, kochten gemeinsam und gingen shoppen. (Ich brauchte wegen der nicht auswaschbaren Ölflecken unbedingt neue Kleidung.) Es tat uns unendlich gut, verstanden, abgelenkt und aufgemuntert zu werden, und die Zeit verging wie im Flug. Jeder von uns war klar: Das sollte man öfters machen!

Wie oft hatte ich mir einen kurzen Ausstieg schon vorgenommen. Doch entweder aus Bequemlichkeit oder aus Vermeidungsverhalten machte ich den Rückzieher. Ich weiß nicht, was es genau ist, wohl beides, Eines bedingt das Andere. Ich bin mir da nicht mehr so sicher.
Manchmal sehne ich meine Arbeit zurück. Da hatte ich Ablenkung, Verantwortung, Verpflichtungen! Naja, mal sehen, wie stark mein anderes Ich ist. Im Oktober wollen wir uns wieder treffen. Ich freue mich, doch die Angst meldet sich schon wieder.

Pfingsten und Alexs Geburtstag nahte. Wir beschlossen, mit einer befreundeten Familie (Silke war eine Arbeitskollegin von mir und hatte einen Sohn, der fast so alt wie Jani war) in den Campingurlaub nach Geyer im Erzgebirge zu fahren.
Mittlerweile hatten wir den alten, „kranken" Wartburg plus dreitausend (von Alex nebenbei erarbeiteten) Mark gegen einen gebrauchten, weißen Trabant getauscht. Dieser wurde beladen mit Ersatzteilen, Werkzeugkoffer, Kinderwagen, Zelt und Koffer. Erstaunlich, was in diese Kiste alles hineinpasste!
Silkes Mann Kai hatte einen Campinganhänger mit integriertem Zelt, sodass wir in ihrem Trabbi Verpflegung, Gasflasche und Propangaskocher verstauen konnten.
Ohne Pannen gelangten wir an die Geyerischen Teiche (ein Stausee in meiner alten Heimat) und bauten gegen eine kleine Gebühr unsere zwei Zelte mit Zwischendach auf.
Das Zwischendach erwies sich als sehr praktisch, denn es goss in Strömen. Jani krabbelte im Matsch und Josi beschmierte sich damit. Was sollten sie auch bei solch einem Wetter, das zudem noch ziemlich kalt war, alleine tun, denn die Eltern waren ja mit dem Aufbau und Einräumen beschäftigt.
Die ganz Zeit regnete es. Abends vertrieben wir uns die Zeit mit Gesellschaftsspielen, aber tagsüber? Aus dem geplanten Baden wurde nichts, so fuhren wir zu den Felsen der Greifensteine und in die damalige Tschechoslowakei, nach Karlsbad. Irgendwie mussten wir ja uns und unsere Kinder beschäftigen.
Der Regen ging vorüber, Silke lag im Bikini in der Sonne und ich war für die Kinder und das Essen zuständig, während die Männer an den Autos herumbastelten. Als am nächsten Tag dieselbe Rollenverteilung stattfand, ohne dass Silke zur Einsicht zu bewegen war, suchte ich etwas beleidigt bei Alex Beistand. Auch ich wollte mich in die Sonne legen. Doch Alex verteidigte Silke. Ich könnte eben am besten kochen. Da war mein Zorn endgültig entfacht. „Dann geh ich jetzt eben baden!"
Wütend zog ich mich aus und marschierte zielstrebigen Schrittes zum See. Alle Camper blickten mir erstaunt nach. Betrug doch die Außentemperatur nur fünfzehn Grad, wie kalt mochte da nur das Wasser sein? Jedenfalls war kein Mutiger im kühlen Nass zu sehen.
Zurück konnte ich nicht mehr, denn mittlerweile hatte sich schon ein Pulk von Schaulustigen gebildet. Alex schrie mir hinterher, ich solle es bleiben lassen, ich wäre lebensmüde. Aber dies verstärkte nur meine Sturheit.
Ohne mit der Wimper zu zucken stieg ich im gleichmäßigen, forschen Tempo in das eis-

kalte Wasser. Ich glaubte, mein Herz blieb stehen. Nun musste ich diesen Wutakt zu Ende führen. Entschlossen vollzog ich die Schwimmbewegungen. Ab dem zweiten Zug schnürte sich ein Eisenring um meine Brust. Mit jedem neuen Zug schnürte sich der Eisenring fester. Nach dem zehnten Schwimmzug gab ich auf. Jetzt hatte ich es allen gezeigt. Mir ging es wieder gut. Das war der erste „Krach" mit Alex, ich jedoch hatte mich abreagiert. Dieser Urlaub hinterließ damit keine so guten Erinnerungen.

Einer neuer Urlaub im Sommer, den ich vom FDGB bezahlt bekam, sollte es wieder wett machen. Alex, Josi, Jani und ich fuhren in den Harz, in eine Privatunterkunft, ein kleines Häuschen mit zwei Zimmern und Bad, über eine Stiege zu erreichen. Die Vermieterin verwöhnte uns mit Frühstück ans Bett. Mittag- und Abendessen bekamen wir in einem Kulturhaus, Rundumversorgung.

Wir unternahmen viele Ausflüge: auf den Hexentanzplatz, nach Wernigerode zum „Dornröschenschloss", zur Rosstrappe, auf die Teufelsmauer und an einen Stausee. Besondere Freude hatten die zwei Mädels am Felsenklettern.

Da der Harz nicht sehr weit von meiner Geburtsstadt entfernt war, beschlossen Mutti, Vati und Kirsten, uns dort zu besuchen. Jani und Josi freuten sich riesig, Oma und Opa wieder zu sehen.

Nachdem wir voller Wiedersehensfreude die Talsperre zu Fuß umrundet hatten, waren wir in Wernigerode auf der Suche nach einem Parkplatz. Man mag es kaum glauben, obwohl es in der DDR so wenige Autos gab, war es ein Kunststück, eine freie Fläche zu finden. Immerhin waren wir mit zwei Autos unterwegs, mit dem Wartburg meiner Eltern und mit unserem Trabbi.

Vati war schon sichtlich erregt und gestikulierte hinter dem Lenkrad. Alex und ich erahnten, dass er tobte, Muttis und Kirstens Gesicht sahen jedenfalls sehr leidend aus. Froh, nach langem Umherfahren außerhalb der Stadt endlich eine Parkfläche gefunden zu haben, riss Vati seine Tür auf und schrie: „Wir kutschen jetzt schon ewig umher, nur weil ihr nicht wisst, wo man parken kann! Ihr müsst es doch wissen, ihr seid doch schon mal hier gewesen!"

Kein Besänftigen half, Vati schrie immer mehr, jappste nach Luft, drehte sich abrupt um und eilte einfach weg. Verstört entschieden wir, ihm zu folgen. Je mehr wir nach ihm riefen, umso schneller wurde er, bis wir ihn aus den Augen verloren hatten.

Ich bekam Angst, wir konnten doch nicht ohne ihn spazieren gehen, dann wäre erst recht die Hölle los. Josi und Jani wussten gar nicht, was plötzlich los war. Wir fühlten uns alle konfus.

Eine halbe Stunde später sah ich Vati zusammengesunken auf einer Bank, total durchgeschwitzt. Ich glaube, er hatte damals seinen ersten Herzinfarkt, den er vor uns verbergen wollte. Anders war mir die Sache nicht erklärbar.

Der Ausflug wurde damit beendet. Wortlos stieg Vati am Parkplatz ins Auto, der Rest verabschiedete sich enttäuscht und verwirrt. Das war´s.

Der Urlaub ging vorbei und der Alltag hatte uns zurück.

Daheim war erst mal Funkstille mit Vati. Doch wir hatten sehr gute Freunde. Unter ihnen

auch ein älteres Ehepaar, die Alex durch seine Arbeit als Maurer kennenlernte. Er: Apotheker, sie: Lehrerin.
Beide besaßen eine Dackeldame, ein Grundstück und ein Wochenendhaus an einem unweiten See, mit kleinem Boot. Dort verbrachten wir viele unserer Wochenenden. Irmgard und Malte hatten keine Kinder, deshalb behandelten sie ihren Hund wie ein eigenes Kind. Für mich war es schon gewöhnungsbedürftig, den Hund die Bratpfanne ausschlecken zu sehen. Aber man gewöhnt sich an alles. Wir verstanden uns gut, hatten Erholung und waren oft im Wasser, während Alex hier und da Malte im Garten und am Haus half. Wir freuten uns auf diese Wochenenden.
An anderen Wochenenden fuhren wir mit dem Radl zu einem dreißig Kilometer entfernten See mit weißem Sandstrand, den die Russen angeschüttet hatten, mit Duschen, Wald, Spielplatz und Kiosk. Es war himmlisch! Baden war die Lieblingsbeschäftigung unserer Mädels. Sie waren richtige Wasserratten, Jani krabbelte schon ins Wasser, als sie noch nicht laufen konnte und beide verließen das Wasser nur unter riesigem Protest. Nie fuhren wir ohne Töpfchen zum Baden, denn den benutzte Jani mit Begeisterung.
Manche Sonntage verbrachten wir mit der Familie und den Freunden meiner Kinderpflegerin, deren Mann Berufssoldat war und es mir ermöglichte, bei der NVA schon mal die theoretische Führerscheinprüfung, auf die man in der DDR auch ewig warten musste, abzulegen, wenn auch für den LKW. Bestandene Prüfung war bestandene Prüfung.
Die Zeit verging wie im Flug. Vati tauchte auch wieder auf, natürlich mit dem Rest der Familie und Robby, dem süßen Bologneser, welchen sie sich direkt an Janis Geburt gekauft hatten. Robby liebte Jani sehr, besonders ihre Schnuller, die er immer verkehrt herum absaugte. Leider musste auch er oft Vatis Launen aushalten.
Vati wurde anhänglicher, lenkte Gespräche auf Herzkrankheiten, und dass er nicht mit einer Maschine im Körper leben könne. Wir dachten alle, Vati sei kerngesund und bemerkten nicht seinen Hilferuf, außerdem wünschte ich mir immernoch immer insgeheim: „Wenn er doch endlich tot wäre!"
Vati äußerte einen Herzenswunsch, dass wir in seiner Nähe wohnen sollten. Na ja, für die Mädels wäre es ja besser, wenigstens einen Opa und eine Oma in der Nähe zu haben. Zwar waren da noch Dagmar und Mannfred, doch es war nicht dasselbe. Also müthen wir uns einsichtig um einen Wohnungstausch.

„Das war´s", dachte ich. „Jetzt geht es abwärts mit mir."
Meine Schmerzen waren in der letzten Woche so stark, dass ich nicht mehr auftreten konnte. Kein Schmerzmittel half, dazu die Attacken. Ich war nur noch zugedröhnt, begann wieder, meinen Körper zu hassen, zog mich zurück und nahm im Stillen von mir Abschied. Für mich ist klar: das ist kein Leben.
Mein Arzt schickte mich zur Physiotherapie. Dort konnte festgestellt werden, dass die Muskulatur im Lendenwirbelbereich wie Stahl verhärtet ist und auf den Nerv drückt. Dieses Wissen lässt mich wieder aufatmen, es ist Hoffnung, und Cortison hilft auch.

Inzwischen war wieder einmal eine Gerichtsverhandlung, ohne uns, in welcher unsere neue tschechische Anwältin wieder keine Ansprüche stellte. Das heißt: erneute Verjährung. Kann man denn niemanden mehr trauen? Statt dessen kommen jetzt Forderungen, dass alle Arztbesuche begründet und beglaubigt werden sollen. Wie pervers ist das denn? Wer soll das bezahlen? Das macht mich ratlos, ich versuche nur noch, in Visionen zu leben: Der Prozess ist beendet, es gibt keine finanziellen Sorgen mehr, und ich fühle mich gut.
Meine Psychotherapeutin hat mir von einem Bericht im Spiegel erzählt, dass die Versicherungen das so handhaben, weil die Hälfte der Opfer aussteigen - keine Kraft mehr - die Gerichte und Anwälte spielen wohl mit.
Mir geht es ums Prinzip. Die haben jährlich Milliarden Gewinne, ruinieren die Opfer, und der Staat schaut zu. Super.
Also habe ich die Geschichte in Kurzform bei „Subvenio e.V.", einen Verband für Opferhilfe, veröffentlichen lassen.
Cony hat ein Buch über die Machenschaften des ADAC-Verkehrsrechtsschutz zusammengestellt. Ziemlich hart.
Leider merkt man bei den Leuten wenig Interesse, wie zum Beispiel bei „facebook". Wenn es kein ausgesprochener Blödsinn ist, klickt es keiner an oder postet es gar.
Schade, dass die Welt so abstumpft, wenn die Menschen selbst betroffen sind, werden sie erst wach.
Schade, dass niemand begreift, dass man im Vorfeld schon was tun muss, nicht nur wenn es zu spät ist. Ich hatte ja selbst nicht gewusst, in welche Mühlen man gerät. Mensch Leute, wacht auf!
Ich versuche, Cony beizustehen. Zusammen sind wir stark. Noch.

Der Wohnungstausch gestaltete sich sehr schwierig, niemand wollte direkt von meiner Heimatstadt in den jetzigen Wohnort ziehen.
Nach langem Suchen fanden wir Kontakt zu einer Frau, die aus beruflichen Gründen von meiner Heimatstadt in die Nähe von Potsdam, direkt an die Westberliner Grenze ziehen wollte. Dort wiederum wohnte eine sehr patente, hübsche Frau mit ihrer magersüchtigen Tochter, welche in unsere Wohnung ziehen würde, da sie nach ihrer Scheidung ein neues Leben beginnen wollte. Wir hielten den Kontakt erst einmal fest und befreundeten uns sogar mit der Frau aus Potsdam, die als Grenzbeamtin arbeitete. Da sich die Zustände in der DDR immer mehr zuspitzten, überlegten wir kurzfristig, nach Westberlin mit den Kindern im Huckepack über den Grenzübergang, wo unsere Bekannte arbeitete, zu türmen. Natürlich hatten wir uns vom Westfernsehen beeinflussen lassen. Bei Berlin war ohnehin „Westempfang", jetzt gab es noch die Privatsender, und all die Filme, Soaps wie Dallas, Denver Clan und vor allen Dingen die Werbungen versprachen uns ein niveauvolleres, reicheres, sorgenfreieres Leben. Konnten wir doch auch ständig den goldenen Westen am S-Bahnhof Plänterwald sehen. Außerdem hatten wir Bekannte, die uns gegen eine kleine Gebühr Teppichböden, Jeans und so weiter von der bewachten Westmüllkippe be-

sorgten. Das waren nun mal Sachen, die es bei uns überhaupt nicht gab. Irgendwie sehnten wir uns nach „mehr".

Unsere Bekannte riet uns dringend ab: „Die schießen. Die schießen wirklich, auch auf Kinder nehmen sie keine Rücksicht. Tut das euren Kindern nicht an."

Ihr mussten wir wohl glauben. Also verwarfen wir den Fluchtgedanken und organisierten den Wohnungswechsel: gegenseitige Besichtigungen, Arbeitsstellen, Schule, Kindergarten – alles musste geplant werden.

In der Zwischenzeit trug man mir die Stelle der stellvertretenden Leitung in der Kinderkombination an. Man wollte mich unbedingt halten.

Die Kindergartenleitung wurde durch eine Kollegin und Parteigenossin ersetzt. Mit ihr verstand ich mich sehr gut. Sie lud uns zu einer Gartenparty ein und löcherte mich mit Fragen: „Warum wollt ihr denn wegziehen? Gib es zu, ihr wollt in den Westen fliehen. Was wollt ihr denn sonst da? Mach das bitte nicht. Hier hast du viel bessere Chancen. Ihr werdet es bereuen." Und so ging es die ganze Zeit.

Ich hätte wissen müssen, dass ich auf der „roten Liste" stand. Aber an Republikflucht verlor ich wirklich keinen Gedanken mehr. Ich hatte ja auch keine Ahnung, wie nah der Westen meiner Heimatstadt war, ich wollte nur zu meinen Eltern und Vatis Wunsch erfüllen.

Mittlerweile hatten meine Eltern das Gästehaus vom Autowerk mit wunderschönem Park und einem Teich übernommen. Vati war die Leitung, Mutti Mädchen für alles: Köchin, Buchhalterin, Putzfrau. Zeit war Mangelware. Das konnte mit den Zweien nicht gut gehen, wo es doch so schon genug Diskrepanzen zwischen ihnen gab. Sie waren zwar ihr „eigener Herr", doch der Herr war Vati. In diesem Gästehaus übernachteten hohe politische Größen, sogar ein polnischer Minister war zu dieser Zeit da. Natürlich oblag dies großer Sicherheitsvorkehrungen. Mich wunderte, dass gerade Vati diesen Job bekam. Aber die ganze Familie zog auch Nutzen daraus. So hatten meine Eltern Zugang zu Schweinefilet, Champignons – alles, was in der DDR kaum zu erwerben war.

Vati reagierte nun immer merkwürdiger. Er schrieb mir Briefe, erzählte darin, wie unglücklich er war und dass sich Mutti scheiden lassen will. Er schickte mir sein Testament, in welchem er meine Schwester Kirsten, weil sie sich nach seinen Worten gegen ihn stellte, enterbte und diesen Erbteil auf meine Mädels übertrug. Und immer wieder fragte er mich, ob ich auch wirklich glücklich sei. Er klagte über Probleme mit der Partei, dass er mit der Politik nicht mehr einverstanden ist, dass er zur Kirche gehen wolle und so weiter.

Den überraschenden Krankenhausaufenthalt wegen zu hohem Blutdruck beendete er selbst, indem er sich frühmorgens halb fünf von Mutti abholen ließ. Es wäre so mit den Ärzten abgesprochen gewesen.

Angeblich wieder gesund renovierte Vati in seiner kurz bemessenen Freizeit die Wohnung meiner Eltern und kümmerte sich um den Behördenkram wegen dem Umzug. Ab und zu ließ er die Äußerung fallen: „Der Mohr hat seine Schuldigkeit getan, nun kann er gehen." Dies nahmen wir nur als eine Floskel wahr.

Um die Streitigkeiten zu verringern, gab Vati nach einer Weile das Gästehaus auf und übernahm die Leitung eines Vietnamesenwohnheims, Mutti durfte eine Werkskantine leiten.
An einem Wochenende, welches wir wieder einmal bei Irmgard und Malte am Wassergrundstück verbrachten, tauchten Vati und Mutti unerwartet mit ihrem Wartburg und Robby auf. Ich freute mich riesig, war aber doch aufgeregt, wird Vati die Ordnung hier zusagen? Ich versuchte, ihm alles Recht zu machen, besorgte Kuchen, deckte im Garten den Tisch und goss den Kaffee ein, natürlich Vati zuerst. Da passierte das Malheur: Ich goss den Kaffee auf Vatis Hose. Zitternd entschuldigte ich mich und erwartete sein Geschrei, seine Schläge im Beisein der Anderen. Aber nichts. Nichts dergleichen geschah. Keine Vorwürfe, er meinte sogar, das könne ja mal passieren. Ich war verwirrt. Ich erkannte Vati nicht wieder.
Es wurde noch ein schöner Nachmittag, vor allem für seine kleinen Lieblinge. Nach dem Abschied vergewisserte Vati sich erneut ob meines Glücks und stieg hinten ins Auto ein! Das hatte er noch nie gemacht. Mutti das Fahren zu überlassen, war unter seiner Würde.
Vati hatte Tränen in den Augen und sagte: „Lebe wohl."
Von meiner Oma wusste ich, dass man „Lebe wohl" sagt, wenn es der letzte Abschied ist. Dessen bewusst, aber doch nicht wirklich, tröstete ich Vati: „Wir besuchen euch schon in zwei Wochen. Es dauert nicht mehr lange. Gute Fahrt und bis bald!"
Irgendwie war es mir trotzdem komisch zumute. Vati war wie ausgewechselt, und Tränen? Bei ihm?
Dennoch sah ich es nicht ernst genug. Alle meine Bauchgefühle waren abgeklungen, und sorglos ging der Alltag weiter.

Am folgenden Wochenende fuhren wir wieder zu Irmgard und Malte. Alex half Malte bei Reparaturarbeiten, während Irmgard, die Kiddies und ich mit dem Boot auf den See paddelten und dort badeten. Es gab nichts Schöneres für die Mädels, da waren sie wieder in ihrem Element.
Völlig ausgeglichen und erholt steckte ich Josi und Jani abends ins Bett. Wir Erwachsenen saßen noch bei einem Glas Wein in gemütlicher Runde.
Plötzlich, gegen Mitternacht, fingen die Mädchen an, wie am Spieß zu schreien. Ich hastete ins Kinderzimmer und fragte, was los sei. Hatten sie schlecht geträumt? Hatten sie Schmerzen? Kein flehendes Fragen half, sie weinten nur noch lauter, wussten keine Antwort. Statt sie in den Arm zu nehmen, schimpfte ich sie aus: „Wenn ihr nicht wisst, warum ihr heult, dann bleibt eben neben dem Bett stehen und heult euch aus. Wenn ihr fertig seid, könnt ihr euch ja wieder schlafen legen."
Einerseits war ich wohl sauer, dass ich nicht an sie rankam, andererseits hoffte ich, dass sie sich müde weinten und wieder schlafen konnten.
Am nächsten Tag erfuhr ich den Grund des nächtlichen Zwischenfalls. Ein Telegramm war im Briefkasten: „Vati ist heute Nacht verstorben."
Ein Schleier zog sich vor mein Bewusstsein. Ist das Wirklichkeit? Das kann doch nicht

sein, habe ihn doch erst gesehen. Er wirkte doch gesund.
Völlig benommen ging ich ins Kinderzimmer, legte mich aufs Bett und schrie aus Leibeskräften. Es tat so weh. WARUM?! Warum hat er uns verlassen? Warum lässt er uns im Stich? Warum will er seine Enkel nicht aufwachsen sehen? Er hat doch an sie gedacht, in dieser Nacht. Warum nicht an mich? Warum konnten wir ihn nicht mehr sehen? Warum? Warum? Warum?
Ich weiß nicht mehr, wie es weiter ging. Ich glaube, Irmgard hatte sich um die Kinder und über einen bekannten Arzt um meine Krankschreibung gekümmert, während Malte uns zu Mutti fuhr. Ich weiß noch, dass ich tränenüberströmt an der Scheibe des Skodas klebte, im Radio ertönte gerade „So lang man Träume noch leben kann" von der „Münchner Freiheit", und alles bezog ich auf Vati. Ich litt, was mich irritierte. Hatte ich Vati doch geliebt? Ich hatte es ihm nie gesagt. Hatte er mich geliebt? Er hatte es mir auch nie gesagt.
Wir kamen bei meiner völlig apathischen Mutti an, ich war wie im Trance. Eine innere Stimme sagte mir: „Ich muss zu Vati."
Ich erfuhr, dass er in der Leichenhalle lag, es war ein Herzinfarkt. Während Mutti in der Telefonzelle den Notarzt anrief, ist er gestorben. Niemand war bei ihm. Keiner hat ihm die Hand gehalten. Als Mutti zurückkam, dachte sie, er schläft nur, bis der Arzt seinen Tod feststellte. Sie hatte noch die ganze Nacht neben ihm gelegen, er wurde erst am Morgen abgeholt. Meine Stimme rief immer stärker. Sie sagte mir, dass Vati auf mich wartete.
„Da darf niemand rein. Das ist verboten. Nicht einmal dein Cousin, der extra aus der Sowjetunion anreiste, durfte seine Oma sehen. Mach dich nicht unglücklich."
Alles schwirrte nur so an mir vorbei, ich konnte nichts verarbeiten, meine innere Stimme beherrschte mich.
Ich weiß nicht wie, aber ich stand vor der Leichenhalle und klopfte. Ein Mann öffnete und schaute mich fragend an. „Ich bin die Tochter vom K.H.", erklärte ich.
„Ach so, kommen Sie rein." Es war doch so einfach. Als hätte Vati Bescheid gesagt. Was hatten die anderen nur?
Mitten durch viele Särge führte er mich zu einem Gang. Er öffnete eine Tür: „Hier ist er." Schlohweiße Haare zogen meinen Blick auf sich - „Oh, Entschuldigung. Das ist die falsche Tür."
Im nächsten Raum lag Vati auf einer Liege. Man ließ mich allein. Vati! Ich bin da. Deine Haare sind noch schwarz. Du siehst aus, als schläfst du.
Ich öffnete sein weißes Hemd mit dem Stehkragen. Das hatte er noch nie gemocht, bis obenhin zugeknöpft. Ich redete mit ihm, streichelte ihn, küsste sein kaltes, festes, faltenloses Gesicht und weinte. Ich spürte, dass Vati seinen Körper noch nicht verlassen hatte. Ich kann es nicht beschreiben, aber es war so eine tiefe Gewissheit, so eine spürbare Energiefülle. Er hatte auf mich gewartet. Er war noch da. Er wollte sich von mir verabschieden. Er hatte mich gerufen. Ich erinnere mich nicht, wie lange ich bei ihm verweilte, aber ein anderer Mann deutete mir, mich zu verabschieden und vor allem meine Hände

zu waschen, wegen dem Leichengift. Das hatte ich natürlich unterlassen. Ich wasche doch nicht meinen Vater von mir ab.

Mit tränenverschleiertem Gesicht stand ich auf der Straße, als ein Auto quietschte. Nochmal Glück gehabt. Irgendwie schaffte ich es auch wieder zu Mutti.

Sie hatte Kirsten und mir ein schwarzes Lederkostüm und andere diverse schwarze Kleidung gekauft. Richtig edel. Ich dichtete eine Todesanzeige und den Text für den Grabstein. Ich überlegte, ob es richtig wäre, Mutti vom Testament zu erzählen und entschied mich dagegen. In ihrem Schmerz konnte ich sie einfach nicht mit so etwas belasten. Die Zeit bis zur Trauerfeier verlief ohne Erinnerungen.

Vati war inmitten von Blumen aufgebahrt. Er war nicht mehr da, nur noch eine leblose Hülle. Zwei auffällig elegant gekleidete, uns unbekannte Herren erschienen, kondolierten Mutti, legten einen Kranz nieder und verschwanden genauso geheimnisvoll, wie sie erschienen sind. Niemand kannte sie. Meine ganze Verwandtschaft wunderte sich. Mir schwante etwas. Vati hatte öfters zu mir gesagt, er stünde mit dem Teufel im Bund. Wie genau sollte er mir denn noch Hinweise geben? Ich vertiefte meine Vermutungen über die heimlichen Tätigkeiten meines Vaters.

Danach war die Trauerfeier im Krematorium. Vati hatte einmal erwähnt, dass er zu seiner Beerdigung den „Gefangenenchor" von Nabucco und den „Goldenen Pavillon" „hören" wollte. Es war so bewegend, dass mir bei diesen Klängen heute noch die Tränen rollen. Unter dem Erklingen des Goldenen Pavillons wurde sein Sarg langsam in den Boden gesenkt. Das war für mich der Augenblick, wo ich meinte, auch zu sterben, meine Gedanken verließen mich, mein Gehirn wurde benebelt, mein Herz zerriss, ich wollte mich in die Öffnung hinterher fallen lassen. Soll das alles gewesen sein? Alex merkte es und hielt mich fest.

Nach der Zeremonie mussten wir draußen warten. Ein Onkel von mir meinte nach einer Weile zu Mutti: „Sei froh, dass du nicht hinter das Krematorium gegangen bist."

Er hatte gesehen, wie der Sarg mit Vati in den Ofen geschoben wurde und wie er sich wieder aufrichtete. Der hatte Nerven!

Nach einer kurzen Zeit wurden wir und andere Trauergesellschaften wieder herein gebeten. Auf der Rückbank standen die Urnen. Ich fand sofort Vatis. Sie war noch warm!

Mit einem Grabredner zogen die Trauernden hinter den Urnen her. Dann wurde Vati noch mit ein paar lieben Worten in die ausgehobene, ausgepolsterte Grube gesetzt. Das war`s. So schnell geht alles. Es war vorbei.

Dachte ich.

Von nun an, erschien mir Vati täglich in meinen Träumen. Ein Traum war ziemlich heftig: Ich kletterte ohne Absicherung einen steilen Berg hoch, an dessen Gipfel Vati sich vornüber beugte und mir seine Hand entgegen hielt. Er war von hellem Licht umsäumt. Ich schwitzte ob der Anstrengung, das Licht blendete mich, ich hatte Angst. Unbedingt wollte ich Vatis Hand erreichen. Endlich, uns trennten nur noch einige Millimeter, gerade mal ein Finger hatte dazwischen gepasst, ich war schon erleichtert, da erwachte ich schwitzend aus diesem Traum. Ich bin fest der Überzeugung, wenn sich unsere Hände berührt

hätten, hätte mich Vati zu sich geholt. Aber ich wurde auf dieser Welt noch gebraucht.
Vatis Tod und dieser Traum hatten mich so aus der Bahn geworfen, dass ich meine Umwelt nicht mehr mitbekam. Alles lief an mir vorbei. Alles nagte.
Malte ließ mich von dem befreundeten Arzt krank schreiben, ein halbes Jahr! Danach lichtete sich mein Blick. So allmählich kam ich in die Wirklichkeit zurück und begann, mit ärztlichem Attest halbtags zu arbeiten.
So allmählich gewöhnte sich auch Mutti an das Leben ohne Vati. Er fehlte ihr hinten und vorn, hatte alles Organisatorische, Finanzielle in der Hand gehabt. Mutti musste lernen, dies allein zu bewältigen.
Ein Mann, der Vati sehr ähnelte, allerdings um einiges jünger war, nutzte dies aus, und Mutti ließ sich einfangen. Einfangen vom Charme, einfangen vom Aussehen, einfangen von dem männlichen Beschützer.
Dieser Mann - ich nenne ihn Juan, denn seine Mutter war Argentinierin - und seine Familie nahmen Mutti vollkommen in Beschlag. Sie wurde dadurch abgelenkt, aber das Geld wurde auch weniger.
Ich hatte Angst, dass Mutti bald „Ohne" da stand, deshalb erkundigte ich mich auf dem Gericht, wie das mit dem Erbe so ist. Sie beruhigten mich, meine Mutter könne nur mit der Einwilligung von Kirsten und mir größere Transaktionen machen. Damit gab ich mich zufrieden.
Der Zufall wollte es, dass Kirsten mit Mike, Juans Bruder liiert war. Also hoffte ich, dass Mutti in den richtigen Händen war und gönnte es ihr.

Gestern war Gerichtsverhandlung. Trotz mehrerer Nachfragen bei der tschechischen Anwältin erfuhren wir weder den Ort, die Zeit noch worüber verhandelt wurde.
Auch heute, einen Tag danach, werden wir über nichts unterrichtet. Als wenn es gar nicht uns beträfe. Wahrscheinlich erfahren wir dann in vier Wochen, dass es wieder um vier Wochen vertagt wurde. Damit wir ja keinen Handlungsspielraum haben. Diese Taktik ist uns nun schon lange vertraut. Aber nicht mit uns!
Cony hat das „Tatsachen"- Buch fertig geschrieben. Im Buch wird der gesamte Schriftverkehr mit dem ADAC-Verkehrsrechtsschutz veröffentlicht. Ich habe es korrigiert. Es ist schlimm, wenn man wieder nachvollziehen muss, wie mit einem umgesprungen wird. Wir werden das Gefühl nicht los, dass der ADAC mit der Allianz-Versicherung unter einer Decke steckt. Immer geht es gegen uns, gegen die Opfer. Vielleicht habe ich durch das Lesen der Fakten wieder diese quälenden Schmerzen.
Mein Arzt meint, dass sich bei diesem Thema in meinen Kopf ein Schalter umlegt: Unfall = Schmerz, erniedrigende Behandlung = Schmerz.
Wann komme ich nur aus dem Teufelskreis raus?
Auf Anraten unseres deutschen Anwaltes haben wir beim Landgericht Klage gegen die Altanwälte eingelegt. Natürlich wurde für die „Täter" die Frist verlängert. Ist das ein gutes oder ein schlechtes Zeichen? Wenn ich das nur nicht immer so persönlich nehmen

würde. Meine Gedanken beginnen wieder, sich zu verknoten. Ich muss mich unbedingt ablenken, auf etwas Anderes konzentrieren.
Vielleicht ist der kommende Besuch von meiner Freundin eine Ablenkung. Ich freue mich schon darauf, obwohl ich weiß, dass mich kurz davor wieder die Panik überfällt, Angst, hilflos oder fremdbestimmt zu sein. Dabei habe ich keinen Grund dazu. Aber so ist das seit dem Unfall immer, wenn ich Besuch bekomme oder irgendwohin fahren muss. Es wird Zeit, dass ich die Angst besiegen lerne.
Noch mehr freue ich mich, dass Josi für ein paar Tage nach Hause kommt. Dann kann ich sie wieder gluckenhaft umsorgen. Sie will ihr zweites Bein operieren lassen. Das linke Bein hat sie schon hinter sich, mit kleinen Komplikationen. Ich bewundere ihren Mut, und mir wird es komisch, wenn ich daran denke. Dann kommen wieder die Erinnerungen auf, Erinnerungen des Wahnsinns, Erinnerungen des Leidens, der Geschmack der Hölle, der Scherbenhaufen, aber auch der Kraft. Wir hatten die damalige schwierige Zeit überstanden, da ist diese OP hoffentlich nur ein Klacks. Ich zittere, wenn ich daran denke und habe Angst, Josi meine Freude über ihr Kommen nicht zeigen zu können.
Wann werde ich nur wieder sicher und selbstbewusst? Ich will wieder „die Alte" sein.

Nun war es soweit, der Umzug stand bevor.
Ich überlegte nochmal hin und her. Eigentlich hatte ich hier bei Berlin ja eine gute Karriere in Sicht, sollte ich doch die stellvertretende Leitung des großen, zwölfgruppigen Kindergartens werden. Doch der Umzug war Vatis innigster Wunsch. Meine innere Stimme versuchte mich zu überzeugen. Ich musste ihm diesen Wunsch noch erfüllen! Er würde sich bestimmt freuen. Ich könnte auch regelmäßig sein Grab besuchen. Vielleicht merkt er es ja, wer weiß. Ich glaubte an ein Leben danach, weil ich seine „Seele" gespürt hatte. Ich war mir sicher, dass die Seelen im Himmel , Heaven, Nirwana, in der Seligkeit oder wie immer das man auch nennen will, verschmelzen.
Also kurbelten wir den Umzug an und wieder verpasste ich einen Schritt auf der Karriereleiter. Meinen genehmigten FDGB-Urlaub an einem See schenkte ich einer Arbeitskollegin.
Unser Urlaub musste für den Umzug genutzt werden.
Erneut wurde ich gewarnt, ich würde dort unten keinen Fuß fassen. Erneut wurde der Umzug als Anlass einer Republikflucht gesehen.
Doch allen zum Trotz zogen wir es durch. Nach dem Austausch der Adressen von Freunden und Eltern aus meiner Kindergruppe bezogen wir die große Neubauwohnung in einem außerhalb der Stadt gelegenem Viertel. Meine Bekannte aus dem Möbelgeschäft besorgte uns eine tolle Wohnzimmerschrankwand mit Echtholzmaserung, die gleich in die neue Wohnung geliefert wurde. Obwohl sie sich nur im ersten Stock befand, genossen wir den Luxus des Fahrstuhls, der das Möbelschleppen immens erleichterte.
Die Wohnung bestand aus einem riesigen Flur, dessen hinteren Teil wir mit einem Vorhang abtrennten, um dort die Werkzeug- und Putzgeräte-Ecke einzurichten, einem Kin-

derzimmer, einem Schlafzimmer, einem riesiges Wohnzimmer mit Durchgang zur großen Küche, die schon mit Einbauschränken, inklusive der elektrischen Geräte, bestückt war und sogar Platz für eine Essecke hatte, sowie einem Balkon, der über das ganze Wohnzimmer und die Küche reichte. Außerdem Fernwärme und Müllschlucker auf jeder Etage im Hausgang, das war der pure Luxus! Ringsum Grünanlagen, in der Nähe ein Einkaufscenter, die Kaufhalle einen Katzensprung entfernt, die Schule gegenüber. Wir waren glücklich.

Alex fand gleich Arbeit in einer hiesigen Baufirma, ich wunderte mich über meine Arbeitsstelle, die sich in einem anderen Stadtteil befand und nur mit dem Bus zu erreichen war. Ging das nicht anders?

Während meiner Ortserkundung – einen Bäcker fand ich auch in der Nähe - entdeckte ich mehrere Kindertageseinrichtungen, in denen ich mich nach freien Stellen erkundigte. Freudig wurden mir zwei Stellen angeboten, ich sollte mich zum Abschluss des Arbeitsvertrages am nächsten Tag wieder einfinden. Doch am nächsten Tag wurde mir von beiden Leiterinnen berichtet, dass sie Ärger mit der Kreisleitung bekommen hätten, und ich solle mich unverzüglich dort melden.

In der sogenannten Volksbildung, so hieß der Hauptsitz der Kindergärten und Schulen, wurde ich erst einmal heruntergeputzt. Was ich mir einbilde, eigenständig zu recherchieren, in ihre Arbeit einzugreifen. Das wäre ja wohl ihre Sache. Was ich denke, wer ich eigentlich bin und so weiter. Es war nichts zu machen. Ich musste mit Jani in die Einrichtung im anderen Stadtteil. Es war eine Weisung. Das ging ja schon gut los. Hier war ich ein Nichts. Hier musste ich mir erst einmal meinen Stand erkämpfen. So gingen die Vorgesetzten in Sachsen mit dem Personal um. Ich war bedient.

Zum Glück konnte Josi die Schule und den Hort gegenüber unserer Wohnung besuchen. Wenigstens das lief ohne Schwierigkeiten.

Von nun an ging alles sehr schnell. Mittlerweile rückte Josis Einschulung heran. Mit einer Riesenschultüte strahlte sie über das ganze Gesicht. Eingeladen waren Mutti und Juan sowie Kirsten und Mike. Josi wollte den Nachmittag im Tierpark verbringen. Da es ja ihr Tag war, erfüllten wir ihr den Wunsch. Sie war glücklich und Jani beneidete insgeheim ihre große Schwester. Nur meine Stimmung war gedrückt. Vor genau einem Jahr war Vati gestorben. Ich konnte es nicht vergessen. Sogar an Josis großem Tag begleitete er mich.

Jani besuchte die Nachbargruppe meiner neuen Einrichtung. Sie mochte ihre Kindergärtnerin nicht so recht. Meine Leiterin war sehr nett, keine Genossin, offiziell evangelisch. Auch die neuen Kolleginnen waren sehr entgegenkommend, sodass ich mich gleich wohl fühlte. Der einzige Haken kam von der Kreisleitung. Ich musste zweimal im Monat am Parteilehrjahr teilnehmen, obwohl ich keine Genossin war. Anweisung von oben. Es wäre ja nicht so schlimm gewesen, wenn die Parteischulung nicht erst nach der Arbeit, achtzehn Uhr, stattgefunden hätte. Danach fuhr nämlich kein Bus mehr in unseren Stadtteil. Entweder mussten Jani und ich laufen, oder mit der Straßenbahn in die Stadtmitte fahren und dort umsteigen. Außerdem war ja niemand zu Hause, wenn Josi sechzehn Uhr vom Hort nach Hause kam.

Mit diesen Tatsachen beschwerte ich mich bei der Volksbildungs-„Chefin". Ihre Antwort war kalt: „Dann müssen sie eben ihrer Tochter den Wohnungsschlüssel geben." Es half kein Diskutieren. Sie beendete unseren Disput: „Gesellschaftliche Interessen gehen vor persönlichen."
Das war auch der Osten. Machtsüchtig, andere kontrollieren zu wollen. Ich ahnte, warum ich vor dem Umzug gewarnt wurde.
Um von den Konsequenzen verschont zu bleiben, fügte ich mich wütend.
Der Alltag war in der neuen, alten Heimat auch ausgelastet. Familie, Vatis Grab, das ich regelmäßig besuchte und Mutti bei der Pflege dessen unterstützte sowie Oma.
Oma wohnte in der Nähe mit meinem Onkel Helmut, der sich von einem Oberschenkelbruch nie wieder erholt hatte und nicht mehr gehen konnte. Die beiden spielten, rauchten und tranken, aus Langeweile.
Oma freute sich jedes Mal, wenn ich mit den Mädels zu Besuch kam. „ Ooch, Gerhard, Helmut, Maria, ...Katya ist da!" Aufgeregt rasselte sie alle Namen runter, die ihr einfielen.
Ich half ihr beim Einkaufen, denn allein ging es kaum noch. Oma war so dürr, dass sie bei Wind von Baum zu Baum „rennen" musste, um sich festzuhalten, damit sie nicht weggeweht wurde.
Auch kam etwas Abwechslung in ihren Alltag. Die Urenkel waren deshalb sehr willkommen, obwohl Jani sich vor ihr fürchtete, denn Oma erinnerte sie durch die kleine, knochige Gestalt mit Hakennase, die für Oma früher ein Schönheitssymbol war, an eine Hexe. Oma nahm das jedoch nicht krumm, sie liebte meine Beiden.
Nur Eins war schrecklich: Oma wartete mit dem Nägelschneiden auf mich. Wie hatte ich mich geekelt. Die alten, dicken, verwachsenen Fingernägel. Aber was tut man nicht alles.
Mutti verbrachte indessen ihre gewonnene Unabhängigkeit mit ihrem neuen Freund, dessen Bruder und meiner Schwester. Ich war froh, dass sie aus der Melancholie heraus kam. Alex war bei den Herren nicht so beliebt. „Erbschleicher", nannten sie ihn. Das stimmte mich abwehrend gegen sie. Ich stand zwischen zwei Stühlen: Alex auf der einen Seite und Muttis Gesellschaft auf der anderen. Natürlich hielt ich zu Alex, und meine Antipathie gegenüber den Brüdern stieg. Lebten doch sie von Muttis Geld. Aber ich machte Mutti zuliebe gute Miene zum bösen Spiel. Es war für mich nicht einfach.
Auf meiner Arbeit lief alles gut, auch Alex fühlte sich auf seiner neuen Arbeitsstelle wohl, bis sich schlagartig Veränderungen einstellten: Kirsten war mit Mike über die tschechische Grenze, schwarz über Ungarn nach Österreich geflohen und Alexs Bruder wurde wegen Republikflucht im Zug (in Dresden!) verhaftet. Die Wende war in vollem Gange.
Ich besuchte mit einer Arbeitskollegin jeden Montag die Demo, stellte Kerzen ins Fenster, um die Solidarität mit dem „Neuen Forum" zu bekunden, und alle Leute standen Kopf. Heimlich, damit die Behörden es nicht erfuhren, räumten Mutti und wir die Wohnung von Kirsten und Mike aus (ich konnte die Essecke gebrauchen), denn sonst wäre alles konfisziert worden. An den Tankstellen waren stundenlange Schlangen, jeder wollte

über die Tschechoslowakei in den Westen. Auch Alex tankte unseren Trabbi voll, jedoch nicht um zu fliehen. Wir wollten am Wochenende nur den gewohnten Ausflug mit unseren Mädchen machen.

Am letzten Arbeitstag dieser Woche erschien ein uns gut bekannter Polizist auf Alexs Arbeitsstelle: „Ihr müsst weg. Ihr seid die Nächsten. Wenn ihr nichts unternehmt, geht ihr in den Knast. Es ist kritisch. Eure Verwandten sind Vaterlandsverräter."

Verwirrt und verängstigt planten nun auch wir die Flucht. Die Botschaften in der Tschechoslowakei und Ungarn quollen schon über. Tragische Szenen konnte man im Fernsehen verfolgen. Jugendliche, Kinder, alles durcheinander, mit Tränen und Erschöpfung.

Wir besuchten nochmal Mutti, um uns zu verabschieden. Sie bekam gleich Panik: „Ihr wisst doch gar nicht, wohin. Die armen Kinder. Denkt doch an eure Kinder. Ihr müsst im Freien schlafen. Das geht doch nicht."

Nach langem Diskutieren entschieden wir uns dafür, dass Alex es erst ohne uns versucht, und wenn er Fuß gefasst hatte, würden die Kinder und ich mit Ausreiseantrag nachkommen. Juan und Mutti erklärten sich bereit, Alex mit Muttis Auto an die Grenze Tschechoslowakei/Deutschland zu bringen.

Mit Papieren, Verpflegung, Wechselwäsche und einigen Hygieneartikeln ausgerüstet, verabschiedete sich Alex von uns noch am selben Abend. Mein Herz raste. Werden wir uns wiedersehen? Wird alles gut gehen? Ich konnte nur noch heulen.

Ich brachte die Mädchen ins Bett und wartete zitternd ab, fand keine Ruhe. Zum ersten Mal wurde mir bewusst, wie nah doch Westdeutschland war und trotzdem so unerreichbar. Die Stunden vergingen. Irgendwann in der Nacht klingelte es, Mutti und Juan.

„Er hat's geschafft", beruhigte mich Juan. „Wir haben gewartet, bis er drüben war."

Ich konnte aufatmen. Nun musste ich nur noch warten; warten, bis ich ein Lebenszeichen höre.

„Jetzt haben wir den Erbschleicher los", war noch Juans Kommentar. Ich wusste nicht, ob er es ernst meinte, nahm es jedoch sehr übel. Aber den anderen „Erbschleicher" haben wir auch bald los, dachte ich, denn Juan hatte einen Ausreiseantrag und musste die DDR in zwei Wochen verlassen.

Die Zeit verging zäh, ich wartete auf Nachricht von Alex, kam mir einsam vor und wusste nicht, wie es weitergehen sollte. Diese Ungewissheit übertrug sich auch auf Josi. Die Lehrerin beschwerte sich beim Hausbesuch über sie. Sie wäre es gewohnt, dass ihre Schüler auf Blicke reagieren, nur bei Josi wäre das nicht der Fall. (Sie ließ sich wenigstens nicht verbiegen!) Außerdem würde sie schlägern, käme am Morgen
zu spät.

Na das konnte ja wohl nicht sein! Ich begleitete Josi persönlich in den Frühhort, bevor ich mit Jani zur Arbeit fuhr. Nein - Josi sollte eben noch früher da sein. Wiedermal Schikane. Das ließ ich mir als Mutter und Pädagogin natürlich nicht einreden. Und das mit dem Schlagen hatte auch seine Erklärung. Ich dachte mir, wenn es die Lehrerin nicht schafft, hat sie eben Pech, wir sind sowieso nicht mehr lang da.

Überraschender Weise vollzog sich endgültig die „Wende". Wir DDR-ler hatten für eine

andere Politik demonstriert – und gewonnen! Der Anfang war gemacht: Reisefreiheit. Ich bekam es im Fernsehen mit, die Grenzen waren offen, mit gültigem Pass konnte man in die Bundesrepublik reisen. Toll, wir können rüber, und ich wusste nicht einmal, wo Alex ist. Meine Gefühle schwankten zwischen Chaos, Freude und Traurigkeit.
Mutti nutzte gleich die neue Reisefreiheit aus und fuhr Juan, der nun zur ständigen Ausreise die DDR verlassen musste, mit ihrem Wartburg in den Westen.
Nun war ich allein mit meinen Gefühlen, trauerte vor mich hin, als es an der Tür klingelte. Ein Lebenszeichen von Alex? Ich öffnete die Tür und traute meinen Augen nicht: Kirsten und Mike standen davor.
„Was macht ihr denn hier?", rutschte es erstaunt mir heraus. „Alle sind im Westen und ihr seid hier?"
Die offenen Grenzen hatten eben auch Kirsten und Mike ausnutzen wollen, für einen Besuch zu Hause. Sie staunten nicht schlecht, als sie erfuhren, dass Mutti Juan in den Westen brachte, und dass Alex auch abgehauen ist.
Bei einem Glas Wein erzählten sie mir ihr Abenteuer der Flucht und brachen wieder auf, um Mikes Mutter zu besuchen.
In der nächsten Zeit spitzte sich die Lage zu. Man munkelte, dass alle Grenzen wieder dicht gemacht sollten, auch die ins sozialistische Ausland. Ich bekam Panik. Was nun? War es das Aus? Werde ich Alex nie wiedersehen? Wie soll es weitergehen?
Nach Tagen ungewissen Wartens bekam ich von meiner Arbeitskollegin einen Brief, von Alex!
Er hatte schon einen Brief an unsere Adresse geschrieben, der leider nie ankam.
Ich erfuhr, das Alex in Bayern gelandet war, einen Job und ein Pensionszimmer, das der Arbeitgeber zahlte, hatte. Ich wusste gar nicht, dass Bayern gleich um die Ecke ist, es existierte außerhalb meiner Vorstellungen. Ich verband Bayern mit den Alpen, hatte sonst gar keine Ahnung. Wenn das Vati wüsste! Er wollte doch immer mal den Tegernsee sehen. Aber ich glaube, mit der Flucht hätte er so seine Probleme gehabt.
Ab jetzt verlief unser Briefverkehr über meine Arbeitskollegin. Alex schwärmte vom Westen, ich äußerte Ängste. Wird da wirklich ständig jemand überfallen, ermordet oder vergewaltigt? Alex versuchte auf spaßige Art, mir die Ängste zu nehmen: „Natürlich, an jeder Straßenecke, an jedem Tag."
Ich war beruhigter, weil es Alex so gut ging und dass der Westen doch nicht so schlecht sei, wie uns von den Medien ständig berichtet wurde. Nun wollte ich schnell den Ausreiseantrag für mich und meine beiden Mädels stellen, bevor sich das Blatt wendete.
Mein Gott, standen am Amt viele Menschen! Es konnte sich nur um Stunden handeln. Ich bekam mit, dass es eine Schlange für die ständige Ausreise und eine Schlange für Besuchsanträge gab. Ich beschloss, Alex erst einmal zu besuchen, um mich von seinen Worten zu überzeugen. Außerdem war diese Schlange viel kürzer.
So erklärte ich den Beamten, dass ich in die Bundesrepublik wollte, um meinen Ehemann zu überzeugen, wieder zurückzukommen. Das hat Eindruck hinterlassen. Im Nu hatte ich das Visum.

Die Kinder ließ ich bei meiner Kollegin, bekam von meiner verständnisvollen Chefin frei und fuhr mit dem Zug nach Hof. Dorthin, wo die Freiheitshalle war!

Der Zug war gerammelt voll, keine Möglichkeit zum Sitzen. Wir standen aneinander gestapelt auf jedem freien Fleckchen. Wer zur Toilette musste, wurde über die Menschen gehoben und auf dem Luftweg transportiert. Die Luft war stickig, und einige Säufer versüßten zusätzlich das Klima.

In Hof angekommen entdeckte ich endlich meinen Alex. Er wartete auf dem Bahnsteig, wir sahen uns trotz der Menschenmassen. Ich war glücklich, ihn gesund wiederzusehen.

Wir gingen in das Stadtzentrum, um im Rathaus meine fünfzig D-Mark Begrüßungsgeld, die jeder DDR-Bürger einmalig von der Bundesrepublik geschenkt bekam, abzuholen. Doch dort quoll es vor Menschen über. Ich hatte keine Lust, mich anzustellen.

Alex entführte mich in ein Kaufhaus. Die Lichter, die Musik, die Größe, das Warenangebot – es überflutete mich. Schon im Eingangsbereich legte ich den Rückwärtsgang ein. Es war für mich einfach zu viel.

Mit einem Leihwagen, VW-Polo, fuhren wir in Alexs neue Heimat. War das ein Fahrgefühl! So einen Komfort kannte ich von keinem Ostauto. Und die Straßen, glatt, keine Schlaglöcher, breit, man durfte hundert Stundenkilometer fahren, nicht wie bei uns achtzig. Es war eine Wonne.

Dann die sauberen Häuser, alles strahlte, ich fühlte richtig diese andere Welt, roch den Luxus.

Während der Autofahrt erzählte mir Alex, dass er sich, im Aufnahmelager angekommen, gleich den ersten besten Zettel mit Jobangebot von der Pinnwand eingesteckt hatte. Der Arbeitgeber bot eine Stelle als Maurer, Hochbaufacharbeiter – wie es hier hieß, sowie eine kostenlose Unterkunft mit Frühstück an.

Nach allen Formalitäten wurde von Helfern dieser Arbeitgeber kontaktiert, und es dauerte nicht lange, so hatte er Alex und ein paar andere auch schon abgeholt. Es lief wie am Schnürchen.

Er und einige andere „Ossis" wurden jeweils in einem Zimmer mit Bad bei einer netten Dame untergebracht. Die Arbeitsstelle war auch gleich vor Ort.

In dem netten, verschlafenen Städtchen war gegenüber des hiesigen Klosters und der prunkvollen Basilika das Rathaus. Hier konnte ich mein Begrüßungsgeld abholen, ohne Anstehen.

Ich bekam es sofort, ohne Formalitäten, wurde freundlich ausgefragt und willkommen geheißen. Auf meine Frage nach dem vielen Geld für die DDR-Bürger antwortete der Beamte lächelnd: „Wir haben genug. Kein Problem."

Naja, wenn die sich mal nicht verschätzen, dachte ich.

Alex wollte noch schnell etwas zum Abendbrot einkaufen, so gingen wir in den Supermarkt „Plus", der am WEKA-Kaufhaus angeschlossen war.

Ich wusste wieder einmal nicht, was ich kaufen könnte. Alex deckte sich mit mehreren Dosen Champignons ein. Das konnte ich verstehen. Eine kleine Dose kostete in der DDR vierzehn Mark fünfzig, im Supermarkt nur achtundachtzig Pfennig. Während früheren

Aufenthalten in der Tschechoslowakei tauschten wir für drei Tage Kronen (zugeteilt) und kauften dort Champignons. Natürlich gab es dann an der Grenze in den Ausweis den Eintrag, dass man zu viel getauscht hatte, was beim nächsten Mal abgezogen werden sollte, aber die Champignons waren es wert. Und hier wurden sie einem hinterher geworfen.

Noch immer verwirrt über das vielfältige Warenangebot, schaute ich hilflos drein. Eine nette Frau sprach mich an und schenkte mir fünf D-Mark, ich solle mir ein paar Strumpfhosen davon kaufen.

Ja, hier kosteten die in der DDR hergestellten Strumpfhosen eine Mark, in der DDR neun. So wurde Ostware verschleudert.

Die Situation war mir überaus peinlich, ich hatte doch Geld. Um die besorgte Wohltäterin nicht zu enttäuschen, kaufte ich eben zwei Strumpfhosen und Schokolade für unsere Mädchen.

Nach unserem Einkauf führte mir Alex endlich seine Pension vor.

Wie das duftete! Seine Vermieterin hatte Wäsche gewaschen - gehörte zum Service - es roch im ganzen Haus. Solche Gerüche kannte ich nur aus dem „Intershop", hier war es Realität. Wie stieg meine Sehnsucht nach solch einem Leben.

Alex indes führte mir sein neues Hobby vor: Champignons aus der Dose essen. Er war immer noch so hungrig nach der Luxusware für Ossis.

Nach einem ausgekosteten Wochenende fuhr ich überzeugt und zufrieden zurück in die DDR. Mein Entschluss stand endgültig fest: Ausreiseantrag. Eigentlich hätte ein endgültiger Besuch im Westen genügt. Einfach nicht mehr zurückkehren. Doch ich wollte nicht illegal ausreisen, wollte keine Schulden und keine Arbeit hinterlassen. Wollte eben, dass ich mit meinen Mädels alles geordnet verlasse. Niemand sollte mir „nachschimpfen".

Wieder zu Hause bereitete ich die Ausreise vor. Erneut bekam ich von meiner Chefin frei, um bei den Behörden anzustehen.

Dort bekam ich die Auflage, die Wohnung besenrein zu übergeben, die Miete, Strom und Heizung drei Monate im voraus zu bezahlen, das Konto aufzulösen, den Ehekredit und den Möbelkredit zurückzubezahlen, Versicherungen aufzulösen, ein Transferkonto anzulegen und und und.

Überall hieß es: Anstehen, stundenlang, denn Tausende hatten dasselbe vor. Nach der Arbeitszeit war das gar nicht möglich. Meine Chefin meinte wohlwollend: „Mach nur, Mädel, wir kümmern uns um deine Gruppe." Ich war so erleichtert, weil sie auf meiner Seite stand.

Meine beiden Mädels schleppte ich überall mit. Wir wechselten uns in den Schlangen ab. Mal durften sie spielen, mal besorgte ich Verpflegung, und sie hielten die Stellung. Wir standen das durch, Kampf mit den Behörden und zu wenig Zeit.

Mit dem Konto löste ich auch die Versicherungen auf und bekam eine stattliche Summe, die ich, nach Überweisung der Verpflichtungen, um die Ecke bringen musste, denn auf dem Transferkonto wurden nur dreihundert Mark eins zu eins getauscht, das restliche Geld würde abgewertet werden.

Also wertete ich es auf, indem ich mit Jani und Josi in einer vornehmen Gaststätte zum

Essen ging, Besteck, Porzellan und teure sowie in der DDR moderne Kleidung (ein Pullover – dreihundert Mark) und Schuhe in Exquisitläden kaufte. Das Geld gab ich mit vollen Händen aus.

Während dieser Zeit packte ich auch fleißig Pakete mit Wertsachen, Büchern und Erinnerungsstücken, die ich Alex schickte. Nicht alle kamen wohlbehalten an, natürlich wurden sie durchsucht.

Meine Fachbücher durfte ich nicht mitnehmen, sie kamen in den Altstoffhandel, und wieder halfen mir dabei meine unermüdlichen, tapferen Mädels. Jeden Tag waren wir mir einigen Paketen unterwegs zum Einkaufscenter, wo sich auch die Post und der Altstoffhandel befanden. Eine Plackerei.

Mutti war immer noch nicht aus dem Westen zurück. Ich befürchtete, dass sie mich im Stich gelassen hatte und drüben geblieben ist. Keine Nachricht, auf Arbeit krank gemeldet. Verschiedene Leute fragten mich, was nun aus ihren Möbel und Hab und Gut würde. Auch das noch!

Ich beschloss, nur Erinnerungsstücke an mich zu nehmen und alles andere zu verschenken. Für diese Haushaltsauflösung hatte ich nicht auch noch den Nerv. War ich doch schon mit unserer beschäftigt und überfordert, dazu noch Oma besuchen und versorgen sowie Vatis Grab.

Die einen oder anderen Möbelstücke wie Wohnzimmerschrankwand, französisches Bett, die neuen, extra für unsere Wohnung gekauften Schränke und zwei Teppiche konnte ich veräußern. Die Stereoanlage hatte ich auch an den Mann gebracht. Alles andere musste ich verschenken, auch Gardinen, Lampen, Sitzmöbel, Geschirr, Spielzeug. Die Nachfrage war wegen der vielen Ausreisewilligen arg zurückgegangen. Aber die Wohnung musste ja leer sein.

Als ich die Nachricht bekam, dass wir am achtzehnten November die DDR zur ständigen Ausreise in Blosenberg verlassen mussten, war der Endspurt angesagt. Zwei Koffer durften pro Person mitgenommen werden.

Zum Glück tauchte Mutti wieder auf, sie hatte eine Autopanne in Gießen und Probleme, den Wartburg wieder auf Vordermann bringen zu lassen. Nach erfolgloser Werkstattsuche fand sie einen netten Mann, der sie bis Eisenach abschleppte, wo ihr Auto repariert wurde. All das dauerte eine geschlagene Woche.

Ich freute mich, sie wieder zu sehen. Nun hatte sich dieses Problem auch gelöst. Ein anderer Mann, wieder Vati äußerlich ähnlich, machte sich an Mutti ran. Er war zwar verheiratet, machte ihr aber trotzdem den Hof. War ja Mutti wieder solo. Überaus eifrig bot er uns seine Hilfe an, dafür bekam er das eine oder andere geschenkt. Den Wohnungsschlüssel für die Übergabe und die restlichen Lebensbeweise der Familie Alex B. vertraute ich ihm an. Was ich nicht wusste war, dass er Mutti belog, wir würden ihm Geld für die Miete und die Energie schulden. Dabei hatte ich doch alle abgestempelten Belege. Ohne die wäre eine offizielle Ausreise nicht möglich gewesen. Er wollte Mutti und uns eben abzocken.

Mit unserem geliebten Trabbi begleiteten Mutti und Hans uns drei freiwillig Ausgewiesenen am besagten Termin in die Bundesrepublik. Mit sechs Koffern, in den Stiefeln das Besteck versteckt, drei Erwachsenen und zwei Kindern vollgestopft tuckerte das treue Gefährt zur letzten gemeinsamen Reise an den Grenzübergang.

Mein ganzes Leben ist eine Farce. Was ist Glück? Ich habe es vergessen.
Ich möchte glücklich sein, wenigstens für Augenblicke, möchte leicht in die Zukunft sehen können.
Doch wieder bin ich „Opfer". Mein ganzes Leben durchzieht diese Rolle. Ich komme nicht raus, bin Ballast.
Natürlich bin ich froh, meine Mädels zu haben, die bringen mir wenigstens einige Lichtblicke. Doch sie sind erwachsen, gehen eigene Wege. Und ich traue mich nicht, mit ihnen über meine Empfindungen und Sorgen zu sprechen. Möchte ihr Leben nicht zerstören.
Ich stelle mir vor, wie das Blut aus meiner Pulsader rinnt und fühle mich wohl. Es ist schön zuzusehen, macht mich frei, tut so gut.
Für mich wäre so ein Tod wenigstens etwas, was gut am Leben wäre – pervers.
Jedoch kann ich es nicht tun, sonst würden meine Mädels, die ich über alles liebe, mit einem Haufen Schulden dastehen, denn bei Selbstmord zahlt die Lebensversicherung nicht.
Mir tut alles weh, auch mein Leben.
Der Auslöser war die Gerichtsverhandlung in Tschechien: alles abgewiesen, alle Forderungen, alle Beweise. Der Richter zeigte sich angeblich genervt. Was ist mit uns? 10 Jahre Nervenkrieg.
Der Richter war der Meinung, meine Krankheit und Erwerbsunfähigkeit stünden nicht im Zusammenhang mit dem Unfall, obwohl unzählige Gutachten, auch in tschechischer Sprache, vorliegen, obwohl die Allianz-Versicherung alles, aber auch jede Behandlungskosten an die Krankenkasse zeitnah zurück erstattet.
Die AOK ist eben auch eine Versicherungen, die Geld und Macht hat. Ich bin bloß ein Mensch, ein nutzloser Mensch.
Die Altanwälte rücken die Akten nicht raus. Wir kennen weder Forderungen, noch eine Klageschrift, wir wissen nicht, was geltend gemacht wurde, was nicht. Gesetz – was ist das?
Wenn du kein Geld hast, kannst du dein Recht nicht durchsetzen. Und der Staat schaut zu. Antwortet nicht auf Hilferufe.
Nun hat auch unser neuer Anwalt wegen Interessenkonflikte sein Mandat niedergelegt. Was nun? Keiner will den Fall übernehmen. Na klar, Allianz und ADAC sind mächtige Gegner.
Meine einzige Hoffnung ruht auf subvenio e. V. Sie wollen mit der Allianz verhandeln, brauchen aber dafür die Unterlagen von den Anwälten. Schöner Teufelskreis.
Ich will nicht mehr so leben. Warum straft mich das Schicksal so? Wofür?
Mein ganzes Leben war ich für andere da, vielleicht ist es so bestimmt. Also: Leiden!

„Pass auf, da kommt noch so Jemand!", schrie der Grenzer zu seinem Kollegen, und an mich gewandt: „Vorne links ran."

War das einschüchternd. Mein Herz klopfte. Was sollte denn das? Wollen die mir Schwierigkeiten machen? Komme ich ins Gefängnis?

Als Hans den Trabbi links im aufgeweichten Seitenstreifen parkte, erschien der Uniformierte: „Kofferraum auf!"

Er durchwühlte unsere Koffer, warf die Unterwäsche der Mädchen in den Schlamm. Ich fühlte mich gedemütigt. Doch das verbotene Besteck in meinen Salamander-Stiefeln entdeckte er nicht.

Nachdem ich alle Sachen wieder aufgeklaubt hatte, durften wir in die Bundesrepublik einreisen.

Hans fuhr uns in das verschlafene Kleinstädtchen in Bayern, wo Alex wohnte. Wir trafen uns vorm Rathaus. Die Wiedersehensfreude war natürlich groß, vor allem die Kinder freuten sich, endlich den Papa wieder in die Arme zu schließen.

Alex hatte inzwischen eine Wohnung auf dem Land besorgt, welche wir mit Mobiliar übernehmen mussten, für das wir noch viertausend D-Mark Ablöse bezahlen sollten. Dafür mussten wir einen Kredit aufnehmen. Ein gebrauchter BMW wurde unser neues Familienfahrzeug, deshalb wurde der Kredit gleich höher aufgenommen. Es ging sehr einfach, fast formlos, ohne Nachfragen. Im Westen ist es eben Klasse.

Nach den Formalitäten bei den Behörden hieß es Abschied nehmen. Da die Zukunft der DDR immer noch unklar war, meinte ich, ich würde Mutti nie wieder sehen. Ich zitterte, die Augen wässrig. Tschüss Mutti, auf Wiedersehen altes Leben.

Hans behielt unseren Trabbi, er sollte ihn, wenn noch möglich, verhökern. Der gute Wille war da. Wir erfuhren später, dass unser Liebling einfach in den Wald gestellt wurde. Wenn wir das gewusst hätten!

Das Haus, in welchem unsere Wohnung eine von vier war, lag etwas abseits des Dorfes, von einer Straße getrennt.

Die Wohnung war im Parterre, drei Zimmer, Bad, große Küche, Flur und Balkon, Ölzentralheizung. Der Flur, die Küche mit Speisekammer und Geschirrspüler (solch einen Luxus kannte ich im Osten gar nicht) sowie das Bad waren gefliest, im Flur war eine Art Abstellkammer, der Rest der Wohnung mit Teppichboden ausgelegt, rustikale Möbel, nur das Schlafzimmer und das Kinderzimmer waren mit Möbel aus den Sechzigern bestückt. Wir fühlten uns wie im Himmel.

Im Haus wohnte noch ein Arbeitskollege von Alex mit seiner um einige Jahre jüngeren Frau und dem kleinen Töchterchen.

Nachdem wir unsere Sachen verstaut hatten, mussten Jani, Josi und ich ins Aufnahmelager in der nächsten größeren Stadt, zirka eine Stunde Fahrt mit dem Auto, auf gut ausgebauten Landstraßen.

Das Aufnahmelager befand sich in einer Kaserne. Übervoll mit DDR-Auswanderern.

Für Essen wurde von den Behörden gesorgt: Knödel und Schweinebraten, mmmh.

Ich merkte schnell, welches Klientel sich hier herumtrieb: futterneidisch, asozial, schmut-

zig. Gewiss nicht alle, aber dieser Eindruck überwog. Beim Essenholen wurde man mit Ellenbogen weggeschubst – ich schämte mich, dazu zu gehören.
Zum Glück konnten wir schon eine Wohnung nachweisen, mussten also nicht dort warten und vermittelt werden. Ich bekam die üblichen Belehrungen, gab all meine schulischen und beruflichen Nachweise ab und wurde als arbeitslos gemeldet. Dann durften wir wieder in unsere neue Heimat fahren.
Ein kleiner Spaziergang hinterm Haus rundete unseren anstrengenden Tag ab.
Auf einem kleinen Hügel leuchtete ein kleines, metallisches Rohr. „Ist das eine Atombombe?", befürchtete ich. Lachend entschärfte Alex meine Angst: „Das ist nur die Wasserversorgung."
Ja, solche Vorstellungen wurden uns von den DDR-Medien eingebläut. Ich versteckte mich sogar vor den auf einem Jeep sitzenden, amerikanischen Soldaten, die im Dorf stationiert waren, weil ich befürchtete, erschossen zu werden. Ich glaubte, dass man Wiesen und Wälder wegen Privateigentum nicht betreten durfte. Ich musste mich erst einmal daran gewöhnen, dass es hier doch nicht so gefährlich wie geglaubt war. Das brauchte Zeit und Erfahrungen.
So spazierten wir Vier durchs Dorf, um unser Wohngebiet besser kennenzulernen.
Alles Bauernhöfe. Überall neugierige Gesichter, die wir vorsichtig grüßten.
Am Ende des Dorfes war ein Wald, wo wir am Bach die Grenze zur Tschechoslowakei fanden - deshalb die Amis hier. Dass der „Sozialismus" doch so nah ist, hatte ich nicht geahnt. Hier konnte man ja ganz leicht über die Grenze gehen.
Auf dem Rückweg sprach uns ein Mann in bayerischen Hochdeutsch an, ob wir nicht mal seiner Frau „Guten Tag" sagen wollten. Nach unserer Bejahung, denn wir wollten ja Kontakt zu den Einheimischen, erklärte er uns, dass sie behindert sei und im Rollstuhl säße, ob es uns was ausmachte.
Natürlich nicht. So führte er uns ins Haus und eine wunderbare Freundschaft begann. Die ganze Familie – zwei Söhne und eine Tochter – kam zusammen. Anfangs verstanden wir kein Wort, war dieser regionale, eigentümliche Dialekt wie eine Fremdsprache für uns. In Bayern-Deutsch erfuhren wir, dass Werners Frau Margret unter Multipler Sklerose litt und seit kurzem den Rollstuhl benutzen musste. Immer wieder kamen schmerzhafte Schübe, die die Bewegungsfähigkeit immer mehr einschränkte. Trotz dieser Behinderung schaute Margret optimistisch in die Zukunft. Diese nette Familie war vor allem von Humor geprägt. Wir verstanden zwar nicht alle Witze, aber es wurde ein netter Nachmittag.
Inzwischen hatte ich mich in vielen Kindergärten beworben, war aber für eine Kinderpflegerin zu überqualifiziert, als Erzieherin wollten sie mich nicht einstellen, es fehlte die Anerkennung. Was nun?
Nach einer kurzen Eingewöhnungszeit flatterte von der Bayerischen Staatsregierung ein Brief an mich herbei. Dieser Brief enthielt die Erklärung, dass mein Studium und mein Beruf in der BRD nicht anerkannt wurden. Mir wurde jedoch die Möglichkeit geboten, im nächsten Jahr ab September an einem einjährigen Anerkennungskurs auf einer Fach-

akademie in Hof teilzunehmen. Dazu benötigte ich eine Praktikumsstelle, in der ich ganztags arbeiten musste. Im ganzen Umkreis fand ich nichts, so dass ich im achtzig Kilometer entfernten Hof eine Stelle angeboten bekam.
Na ja, dann musste ich eben diesen Weg gehen. Ich würde während des Kurses so etwas wie Übergangsgeld, zirka achthundert D-Mark, bekommen. Das war weitaus mehr als die vierhundert Mark Arbeitslosengeld, mit denen ich zum Familieneinkommen beisteuerte.
Während der Wintermonate war Alex als anerkannter Hochbaufacharbeiter saisonbedingt arbeitslos. Im Winter wurde hier nicht auf dem Bau gearbeitet - auch neu für uns. Deshalb kam uns dieses Einkommen gerade recht, denn wir mussten ja den Übersiedlerkredit abzahlen.
Zwischenzeitlich war die Mauer zu unserer Erleichterung doch gefallen. Ost und West konnte problemlos über die Grenzen! Super.
Wir nutzten die offenen Grenzen sofort aus und fuhren mit unserem BMW und vielen kleinen Geschenken zu Alexs Familie. Das war ein Schuss in den Ofen. Sie beschwerten sich, dass wir nicht noch mehr mitgebracht hatten. Sie glaubten, dass, wenn man im Westen lebt und einen BMW fährt, das Geld nur so regnete. Bekamen wir ja vom Amt Geld für's Nichtstun.
Ich war ein bisschen frustriert, keine Wiedersehensfreude sondern Neid zu spüren.
Mit einem Bruder von Alex und dessen Familie fuhren wir nach West-Berlin. Ich habe sogar ein echtes Mauerstück als Souvenir mitnehmen können. Alles wurde auf Fotos festgehalten: der Kudamm, die Gedächtniskirche, die Siegessäule, Schloss Bellevue. Aber wir sahen auch das Elend am Bahnhof Zoo. Ich erblickte das erste Mal in meinem Leben Junkies und junge Mädchen – noch Kinder – mit spindeldürren Beinen auf dem „Strich".
Mir rutschte das Herz in die Hose. Hoffentlich blühte so eine Zukunft nicht meinen Kindern!
Mit diesen Erlebnissen vom anderen Westen im Kopf fuhren wir wieder in unser behütetes, kleines, bayerisches Dorf.
Hier war es inzwischen richtiger Winter, meterhoher Schnee.
„Der Schnee ist ja weiß!", staunte Jani. Die Luft auf dem Land war eben sauberer als in der Stadt. Jeden Tag waren wir mit dem Schlitten unterwegs, eine zugelaufene Katze begleitete uns.
Während dieses Winters bekamen wir in unserem Haus Zuwachs. Eine Familie aus der DDR mit schwarzem Pudel und ein junger Mann aus Bayern mit Freundin. Dieser hatte ein wenig Skepsis vor den vielen „Ossis". Doch wir verstanden uns gut.
Die zugezogene Familie durfte nach den neuen Gesetzen alle Möbel mitbringen, und jeder von ihnen bekam monatlich tausend Mark „Eingliederungsgeld". Ich gönnte es ihnen ja, doch mich grämte unsere Benachteiligung schon. Wir sind halt zur falschen Zeit ausgewandert. Pech gehabt.
Josi besuchte ab dem neuen Jahr die erste Klasse in der Grundschule der benachbarten Gemeinde. Dorthin kam sie mit dem Schulbus, der sieben Uhr vor unserer Haustür abfuhr. Sie langweilte sich, denn die Schüler lernten gerade etwas, was Josi schon lange

hinter sich hatte. Außerdem schrieben sie noch in Druckschrift. Es kostete mich überzeugende Überredungskunst, Josi für die Schule zu motivieren.

Jani fuhr mit einem anderen Bus in die benachbarte Stadt, um dort den Kindergarten zu besuchen, denn in unserer Gemeinde war kein Kindergartenplatz frei. Das war für uns auch neu, dass man sich um Job, Schule und Kindergarten selbst kümmern musste. Außerdem kostete der Kindergarten Geld. In der DDR war die Betreuung kostenlos. Alles neue Erfahrungen.

Da ich nun den ganzen Tag Zeit hatte, ging ich jeden Vormittag zu Margret, um ihr Gesellschaft zu leisten. Dabei half ich ein bisschen im Haushalt, führte mit ihr Gymnastik für die Beine durch, versuchte über ihren „Geist" zum Körper zu kommen und massierte ihre Beine, um die Durchblutung anzuregen. Durch meine Ausbildung hatte ich ja ein bisschen Erfahrung. Es klappte sehr gut, sogar so gut, dass Margret wieder ein bisschen gehen konnte. Zwar nur drei Schritte, aber immerhin! Wir waren beide glücklich darüber. In Gesprächen stellte sich heraus, dass Margret die Schwester der Frau vom Bürgermeister war. Ohne Wenn und Aber erhielt ich meine Praktikantenstelle in der nahegelegenen Gemeinde. Ich war glücklich, die Stelle in Hof kündigen zu dürfen.

Alex wurde nicht mehr eingestellt, er verlor seinen Job. Er wurde wohl zu teuer. Werner vermittelte ihm ein Treffen mit dem Chef einer kleinen, benachbarten Baufirma. Dieser stellte ihn sofort ein. Der Rubel floss wieder, vorbei die karge Zeit des Lebens vom Arbeitslosengeld.

Wir leasten einen neuen VW Jetta und erhöhten unseren Kredit, um die Schulden am laufenden Konto auszugleichen und die Anzahlung für das neue Auto zu leisten. Wiedermal problemlos. Wenn man Geld braucht, holt man es einfach von der Bank - lernten wir. Gleichzeitig eröffneten wir bei der VW-Bank ein Kreditkartenkonto, das wir mit monatlichen Raten von dreihundert Mark fütterten, der scheinbare Reichtum. Wir waren ihm verfallen. Auch unser ständiger Besuch: Mutti und Hans, Alexs Bruder mit Familie, Josis Großeltern, ehemalige Eltern von einigen Kindern aus meiner „DDR-Amtszeit", glaubten, wir hätten das große Los gezogen. Luden wir sie ja zum Essen ein, unternahmen Ausflüge und vor allem Alex schwärmte in den höchsten Tönen.

Da meine bestandene theoretische Führerscheinprüfung nicht anerkannt wurde, ich zum Einkaufen in die Stadt fahren musste: entweder mit dem Bus – vier Stunden Aufenthalt - oder mit dem Fahrrad, was in dieser bergigen Gegend sehr anstrengend war, absolvierte ich den Führerschein mit einem „Fünfer-BMW". Das kostete auch dreitausend Mark. Kein Problem, der Kredit wurde erhöht.

Im späten Frühjahr fuhren wir mit unseren Kindern nach Geiselwind, einem Freizeitpark. So etwas hatten wir noch nie gesehen! Gigantisch! Das Beste war, dass wir nur ein Familienticket bezahlten und jede „Vergnügungseinrichtung" so oft benutzen konnten, wie wir wollten. Wir kosteten alles aus: Acapulco-Springer, Achterbahnen, fantastische Wasserrutschen, 3D-Kino, Zirkusshow, Wikinger-Schaukel, „Weltraumflüge" und eine Zaubershow. Während der Zaubervorführung traf mich fast der Schlag. Der Zauberer sah aus wie Vati! Dieselben Augen, derselbe Blick, mit dem er mich ständig durchdringte. Mir zitterten die Beine. Zaubern ist Vatis Hobby gewesen. Ich drängte mich an den Bühnenrand und konnte mich nicht sattsehen. Er sprach nicht mit mir, schaute mich dennoch immer wieder an, bis die Show vorbei war. Ich war mir sicher, Vati war bei mir. Es tat gut.

Alex bekam durch unseren Vermieter, ein Gaststättenbesitzer, Kontakt zum Fotoheimservice. Diese Organisation nahm Fotobestellungen an, verkaufte Kameras und brachte es den Kunden nach Hause. Alex besuchte aus Neugier einen Fortbildungskurs und war begeistert. Anscheinend waren dort alles Leute, die das Geld „gekostet" hatten.

Wir wollten auch reich werden und eröffneten eine eigene Filiale des Services. Einige Kunden bekamen wir. Im Umkreis von zwanzig Kilometern fuhren wir überall herum und verteilten Werbeflyer. Wir waren begierig und fleißig, besuchten jedes Meeting. Auf einem solchen Meeting lernte Alex einen seriösen, über alles stehenden Mann vom Vorstand kennen und befreundete sich mit ihm. Günther wohnte in Oberbayern, bei Traunstein und lud unsere Familie zu sich ein.

Mann, war das toll. Ein Haus in den Alpen. Vorgelebter Luxus. Wir konnten es gar nicht fassen. Den Aufenthalt genossen wir. Günther, seine Frau Rosi und die Tochter Sonja wurden gefühlte Freunde. Sie zeigten uns die Gegend, luden uns zum Essen ein und erklärten uns die Geschäftsidee. Natürlich wollten wir auch so weit kommen. Unser Ehrgeiz wurde angestachelt.

Angestachelt wurde auch unsere Reiselust. Österreich war ja ganz in der Nähe. Also nichts wie los. Der erste Schritt in Österreich war wie ein Schritt in die freie Welt. Wir bestaunten die Berge und atmeten tief ein, um nur nichts zurück zu lassen. Unser Ziel war der bekannte Wolfgangsee. Dort angekommen wollten wir mit dem Schiff fahren und die Tickets lösen. Doch oh Schreck, unsere Geldbörse war weg! Zirka vierhundert Mark. Panisch fuhren wir auf den Parkplatz zurück, wo wir die Luft aufgesaugt hatten, keine Geldbörse war liegengeblieben.

Wir wollten uns den Ausflug nicht vermiesen, deshalb beschlossen wir, mit meiner Kreditkarte am Geldautomaten Bares zu holen.

In Sankt Wolfgang suchten wir eine Sparkasse. Geschlossen. Ein Automat befand sich davor. Karte rein, Währung und Betrag eingeben, dann rumpelte und rumorte es, und unsere Kreditkarte war weg.

Das war wohl ein schlechter Scherz. Wir schlugen gegen den Apparat, drückten Knöpfe - nichts. Dann schauten wir uns um, ob nicht Kurt Felix (Verstehen Sie Spaß) um die Ecke kam. Nichts. Alex hämmerte nun mit dem Regenschirm gegen die Fensterscheibe. Endlich. Ein Angestellter öffnete die Tür. Ohne Probleme bekamen wir unsere Karte wieder und auch die hundert Mark, die wir abheben wollten, Kurt Felix war nicht in Sicht.

Aufatmend konnten wir nun unsere Bootstour genießen.

In Traunstein zurück berichtete uns Rosi, die beim Zoll in Bad Reichenhall arbeitete, dass wir unbedingt zur Grenze kommen sollten. Eine Jugoslawin hatte unsere Geldbörse gefunden und an der Grenze abgegeben. Wir waren überglücklich, dass es ehrliche Menschen gab.

Am nächsten Tag fuhren wir noch einmal zur Grenze und identifizierten unseren verlorenen Schatz. Kein Pfennig fehlte. Die nette Frau hatte leider ihre Personalien nicht abgegeben. So konnten wir uns nicht einmal bedanken. Unsere Alpenwoche wurde somit zu einem unvergesslichen Erlebnis.

Es bot sich an, öfter von Günther und Rosi aus die Alpen zu erkunden. Wir nutzten die Besuche bei ihnen ständig für Ausflüge. Mal ging es an den Chiemsee, an den Waginger See, auf den Hohenfelln, nach Maria Eck – wunderschön. Einmal nutzten wir einen Besuch bei ihnen als Ausgangspunkt für einen Trip nach Venedig. Zwar war es schon ein ganz schönes Stückchen dorthin, aber um den Markusplatz und die Rialto-Brücke zu sehen, reichte es. Viele Menschen drängten sich Schulter an Schulter durch die Gassen. Nur am Markusplatz war es relativ leer. Er war mit Cafés bestückt, wo sämtliche Tische unbesetzt waren. Die Touristen saßen stattdessen auf den Stufen rund um diesen Platz und picknickten.

„Wir wollen doch nur was trinken." Wir setzten uns in einem Lokal gemütlich an einen der vielen Tische. Komisch war es schon, plötzlich spielte ein kleines Musikensemble, und jeder von uns vier hatte einen eigenen Kellner. Sehr vornehm. Als die Rechnung kam, wussten wir, weshalb alle auf den Stufen saßen. Für drei kleine Cola und zwei Eiskaffees mussten wir umgerechnet fünfundsiebzig D-Mark zahlen! Wir mussten ganz schön schlucken, um es zu verdauen und bezahlten mit der Kreditkarte. Der Kapitalismus hatte uns in eine Falle gelockt. Aus Schaden wird man klug - aber wir waren in Venedig!

Bevor meine Ausbildung anfing, wollten wir mir noch einen Wunsch erfüllen: Spanien. Wir buchten, natürlich mit Kreditkarte, eine Busreise an die Costa Brava, vierzehn Tage in einer Ferienwohnung. Die Reise im Bus war sehr anstrengend. Hinter mir saß ein Knoblauch-Fan und hauchte mich zu.

Josi wurde es kotzübel. Hatte sie ja sowieso schon ein Problem beim Autofahren. Entweder schaffte sie es bis auf einen Parkplatz oder sie spuckte in eine Tüte, natürlich ging dabei alles daneben. Als sie endlich die Tüte getroffen hatte, war in der Tüte ein Loch. Sch..., also nahmen wir seither einen kleinen Buddeleimer mit, der auch im Bus seine Dienste tat.

Endlich in Spanien – alles wurde genau fotografisch festgehalten – verfuhr sich der Busfahrer, er kannte den Weg überhaupt nicht.

So irrten wir zwischen Plantagen umher, wo ich das erste Mal „Sklavenarbeit" sah. Wie in der Zeit zurückgesetzt. Schwarzafrikaner krochen am Boden herum, während Weiße sie beaufsichtigten. Grausam.

Endlich erreichte der Bus ein Hotel und lud uns alle ab. Da saßen wir nun, keiner war zuständig. Einige Urlauber fanden im Reiseführer ihre Hotels, die nicht weit entfernt lagen. Unser Hotel war laut Karte am anderen Ende der Stadt, welche sich am Strand langzog. Wir hatten Durst, waren enttäuscht. Wie sollten wir da hinkommen, noch dazu mit dem ganzen Gepäck? Nach einigen Telefonaten wurde uns gesagt, wir sollten ein Taxi nehmen, selber zahlen. Na, das fing ja schon mal gut an. Mit einer Huschelbahn legten wir einige Kilometer zurück, an der Endstelle nahmen wir dann ein Taxi, was uns zum Hotel brachte. Meeresblick – wenn man sich ganz weit aus dem Fenster lehnte.

Der Pool war grün und schmutzig, die Wohnung erst! Alles verkeimt: Toilette, Dusche, Bett, Tisch, Geschirr... Ich musste erst alles putzen, während die Mädels vor Erschöpfung auf der speckigen Couch einschliefen. Ich wollte doch Urlaub haben! Deshalb beschwerte ich mich beim Hotelier. Er konnte die Beschwerde nicht verstehen und bezeichnete mich als „schlechte Hausfrau". Super, das sollte Spanien sein? Wir beschlossen, uns die Laune nicht zu vermiesen lassen und planten einige Ausflüge neben dem Baden.

Das Baden war auch gewöhnungsbedürftig, der Strand war sehr ungepflegt, überall die Abfälle der Urlauber und der Sand war auch nicht weiß oder gelb. Doch genossen wir das Toben in den Wellen, die einem schon am Meeresrand die Beine wegzogen.

In einem Delfinarium, in welchem ich trotz bedecktem Himmel auf den Schultern einen Sonnenbrand bekam, lernten wir ein älteres Pärchen aus Coburg kennen, mit denen wir uns blendend verstanden.

So verbrachten wir unsere restliche Urlaubszeit mit ihnen, jagten mit einem Strandmobil am Meer entlang, genossen die „Happy Our" und hatten unseren ersten Spanienrausch. Um diesen wieder los zu werden, spazierten wir am nächsten Morgen am Strand entlang. Sauerstoff soll ja heilende Wirkung besitzen. Die Luft wurde aber immer übel riechender. Je mehr wir gegen Norden liefen, desto unerträglicher wurde das Atmen, bis wir die Ursache erkannten.

Der Ekel war so groß, dass wir beschlossen, hier nicht mehr baden zu gehen. Ein offenes Riesenrohr schoss die ganze (im wahrsten Sinne des Wortes) Scheiße ins Meer. Ökologie in Spanien.

Nichts desto trotz waren wir in Spanien. Mein Traum ist in Erfüllung gegangen.

Mitte September sollte nun mein Anerkennungskurs beginnen, doch wurde mir zur Auflage gemacht, auf keinen Fall vorher in einer Einrichtung zu arbeiten.

Ich kannte die Gepflogenheiten nicht, deshalb kümmerte ich mich überhaupt nicht um meinen Praxisplatz. In den Ferien war der Kindergarten ja sowieso geschlossen, und der Bürgermeister wusste Bescheid. Am dritten Kindergartentag erhielt ich einen ernüchternden, für mich unverständlichen Anruf von der Kindergartenleitung. Sie totterte los, was ich mir einbilde, nicht auf Arbeit zu kommen, ob alle Ossis so seien, dass das eine Frechheit von mir wäre usw. Nur mit Mühe konnte ich ihr meine Auflagen erklären und versprach, mich am nächsten Tag vorzustellen.

Die Stimmung war sehr angespannt. Ich wurde gemustert und belehrt. Okay, das war mein misslungener Start.

Jani bekam auch einen Kindergartenplatz in dieser Einrichtung. Zwar wieder ein Wechsel, aber organisatorisch günstiger.

Nun musste ich mich auf die Umschulung vorbereiten. Jeden Freitag sollte ich acht Uhr früh in Hof sein, das hieß, dreiviertel sieben losfahren. Und die Kinder? Der Schulbus fuhr doch erst sieben Uhr dreißig. Margret erklärte sich bereit, während dieser Leerzeit auf die Mädels aufzupassen. Das hieß für die beiden: spätestens halb sieben zu Margret „wandern". Auch waren sie an diesem Tag eher zu Hause als Alex und ich, einen Kinder-

hort gab es nicht. So musste ich meine Mädels an den „Schlüssel" gewöhnen – alleine sein, bis die Mama kommt. Meine Nachbarin versprach, ein Auge auf sie zu werfen. Genauso lief es auch an den restlichen Tagen, an denen ich ganztags wegen der Anerkennung arbeiten musste. Zum Glück konnte ich mich auf die „DDR-Nachbarschaftshilfe" verlassen. Bis auf ein einziges Mal.
Es war Winter, ich arbeitete gerade in der Nachmittagsgruppe, da klingelte es an der Kindergartentür. Meine dreijährige Jani stand draußen. Warm eingepackt, mit Stiefel, Winterjacke, Schal, Mütze und Handschuhe. Ich war erschrocken: „Was machst du denn hier?!"
„Bin gelaufen. Ich wollt zu meiner Mama."
Acht Kilometer, ein dreijähriges Kind, kein Gehweg, in einer fremden Welt!
„Bist du wahnsinnig?", fauchte ich sie an. Was hätte nicht alles passieren können. Jani konnte es nicht verstehen, hatte sie sich doch ganz allein warm angezogen und es bis in den Kindergarten geschafft. Traurig gesellte sie sich zu den anderen Kindern und in die Obhut meiner Kollegin. Tja, „Schlüsselkinder" haben es nicht leicht.
In meiner neuen Arbeit hatte ich es auch nicht leicht. Andere Regeln, die Kinder aßen, wann sie wollten, der Brotzeittisch war immer schmutzig, in den Spielecken durfte sich nur eine bestimmte Anzahl von Kindern aufhalten, es gab nur ein Angebot mit allen drei- bis siebenjährigen Kindern, nicht altersspezifisch, und die Hauptbeschäftigungszeit war Basteln an den Tischen, die Kinder sprachen uns mit dem Vornamen an.
Ständig wurde ich daran erinnert, dass ich aus dem Osten kam, wurde beobachtet, kritisiert. Meine Gruppenleitung erzählte den Eltern immer wieder, dass ich aus dem Osten war und nicht getauft bin. Ich wurde zu Aufräumarbeiten angehalten, während Elterngespräche zwischen Tür und Angel stattfanden. Ich fühlte mich wie eine Anfängerin, obwohl ich schon um einiges älter als die Leiterin war. Schroff wurde mir erklärt, dass sie mich gar nicht brauchten, dass der Bürgermeister mich ihnen vor die Nase gesetzt hatte. Na ja, ein bisschen konnte ich das ja verstehen, aber ich wünschte niemanden, in meiner Haut zu stecken.
Ein Zwischenfall sprach nicht gerade für mich: Wir waren auf dem Spielplatz, ich sicherte die Rutsche, während die Eltern so nach und nach ihre Kinder abholten und uns beim Spielen zusahen. Jani rutschte gerade herunter und fiel unglücklich in den Sand. Sofort fing sie an zu schreien und wurde schon blau. Jani vergaß beim Weinen ständig das Atmen und drohte, ohnmächtig zu werden. Da half nur eins: ein Schlag auf den Hintern. Also stürzte ich zu ihr, hiefte sie an einem Arm hoch und knallte dem schreienden Kind eine auf das Hinterteil. Sie schnappte sofort nach Luft und alles war gut. Nur die vielen Eltern, die alles beobachteten, schauten mich ungläubig und erschrocken an. Wahrscheinlich glaubten sie, in Ostkindergärten schlug man Kinder. Da bin ich wiedermal ins Fettnäpfchen getreten.
Josi hingegen fand die Schule so langweilig, dass sie den Unterricht störte. Sie weigerte sich, in Druckschrift zu schreiben, Mathe war zu öde, die Disziplin ließ zu wünschen übrig. Sie begann zu schlägern. Immer öfter musste ich zum Rektor gehen und die Schandtaten anhören. Das war mir sehr unangenehm. Wir waren ja immer noch die „Ossis".

Also zog ich Josi abends zur Rechenschaft, versuchte ihr einzureden, wie wichtig gutes Verhalten ist. Doch Josi hatte wahrscheinlich eine neue Trotzphase. Sie grinste mich nur an. Das Grinsen erinnerte mich wieder an Wolf, und ich bekam Angst vor meiner eigenen Tochter. Ich wollte nicht, dass sie wie er wird. Die Zeit begann, dass mir manchmal die Nerven durch gingen. Erst den ganzen Tag Schule oder Arbeit, der Einkauf, der Haushalt und dann das Grinsen. Des öfteren rutschte mir dabei die Hand aus. Trotzdem versuchte ich, gerecht zu bleiben, was man in solchem Fall „gerecht" nennen mag.
In der Nachbarschaft wohnten Familien, die man als asozial bezeichnen könnte. Ein Mädchen freundete sich mit Josi an. Sie war immer öfter bei uns, ich versorgte sie mit vernünftiger Kleidung, sie aß bei uns mit. Ich hatte Mitleid. Doch das Mädchen begann, uns zu bestehlen, Geld, Spielsachen. Außerdem zerkratzten ihre Brüder mit einem Stein unser Auto. Deshalb verbot ich Josi den Umgang mit diesem Mädchen. Offensichtlich hielt sich Josi daran.
Eines Tages läutete das Telefon und Josis Lehrer beschwerte sich, dass sie ihn „Arsch" genannt hatte. Ich bemerkte zwar, dass er etwas angetütert war, versprach ihm dennoch, Josi zur Rede zu stellen.
Josi erzählte mir, dass sie erst „Arsch" gesagt habe, nachdem er ihr eine Ohrfeige gab. Die Ohrfeige wiederum war das Resultat seiner Annahme, dass Josi lügen würde. Sie hatte mit dem Nachbarmädchen in der Garderobe hinter dem Vorhang gespielt, damit es niemand sieht. In der Pause mussten jedoch alle Schüler auf dem Pausenhof sein. Josi wurde erwischt. Auf die Frage, warum sie hinterm Vorhang gespielt hatten, meinte Josi, dass ihre Mama den Kontakt mit diesem Mädchen verboten hatte. Dies glaubte ihr Lehrer nicht: „Deine Mama macht so etwas nicht." Vor der gesamten Klasse stellte er sie als Lügnerin hin. Sie schrie ihn an, dass es stimmt, was sie sagte, da gab er ihr eine schallende Ohrfeige. Daraufhin erklärte Josi ihm: „Ich hab dich nimmer lieb, du Arsch!"
All das erfuhr ich aus Josis Bericht. Ich telefonierte mit ihren Klassenkameraden und fragte nach deren Version. Sie deckte sich mit Josis. Ich konnte Josi voll verstehen. So nicht! Entschlossen fuhr ich am nächsten Tag in die Schule und stellte den Lehrer zur Rede. Er und der Rektor wollten mich einschüchtern. Also klärte ich das Problem mit der gesamten Klasse. Ich forderte den Lehrer auf, sich vor der ganzen Klasse bei Josi zu entschuldigen. Nachdem ich ihn mit Argumenten in die Enge getrieben hatte, tat er dies auch, und Josi und ich waren zufrieden. Des Rektors Kommentar: „Jetzt werden wir noch genauer auf Josi sehen!" „Wenn Sie gerecht bleiben, stört uns das nicht!", meinte ich. Josi war sichtlich erleichtert, dass ich auf ihrer Seite stand.
Mittlerweile vollzog sich die Wiedervereinigung, und immer größer wurde der Zustrom der Aussiedler. Alle wollten im angeblichen Reichtum leben. Viele meinten allerdings, man brauchte dafür nichts zu tun. Zugegeben, Geld zu bekommen während man auf der faulen Haut liegt, ist schon verlockend. Deshalb aber sank auch der Ruf der ehemaligen DDR-Bürger. Die waren eben faul, klauten und nahmen alles nicht so genau. Wir wollten zeigen, dass es andere gibt.
Eifrig widmeten wir uns dem Fotoheimservice, versuchten, im Osten ein Geschäft aufzu-

bauen. Wir glaubten die Story vom Tellerwäscher zum Millionär. Doch alle Bemühungen blieben erfolglos, nur die Freizeit schrumpfte und das Geld, das wir investieren mussten. Die Ausbildung zur Erzieherin war interessant, wir hatten in Behinderteneinrichtungen, Kinderdörfern, Wohngruppen und Förderschulen hospitiert, nur Rechtskunde war öde. Gesetze lernen, interpretieren, vergleichen. Brauchte man das wirklich? Im Frühjahr bestand ich die Prüfungen auf der Fachakademie und durfte mich „Erzieherin" nennen. Ab jetzt hatte ich die staatliche Erlaubnis zu arbeiten, sogar in Behinderten- und Jugendeinrichtungen.

Allerdings fand ich keinen Job. Im katholischen Kindergarten wurde mir eine Stelle versprochen, als sie aber erfuhren, dass ich ohne Konfession war, gab es plötzlich das Versprechen nicht mehr. Frustrierend.

Da kam der Bürgermeister auf die Idee, mich als fünfte Kraft unter ABM-Maßnahme (Arbeitsbeschaffungsmaßnahme) im Kindergarten aufzunehmen, als Kinderpflegerin. Das hieß zwar für mich: drei Gehaltsstufen zurück, doch ich war froh, überhaupt einen Job zu bekommen. Er beschloss dies allerdings wieder ohne die Zustimmung meiner Kolleginnen, die sich hintergangen fühlten und mich als „Chefs Liebling" bezeichneten. Um nicht arbeitslos zu werden, nahm ich das in Kauf. Außerdem entstanden der Gemeinde durch mich nur wenige Kosten, da einen großen Teil das Arbeitsamt übernahm.

Ich fühlte mich etwas mehr „angekommen".

Freitag morgen: Wir erhielten per Email das Urteil in tschechischer Sprache, mit dem Hinweis, dass am kommenden Dienstag die Berufungsfrist abläuft. Der Rechtsschutz hätte die Kosten der Übersetzung nicht übernommen, weil nur ein tschechischer Anwalt Berufung einreichen könnte. Außerdem teilte der Anwalt mit, dass seine Kanzlei die Berufung wegen Aussichtslosigkeit ablehnt.

Super, nun haben wir noch zwei Tage Zeit, einen Anwalt zu finden, der sich einarbeitet und fristgerecht Berufung einreicht. Machbar?

So kurze Fristen setzen sie uns immer.

Einer tschechischen Bekannten gewährte ich einen Blick ins Urteil. Sie erklärte mir, dass das Gericht meint, meine Krankheit hängt kausal nicht mit dem Unfall zusammen, weil der Medizinische Dienst der Krankenkasse mich im November 2002 gesund geschrieben hatte. Ich hatte damals deswegen so viel Trouble, so viele Tränen vergossen. Dass ich dagegen Widerspruch hätte einlegen können und sollen, weiß ich erst heute. Darauf hatte mich niemand hingewiesen. Und jetzt hängt sich der Richter daran auf. Außerdem weist er darauf hin, dass sie ständig von uns Beweise eingefordert hätten, die wir nie vorgelegt hätten.

Ersten wussten wir nie, welche Beweise, zweitens hatten wir jedes Gutachten, jeden Arztbericht, alle Fahrtkosten, alle Belege, jede Lohnausfallberechnung, jeden Rentenbescheid – alles, manches sogar gebührenpflichtig übersetzt – den Anwälten geschickt, mit der Bitte zur Weiterreichung an die Versicherung und zur Vorlage für das Gericht. Die Versicherung lehnte den direkten Erhalt der Unterlagen ab, nur über die Anwälte wollten

sie mit uns korrespondieren. Drittens waren wir nur zweimal vor Gericht geladen, einmal ohne Dolmetscher, einmal ohne Vorbereitung des damaligen Anwalts (der plötzlich keine Zulassung mehr hat). Bei der dritten Vorladung fand die Verhandlung gar nicht erst statt, Cony war umsonst da. Und immer wieder in Prag. Wir wurden nie vernommen. Nie wurden an uns Fragen gestellt. Von den letzten Gerichtsverhandlungen hat man uns gar nicht erst informiert. Wir wurden von Anfang an nicht ernst genommen. Und nun bezeichnet uns das tschechische Gericht als Betrüger. Nett.
Wir versuchten, das Wochenende so gut wie möglich zu gestalten, was wegen meiner überstarken Schmerzen nicht so leicht war. Jani war mit ihrem Freund da, lud Bekannte ein, und Cony widmete sich meinem Auto. Es gelang uns, wenigstens kurzfristig auf andere Gedanken zu kommen.
Am Montag dann die Krönung. Ich merkte es schon an Conys Stimme am Telefon. Er klang apathisch, fix und fertig, erledigt, enttäuscht: „Der Weidener Anwalt hat sein Mandat nieder gelegt. Es wäre undankbar auszubaden, was viele versaut haben. Mit einer Email ließ er uns die Stellungnahmen der verklagten Anwälte zukommen. Die tschechische Anwaltskanzlei hätte es nie gegeben, besagter Anwalt hätte schon immer selbstständig gearbeitet. Außerdem hätte er keine passive Legitimation für ein Zivilverfahren.
Was sollte das heißen? Haben wir mit jemanden kommuniziert, den es gar nicht gibt? Ist das rechtens? Ich verstand die Welt nicht mehr, war fertig.
Erst am Dienstag hatte ich die Kraft, einen neutralen Anwalt anzurufen, der schon mal etwas von unserem Fall gehört hatte. Wir unterhielten uns zirka eine Stunde, dann vermittelte er mir eine deutsche Anwältin in Tschechien, die tschechisches Recht studiert hatte. Außerdem vereinbarten wir einen Beratungstermin.
Nach mehreren Versuchen hatte ich Frau K. am Apparat. Über eine Stunde telefonierten wir. Sie klärte mich auf, dass jede Klageschrift mit dem Mandanten abgesprochen werden muss – wir kannten nie irgendeine Klageschrift - , dass das Gericht verpflichtet ist, das Urteil nach Antrag des Anwaltes in Muttersprache dem Kläger zukommen zu lassen. Wieso wollte da unserer Anwalt Kostendeckung für die Übersetzung, zumal auch er Deutscher ist.
Sie wunderte sich, dass die Gerichtsverhandlungen in Prag und nicht in unserer Nähe stattfanden. Außerdem hätten wir bei der Vernehmung der tschechischen Polizei aufgeklärt werden müssen, dass wir sofort Antrag auf Schadensersatz stellen hätten können. Uns hatte niemand belehrt, keine Polizei, kein Anwalt.
Dann erklärte sie mir, dass wir persönlich Widerspruch gegen das Urteil einlegen können, per Fax und per Einschreiben mit Rückschein, dass wir erklären sollen, dass wir keinen Anwalt haben und auf eine deutsche Übersetzung des Urteils bestehen. Sie wies mich noch darauf hin, dass man sich in Tschechien einen Anwalt beistellen lassen kann, was der Staat bezahlt. Das hörte ich zum ersten Mal!
Nun hieß es schnell handeln. Fax und Einschreiben.
Am Freitag fuhren Cony und ich in die deutsche Kanzlei. Cony fuhr schrecklich, war gar nicht bei der Sache, vergaß sogar unser Küsschen, war massiv durcheinander und aufge-

regt. Ich befürchtete, er könnte den Anwalt mit den ganzen Fakten, seiner Angst und Empörung erdrücken.

Am Beratungstermin teilte uns der Anwalt mit, dass wir alle vier Advokaten verklagen müssten, da alle vier ihre Arbeit nicht korrekt erledigten und die Verjährung unserer Ansprüche herbeiführten. Außerdem hatte uns der ADAC-Rechtsschutz jahrelang falsch beraten und alles Negative begünstigt. Er wäre selbst Vertragsanwalt, was es unmöglich macht, gegen den ADAC zu klagen. Und gegen Kollegen möchte er nicht klagen, außerdem hatte Rechtsanwalt S. Recht, damals durften wir den Schaden noch nicht an Conys Haftpflichtversicherung geltend machen, weil dieses Gesetz erst drei Monate später in Kraft trat. Wiedermal Pech gehabt. Außerdem erfuhren wir, dass der letzte tschechische Anwalt in Prag eine große Nummer wäre und mit der Botschaft zu tun hat. (Deshalb hatte uns die deutsche Botschaft nicht geholfen.) Es würde schwierig sein, jemanden zu finden, der sich gegen ihn prozessieren traut.

Das Gute: die Beratung (drei Stunden) war kostenfrei, er will uns am Montag Anwälte nennen, die auf Anwaltshaftung spezialisiert sind, allerdings nicht in unserem oder auch benachbarten Landkreis.

Gestern wurde mir das ganze Chaos erst bewusst und ich konnte wieder nicht schlafen. Ein enger Reif schnürt sich um meine Brust, mein Kopf fährt Karussell, ich fühle mich wieder hilflos.

Nun stehen wir wieder da. Zwei laufende Verfahren, keinen einzigen Anwalt, die Ungerechtigkeit nagt, wir sind keinen Schritt weiter, es geht immer nur rückwärts. Wie lange ist das zu ertragen? Leider bin ich auf eine Zahlung angewiesen, habe mittlerweile Schulden, das Auto muss gerichtet werden, zähle jeden Cent. Ich fühle mich nicht mehr wohl, die Schmerzen steigen. Wenn ich mehr Rente bekommen würde, würde ich diesen Rechtsstreit aufgeben. Genau das, woraufhin die Versicherungen arbeiten.

Ich glaube nicht mehr an die Gerechtigkeit.

Wir müssen Kraft tanken. So beschließen wir, meinen runden Geburtstag am Gardasee zu feiern. Wir brauchen die Auszeit. Ich freue mich riesig darauf.

Als ABM-Kraft arbeitete ich ganztags. In der einstündigen Mittagspause fuhr ich oft in die Stadt, um einzukaufen, oder nach Hause zu meinen Süßen, richtete das Essen, denn Schul- oder Kantinenspeisung gab es nicht und erteilte Instruktionen, damit sie nicht auf dumme Gedanken kamen. Meine Nachbarin erklärte sich erneut bereit, ein Auge auf die Beiden zu werfen, falls sie Hilfe bräuchten.

Zur zweiten Schicht nahm ich im Auto dann Kinder aus dem Ort mit in den Kindergarten, was ich von der Gemeinde bezahlt bekam.

Während meiner Arbeit stand ich als „Chefs Liebling" von meinen neuen Kolleginnen weiter unter Beobachtung. Ich brauchte sehr viel Mühe, um sie mit meinem Können und Arbeitseifer zu überzeugen und ihr Vertrauen zu gewinnen.

Der Dialekt bereitete mir anfangs Schwierigkeiten. Ein Mädchen wollte unbedingt

„Gros" malen. Ich meinte, es wäre „groß" genug. Als sie immer unglücklicher wurde, begriff ich, dass sie „Gras" meinte.

Wir hatten in der Gruppe auch einen kleinen Engländer, der kein Wort deutsch sprach. Damit es ihm nicht langweilig wurde, übersetzte ich ihm während dem Lernen alles ins Englische. Ungeduldig wurde ich zurecht gewiesen: „Katya, lern' erscht mol gscheit Deitsch, eh de Englisch reddst."

Ein anderer Junge weigerte sich, mit dem Schlitten, den Berg runter zu „odeln" (Odel = Gülle, Jauche). Er kannte das Wort „Rodeln" nicht.

Die bayerische Sprache brachte mich oft zum Schmunzeln. Auf Befragung, ob die Kinder den Namen ihrer Eltern kennen, überlegte ein Junge lange hin und her. Es wollte ihm einfach nicht einfallen. Ich versuchte es anders: „Wie ruft denn dein Papa deine Mama?" Nach kurzem Grübeln kam die Antwort geschossen: „Ah, äitzt howichs: Oilde(Alte)!" Es dauerte nicht lange, bald hatten die Kinder „meine Sprache" drauf. Man hörte ganz genau, wer was zu den Kindern gesagt hatte. Bei meinen Kolleginnen sprachen sie oberpfälzisch, bei mir „deitsch".

Nicht nur, dass mich der lange Arbeitstag stresste und die nebenberufliche Arbeit Zeit erforderte, so meldeten Alex und ich uns auch noch im Fitnesscenter an, um zweimal in der Woche einen Ausgleich zu schaffen. Auch begann ich als Souffleuse beim hiesigen Laientheater.

Ich weiß nicht, wie meine Mädels diese Zeit meisterten, aber es lief alles augenscheinlich gut. Sie fanden Freunde im Dorf, spielten dort auf dem Bauernhof, zu Hause erledigten sie ihre Schulaufgaben und halfen im Haushalt. Meine Nachbarin sah ab zu nach ihnen, nahm meine Wäsche ab, wenn es regnete und sorgte für Ordnung. Ich war ihr sehr dankbar.

Die Wochenenden verbrachten wir immer öfter mit den Nachbarn. Auch in der Woche hatten wir regen Kontakt. So konnte es passieren, dass aus einer Bügelarbeit in unserer Küche eine Party entstand, denn man besuchte sich ständig gegenseitig. Auch der westdeutsche Nachbar von nebenan tauchte immer häufiger auf. Die ostdeutsche Familie mit zwei Söhnen hatte einen schwarzen Pudel, der meine Mädels sehr begeisterte. So kauften auch wir einen jungen Pudel, aprikotfarben. Wir tauften ihn auf den Namen „Benny". So hatten Josi und Jani noch ein Wesen, das für sie da war. Es kostete viel Mühe, Benny „sauber" zu bekommen. Er war nicht dumm. Er wusste, dass er nicht in die Wohnung machen durfte und deckte, wenn er morgens alleine war, sein Malheur wohlweislich mit Zeitungen zu. Ein Vierteljahr haben wir gebraucht, um ihn stubenrein zu kriegen. Benny und Blacky verstanden sich gut, wobei Blacky ihm immer wieder auf Hundeart bewies, wer der Herr im Hause war.

An einem sonnigem Wochenende saßen die emsige Nachbarin Birgit und ich im Garten, verrichteten Näharbeiten, als ein Weinvertreter uns besuchte. Alex und Horst, der mittlerweile als Glasbläser arbeitete, waren auf Sonderschicht.

Der charmante Weinhändler wollte uns zwei, für naiv gehaltene Frauen zum Weinkauf bewegen. Aber wir waren ja nicht auf dem Kopf gefallen. Wir kosteten von jedem Wein und konnten uns vorgetäuscht nicht entscheiden. Wir verwiesen auf unsere Männer, die bald von der Arbeit kämen. Bis dahin hatten wir schon einen angenehmen Schwips. Unsere Männer schickten den Weinhändler natürlich nachdrücklich weg. Birgit und ich hatten noch Durst. Bei Georg, dem westdeutschen Nachbarn, setzten wir die feucht-fröhliche Runde fort.

Ich hatte noch Wodka-Lemon im Kühlschrank. So etwas gab es in der DDR als Longdrink. In diesem Glauben schenkte ich Birgit und mir jeweils ein Whiskey-Glas voll. Da wir fast vertrocknet waren, tranken wir die Gläser in einem Zug leer und wunderten uns, dass der Geschmack so streng war. Nach einem weiteren Glas kam der Ekel und wir verloren unsere Erinnerung.

Ich fand mich im Bett wieder. Mir war es elend zumute. Ich erbrach schon die blanke Galle, mein Bauch krümmte sich, es war schon gar nichts mehr drin. Ich dachte, ich muss sterben. Ich glaube, das war meine erste Alkoholvergiftung.

Birgit ging es ebenso. Als wir die Wodka-Lemon-Flasche noch einmal in Augenschein nahmen, wussten wir, warum es uns so schlecht ging: Es war purer Schnaps! Das war uns eine Lehre, so schnell kriegte uns der Alkohol nicht mehr rum.

Da in unserem Landkreis der katholische Glauben sehr verbreitet ist und meine Mädels an gemeinsamen kirchlichen Unternehmungen teilnehmen sollten, um keine Außenseiter unter ihren Klassenkameraden zu sein, wollte ich die Mädchen in diesem Glauben erziehen. Der hiesige Pfarrer besuchte uns oft. Mit ihm unterhielten wir uns nicht nur über den Glauben, sondern auch über Einstellungen, Erlebnisse, Politik. Er wurde ein gern gesehener Gast. Um den Glauben besser zu verstehen, lieh er mir ein Buch über den katholischen Katechismus.

Josi und Jani bekamen von mir jeden Abend vor dem Gute-Nacht-Lied eine Geschichte aus der Bibel erzählt. Die göttlichen Gebote deckten sich komischer Weise mit den Prinzipien der „sozialistischen Persönlichkeit". Eigenartig, aber dadurch hatte ich ein ruhiges Gewissen, wollte ich doch bei meinen Kinder und bei den mir anvertrauten Kindern dasselbe erreichen. Allerdings änderte ich die Geschichten bald ab, denn sie erschienen mir zu brutal. Gott, der Vater, der uns angeblich liebt, drohte und strafte. Das deckte sich einfach nicht mit meiner Überzeugung. Die Mädels sollten doch keine Angst vor Gott haben!

Ich hielt es für notwendig, Jani und Josi taufen zu lassen, damit sie richtig zur Gemeinschaft gehörten. Für Josi erklärte sich Rosi bereit, die Taufpatin zu sein, und für Jani wurde es Margret. Wir waren ihnen sehr dankbar. Genau zu Ostern fand diese feierliche Zeremonie statt, an welcher unsere ganze Familie teilnahm, auch Josis Großeltern sowie Günther mit Familie. Alex und ich erhielten vom Pfarrer ebenso den Segen, es war ein sehr tiefgreifendes Erlebnis. Nun gehörten meine Kinder auch zu Gottes Gemeinschaft.

Der Pfarrer wurde uns zum Lebensbegleiter, ihn baten wir um Rat, ihm erzählten wir unnatürliche Erlebnisse.

So erlebten wir, dass es irgendwie in unserem Haus spukte. Die Badewanne stand am Abfluss unter Strom, obwohl der Elektriker nichts finden konnte. Ein Regal mit Büchern fiel vertikal, ohne Dübel aus der Wand zu brechen, zehn Zentimeter neben der schlafenden Jani aufs Bett. Ein Kronleuchter fiel beim Nachbarn aus dem gebogenen, starken, unbeschädigten Befestigungshaken krachend auf den Tisch. In der oberen Wohnung, die inzwischen leer war, rollte jemand ständig Flaschen in der Küche über den Boden, unheimliche Geräusche ertönten aus dem Kamin, obwohl es windstill war. Wir verzweifelten fast, dachten, wir spinnen, konnten es nicht erklären.

Der Pfarrer erlebte es selbst und forschte nach: Vor vielen Jahren hatte sich auf dem Dachboden des Hauses ein Mann erhängt. Nun glaubte ich endgültig an die Seele. Hatte ich es bei Vati erlebt, nun hier. Wahrscheinlich hatte dieser Mann in seinem Leben noch etwas zu bereinigen, deshalb konnte seine Seele nicht ruhen. Diese Erklärung bestätigte uns, dass wir nicht verrückt waren, doch bleiben wollten wir hier nicht mehr und begannen, nach einer neuen Wohnung zu suchen. Im Dorf waren wir schon integriert, da würden wir es auch in der Gemeinde schaffen. Die Mai-Baum-Feier sollte unser letztes Beisammensein mit den Dorfbewohnern sein.

Die Frauen des Dorfes – auch ich – hatten die Kränze für die Verschönerung des riesigen Baumes gebunden. Das gesamte Dorf war anwesend und feierte mit Musik und reichlich Alkohol. Die Feier wurde ganz lustig, nur Alex überkam die Eifersucht, weil der Mann einer Bekannten mir beim Unterhalten auf die Knie gefasst hatte. Alex bildete sich in letzter Zeit viel ein, wahrscheinlich stand er unter Stress. Wenn ich jemanden anlächelte, vermutete er immer gleich etwas dahinter. Oft wollte er dann immer „seine Koffer packen", kam aber nach ein paar Stunden wieder zurück. Auch diesmal rastete er aus. Der Alkohol löste seine Zunge und bezichtigte mich als „Schlampe". Langsam wurden mir die Eifersuchtsattacken zu blöd. Mich erinnerte dies nur an die Zeiten mit Wolf. Was machte ich nur falsch? Ich war ratlos. Alex warf mir die Wohnungsschlüssel hin: „Ich hau ab!", schrie er, stieg in das Auto und raste davon.

Auch die Dorfbewohner waren verunsichert. Ob sie Alex glaubten? Vor Frust schüttete ich mir den Kopf zu, so arg, dass mich meine Bekannte nach Hause begleiten musste. Beschwipst vom Wein und die Wut im Bauch beschlossen wir beide, ihm Grund zu geben. Auf der damals noch einsamen Bundesstraße überkam uns der Leichtsinn. Mitten auf der Kreuzung begannen wir ausgiebig, nach allen Regeln der Kunst, zu strippen. Als wir nur noch mit BH und Höschen bekleidet waren, strahlten uns plötzlich Scheinwerfer an. Schnell rissen wir unsere Kleidung an uns und versuchten, in dem gleißenden Licht zu erkennen, woher die Lichtquelle kam.

Es war nur der Zoll, dem wir eine kostenlose Show geboten hatten. Gackernd eilten wir weiter. Alex war natürlich zu Hause und hatte zum Glück von all dem nichts mitbekommen.

Unsere Nachbarin Birgit hatte einen Onkel in Südspanien, der Ferienwohnungen mit Pool vermietete. Da hier in den Ferien die Schule und der Kindergarten geschlossen hatten, mussten auch wir in den Sommerferien Urlaub nehmen. Zur Reisezeit war es sehr

schwierig, für eine vierköpfige Familie eine günstige Urlaubsreise zu buchen. Wir hatten ja im ersten Spanienurlaub gesehen, was dabei herauskam. Doch Verreisen musste einfach sein.
So mieteten wir mit Birgits Familie beim spanischen Onkel für drei Wochen jeweils eine Ferienwohnung im zweitausendfünfhundert Kilometer entfernten Calpe, das wir mit dem Auto erreichen wollten.
Vor dem Urlaub kaufte sich Alex einen neuen Vento. Der Leasing-Vertrag vom Jetta war abgelaufen und statt ihn abzulösen, erhöhten wir einfach unseren Kredit und erwarben das neues Auto für unseren Urlaub.
Auch überwiesen wir eine stattliche Summe auf das Kreditkartenkonto, um im Urlaub flüssig zu sein. Man glaubt gar nicht, wie praktisch wir die Kundenbetreuung unserer Bank fanden.
Mutti und Kirsten hatte es mittlerweile nach Oberbayern an den Tegernsee verschlagen, wo sie als Bedienungen in verschiedenen Gastwirtschaften arbeiteten.
Das neue Auto weihten wir mit einer Fahrt zu Mutti ein. Dort aßen wir Mittag, sahen uns die Gegend an, und nach dem Kaffeetrinken ging es wieder zirka vierhundert Kilometer nach Hause. Mutti hatte natürlich das ganze Essen bezahlt, denn momentan war in unserer Haushaltskasse Ebbe. Hauptsache für Alex war: Auto vorführen und richtig viel und gut essen.
Immer häufiger stritten wir auf unseren Ausflügen, dazu kam, dass Josi regelmäßig auf Autotouren kotzte. Es war schon anstrengend: Die Arme überkam es immer plötzlich. Wir konnten nicht verstehen, dass sie keine Anzeichen spürte. Zum Glück hatten wir den Eimer dabei, sodass das Erbrochene nicht mehr in Alexs Nacken oder in Janis Schuhen landete.
Die Strecke nach Südspanien zog sich auf zwei Tagesfahrten, bei denen wir abwechselnd fuhren. Das heißt, weil Alex völlig überfordert war, fuhr ich ab der Costa Brava den Rest allein. An der Costa Brava hatten wir Zwischenstopp gemacht, weil wir wissen wollten, ob sich etwas verändert hatte. Außerdem wollten wir am Strand nächtigen, was sich als Flop erwies, denn nirgends gab es eine ruhige Stelle, nur Partystimmung und Dreck. Also ging es dann im Dunkeln weiter. Auf der kurvigen Küstenstraße sah ich nichts. Absolut nichts. Nein, ich hatte nicht vergessen, das Licht einzuschalten. Durch die Kurven war nichts einsehbar. Ich nietete einige Mittelkegel um und wurde ständig vom nachfolgenden Verkehr angehupt. Auch meine Nerven waren am Ende. Scheiß auf das Geld, wir hatten ja die Kreditkarte. Kurz vor Barcelona fragte ich mit meinem selbst erlernten Spanisch nach einer Übernachtung.
Aus einer Senora wurde trotz Mitternacht ein ganzer Pulk, und alle erklärten uns den Weg.
Es war ein superschönes Hotel in St. Andreas – sehr zu empfehlen. Innen war alles antik eingerichtet, alte Gemälde, Statuen, Barockmöbel. Mann, das konnte teuer werden! Sie hatten nur noch ein Doppelzimmer frei. Zum Glück. So sparten wir dennoch etwas Geld und hatten ein Bett, wenn auch für vier. Als erstes sprangen wir erleichtert und voller

Freude in den Pool. Hurra!

Wir schliefen tief und fest, frühstückten ausgiebig, zahlten wie auch die Autobahnmaut mit der Kreditkarte und weiter ging es, Richtung Alicante. Ich folgte der Ausschilderung, dann erschien der Hinweis „Ronda". Nein, ich wollte nicht im Kreis fahren, also bog ich ab, und wir landeten mitten in Barcelona. Zu spät begriff ich, dass mit „Ronda" die Umgehung gemeint war. Ich wollte umkehren, Pustekuchen, alles Einbahnstraßen. Plötzlich standen wir genau vor der Sacrada Familia. Wir besichtigten sie trotz freier Parkplätze nicht, sondern fuhren vorbei. Ich wollte nur noch auf die Autobahn. Irgendwie schaffte ich es endlich und wir fuhren dem Urlaubsziel entgegen.

Trotz Streit mit Alex verbrachten wir drei tolle Urlaubswochen, mit Baden, Ausflügen, Safaripark und Aqualandia. Mit Tränen im Blick verließen wir die warme, grüne Ecke Spaniens und wussten: Nächstes Jahr kommen wir wieder!

Cony und ich haben eine Woche am Gardasee Kraft getankt. Während des Urlaubs versagte mein linker Fuß, sodass ich wieder einmal auf mein kaputtes Knie stürzte. Da war nichts mehr mit dem geplanten Radfahren. Mit Krücken und Bandagen eroberten wir die Gegend und genossen es in vollen Zügen.

Wieder zu Hause überraschte mich außer Josi die ganze Family - Geburtstag nach-feiern. Mutti hatte gekocht und eine Torte gekauft. Auch Kirsten war da. Alle wollten meine Reaktion sehen, wenn ich mein Geburtstagsgeschenk – eine Designer-Sitzgarnitur, die Cony in liebevoller, erfinderischer Weise zusammengefriemelt

hatte - erblicke. Ich hatte mir doch nur einen stabilen Tisch gewünscht, und jetzt diese Überraschung! Ich freute mich riesig.

Nach diesem Wochenende ging der Alltag weiter. Wiederholt stolperte und stürzte ich. Diagnose: Rückenmarksschädigung durch die Unfallverletzungen. Schön, auch damit muss ich nun leben. Wieder mehr Medikamente.

Gestern hatte ich Besuch von einem Bekannten, den ich in der Klinik (wegen Depressionen) kennengelernt hatte. Er ist ein netter Kerl, malt gerne. Seine neuesten Bilder hat er mitgebracht, und bei Cony wurde dann gefachsimpelt. Nach dem Abendbrot fuhr er mit dem Versprechen, wieder zu kommen, nach Hause. Ich glaube, es hat uns beiden sehr gut getan.

Heute, nach dem Putzen ging die Grübelei wieder los. Seit mehr als vier Wochen noch keine Reaktion der Altanwälte, des tschechischen Gerichts, des deutschen Gerichts. Nur ein Hinweis der netten Anwältin, dass wir das Recht haben, bei Gericht in unsere Unterlagen einzusehen und sie zu fotografieren. Mehrere tausend Seiten, in tschechisch. Erstens würden wir es gesundheitlich und finanziell nicht schaffen, nach Prag zum Gericht zu fahren. Zweitens – was sollen wir mit der tschechischen Ausführung, wir haben ja nicht mal das Geld für die Übersetzung.

Die nette Anwältin hat ihre Hilfe angeboten. Aber: zahlen nach deutschem Anwaltstarif und in bar. Woher sollen wir das Geld nehmen? Hat es doch die gegnerische Versicherung geschafft, dass wir finanziell ruiniert sind.
Nun haben wir nichts. Keine Urteile, keine Anwälte, kein Geld. Nur gut, dass wir am Gardasee waren!

Meine Arbeitskollegin hatte gebaut, und ihre alte Wohnung stand frei. Sie war sehr großzügig mit vielen, großen Fenstern und großem Balkon. Wir sprachen bei der Vermieterin, die im Erdgeschoss wohnte, vor. Doch diese lehnte ab, weil wir Kinder hatten. Das würde zu laut werden. Super, so kinderfreundlich ist man hier!
Im Ort, wo ich arbeitete, fanden wir endlich ein altes, schiefes Haus am Teich, was zur Vermietung freistand, nur zweihundert fünfzig D-Mark Miete. Wir wurden genommen und waren glücklich. Von nun an musste ich nicht mehr mit dem Auto zur Arbeit fahren und die Mädels hatten die Bushaltestelle direkt vor der Haustür und die Grundschule vor Ort.
Das Haus hatte eine riesengroße, lichtdurchflutete Veranda, die Platz für einen Kleiderschrank und eine Gefriertruhe bot. Vom zweiten Flur ging es nach links, wo die beiden Kinderzimmer sein sollten, geradeaus zu einem Bad, ölbeheizt, mit Wanne, und einer separaten Toilette. Rechts befand sich das geräumige Wohnzimmer mit Naturbalken, von wo man über eine kleine Stufe in die gemütliche, niedliche Küche kam. Hier musste man den Kopf einziehen, um sich nicht am Türbalken zu stoßen. Alex schrieb später in verschnörkelter Schrift, mit weißer Farbe „Duck` Dich!" drauf. In der Küche stand noch ein uralter Kohleherd mit integriertem Backrohr und Wasserkessel.
Vom Flur führte links eine Holzstiege nach oben zum kleinen Gästezimmer und ewig großem Schlafzimmer, bei dem man ins Bett rollen konnte, weil der Fußboden so schräg war. In diesem Schlafzimmer hätte man bequem einen Ball veranstalten können. Es wurde noch als Bügelzimmer erweitert.
Vor dem Schlafzimmer war genügend Platz, um ein Büro für unseren Fotoheimservice, den wir immer noch betrieben, einzurichten. In allen Räumen standen Ölöfen, die wir mit einer Ölkanne befüllen mussten. Eben richtig alt. Der Dachboden war unbegehbar wegen Einbruchsgefahr, na ja, zum Wäsche aufhängen taugte noch der vordere Teil.
Ein Schuppen, von der Veranda neben der Eingangstür zu erreichen, und ein kleiner Garten gehörten auch dazu.
Das Haus war natürlich in einem desolaten Zustand, es musste dringend renoviert werden. Der Vermieter kümmerte sich um neue, Isolierfenster, Alex legte den Fußboden neu. Er musste die alten Dielen, die direkt auf der Erde lagen, herausreißen, eine Zwischenschicht einziehen, damit nichts faulte und neu verlegen. Er war sehr fleißig. Ich kümmerte mich um die Wände und dass alles wieder sauber wurde.
Den Umzug fuhren wir selbst, ich mit dem Vento und Alex die großen Teile mit einem Kleinbus von seinem Chef - natürlich nahmen wir alle Möbel mit, hatten wir sie doch bezahlt. Außerdem war ein antiker Küchenschrank und ein im Keller gefundener Pokal für

uns sehr wertvoll. Ständig fuhren wir hin und her, von einem Ort zum anderen. Hin und zurück.

Mit dem Vento war ich nicht so glücklich. Erst fuhr ich mich im Garten unserer alten Wohnung fest, dann baute ich noch einen Unfall.

Nach der Arbeit besorgte ich noch Brötchen für das Abendbrot und fuhr schnell in die alte Wohnung. Ich war im Nackenbereich sehr verspannt, hatte vom Arzt schon Spritzen gegen die Schmerzen bekommen, damit ich es bis sechzehn Uhr auf Arbeit aushielt. Zusätzlich nahm ich Schmerztabletten, musste ich doch noch so viel erledigen. Als ich die alte Wohnung endgereinigt, die Zählerstände abgelesen und die letzten Sachen eingepackt hatte, musste ich noch in den Baumarkt fahren, um Schrauben zu besorgen.

Kurz hinter unserer verlassenen Wohnstatt fiel mir während der Autofahrt ein, dass ich vergessen hatte, meine Hände zu waschen. Blöder Gedanke. Ich war aus Zeitgründen bestimmt mit hundert Sachen, wenn nicht noch mehr, unterwegs, schaute auf meine Hände und dachte: „Mit solchen schmutzigen Fingern willst du Einkaufen fahren." Da passierte es. Ich kam rechts von der Straße ab, riss einen Begrenzungspfahl um, bremste und verriss das Lenkrad panisch, raste unkontrolliert quer über die Fahrbahn und überschlug mich im Graben neben einem Strommast.

Geschehen war mir nichts. Zum Glück. Benommen löste ich den Sicherheitsgurt und bekam erneute Panik: Das Auto piepte – das kannte ich aus Filmen! Gleich explodiert es! Ich sammelte noch die Semmeln für meine Familie ein, ergriff meinen Schirm, setzte mich an den Straßenrand und wartete. Wartete auf die Explosion. In diesem Zustand fand mich Birgits Mann Horst auf. Er fand es trotz der unglücklichen Situation ulkig. Das Auto explodierte nicht, es war nur die Benzinanzeige.

Die herbeigeeilte Polizei nahm den Unfallhergang auf. „Haben Sie Tabletten oder Drogen genommen?"

„Nur ein paar Schmerztabletten."

„Um Gottes Willen vergessen Sie das. Sonst ist der Führerschein weg und sie bekommen von der Versicherung nichts bezahlt. Außerdem verzichten wir auf eine Anzeige wegen widerrechtlicher Benutzung der falschen Fahrbahnseite. Sie haben doch selbst schon Schaden genug."

Danke den netten Beamten!

Ich hatte nur ein Schleudertrauma, aber das Auto war hin. Das ganze Dach eingedrückt, das Gestell verzogen, Totalschaden.

Mann, hatte Alex geschimpft. Sein tolles Auto. Die Werkstatt hat es aber mit dem Geld von der Kaskoversicherung super wieder hingekriegt. Wie neu. Sogar ein Schiebedach wurde noch eingebaut. Doch Alex wollte den Vento nicht mehr.

Er hielt Ausschau nach einem neuen Wagen.

Da wir durch unsere ständigen Fahrten in die ehemalige DDR, in die Alpen, nach Venedig, in den Urlaub und in die Umgebung bis Bamberg, Coburg und Bayreuth sehr viel Geld ausgaben (wir kannten es ja aus den DDR-Zeiten nicht anders, als ständig wochen-

ends Ausflüge zu machen) und die Kasse wieder füllen mussten, ließen wir uns von einem neuen „Schneeball-Unternehmen" fangen. Amway. Es hörte sich alles so plausibel an, bestätigte die Story vom Tellerwäscher und streute uns Sand in die Augen. Voller Euphorie besuchten wir Veranstaltungen, Fortbildungen, schalteten Anzeigen, um neue Kunden und Mitarbeiter zu gewinnen, führten selbst Verkaufsveranstaltungen und Werbegespräche durch. Diese Aufgaben übernahm ich. Ich war ständig unterwegs. Wurde sogar auf einer Hauptversammlung öffentlich gelobt, befördert und musste eine Rede halten, die natürlich übertrieben gewürdigt wurde, mit Hochrufen und viel Applaus. Das spornte an, und ich arbeitete noch intensiver. Ich weiß gar nicht, wie ich das alles unter einen Hut brachte: Vollzeitjob, Familie, Hund, Haushalt, Fotoheimservice, Amway, Fitnesscenter, Theater, Sportverein. Ich glaube, mein Tag hatte achtundvierzig Stunden.
Doch wirkte es sich arg auf das Familienleben aus, schleichend, ohne dass ich es selbst merkte. Wir wollten doch nur Reichtum, um unseren Kindern was bieten zu können.
Mit Alex wurde nur noch gestritten. Meistens über das Geld und über die Kinder. Ich teilte einige seiner Ansichten nicht, zum Beispiel dass man immer ein neues Auto brauchte, dass er Josi ständig maßregelte, dass Josi genauso früh ins Bett wie Jani musste, dass die Kinder bei Besuch den Raum verlassen mussten, dass sie immer fragen mussten, wenn sie etwas essen oder trinken wollten, sogar bei einem banalen Apfel. Hauptsache Alex hatte genug, er wurde zum „Nachhol-Esser" und immer dicker. Selbst Mutti merkte das und brachte, wenn sie an den zwei freien Tagen auf der Heimfahrt vom Tegernsee nach Hause bei uns vorbeischaute, den Mädels Extra-Geschenke mit, Obst und Süßigkeiten, die sie ihnen heimlich gab.
Ich rastete immer mehr gegenüber Josi und Jani aus, hatte keine Geduld mehr. Jani heulte sowieso bei jedem bisschen. Man durfte sie nicht einmal berichtigen, schon heulte sie. Sie war mittlerweile in der Schule. Ich wollte mit ihr Hausaufgaben machen und übte mit ihr das Lesen. Dabei bemerkte ich, dass sie die Buchseiten auswendig gelernt hatte. Deckte ich einen Buchstaben ab, heulte sie gleich: „Ich kann das nicht."
Geduldig versuchte ich, es ihr beizubringen, ihr Mut zu machen. Sinnlos. Nur Weinen. Nach einer Stunde war meine Geduld am Ende und ich gab ihr eine überraschende Ohrfeige: „So, jetzt hast du Grund zu weinen." Die Ohrfeige war so plötzlich, dass Jani sofort vom Stuhl fiel. Ich war über meine Wucht erschrocken. Pädagogisch nicht richtig, doch es hatte Wirkung: Jani konnte auf einmal lesen.
Josi musste am meisten leiden. Bei ihr gab es zunehmend Probleme in der Schule: Schlägereien, freche Antworten gegenüber dem Lehrer, vergessene Hausaufgaben, Teilnahmslosigkeit am Unterricht und so weiter. Versuchte ich, sie zur Rede zu stellen, schaute sie mich mit „diesem" Blick an. Ihr Blick irritierte mich, schüchterte mich ein. „Ich lasse mir von dir nicht weh tun", waren meine Gedanken, und ich versuchte, ihr zu zeigen, wer „die Macht" hatte. Denke ich heute daran, kommen mir die Tränen. Was habe ich sie geschlagen: ins Gesicht, auf den Hintern, auch mit dem Kochlöffel. Was habe ich sie bestraft. Dabei ist mir erst heute bewusst, dass dieser für mich provozierende Blick einfach nur Angst war. Hinterher war ich verzweifelt: „Meine eigene Tochter. Ich misshandle sie.

Sie hasst mich. Ich will sie doch nicht schlagen, ich will ihr nicht weh tun." Aber in einem solchem Moment ging es mit mir einfach durch. Ihr Blick erinnerte mich immer wieder an Wolf, an seine Demütigungen, auch wenn ich mich noch so dagegen wehrte. Liebe, Verzweiflung, Angst, Enttäuschung und Hilflosigkeit waren so eng beieinander.
Josi begann aus Angst zu lügen. Ich hatte meine Kinder zu Ehrlichkeit und Vertrauen erzogen. Ich wollte nicht, dass sie mich belügen. Das war für mich wie Verrat. Ich vergaß, dass Lügen nur Schutzmaßnahmen sind. Sah nur den „Verrat" und bestrafte Josi wieder. Was war nur mit mir los? Ich hatte mich selbst nicht mehr im Griff, wollte alles perfekt machen. Ich hatte das Gefühl, Josi machte das alles, um mir weh zu tun, weil sie mich nicht liebte. Und es tat mir wirklich schrecklich weh. Ich war verzweifelt, wusste nicht mehr, was ich tun sollte und besuchte mit ihr eine Beratungsstelle. Dabei lag die Lösung auf der Hand: in den Arm nehmen, doch ich hatte Angst, abgelehnt zu werden. Ich wusste nicht mehr weiter.
Nach einigen Einzelterminen in der psychologischen Beratungsstelle trafen wir zum Gespräch unter Aufsicht das erste Mal aufeinander. Josi sagte nur: „Mama, ich hab dich lieb." Mir liefen die Tränen runter: „Ich dich doch auch", schloss ich sie ganz fest in meine Arme. Der ganze Schmerz kam wieder hoch, die ganze Hilflosigkeit, die ganze Scham.
Wir verstanden uns besser. Natürlich waren die schulischen Probleme noch da, natürlich musste Josi die Konsequenzen tragen. Doch diesmal beriet ich mich mit ihr gemeinsam. Sie suchte sich ihre „Strafen" selbst aus, wie zehn Runden um den Dorfteich laufen. Das hatte zur Folge, dass sie in Sport immer fitter wurde, an Meisterschaften teilnehmen musste. Na ja, wenigstens etwas. Jedenfalls sagte ich meinen Mädchen und vor allem Josi immer öfter, dass ich sie liebte. Das war ein gutes Gefühl.
Um mehr Zeit für meine Mädels zu haben, und auch die Nebenjobs auszubauen, arbeitete ich nun halbtags.
Der Kindergarten wurde umgebaut, wir wurden provisorisch mit den neuen Kindern und nunmehr zwei Gruppen in die Schule verlegt, was für uns ziemlich umständlich war, denn die unappetitlichen Toiletten waren am Ende des Ganges, sodass es nicht immer jedes Kind bis dorthin schaffte. So wurde ich bei der schnellen Zuhilfenahme eines Eimers einmal von oben bis unten bepieselt. Der kleine Puller stand so unter Druck! Und keine Wechselwäsche. Verzweifelt rief ich, nackt in meiner Winterjacke, unter welcher zwei entblößte Stelzenbeine herausschauten, die Mama an, sie sollte für ihren Sohn und mich Wechselwäsche vorbei bringen. Dieses Ereignis ist noch heute im Gespräch.
Den Tee mussten wir auf dem Gang kochen. Ansonsten spielte sich alles in einem Klassenzimmer ab. Wir gewöhnten uns langsam daran. Ab und an bekam ich auch Besuch: Josis Lehrerin schickte Josi regelmäßig zu mir, wenn sie mit ihr nicht klar kam. Das erste Mal wunderte ich mich, als Josi erklärte, die Lehrerin hätte ihr erlaubt, mich zu besuchen, bis ich herausfand, dass dies eine Strafe war. Ich sah ein, dass aller Widerstand nichts brachte. Josi war eben eigensinnig und wissbegierig. In meiner Gruppe langweilte sie sich wenigstens nicht.

Die Kindergarteneltern akzeptierten mich „ungetaufte Ossi", die nun endlich als Erzieherin eingestuft war, suchten Gespräche und wählten mich sogar in den Elternbeirat der Schule. Einige Eltern besuchten mich eines Nachts in meinem neuen Zuhause (ich im Nachthemd) und luden uns zu einer Party ein. Wir waren auf gleicher Wellenlänge. Seitdem blieben wir gute Freundinnen.

Nachmittags widmete ich mich Amway, nahm manchmal auch meine Mädels mit. Alex baute im Osten Marktstände auf, um Fotoapparate zu verkaufen. Finanziell leider erfolglos.

Alex sprach noch immer von einem neuen Auto. Ich war nicht so begeistert. Der Vento war doch noch gar nicht so alt, außerdem woher sollten wir das Geld nehmen?

Eines Tages kam er mit einem Seat-Toledo nach Hause. Ich war baff. „Woher hast du das Geld? Wo ist der Vento? Du kaufst einfach ein Auto, ohne mich zu fragen?"

Alex beruhigte mich: „Die haben den Vento in Zahlung genommen. Bleib ganz ruhig."

Ich war überrumpelt, enttäuscht. Es war schlimmer, als hätte er mich mit einer Frau betrogen. Außerdem gefiel mir der Toledo überhaupt nicht. Ich hatte mit ihm kein sicheres Fahrgefühl. Ich glaubte, mit ihm auf der Straße zu schwimmen. Aber ich akzeptierte Alexs Alleingang. Er war eben ein Auto-Freak.

Irgendwann musste ich auf die Bank, das Haushaltsgeld aufbessern. Da traf mich erst recht der Schlag: Ich bekam kein Geld. Das Konto war mit zwanzigtausend Mark überzogen! Dabei hatten wir doch einen Monat vorher sogar viertausend Mark Guthaben. Wo war das ganze Geld?

Ich fragte am Schalter nach und erfuhr, dass Alex das Geld für das Auto abgehoben hatte. Das Autohaus hatte unseren Vento gar nicht in Zahlung genommen, sondern es stand nur für den Verkauf auf dem Gelände.

Ich war fertig, schrie zu Hause Alex an, er solle das in Ordnung bringen. Das tat er auch. Er erweiterte einfach unseren Kredit. Das war für mich zu viel. Ich war enttäuscht, fühlte mich hintergangen, verraten. Plötzlich hatte ich keine Gefühle mehr für Alex. Kein Hass, keine Liebe, kein sexuelles Verlangen, nur Leere. Ich war verwirrt, setzte die Pille ab, denn ich wich jeglicher Nähe aus.

Auf einer Amway-Tagung heulte ich mich bei meiner neuen Bekannten Undine, einer sehr hübschen Frau aus der ehemaligen DDR, aus.

Auf dem Nachhause-Weg besuchten wir „unsere" Pizzeria, in welcher unsere Familien schon Stammgast waren.

Undine und ich quatschten über Männer, über Beziehungen. Der nette, gut aussehende, junge Kellner grinste uns sehr verführerisch an.

Ich meinte, seine Aufmerksamkeit galt der schwarzhaarigen, schlanken Undine. Deshalb beschloss ich zu gehen. Nur noch ein kurzer Toilettenbesuch. Doch Undine kam mir hinterher: „Spinnst du? Du kannst doch nicht jetzt gehen? Merkst du denn nichts?"

„Doch. Ich wollte euch alleine lassen."

„Hey, der will was von **dir**, nicht von mir. Du hast wirklich alles verlernt! Geh wieder rein und setz' dich hin!"

Ungläubig befolgte ich ihren Rat. Sie hatte Recht. Er flirtete mit mir. Ich war nicht so schön wie Undine, und auch um einiges älter. Mir flatterte ungläubig das Herz, kribbelte der Bauch. Der schöne Nico schob mir eine Serviette hin. „Hast du auch Schmetterlinge im Bauch?", stand darauf, und er beorderte mich zaghaft auf den Gang. Herzklopfend stand ich ihm gegenüber. Er versuchte, mich zu küssen, Undine kam dazu und verabschiedete sich lächelnd.

Ich war der letzte Gast. Nico schloss ab, nur noch er und ich. Die Luft knisterte. Ihm störte mein Alter nicht, er wurde immer zärtlicher und ich empfänglicher. Es ging alles so schnell, wir fanden gerade noch Zeit, ein Kondom schnell überzustreifen. Es war wunderschön.

Eine Woche später heiratete meine Arbeitskollegin. Zum Polterabend schleppten wir Kollegen (natürlich ohne Männer) massenhaft Porzellan heran, was wir schadenfroh vorm Hauseingang zertrümmerten. An diesem Abend blieben wir nicht lang, mir ging es nicht so gut.

Ein Tag später auf der Hochzeit waren dann die Männer mit eingeladen. Jani und die Tochter meiner anderen Arbeitskollegin waren die Brautmädchen, in glänzenden, lila Kleidern. Sie fühlten sich wie Prinzessinnen, sahen auch so aus.

Alex und ich spielten das perfekte Ehepaar. Es brauchte ja niemand wissen, dass es bei uns kriselte. Josi tanzte mit meiner Arbeitskollegin, Jani stand Modell beim Fotografieren, ich küsste bei der Brautschuh-Versteigerung den Bräutigam und Alex tanzte mit mir. Beim angebotsreichen Essen bemerkte ich meine Abneigung gegenüber Fleisch. Ich bekam nichts runter, mir war es speiübel. Einen furchtbaren Gedanken im Kopf bat ich Alex, nach Hause zu fahren. Oh Gott! Bloß nicht! Bei mir brauchte ein Mann nur seine Unterhose auszuziehen, schon war ich schwanger. Diese Angst ließ mich in der Nacht nicht schlafen.

Am nächsten Tag kaufte ich einen Schwangerschaftstest, alles war okay. Aufatmend traf ich mich wieder mit Nico, wenn nur diese Ahnung nicht gewesen wäre.

Wir fuhren ins Grüne. Wir waren zärtlich miteinander. Wir unterhielten uns über unsere „Schmetterlinge" und hörten dabei Lieder von Eros Ramazotti und andere italienische Songs, denn Nico war Halbitaliener. Es tat mir so gut, wieder begehrt zu werden.

Alex erzählte ich von angeblichen Verkaufsterminen wegen Amway, damit ich mich mit Nico treffen konnte. Damit nichts auffiel, kaufte Nico auch brav bei mir ein.

Oft ging unsere Familie auch in seinem Lokal essen. Es war für mich komisch, musste alles überspielen. Sobald Alex auf der Toilette war, konnten Nico und ich uns zuzwinkern oder heimlich streicheln.

Inzwischen hatte ich schon Nicos gesamte Familie kennengelernt, einschließlich seiner überaus schönen Frau, welcher er schon mit neun Jahren versprochen wurde. Angeblich musste sie ihn mit dreizehn heiraten, was bei den Muslimen üblich wäre. Nicos Familie stammte nämlich väterlicherseits aus der Türkei.

Ein bisschen spürte auch ich die Glaubensüberzeugungen. Nico erklärte mir, dass in ihrer Religion Körperbehaarung schmutzig wäre. Seitdem begann ich, mich zu epilieren. Ich tat viel, um ihm zu gefallen, war ich doch dreizehn Jahre älter.

Trotz aller Jongliererei mit den Treffen, der Arbeit, der Familie, den Nebenjobs, denen ich immer noch intensiv nach ging, fühlte ich mich nicht nur ausgelaugt sondern immer noch elend. Ich konnte noch immer kein Fleisch riechen. Außerdem blieb meine Regel aus. Ein Test bestätigte meine Befürchtung.

Ich vereinbarte einen Termin beim Frauenarzt und erzählte ihm von meinem Verdacht und dem Schwangerschaftstest.

„Das hätten Sie billiger haben können. Wären Sie gleich zu mir gekommen."

Nach der Untersuchung teilte er mir freudig mit: „Sie sind schwanger, in der neunten Woche." Sofort wusste ich, wann die Empfängnis war. Das erste Beisammensein mit Nico, mit Kondom! Nein! Das geht nicht! Wie soll ich das Alex beibringen? Ich kann doch von Nico kein Kind kriegen!

Heulend erzählte ich meinen Fehltritt. Meine Ehe stand auf dem Spiel. Das wäre das endgültige Ende. Mein Arzt beruhigte mich und klärte mich über einen Schwangerschaftsabbruch auf, allerdings ambulant in Karlsruhe, weil er nicht medizinisch bedingt wäre. Ich sollte noch eine Beratung aufsuchen, dann mich wieder bei ihm vorstellen.

Ich empfand das keimende Wesen in mir als Krankheit, als gehörte es nicht zu mir.

Vorsichtig brachte ich Alex meine Schwangerschaft bei, schlug der „Richtigkeit" halber noch drei Wochen auf, das war das letzte Mal mit Alex.

„Da bist du doch schon Ende des dritten Monats. Da geht doch ein Abbruch nicht mehr", zweifelte Alex. Natürlich wäre ein Kind in unserer momentanen kriselnden Ehe nicht denkbar. Wir wussten ja nicht einmal, was aus uns noch wird.

Ich erklärte Alex, dass ich es schon mit meinem Frauenarzt besprochen hätte, das wäre geklärt.

Nach der gesetzlichen Beratung und einem Gespräch mit Nico, der unbedingt wollte, dass ich das Kind austrage, suchte ich unsicher meinen Gynäkologen auf. Er tröstete mich, vereinbarte bei einem Kollegen in Karlsruhe einen Termin, der genau noch in der zwölften Woche lag, wünschte mir viel Glück und legte den Nachuntersuchungstermin fest.

Auf Arbeit und meinen Freundinnen erklärte ich, dass ich wegen eines Myoms ins Krankenhaus musste. Es wäre wie eine Schwangerschaft, deswegen die ständige Übelkeit, nur würde der Körper versuchen, das Myom abzustoßen, deshalb hätte ich solche Bauchschmerzen. Es wurde mir abgekauft.

Die ganze Zeit empfand ich das wachsende Kind als Störung, bis mich Alex nach Karlsruhe fuhr. Ein kleines Wartezimmer war gefüllt mit „kranken" Frauen. Es ging Schlag auf Schlag. Massenabfertigung.

Ich war dran. Auf dem OP-Tisch musste ich die Beine hochlegen, plötzlich fingen sie wie wild an zu zucken. Tränen schossen mir in die Augen. Ich konnte mich nicht mehr halten. Mein ganzer Körper zuckte und schüttelte sich. Unter den beruhigenden Worten einer

OP-Schwester wirkte die Narkose.
Von meinem eigenen Schluchzen erwachte ich wieder. Die Tränen flossen ungebremst. Was hatte ich getan?!
Der OP-Arzt erklärte mir, dass der Eingriff sogar medizinisch notwendig gewesen wäre, weil ich Antikörper im Blut hatte. Dies käme von der letzten Schwangerschaft (Jani), da hatte sich mein Blut von RH positiv auf RH negativ geändert. Das jetzige Kind, ein Junge übrigens (das hätten sie mir nie sagen dürfen) wäre sowieso abgestoßen worden oder eben behindert.
Na ja, wenigstens eine plausible Entschuldigung für meinen Entschluss, was meine Trauer jedoch nicht linderte. Vielleicht hatte sich das Kind deshalb so fremd angefühlt. Nach einer anschließenden neutralisierenden Spritze und einem Rezept wurde ich entlassen. Die Nächste wartete.
Von Heul- und Bauchkrämpfen geschwächt, auf dem Beifahrersitz liegend fuhr mich Alex wieder nach Hause. Die Schmerzen wurden immer heftiger, Alex musste unterwegs noch eine Apotheke aufsuchen, weil ich mir von dem Medikament Linderung erhoffte. Ich blutete wie abgeschlachtet und meine Seele auch.
Es begann eine schlimme Zeit. Die Blutungen und Schmerzen ließen nicht nach. Nachts plagten mich Träume von Babies. Mein Arzt, der mir sofort Antibiotika verschrieb, weil die Gebärmutterrückwand beschädigt war, bot sich mir als Seelentröster an. Er beschwichtigte mich, dass meine Entscheidung die einzig richtige war, rief mich täglich an und versuchte, tröstende Worte zu finden. Ich kam nicht damit klar, **mein** Kind getötet zu haben. Ich fühlte nur noch verlassene Liebe, Trauer, Schmerz, Verurteilung meiner Selbst.
Ich ging wieder zur Arbeit. Einerseits lenkten mich meine Kinder ab, andererseits erinnerten sie mich an meinen ungeborenen Sohn, ich wusste sogar seinen geplanten Geburtstag und ängstigte ihm entgegen. Dazu kam noch, dass meine Kollegin schwanger wurde. Ich hielt es fast nicht mehr aus.
Ein Vater, der viel Vertrauen zu mir hatte und mich wahrscheinlich auch verehrte, bemerkte meinen Gemütszustand. Nach der Arbeit sprach er mich an. Er war der erste Mensch, neben meinem Frauenarzt, dem ich vertraute. Ich weiß nicht warum, doch ihm gestand ich mein Dilemma. Er versprach mir Diskretion und schrieb mir zum Trost ein Gedicht, das mir zeigte, wie sehr er mich verstand, und dass er mich nicht verurteilte. Er gab mir die Erlaubnis, es zu veröffentlichen:

Bedrückende Beklemmnis

Bist du eine Krankheit?
Gleichst einem Fieber,
ohne dich wär's mir lieber.
Raubst mir die Freiheit.

Plötzlich spürt ich dich,
bist kein Geschwür.
Lebst in mir,
will trotzdem dich nicht.

Es war eine Sünde,
einmal nur wurde ich schwach.
Erschrocken lieg' ich jetzt wach.
Ach – wenn zu dir ich nur stünde.

Ich bin seine Frau,
er lässt mich nicht zieh'n.
Du aber bist nicht von ihm,
ich weiß es genau.

Wie soll mit dir ich wohl leben?
Du bist nicht sein Kind.
Er merkt, dass etwas nicht stimmt.
Wird er dir Liebe dann geben?

Du bliebest behindert,
erfahre ich heut'.
Zum Überdenken keine Zeit,
ob dies meine Schmerzen wohl lindert?

So, nun bist du gestorben,
die Narkose ist jetzt vorbei.
Du warst mir nie einerlei.
Mein Leben scheint mir vorbei.

So ist es wohl besser,
ein jeder mir's sagt,
nur Kummer mich plagt.
Am liebsten griff ich zum Messer.

Nachts schrecken Schreie mich auf,
vom Schweiß bin ich nass.
Gegen mich selbst hege ich Hass,
dem Teufel ich meine Seele verkauf.

Bin ich ein Mörder?

Ich fühl' mich allein,
schreib auf meine Pein,
sind trotzdem nur Wörter.

Nichts kann mich heut' trösten,
der Schmerz sitzt zu tief.
Das Unheil, welches ich rief,
lässt wie auf Kohlen mich rösten.

Könnt ich es noch drehen,
ich weiß, dass ich's tät.
Die „Einsicht" kommt spät
für dieses Vergehen.

So leb' ich jetzt weiter
mit Schuld in meinem Herzen.
Es wird ewig mich schmerzen.
Werd' je wieder ich heiter? Paul B. M.

Seine Worte sprachen mir aus der Seele. Genauso fühlte ich mich. Zerrissen.
Ein ganzes Jahr quälte ich mich. Bekam vom Leben nichts mehr mit, merkte nicht, dass wir im Urlaub waren, die Wochenendausflüge und Besuche gingen spurlos an mir vorbei, obwohl ich mich bemühte, mir nichts anmerken zu lassen. Ich spürte diese Qual als Bestrafung für mein Verhalten. Hätte ich doch zu meinem Mann gehalten, dann wäre alles nicht passiert.
Alex war sich nicht sicher, ob ich ihm die Wahrheit erzählt hatte. Er begegnete mir zunehmend misstrauisch und ruppig. Deshalb konnte ich mit ihm über meine Schuldzuweisungen nicht sprechen. Mir blieben nur Paul und mein Frauenarzt.
Nach einem Jahr wurde meine Seele leichter, ich begann wieder, bewusst am Leben teilzunehmen, nahm meine Umwelt wieder wahr. Mit Nico hatte ich seither keinen Kontakt mehr. Amway haben wir auch fallen gelassen. Nach einem Kassensturz kamen wir zu dem Ergebnis, dass wir insgesamt mehr ausgegeben als verdient hatten. Es war ein Minus von zweitausend Mark entstanden. Diese Entscheidung fiel uns also nicht schwer.
Meine Kollegin hatte inzwischen entbunden und ich wurde ganztags als stellvertretende Leitung eingestuft. Der Bürgermeister bat mich, die Leitung des Kindergartens zu übernehmen. Ich überlegte lange. Ich kam zu dem Schluss, dass ich es wohl dann bei meinen Kolleginnen „verschissen" hätte. Schon jetzt meinten sie, ich bekäme vom Chef alles, was ich wolle. Außerdem war ich doch aus dem Osten. Ich glaubte, das würde dem Betriebsklima schaden und lehnte ab. Der Bürgermeister rief mich zwar noch mehrmals an, ich solle mir das doch noch überlegen, ich wagte diesen Schritt nicht. Wieder einmal den Sprung auf die Karriereleiter schon im Vorfeld abgebremst - na ja, meine Entscheidung.

Alex ging zum Ofenbau, um dort mehr Geld zu verdienen, denn wir hatten unseren Kredit wieder einmal erhöht, um ein erneutes Minus am Konto auszugleichen.
Irgendwie floss uns das Geld durch die Finger. Zugegeben, unser Lebenswandel war nicht gerade sparsam: ständig Ausflüge und Kurzurlaube nach Österreich, Frankreich, in die Alpen, in Vergnügungsparks, drei bis vier Wochen Spanien, in welchen sich Alex schon mal die eine oder andere Woche krank schreiben ließ, weil er nicht so viel Urlaub hatte, und ständig Besuche. Auch da wollten wir uns nicht lumpen lassen. Wir gaukelten unseren Gästen den westlichen Reichtum vor - immer noch. Und außerdem wollten wir unseren Kindern was bieten.
So wurde die heilige Kommunion von beiden Mädels auch richtig gefeiert, wie es hier Tradition war, die Mädels bekamen tolle Kleider und wir kleideten uns auch neu und festlich ein. Alle Verwandten, Taufpaten und enge Bekannte wurden eingeladen. Ausgiebige Essen in ausgesuchten Restaurants erfolgten, für die Unterkunft und das leibliche Wohl aller Gäste wurde gesorgt. Ja, Armut wollten wir nun mal nicht zelebrieren. Wir hatten ja unsere Kreditkarte. Na ja, Alex jobbte auch ab und zu nebenbei, was die Haushaltskasse ausbesserte.

Nachdem uns ein Altanwalt des Betruges bezichtigt hatte, stellte Cony eine Strafanzeige gegen sich selbst, mit dem Ergebnis, dass wir nicht rechtswidrig gehandelt hatten, dass der unglückliche Ausgang des Gerichtsprozesses in Tschechien wohl an der schlechten Arbeit der Anwälte lag – so der Staatsanwalt.
Wir waren froh, meinten, eine Trumpfkarte im Prozess gegen die Altanwälte zu haben. Doch gestern flatterte vom Landgericht die Ablehnung der Prozesskostenhilfe wegen Aussichtslosigkeit ins Haus. Bekommt man denn nur Recht, wenn man Geld hat?! Wir haben heute Beschwerde gegen diesen Beschluss eingelegt.
Uns geht es ums Prinzip, egal wieviel Geld raus kommt. Wir wollen nur unser Recht in diesem so gepriesenen Rechtsstaat.
Josi schulde ich noch fünfzehntausend Euro, die sie mir zur Kredittilgung geliehen hat. Janina macht sich Sorgen und fragt mich, wie ich das zurückzahlen will. Sie sucht nach Lösungen. Leider kann ich nur antworten, wenn ich einen Kredit vom Haus restlos abbezahlt habe, ist es mir möglich, etwas von meiner Rente abzuzwacken. Es ist mir peinlich, aber wie soll ich es sonst bewerkstelligen?
Ich hoffe so sehr, dass sich mein Buch gut verkauft, dann kann ich etwas zur Seite legen. Leider muss ich es selbst finanzieren, das heißt den ersten Druck. Ich habe wieder ein neues Projekt im Kopf: ein Fachbuch mit Turnstunden, welches ich mit Jani gemeinsam herausgeben will. Man tut eben, was man kann. Vielleicht wird das dann genauso erfolgreich, wie das erste Buch mit den Mitmachgeschichten.
Ich sprühe jedenfalls vor Energie. Ich denke immerzu an Wolfs Satz: „Du bist wie eine Katze, fällst immer auf die Füße." An diesen Satz glaube ich nun auch langsam. Irgendwie wird das schon.

Trotz unserer zeitaufwendigen Aktionen, reich zu werden, pflegten wir nebenbei unseren Freundeskreis; den alten aus der DDR, den neuen in der BRD. Es kamen auch immer neue Freunde dazu. So lernten wir an einem gemütlichen Abend bei meiner Arbeitskollegin Cony und Manuela kennen. Es war ein außergewöhnliches Pärchen, lockere Gesinnung, lange Haare, eigensinnig gekleidet. Sie leitete die Gästeinformation und er war Künstler und Journalist. Sie lebten in einer kleinen, zugemüllten Wohnung, wo man erst mal den Stuhl abräumen musste, um einen Sitzplatz zu finden. Aber die Gesprächsthemen gingen nie aus. Wir hingen immer öfter zusammen.

Diese Arbeitskollegin „braute" ausgezeichneten Wein, der wie Saft schmeckte und die Kehle samtig streichelte., welchen wir bei unseren Gesprächsabenden verköstigten. Man merkte nicht die Prozente, bis man ins Freie trat. Noch heute berichten mir meine Mädels, wie die betrunkene Mutter den ungläubigen Hund sechs mal „Gassi" schickte, wie sie auf allen Vieren die Treppe zum Schlafzimmer kroch, wie sie lallte und entkleidet werden musste. Mann war das peinlich.

Zum Glück blieb das unter uns, denn für eine Erzieherin ist der Rauschzustand nicht gerade ein gutes Aushängeschild.

Meine Gruppe war wieder goldig. Die Kinder bezeichneten mich zwar selbst als „Boss", aber wir hatten ein sehr liebevolles Verhältnis. Es waren stets fast alle Kinder anwesend, ob krank oder Ferien. Sie fühlten sich wohl. Auf eine vorgeschriebene Umfrage, warum sie gerne in den Kindergarten kämen, bekam ich zur Antwort: „Weil du da bist." Ich war gerne Erzieherin, war mit Leib und Seele dabei, mein Beruf war mein Hobby. Jeden Tag freute ich mich aufs Neue. Jeden Tag erlebte ich neue Glücksgefühle, ein Kinderlächeln genügte.

Zusätzlich wurde ich Praxisanleitung für angehende Kinderpflegerinnen und Erzieherinnen. Ich musste auf Anleitertreffen, korrigierte die Facharbeiten, arbeitete mit ihnen Projekte aus. Das forderte alles viel Zeit, Zeit, die wieder von meinen eigenen Kindern abging, Zeit, die auch sie bitter nötig gehabt hätten. Und es forderte Nerven. Zu Hause war ich wieder ein Nervenbündel, reagierte bei den kleinsten Problemen überzogen, Josi litt erneut am meisten darunter. Ihre „Fehltritte" bedeuteten ja nur: „Mama, ich bin auch noch da, hab mich lieb." Schon wieder sah ich es als Angriff, fühlte mich verletzt, provoziert. Und dann dieser Blick...

Wieder hatte ich mich nicht im Griff. Ein Ereignis sollte mich zur Räson bringen. Als ich Josi eine Ohrfeige verpassen wollte (meine Schlagkraft wirft den stärksten Gegner um), knallte ich mit der Hand gegen den Türrahmen. Resultat: eine verstauchte Hand – es half. Um alles besser auf die Reihe zu bekommen, organisierte ich den Haushalt neu.

Für unsere Familie erstellte ich einen Speiseplan. Erstens wollte ich im Monat meinen Lieben nie zweimal dasselbe vorsetzen und zweitens wusste ich somit, was ich beim Großeinkauf, einmal in der Woche, besorgen musste. Dann wurde ein Putzplan aufgestellt, damit an den Wochenenden Zeit für die Familie blieb und nicht nur geputzt und gewaschen wurde. Meine Mädels machten fleißig mit, neben der Schule halfen sie im Haushalt und bereiteten auch schon mal ein Essen zu, dieses sogar freiwillig, als Überraschung. Echte kostbare Perlen, meine Zwei.

Alex gefiel es nicht beim Ofenbau. Montage war nicht sein Ding - ich hatte sie genossen, diese Wochen ohne die „Belastung" durch den unzufriedenen, ewig hungrigen Ehemann. Alex ließ sich kurzerhand krank schreiben, so lange, bis er gekündigt wurde. Dann ging er wieder in seine alte Firma zurück.

Natürlich setzte mich dies wieder unter Stress. Pünktlich musste das Essen auf dem Tisch stehen, denn er hatte ja den ganzen Tag schwer gearbeitet. Dann musste ich mir seine Probleme in der Firma anhören, sein Geschimpfe; meine Erlebnisse interessierten ihn nicht. „Lass mich mit deinem Kindergarten in Ruh'. Bist ja mit dem verheiratet", war sein Kommentar. Dann wieder die Streitereien wegen dem Geld und der Kinder. Uff.

Immer öfter plagten mich Verspannungen im Nackenbereich – Erzieherinnen-Krankheit (wohl auch psychischer Stress) - und ich bekam vom Arzt Spritzen und Schmerzmittel. Ich gewöhnte mich daran.

An einem Spätherbstnachmittag war ich mit dem Toledo unterwegs, um für den Kindergarten Tee zu kaufen, den wir für die Kids täglich frisch kochten. Natürlich besorgte ich dabei gleich meinen eigenen Einkauf. Um etwas Luft zu holen, besuchte ich unsere ehemalige Nachbarin Birgit, die mittlerweile in der Stadt wohnte. Ein Gläschen Sekt gönnten wir uns. Ein Gläschen zu viel (in Verbindung mit den Schmerztabletten), ich hatte nicht dazu gelernt.

Auf der Nachhausefahrt kam ich in einer scharfen Linkskurve, die ich gewöhnlich mit siebzig km/h schnitt, ins Rutschen. Blitzeis. Ich spürte keinen Fahrbahnkontakt mehr. „Lieber mit fünfzig gegen den Baum als mit siebzig", war mein letzter Gedanke. Dummerweise trat ich auf die Bremse und begann zu fliegen. Ein lauter Knall, schwarz. Als ich wieder zu mir kam, sah ich nur das Auto rauchen. Eine Radlerfahrerin, die wegen dem großen Knall herbeieilte, fragte, ob alles in Ordnung wäre. Als sie sich vergewissert hatte, dass mir nichts fehlte, radelte sie zu ihrem nahen Zuhause, um Hilfe zu holen.

Die Helfer nahten im Jeep, beim Aussteigen rutschten auch sie aus. Sauglatt. Sie zogen mein Auto aus dem Graben - es sah noch ganz gut aus – und wechselten meinen platten Hinterreifen. Währenddessen konnten wir sehen, dass ich einen Baum umgefahren hatte, auf welchem ich mit dem Toledo zum Stehen kam. Oh je.

Ich heulte: „Das schöne Auto! Mein Mann wird schimpfen. Ich will nicht nach Hause."

Die netten Helfer brachten das kaputte Auto und mich nach Hause. Und wirklich: Alex tobte. Sein Auto!

Zum Glück beschwichtigten ihn die beiden Retter, er solle doch froh sein, dass mir nichts passiert ist. Es half nur so lange, wie sie da waren. Wieder allein ging das Theater weiter, auch der erste Ärger mit der Versicherung, die wir kurz zuvor gewechselt hatten, stand ins Haus.

Zunächst holten wir uns den Vento zurück, denn die Diagnose vom Toledo: Totalschaden. Dann wurde der Schaden der Versicherung gemeldet. Abgewiesen. Sie hatten von uns keinen Vertrag. Was nun?

Wir fragten beim Versicherungsvertreter, bei dem wir zwei Tage vorher den Vertrag abgeschlossen hatten, nach. Ja, es bestünde nur Haftpflicht. Wir hatten doch auch Vollkasko abgeschlossen! Ja, er hatte den Vertrag noch nicht abgeschickt, er lag noch auf seinem Schreibtisch. Super. Die neue Versicherungsgesellschaft lehnte es auch ab, Kulanz zu zeigen.

Also zogen wir vor den Kadi. Es war doch nicht unsere Schuld, dass der Vertrag nicht weitergeleitet wurde. Resultat: Herr V. hatte keine Betriebshaftpflicht, da seine Filiale erst neu war. Der Richter meinte, dass er nicht vorsätzlich gehandelt hätte, um sich etwa zu bereichern. Deshalb wurde er freigesprochen. Unser Anwalt lehnte die Revision ab. Auf dem Schaden blieben wir sitzen. Ärgerlich. Zum Glück konnten wir ja unseren Kredit erhöhen.

Mein dreißigster Geburtstag nahte: Horror. Meiner damaligen Arbeitskollegin verkündete die Frauenärztin, dass man in „diesem" Alter nicht mehr solche „Höschen" trug. Dies bedeutete für mich: ab jetzt ist man **alt**. Ich wollte nicht „alt" sein, ich wollte keine Pumphose und biedere Kleidung tragen. Ich nicht!

Also beschloss ich einfach, meinen Geburtstag nicht zu feiern, dann bin ich auch keine dreißig. Allerdings kam ich mir an diesem Tag dann doch ein bisschen einsam vor - das erste „Opfer" für meine „Jugend".

Das neue Lebensjahr begrüßte mich mit einem besonderen Geschenk: heftige Bauchschmerzen. Ich hatte richtige Krämpfe, alle zehn Minuten, wie Wehen.

Nach Informationen aus meinen schlauen Büchern suchte ich schnellstens den Frauenarzt auf, denn ich vermutete irgendein Gewüchs, das mein Körper abstoßen wollte. Der Frauenarzt stellte keine gynäkologischen Ursachen fest und meinte, ich hätte einen Nabelbruch. Er schickte mich sofort ins benachbarte Krankenhaus zum Chirurgen. Dieser tastete meinen Bauch ab. Ich hatte dabei höllische Schmerzen. Ja, der Nabelbruch würde sich wohl um die Därme legen und sie abdrücken. Es müsste schleunigst operiert werden.

Schon am nächsten Tag war die OP. Bloß dauerte sie länger, als geplant. Der Chirurg erklärte mir danach, dass er mir das Leben gerettet hatte. Ich hatte faustgroße, steinharte Verwachsungen im Bauch, die er regelrecht auf einem Tablett vom Darm abkratzen musste. Die Ursache wäre eventuell ein Eingriff in den Bauchraum. Ich wusste sofort, dass mich der Schwangerschaftsabbruch wieder heimgesucht hatte, sagte aber nichts. Die Ärzte rätselten.

Eine Krankenhauswoche brauchte ich, um wieder so einigermaßen fit zu werden. In dieser Woche lernte ich, wie nah Oberpfälzisch und Englisch verwandt sind.

Im Nachbarbett lag eine alte Frau, welche immer schrie: „Wäihding, Wäihding!" Ich verstand: „Waiting." Nun rätselte ich, worauf ich warten sollte. Ich beteuerte immerzu, dass ich warten werde, sie brauche keine Angst zu haben. Bis ich verstand: Weh-Ding - upps, sie hatte Schmerzen und brauchte wohl Hilfe. So viel zu meiner Hilfsbereitschaft.

In derselben Woche starb meine Oma. Sie hatte einen Asthma-Anfall, wobei sie erstickte, da sie nicht an ihr Spray kam. Ich trauerte um sie. Ich konnte nicht zur Beerdigung gehen und von ihr Abschied nehmen, da ich noch strenge Bettruhe und arge Schmerzen hatte. Dafür war ich dann aber später bei ihr am Grab und konnte nochmal ganz alleine mit ihr sein.

Die nächste Zeit verlief fast harmonisch, wir befreundeten uns näher mit Cornelius und Manuela, machten gemeinsame Ausflüge. Für Josi war das gut, denn Cony war ein interessierter Ansprechpartner. Mit ihm konnte sie sich besser unterhalten und diskutieren als mit Alex. Nur mir gegenüber war Cony reserviert. Ich dachte, dass er eben so ist und mich nicht besonders mag. Ich akzeptierte dies.
Manuela und Cony beschlossen zu bauen. Auch wir hatten den Gedanken, bloß wie, ohne Geld? Ich hörte von einem Erbpachtgrundstück, erzählte das Manuela und wollte den Pfarrer danach fragen. Zu spät. Kurz vor meinen Anruf hatte er das Grundstück schon jemanden anderen versprochen. An Manuela, wie es sich bald herausstellte. Ich fand das eine miese Tour und musste es erst einmal verdauen.
Alex und Cony planten. Das heißt Cony plante und Alex hörte gespannt zu. Cony wollte nämlich ein Haus in Holzständer-Bauweise errichten. Eine Firma hatte er schon gefunden. Er plante das Haus selbst, Alex besorgte von seinem Chef die Unterschrift für den Plan. Es ging gigantisch schnell. Nach der Bodenplatte wurde das Haus geliefert und innerhalb eines Tages aufgebaut. Nun hatten die beiden Hausbesitzer Zeit für den Innenausbau. Während dieser Zeit sahen wir uns weniger und konzentrierten uns wieder auf unsere eigene Familie.
Nur wurde unsere eigene Beziehung nicht besser. Alex futterte seinen Frust hinunter und wurde immer dicker. Wenn ich für zwei Tage kochte, aß er alles auf. Machte ich ihm von vornherein schon mehr auf den Teller, holte er trotzdem nach. Mit dem Fett wuchs auch der Geruch. Ich konnte ihn nicht mehr riechen. Zärtlichkeiten verringerten sich auf ein Minimum. Wenn mich Alex streichelte, wusste ich: „Heute muss ich mit ihm schlafen." Keine schöne Vorstellung.
Auch schaute Alex bei Festlichkeiten immer tiefer ins Glas und wurde dann in seiner Ausdrucksweise primitiv. War es zu viel Alkohol, ging er am nächsten Tag einfach zum Arzt und ließ sich wegen Magen-Darm-Verstimmung krankschreiben.
All das bot genügend Zündstoff für handfeste Streitereien. Alexs Eifersucht wuchs: auf meine Arbeit, auf die Kinder, auf das Theater, wo ich mittlerweile schon Rollen übernahm. Ich glaube, er fühlte sich vernachlässigt und unwohl, vielleicht wegen der Schulden und des ausgebliebenen Reichtums. Aber so, wie er sich verhielt, fand ich einfach keinen Zugang. Wollte ich mit ihm reden, kam von ihm immer wieder dieselbe Leier: „Ich bin an allem Schuld. Ich mache alles falsch. Wenn du glaubst, ich werde so scheinheilig wie deine Katholiken, hast du dich geirrt."
Kein Zureden half. Es wurde lauter und er drehte den Spieß um. Jetzt war ich diejenige, welche. Jedenfalls konnten wir nicht mehr vernünftig miteinander reden, es endete immer im lauten Streit. Auch wenn wir meistens erst stritten, als die Kinder im Bett waren, sie bekamen doch alles mit. So manches Mal hörte ich sie schluchzen.
An einem Tag wollte ich sie beruhigen und war auf dem Weg in ihre Zimmer. Alex verstellte mir den Weg. „Da gehst du jetzt nicht rein!", drohte er mir.

„Und ob ich da rein gehe!", protestierte ich. Alex tat etwas, was er noch nie mit mir getan hatte: er ballte die Faust und zielte auf mein Gesicht.

„Trau dich...", warnte ich und drehte mich zur Tür. Mit einem Ruck zog er mich am Arm und schleuderte mich herum, sodass ich durch die Flurglastüre fiel.

Meine Knie schmerzten, der rechte Arm war zerschnitten und blutete heftig. Alex sackte zusammen und weinte. „Das wollte ich nicht."

Für mich war wieder etwas Vertrauen verloren. Ich wollte mich doch nie wieder schlagen lassen. „Ich lass mich scheiden!", schrie ich. Alex bettelte und bat immer wieder um Verzeihung. Ich empfand wiedermal nichts für ihn, Leere.

Der eine Schnitt am Arm musste genäht werden, ich suchte unsere Hausärztin auf. „Ich bin mit einer Flasche Wein die Treppe hinunter gefallen", log ich.

Diese Lüge hielt ich auch gegenüber unseren Kindern, meinen Kolleginnen und Freunden aufrecht. Ich meinte, das ginge niemanden etwas an. Ich weiß nicht, ob sie mir Glauben schenkten.

Nach ein paar Wochen konnte ich immer noch nicht richtig laufen, das rechte Knie schmerzte extrem. Der Orthopäde meinte, dass der Schleimbeutel geplatzt und verknorpelt wäre, es müsste operiert werden. Wieder eine OP. Na ja, bin ja jetzt schon fast Stammkunde vom OP-Tisch. Ich stimmte zu, wollte ich doch wieder normal gehen können.

Alex bemühte sich sehr um mich, mir war es nur lästig. Zu tief saß die Enttäuschung. Als alles überstanden war, ging der Alltag weiter: Arbeit, Familie, Fotoheimservice, Wochenendausflüge, Urlaub in Südspanien. Nach außen wirkte alles heil. Doch waren wir uns ständig uneinig, schrien uns gegenseitig an. Nichts war mehr harmonisch.

Die Rettung kam von Cony und Manu. Sie hatten ihr Haus fertig, na fast jedenfalls, und begeisterten Alex für den Bau eines Holzhauses.

Zuerst planten Alex und Cony, als das Konzept stand, wurde ich eingeweiht. Natürlich war ich begeistert. Bloß das Finanzielle musste geklärt werden. Außer den Schulden hatten wir ja nichts. Allerdings erzählte Alex Cony nichts von unseren Schulden, sonst hätte uns Cony wahrscheinlich vom Bau abgeraten.

Alex ließ sich von einem Bekannten auf der Bank beraten. Die geplanten Eigenleistungen wurden als Startkapital gerechnet, und die Rechnung ging auf, scheinbar.

Wir waren begeistert, uns packte das Baufieber. Ich vertraute Alex und dem Bankangestellten und überließ das Finanzielle komplett ihnen. Der Bankkredit sollte erst in einem halben Jahr getilgt werden. Die Restschulden wurden übernommen. Ein Grenzlanddarlehen, einen Kredit bei einer Baugewerkschaft und ein Aufwendungsdarlehen wurden zusätzlich beantragt und genehmigt.

Ich kümmerte mich um das Grundstück, das ich als Gemeindeangestellte zu besseren Konditionen bekam, und arbeitete nur noch halbtags, um Zeit für den Bau zu haben.

Wir hatten eine neue Aufgabe, wir verstanden uns wieder besser.

Dank meiner Psycho-Therapeutin bin ich seelisch stabil, sonst wären die letzten zwei Schreiben wieder der Abstieg in die dunkle Dimension.
Erst erfahren wir vom Gericht in Eger, dass es eine zweite Verhandlung gegen den Unfallgegner in Pilsen gab. Wir wussten weder, dass eine zweite Instanz stattfand, noch war uns ein Urteil bekannt, noch besitzen wir das erste Urteil. Nach zehn Jahren erfahren wir das! Immerhin waren wir als Geschädigte Verfahrensbeteiligte.
Nun ist auch kein Widerspruch möglich. Das Gericht teilte uns mit, wenn wir das Urteil wollen, was eigentlich unser europäisches Recht ist, müssten wir pro Seite zirka drei Euro bezahlen. Wir kennen ja nicht mal den Umfang der beiden Urteile. Woher sollen wir das Geld nehmen? Bis jetzt verweigert der ADAC-Rechtsschutz natürlich die Kostenübernahme. Die EU beschließt etwas, und niemand glaubt, sich daran halten zu müssen. War das nicht die Aufgabe unserer Anwälte?! Und da meinen die vom Gericht, das wäre kein Verschulden ihrerseits?!
Heute flatterte ein Schreiben vom Prager Gericht ins Haus. Natürlich in Tschechisch. Wir wollten eigentlich nur das Urteil der Zwischenverhandlung in Deutsch. So werden unsere Rechte berücksichtigt. Was sollen wir denn damit anfangen? Und die Frist, Widerspruch einzureichen, läuft langsam ab.
Ich glaube, das muss jetzt endlich der Europäische Menschengerichtshof klären, allerdings ist es noch ein weiter Weg bis dahin, vorgeschriebene Instanzen.
Immer wieder glauben wir, schlimmer kann es nicht werden. Doch es geht immer noch ein bisschen mehr. Was kommt noch auf uns zu? Es ist die reinste Hölle.
Hat die Allianz die Anwälte und Richter sowie den Rechtsschutz gekauft? Für möglich halten wir das schon lange.
Auch neueste Fernsehberichte wie zum Beispiel bei Panorama zeugen vom gleichen Verhalten der Versicherungsgesellschaften.
Interessant ist es, dass der Pressesprecher der Allianz-Versicherung von einem unglücklichen Einzelfall sprach und beteuerte, dass sie in Zukunft die Schäden besser regulieren werden. Dass ich nicht lache! Das hat doch System. Sie glauben, dass die Geschädigten unter so viel psychischen Druck aufgeben oder dass, wie eine ehemalige Vertreterin es erwähnte, die Biologie das regelt.
Mit uns nicht. Wir kämpfen weiter.

Auch unser Hausbau verlief sehr schnell. Cony plante unser neues Heim, Alexs Chef unterschrieb gegen Entgelt, Alex malte auf unserem Grundstück die späteren Zimmer auf. Mir erschien alles zu klein, ich ließ mich kaum von etwas Besseren überzeugen, war skeptisch.
Das Holzhaus wurde bei einer hiesigen Firma in Auftrag gegeben. Ein bisschen wurden wir von den Einheimischen wegen der untypischen Bauweise belächelt, aber das störte uns nicht. Die Kosten waren geringer als bei einem Steinhaus, und es ging schneller. Cony und Manus Haus war ja das beste Beispiel.

Der Winter war mild, Alex konnte schon ausheben lassen und den Keller mauern, er war ja vom Fach. Den Grundstein legte unsere ganze Familie. Wir mauerten dem Brauch entsprechend eine aktuelle Zeitung, Fotos von uns Vier und etwas Geld sowie eine Flasche Bier ein. Jeder Schritt wurde fotografisch festgehalten.

Nachdem wir den Keller außen mit Teer bestrichen hatten, flogen Alex und ich erst einmal nach Istanbul, um Kraft für den anstehenden Bau zu sammeln. Das Hotel hatte natürlich fünf Sterne, aber das Flugzeug...

Ich kannte das Fliegen ja nur von meinem ersten Ungarnflug mit Botschafterticket und glaubte, alle Flugzeuge wären überall so komfortabel. Wahrscheinlich schon, aber doch nicht in der Touristenklasse.

„Auf so einem engen Platz soll ich sitzen? Wo ist der Tisch? Da kann man doch gar nicht essen. Das ist ja so eng, dass ich keine Luft mehr kriege...", empörte ich mich. Die Leute schauten mich an, als käme ich von einem anderen Stern. Mir wurde so langsam klar, in welcher Klasse ich damals geflogen war und wurde peinsam kleinlaut.

In Istanbul genossen wir die fremde Welt, die Moscheen, die Paläste, die Märkte, den Bosporus, den asiatischen Teil, es war einfach nur fantastisch. Nur mit Alex gab es hin und wieder handfesten Zoff. Zum Teil ging es nur um Orientierungsprobleme, wo ich am Schluss zu Alexs Leidwesen doch Recht behielt. Doch entschuldigen konnte er sich nicht, er war in seiner Ehre gekränkt. Manchmal hasste ich ihn.

Mich überraschte, dass viele Russen die Straßen von Istanbul bevölkerten und lästig waren. Zum Glück hatte ich die russische Sprache nicht ganz vergessen und konnte sie mir bestimmend vom Hals schaffen. Die staunten nicht schlecht, als ich in Russisch zurück pöbelte und ließen uns ganz schnell in Ruhe.

Gestärkt von diesem einwöchigem Urlaub konnten wir uns nun mit aller Kraft dem Bau widmen...

Bedingung für den Bau war der Anschluss an die Fernwärme. Nach einem informellen Gespräch wurden wir überzeugt, dass es nichts Besseres und Billigeres gäbe. Wir unterschrieben den Vertrag und verzichteten gleich ganz auf einen Kamin, Kosteneinsparung.

Im Februar wurde das Haus auf zwei Hängern gebracht, und innerhalb von zwei Tagen stand es da. Erstaunlich. Nach dem Dachdecken wurden die Fenster von einer Firma, natürlich die billigste, eingebaut, und um Wasser, Heizkörper und Strom kümmerten sich auch zwei hiesige Firmen. Die Telekom und das Heizwerk legten die Gräben für ihre Leitungen. Es war ganz schön was los.

Alle männlichen Freunde halfen mit, beim Betonieren, beim Aufstellen, beim Dachdecken und was sonst noch alles anfiel.

Und alle wollten mit Essen versorgt werden. So kochte ich täglich wie für eine Fußballmannschaft.

Für das Essen und für die Fotos war ich zuständig. Die Mädels brachten das Essen auf den Bau, während ich unsere alte Behausung in Ordnung brachte.

Nun waren Alex und ich an der Reihe, der gesamte Innenausbau. Isolieren, rigipsen, Fußböden und Decken mit den von Alexs Bruder (er arbeitete beim Holzhandel in Berlin) günstig besorgten Dielen belegen, grundieren, malern, Fliesen legen und putzen, putzen, putzen.

Auch die Mädels waren begeistert und gingen uns unermüdlich zur Hand, obwohl sie mittlerweile schulisch sehr eingebunden waren, denn Josi wechselte in das Gymnasium und für Jani war dies auch ein klares Ziel. Anfangs war ich dagegen, ich war der Meinung, dass auf der Realschule praxisnäher unterrichtet wurde. Doch jede meiner Mädels wollte unbedingt auf das Gymnasium. Da half nur noch ein Kompromiss: Sitzenbleiben gab es nicht. Würde das der Fall sein, dann hieße es Wechsel auf die Realschule. Josi hielt gelassen die Mitte, Jani strebte nach guten Leistungen, um den Übertritt zu schaffen.

So langsam nahm das Haus Gestalt an, die Zimmer waren gar nicht so klein, wie ich befürchtet hatte. Ein richtig schönes Haus mit genügend Wohnfläche: einer Party-Ebene im Keller mit Partyraum, Küche und Toilette, daneben waren ein Raum für das Büro und der Heizungskeller, der Wohnbereich im Erdgeschoss mit einem

Wohnzimmer, das mit der großen Wohnküche verbunden war, Schlafzimmer mit begehbaren Schränken und Bad und die obere Ebene mit zwei Kinderzimmern, Gästezimmer, Dusche und Toilette.

Die Treppe und die Schiebetüren vom Wohnzimmer zur Küche fertigten uns Margrets und Werners Sohn, die Eingangstüre ein Schreiner aus der Theatergruppe. Eine neue Wohnzimmerschrankwand, ein neues Bett und eine Einbauküche wurden vom Kredit ebenfalls mitfinanziert. Komplett.

Schon im August war der Umzug. Alle staunten. Rekordzeit: ein Haus fix und fertig innerhalb eines halben Jahres.

Dieses Ereignis musste natürlich mit all unseren Helfern gefeiert werden.

Nun hatten wir wieder ständig Besuch. Alle Freunde, Familienangehörige und Bekannte wollten unser Haus bestaunen. Und wir waren natürlich stolz wie Bolle.

Die Kreditbelastung war zwar ziemlich hoch, aber wir hatten ja beide einen Job, ich zwar nur noch halbtags, Alex jedoch verdiente ganz ordentlich.

Clever legte ich jeden Monat etwas für die „Stempelzeit" zur Seite, kaufte mehr ein, als wir brauchten und deponierte es für den Winter in der Gefriertruhe.

Als stolzer Hausbesitzer dachte ich eben auch ans Sparen.

Wer keine Probleme hat, schafft sich welche. Ich bin so ein dummes Ding. Ich wurde an der Scheide ambulant operiert. Eine blöde Idee – ambulant. Das Desinfizieren gab mir den Rest! Ich habe dabei meine gute Erziehung vergessen: „Gottverdammte Scheiße..., hätte ich das gewusst, hätte ich mir eine Narkose geben lassen!!"

Auch die Betäubungsspritze war alles andere als angenehm. Ansonsten habe ich es ganz gut überstanden.

Wieder zu Hause verfiel ich in einen tiefen Schlaf. Aber dann – die Schmerzen! Nach zwei Tagen war es immer noch nicht besser. Es eiterte noch, also beschloss ich, etwas

nachzuhelfen. Die gute alte Hausfrau hatte ja in der Hausapotheke Kalium-Permanganat. Das soll, so heißt es, helfen, desinfizieren und die Heilung beschleunigen.
Kurzerhand nahm ich ein Sitzbad im Kalium-Permanganat. Komisch, es brannte ganz schön heftig. Ich dachte mir jedoch nichts dabei.
Als am nächsten Tag die Beschwerden noch schlimmer waren, googelte ich: Bei Überdosierung von Kalium-Permanganat verätzt man sich.
Spiegelkontrolle: Wahrlich! Zirka fünf Millimeter groß war die neue Wunde. Nun salbe ich mit Panthenol. Ich schaffe es eben immer wieder.
Als ich dies meiner Freundin erzählte, meinte sie, man solle mich unter Beobachtung stellen und erinnerte mich an meine früheren Leichtsinnigkeiten: Im Kindergarten habe ich mir beim Auffangen der vom Apfelbaum herunterspringenden Kindern das Knie verletzt (bin voll auf dem Po gelandet, Bein verdreht), und das mit der Regentonne erst!
Diese war an der Seite aufgerissen. Ich kroch hinein und habe die Plastik an den Rissen mit dem Lötkolben geschmolzen und verschmiert. Danach behandelte ich zur Sicherheit dieselben Stellen mit Heißkleber. Die Folge: vier Stunden Ohnmacht und eine Woche Schwindel mit Kopfweh. Wie gesagt, wenn ich etwas mache, dann richtig.

Natürlich wurde das Geld wieder knapp. Keinesfalls konnten wir jedoch auf unseren „Stamm"-Urlaub in Südspanien verzichten.
Geld musste her, Amway war nichts, der Fotoheimservice warf auch nicht das große Geld ab, Schwarzarbeit für Alex wurde weniger. Aber wie sollten wir es anstellen?
Da kam Manu auf eine geniale Idee. Natürlich auch aus Eigennutz.
Die Freundschaft mit Cony und Manu war durch den Hausbau ziemlich eng geworden. Sie waren im Besitz des nötigen Kleingeldes, Manu feierte oft genügend angenehme Überstunden ab und Cony war eh selbstständig, sodass für sie Geld und Zeit keine Rolle spielten. So unternahmen sie gerne längere Reisen, besahen sich die exotischsten Teile der Welt, währenddessen ich ihr Haus versorgte. Nach den Reisen verbrachten wir viele Abende und Wochenenden gemeinsam, um Bilder anzuschauen, Reisegeschichten zu hören und etwas zu unternehmen. Da sie selbst keine Kinder hatten, waren unsere Mädels bei ihnen sehr gern gesehene Gäste, besonders für Cony. Er philosophierte gerne mit uns und mit den Mädels. Nur mir gegenüber war er immer noch abweisend. Während Alex und Manu sich mit einer Umarmung begrüßten, schob er mich weg. „Na ja, er mag mich halt nicht so besonders", erinnerte ich mich.
Nun zu Manus Idee: Manu wurde häufig auf Arbeit angesprochen, wo man Werbeprospekte erstellen könnte. Das wäre eine Marktlücke. Deshalb sollte ich eine Firma gründen, um mich für diese Aufträge zu bewerben. Cony arbeitete oft am Computer, er könne mich dabei unterstützen.
Gute Idee, aber ich hatte doch Null-Ahnung von Computern. Computer und Handys waren gerade im Kommen, und diese verrückte Technik schob ich gaaanz weit von mir weg.
Kein Problem – Cony würde mich anlernen. Auch Alex beschwichtigte mich. Na gut, ich

benannte mein angemeldetes Geschäft um, ging nun fast jeden Tag nach der Arbeit zu Cony ins Büro und ließ mich in die „webworld", in Hard- und Software einweisen. Wie ich das hasste, doch was tut man nicht alles des lieben Geldes wegen.

Ganz so dumm stellte ich mich gar nicht an, und mit dem ersten Auftrag fand ich dann sogar Gefallen. Cony und ich harmonierten bei der Arbeit super miteinander. Wie selbstverständlich ergänzten wir uns. So langsam näherten sich auch unsere Sympathien an. Irgendwie mochten wir uns, wie Bruder und Schwester. Ich hatte mir sowieso schon immer einen großen Bruder gewünscht. Deshalb nähte ich ihm auch seine Knöpfe an, reparierte die Säume der T-Shirts, bügelte, ich konnte einfach nicht mit ansehen, wie Manu ihren Mann unbeachtet ließ und selbst immer wie aus dem Ei gepellt war.

Unsere Freundschaft wuchs und der Rubel begann zu rollen. Nur die Dorfleute munkelten, weil ich täglich zu Cony ging, wenn Manu auf Arbeit war. Aber wann sollte ich denn den neuen Nebenjob wahrnehmen? Ich arbeitete doch am Vormittag, mittags musste ich Josi und Jani versorgen, den Haushalt, erst dann hatte ich Zeit.

Zugegeben, das eine oder andere Mal quatschten wir auch nur oder lagen in der Sonne, natürlich nackt. Cony, Manu und ich waren ja FKK-Anhänger, da hatten wir keine Probleme, außer Alex, er zierte sich ein wenig.

Seit Cony und Manu sich einen Schwimmteich gebaut hatten, sonnten und badeten wir oft gemeinsam nackt. Josi und Jani waren auch ziemlich ungezwungen. An den Wochenenden brachte Alex des öfteren seinen neuen Bekannten Ingo, dessen tschechische Frau Eva und deren Sohn mit in unsere Runde. Wir spielten Federball oder Boggia, badeten und unterhielten uns über Gott und die Welt.

Ingo mochte ich nicht so, er benahm sich ziemlich anzüglich, doch seine schüchterne Frau Eva war sehr zugänglich und freute sich über unsere Gesellschaft. Zu Neunt erkundeten wir häufig Tschechien, wo sich Ingo erstaunlich gut auskannte. Wir entdeckten Burgen, Schlösser, gute Restaurants, Museen, besondere Landschaften wie Hochmoor, Quellen und vieles mehr. Ab und zu unternahmen wir auch gemeinsame Radtouren in das Nachbarland. Irgendwie hatten wir Neun uns gesucht und gefunden.

Auf Anraten von Ingo kündigte Alex bei seinem Chef und wurde als „Fassadenexperte" ein Kollege von Ingo in einer Malerfirma.

Damit begann der nächste Wahnsinn.

Es bewegt sich was! Heute bekam ich vom Verkehrsopferverein subvenio einen Anruf. Nächste Woche findet ein Treffen mit einem Vertreter der Allianz-Versicherung statt. Herr K. betonte, dass es nicht sein kann, dass man Verkehrsopfer zehn Jahre schmoren lässt. Da unser Unfallgegner bei der tschechischen Tochterfirma versichert war, wird auch ein tschechischer Ansprechpartner dieser Versicherung zugegen sein.
Nun bekamen wir Arbeit. Außer unserem Email-Verkehr liegt nichts Handfestes vor. In der Zentralstelle in Frankfurt wissen sie angeblich nichts von uns, obwohl wir mit Herrn Huber und Herrn Kuban Kontakt hatten. Komisch, was?

Jedenfalls haben wir nun sämtliche ärztliche Gutachten, Rentenbescheide, Ansprüche usw. herausgesucht. Aus mittlerweile mehreren tausend Seiten Unterlagen etwas über hundert ausgewählt. Mann, war das anstrengend – und bedrückend. Alles kommt wieder hoch. Aber wir „sollen das endlich aus dem Kopf kriegen", meint Herr K.. Wenn es doch endlich soweit wäre.

Mittlerweile haben wir Beschwerde bei den Anwaltskammern eingelegt. Vom Landesgericht haben wir noch nichts gehört, das Urteil aus Eger ist auch noch nicht da (Ich habe es vor vier Wochen schriftlich angefordert.), die Behörden haben Zeit.

Bei Frau Merk habe ich um Hilfe gebeten und unseren Fall geschildert, sie betonte doch ihre Arbeit bei den Opferrechten. Die bayerische Justizministerin antwortet mit „Blabla", als wären wir zu blöd, alles, was wir selber schon wussten, nur nicht, was weiterhilft.

Sämtlichen Fernsehsendern habe ich geschrieben. „Es tut uns sehr leid...", „Wir bedauern sehr...", „... aber..." Erfolglos.

Durch ein Beratungsgespräch wurde uns von einem hiesigem Anwalt, der den Fall aus triftigen Gründen nicht übernehmen kann, eine tschechische Kollegin empfohlen, die ich kontaktierte. Ich habe ihr auch mitgeteilt, dass wir über keine finanziellen Mitteln mehr verfügen. Ich weiß nicht, wie ich meine Dankbarkeit zeigen kann, denn sie hat sich uns angenommen. Sie macht sich ständig Gedanken, um uns zu helfen. Es gibt doch noch redliche, menschliche Anwälte!

Hätten wir diese nette tschechische Anwältin nicht, die uns uneigennützig hilft, wären wir aufgeschmissen. Sie gibt uns wertvolle Tipps und übersetzt uns dringende Schreiben, denn die Behörden betonen immer wieder, dass die Amtssprache Tschechisch ist. Der ADAC-Rechtsschutz verweigert wie immer die Kostenübernahme der Übersetzungen, wie auch den Deckungsschutz für künftige Ansprüche, denn Dank der Altanwälte ist ja bis 2010 alles verjährt, und wir wollen das Zukünftige nicht verjähren lassen. Die Rechtsschutz-Abteilung braucht das natürlich nicht zu begründen. Sie sind sogar so nett, uns darauf hinzuweisen, dass wir ja nicht rechtlos sind, wir könnten uns ja einen Anwalt nehmen, den wir aber selbst bezahlen müssten. Ja, so paradox verfährt man mit uns.

Ich wage noch gar nicht, mich zu freuen. Heute in einer Woche fällt eine Entscheidung. Ich drücke mir selbst die Daumen und bin den Mitarbeitern von subvenio sehr dankbar.

Alex war mit seiner neuen Arbeit unheimlich unzufrieden. Immer mehr meckerte er über die Kollegen, über den Chef. Hinzu kam, dass er einen Monat einfach keinen Lohn überwiesen bekam, aber Näheres erzählte er mir nicht.

Um wahrscheinlich auf andere Gedanken zu kommen, beschloss Alex, zu seiner Familie nach Berlin zu fahren. Ich freute mich schon sehr, doch er entschied: „Ich will alleine fahren, ich brauche Abstand und andere Gedanken."

„Was ist mit mir und den Kindern?", fragte ich.

„Ihr könnt ja zu Manu und Cony gehen", wiegelte er ab.

Als verständnisvolle Ehefrau nahm ich es zur Kenntnis. Wenn's sein muss.
An dem Freitag im September 1997, als Alex schon weg war, schien die Sonne sehr heiß. Ich griff zum Telefonhörer und rief bei Manu an. Es meldete sich Cony.
„Habt ihr was dagegen, wenn wir rüber kommen?"
„Kein Problem", antwortete Cony.
Josi und Jani hatten es sich anders überlegt, sie wollten doch lieber mit ihren Freundinnen beisammen sein. Also stiefelte ich los. Cony und Manu wohnten, wenn man die Abkürzung über das Feld nahm, nur fünf Minuten von uns entfernt.
Cony lag schon im Innenhof auf einer Decke und sonnte sich. Ich zog mich aus, holte eine zweite Decke und tat es ihm gleich. Nach einigen Minuten wunderte ich mich: „Wo ist eigentlich Manu?"
„Auf einer Messe. Sie kommt erst am Sonntag wieder."
Das war mir jetzt schon komisch, unsere Ehepartner waren weg, und wir sonnten uns nackt im Garten. Doch unkompliziert wie Cony war, verwickelte er mich gleich in ein Gespräch. Wir redeten lange, die Zeit verging im Flug, und ich spürte ein bekanntes Kribbeln in meinem Bauch. Ich wollte es verdrängen und konzentrierte mich weiter auf unsere Gespräche. Doch irgendwie holte mich das Bauchgefühl wieder ein, und kurzentschlossen verabschiedete ich mich. Da Cony allein an diesem Wochenende war, lud ich ihn noch für den Samstag zum Mittagessen ein, eigentlich auch nur aus Anstand. Er nahm dankend an, und weg war ich.
Es fing an zu regnen, es war mir egal. Das kann doch nicht sein?! Ich fühlte mich wie sechzehn. Genau das gleiche Gefühl hatte ich bei Wolf. Ich dachte doch, dass es die „große" Liebe nur einmal im Leben gibt. Ich war verwirrt. Mitten im Regen setzte ich mich in unserem Garten auf die Bank und grübelte: „Ich bin doch verheiratet. Er ist doch der Mann meiner Freundin. Das ist doch tabu. Das darf nicht sein. Vielleicht habe ich mich nur verliebt. Das geht vorbei."
Meine Mädels merkten, dass mit mir etwas nicht stimmte, jedoch konnte ich ihnen nichts von meinem Gefühlschaos erzählen. Ich wollte sie nicht in Verlegenheit bringen. Ich hatte schon den Fehler gemacht, ihnen von Nico zu beichten, sie hielten super zu mir, aber kamen auch in Konflikte. Das wollte ich ihnen nicht noch einmal antun.
Am nächsten Tag, pünktlich zum Essen, erschien Cony.
Nach dem Essen verzogen wir uns in den Keller. Da wir beide Raucher waren und in unserem Haus außer im Partyraum nicht geraucht wurde, es dazu noch regnete, war uns das gerade Recht.
Wieder verfielen wir in endlose Gespräche. Die Zeit schwand kaum merklich, ich vergaß die Welt um mich herum. Das Prickeln wurde immer stärker, es begann zu knistern, aber wie! Ehe wir uns versahen war es schon früh morgens um drei. Cony machte ab und zu Anspielungen auf unsere Gefühle. Das Eis war geschmolzen. Unsere Hände berührten sich, wir zitterten.
Cony gestand mir, dass er mich bei den Begrüßungen immer von sich gedrückt hatte, um seine Gefühle mir gegenüber im Griff zu haben. Seit unserer ersten Begegnung hätte er

mich ins Herz geschlossen. Und ich hatte geglaubt, ich wäre ihm unsympathisch. Den Teich hätte er auch nur wegen mir gebaut. Er hatte sich immer vorgestellt, mit mir darin zu baden. Nun war ich total verwirrt.
Cony wollte seiner Frau alles gestehen. Sie würden seit ihrem achtzehnten Lebensjahr eine lockere Beziehung führen, und Manu hätte sowieso schon mehr als eine Liaison gehabt. Er glaubte nicht, dass es Probleme gäbe, außerdem hätten sie ja sowieso nur wegen der Steuer geheiratet. Ich erzählte ihm meine Zweifel.
„Das ist doch nur Verliebtheit. Nach einem viertel Jahr ist alles vorbei. Sag ihr nichts", entschied ich.
„Wie du willst. Aber für Gefühle gibt es keinen Schalter. Die kann man nicht einfach ausschalten", gab er zu Bedenken. Ich hoffte trotzdem, dass es nur Verliebtheit wäre.
Zum Abschied gaben wir uns einen Kuss. Der Tropfen auf dem heißen Stein: Ich bekam weiche Knie. Er küsste genauso, wie ich es mag, ganz anders als Alex. Er ging auf mich ein, wir ergänzten uns. Genau wie bei der Arbeit, genau wie bei unseren Gesprächen. Er sagte das, was ich dachte, nun küsste er so, wie ich es mochte. Ich war nun vollends am Boden zerstört. Was war mit mir los? Liebte ich Alex doch nicht? Ich wollte doch in der zweiten Ehe alles besser machen.
In dieser restlichen Nacht konnte ich kein Auge zu machen, ich grübelte nur.

Ab jetzt wurde alles verzwickter. Cony traf sich mit mir nach der Arbeit, nur um fünf Minuten mit mir zu reden. Ich fühlte mich von ihm so verstanden, so aufgehoben, sooo wohl. Ich begann, jeden Abend zu joggen, nur um mich mit ihm an der alten Linde zu treffen. Nicht einmal Angst hatte ich, im Dunkeln zwischen den Feldern entlang zu traben. Ich wollte mich nur von Cony behütet fühlen. Von nun an ging ich täglich zu Cony, um angebliche Prospekte auszuarbeiten. Wir wollten miteinander reden und das atemberaubende Knistern spüren.
Jani und Josi waren die Ersten, die etwas merkten: „Was ist nur mit dir los, Mama? Hast du was mit Cony? Man merkt doch, dass da was ist."
Oh, war mir das unangenehm. Ich wollte doch meine Gefühle im Griff haben. Ich versuchte, meinen Mädels zu erklären, dass ich mich nur verliebt hätte, dass das vorbei geht.
Die Zweite war Manu: „Weißt du, was mit Cony los ist? Er ist so seltsam, er benimmt sich wie ein kleiner Junge."
Na klar wusste ich es, konnte es ihr jedoch nicht sagen. Obwohl das schlechte Gewissen nagte, stellte ich mich dumm.
Auf der einen Seite war ich froh, noch einmal solche Gefühle zu haben, andererseits brachte mich meine Moral fast um. Ich wollte nicht zwei Ehen zerstören und beschloss, unsere Treffen zu reduzieren, um wieder nur für meine Familie da zu sein.
Dies gelang mir jedoch nicht so gut, wegen Alex. Eines Tages saß er mit seinem neuen Chef in unserem Keller und rief mich zu ihnen.
Sie erklärten mir, dass Alex Geschäftsführer in einer tschechischen Filiale dieser Malerfirma werden sollte. Schon vorher war mal kurz die Rede davon, aber diesmal an eine

Bedingung geknüpft: Alex sollte ein Geschäftskonto eröffnen, auf welches sein Chef Zugriff hatte, denn er bekäme bei den Banken keinen Kredit mehr. Diesen brauche er jedoch, um seine Angestellten zu bezahlen. Alex sollte diesen Kredit aufnehmen.

Mir kam das alles spanisch vor, um Alex, der so begeistert und überzeugt von dieser Idee war, nicht zu enttäuschen, bat ich uns eine Bedenkzeit aus. Alexs Chef versicherte mir, dass der Kredit durch die gute Auftragslage bald abgedeckt werden würde. Na ja.

Mit Alex gingen die Phantasien durch: „Wenn ich Chef werde, dann feuere ich erstmal Ingo, seine Arbeitsweise passt mir nicht. Dann suche ich mir in Tschechien eine hübsche Sekretärin, und dann kaufe ich mir einen Mercedes."

Seine Worte befremdeten mich arg. Doch ich musste eine Entscheidung treffen: der Kredit. Für mich war klar, dass Alexs Chef ein krummes Ding abziehen wollte. So diplomatisch wie es ging, versuchte ich, Alex meine Vermutungen mitzuteilen. Ich konnte einfach nicht zustimmen. Wenn es schief gehen würde, müssten wir haften.

„Du gönnst mir meine Karriere nicht! Wegen dir kann ich nicht Geschäftsführer werden. Du verbaust mir alles!", schrie Alex mich an. Er konnte mich nicht verstehen. Ich wollte ihm keine Steine in den Weg legen, aber so? Ich glaubte fest, dass es unser Untergang wäre.

Es kam wie es kommen musste. Die Firma war pleite. Drei Monate keinen Lohn, dann arbeitslos. Natürlich war in Alexs Augen alles meine Schuld.

Wenn ich morgens auf Arbeit ging, schrie er mir hinterher, dass ich Schuld an der Misere wäre, dass ich ja „großtun" könnte, weil ich jetzt der Geldverdiener wäre. Er kam nicht damit klar, dass ich mit meinem Halbtagsjob mehr verdiente, als er Arbeitslosengeld bekam. Jeden Tag ging dieses Szenario, bis ich nach fünf Minuten aus seiner Sichtweite war. Heulend kam ich jedes Mal auf Arbeit an und musste mich zusammenreißen, denn Job ist Job und privat ist privat.

Alle Gespräche verliefen ins Leere. Ich wollte ihn überzeugen, dass er für seine Entlassung nichts konnte, dass es vielen Männern zur Zeit so ginge, dass ich damit keine Probleme hätte, dass er froh sein sollte, dass wenigstens ich noch eine gut bezahlte Arbeit hatte – ich stieß auf taube Ohren.

Alex ließ sich gehen. Hatte er sich früher schon nur in einer Pfütze gewaschen, tat er es jetzt fast überhaupt nicht mehr. Hatte er früher schon viel gegessen, nun „fraß" er für Vier. Jeden Tag stritten wir aufs Heftigste. Er wurde wieder eifersüchtig. Eifersüchtig auf unseren Hund Benny. Alex schob ihn mit Geschimpfe von uns weg, wenn wir ihn streichelten. Dabei war er so ein lieber Hund, ging alleine „Gassi", klopfte, wenn er wieder herein wollte, mochte uns so sehr, dass er, wenn wir weg waren, von jedem einen Schuh ins Kinderzimmer auf das Bett schleppte und sich darauf legte (manchmal waren es bis zu acht Schuhe) und dass er vor Freude, uns zu sehen, leicht pinkelte. Alex ärgerte ihn nur und brachte ihn zum Jaulen.

Alex war eifersüchtig auf meine imaginären Liebhaber. Wollte ich mit den Mädchen eine Radtour machen (er hatte keine Lust dazu), schrie er auf der Straße: „Jetzt nimmst du schon deine Kinder mit zu deinem Liebhaber! Du Schlampe!" Ich schämte mich vor un-

seren Nachbarn, die alles mithörten. Ich hätte in den Boden versinken können.
Alex war eifersüchtig auf meine Arbeit, eifersüchtig auf mein Hobby, dem Laienspiel, eifersüchtig auf die Eltern meiner Kindergartenkinder, weil ich mich mit ihnen so gut verstand. Er bezeichnete mich als heuchlerisch, ich würde immer als die „Gute" dastehen wollen, ich wäre eine schlechte Mutter, ich wäre der King. Ich solle mir ja nicht einbilden, dass er in die Kirche ginge, um so einen Stand wie ich zu haben. Vorwürfe, Vorwürfe, Vorwürfe. Ich konnte fast nicht mehr. Manchmal suchte ich das Weite und heulte mich bei Manu und Cony aus. Die Kinder wollte ich raushalten, sie bekamen eh genug mit. Einmal wurde es mir so zu viel, dass ich nur noch schlafen wollte. Weg aus diesem Schlamassel. Ich nahm alle meine Schmerztabletten aus der Hausapotheke und schluckte sie mit einer Flasche Wein. Dazu schloss ich mich im Hauswirtschaftsraum ein. Ich wollte nur noch meine Ruhe. Ich kam nicht dazu, den Wein auszutrinken, denn Alex „roch Lunte" und holte Manu und Cony zu Hilfe. Irgendwie schaffte es Cony mit seiner einfühlenden Art, mich zum Aufschließen zu bewegen. Ich fand mich heulend und lallend auf seinem Schoß wieder. Danach fiel ich in meinen ersehnten Schlaf, der mir wieder Kraft zurückgab.
Manchmal hatte Alex noch lichte Momente. Er versuchte zu kochen, zu allem Unglück schmeckte es den Mädchen nicht, und er nahm es wieder persönlich. Er versuchte den Abwasch, aber ich war als „Hausfrau" nicht tolerant genug, die Schmutzstellen zu übersehen. Er räumte mir alles nach. Legte ich einen Gefrierbeutel heraus, um Brötchen einzufrieren, räumte er ihn, ohne nach dem Warum zu fragen, wieder weg. Es war mühsam. Ich wollte Alex nicht verletzen, doch durch solche Gegebenheiten fühlte er sich immer wieder auf „den Schlips getreten". Irgendwie lief alles aus dem Ruder.
Alexs Frust wurde so groß, dass er zu stinken begann, dass er „fraß" wie ein Schwein, mit Schmatzen, Rülpsen und Kleckern, dass er seine Unterwäsche nur noch selten wechselte, dass diese total beschmutzt war. Ich glaubte, er machte dies mit Absicht, aus Protest. Sogar den Mädels wurde er zuwider. Immer öfter nörgelte er an Josi rum, schon wenn sie sich nur mit dem Ellbogen auf dem Tisch abstützte oder wenn sie sich an einer Wand anlehnte, ich fand das ungerecht. Wollte er mich damit strafen? Die Folge war ein erneuter Streit.
Also versuchte ich, solche Konflikte von vornherein zu vermeiden. Ich hielt das einfach nicht mehr aus. Zu Josi wurde ich strenger, nur damit Alex nicht mit ihr schimpfte. Ich wollte nicht, dass sie ihren Papa hasste, lieber war ich die böse Mama, hoffte aber, dass Josi wusste, wie sehr ich sie liebte.
Abends wollte Alex von mir Sex. Ich ekelte mich vor ihm, musste mich so manches Mal danach übergeben. Ich gab nur nach, um Alex nicht schon wieder zu frustrieren. Ich glaube, es war ihm egal.
Obwohl Jani erst zehn Jahre alt war, versuchte sie, ihrem Papa klar zu machen, wie er sich benimmt. Mit großem Mut sagte sie zu ihm: „Papa, du stinkst. So mögen wir dich nicht. Werd' bitte wieder so wie früher."
Das hatte geholfen, er musste weinen. Zumindest hielt es eine Zeit lang, bis ihn wieder

die Eifersucht plagte.

Da der Proberaum unserer Theatergruppe belegt war, verlagerten wir die Probe einfach in unseren Partyraum. Natürlich war es auf der Probe nicht immer ernst, wir hatten viel Spaß, lachten oft und wahrscheinlich laut, denn Alex erschien und brüllte mich an: „Du hast ja anscheinend ohne mich Spaß. Da kann ich ja gehen!"

Er schmiss die ganze Theatergruppe raus und verschwand dann auch selbst.

Eine halbe Stunde später erhielt ich einen Anruf von Manu: „Katya, komm schnell. Alex will sich das Leben nehmen. Er hat eine handvoll Tabletten geschluckt!"

Aufgeregt rannte ich zuerst in den Keller zum Medikamentenschrank. Es fehlten „bloß" ein paar Schmerztabletten für den Rücken. Ich atmete aus.

Schnell flitzte ich zu Manu und Cony. Cony beruhigte mich, Alex hätte sie wieder ausgespuckt. Irgendwie war es für mich lächerlich, ich nahm das einfach nicht ernst. Doch versuchte ich, mich so zu verhalten, dass Alex meine Gefühle nicht bemerkte. Auf ihn ruhig und tröstend einredend brachte ich ihn nach Hause.

So ging die Zeit im Psychostress dahin, fast täglich heulte ich mich erst einmal in der Küche des Kindergartens aus, bevor ich arbeiten konnte.

Natürlich dachten alle anderen Freunde, bei uns wäre alles in bester Ordnung. Bei uns aber war die Luft dicker als es sein konnte, und nebenbei knisterte es noch immer zwischen Cony und mir.

Alex suchte sich Beschäftigung. Er erweiterte den Kredit, baute einen Carport, ließ das Dach vom Carport mit angrenzendem Schuppen decken und eine Kupferdachrinne anbringen. Ich war zwar der Meinung, es bräuchte nicht sein, doch er hatte sich das in den Kopf gesetzt. Des weiteren pflasterte er die Terrasse mit Klinkersteinen – es half, er wurde etwas ruhiger. Nur dass er immer wieder von „seinem" Mercedes sprach. Ich kannte ihn, was er sich einmal in den Kopf gesetzt hatte, zog er durch. Immer wieder diese materiellen Träume - das war einfach nicht meine Welt.

Nachdem der Carport und die Terrasse fertig waren, ging die Leier wieder los: Eifersucht, Fressen, Gestank, Meckern auf Gott und die Welt und Sex.

Ich konnte das kaum noch ertragen. Da kam mir eine Idee: Alex musste in den Urlaub. Er musste auf andere Gedanken kommen, wieder etwas Schönes erleben.

Das Aufwendungsdarlehen, welches zur Kredittilgung dienen sollte, wurde schon zwei Mal überwiesen. Ich transferierte dreihundert Mark auf das Kreditkartenkonto und begann mit Alex, wie schon so oft des Abends, ein tiefsinniges Gespräch. Ich erklärte ihm, dass ich am Ende war, dass ich ihm nichts Böses will, dass ich ihn verstehe und machte ihm den Vorschlag, im Urlaub Abstand zu finden, denn so wie jetzt könne es nicht weiter gehen.

Einsichtig nahm Alex an. Wir buchten für dreitausend Mark seinen Urlaub in der Türkei, all inclusiv, zwei Wochen.

Diese zwei Wochen waren für mich eine gute Erholung, dass ich neuen Mutes unserer Ehe entgegen sah.

Als ich Alex nachts mit unseren Mädchen vom Bahnhof abholte, sagte er mir: „Ich hatte viel Zeit zum Nachdenken. Ab jetzt werde ich alles anders machen."
Ich atmete auf. Sollte es doch etwas genützt haben?
Doch schon am nächsten Morgen ordnete er an: „Wenn Post für mich kommt, mach die ja nicht auf. Die gehört mir. Könnte von Frauen sein."
Was sollte das jetzt? Hatte er sich ausgetobt? Ich überprüfte die Kreditkartenauszüge, tausend Mark im Minus! Was hatte er denn bei „all inclusiv" so riesige Ausgaben? Alex meinte nur, er habe eben gelebt, es war Urlaub. Um nicht wieder Streit zu haben, nahm ich es hin.
Der Zufall bescherte Alex einen neuen Job, wo er im Winter nicht einmal stempeln musste. Ich war froh. Sollte es nun endlich wieder in normalen Bahnen laufen?
Alex kam immer sehr spät nach Hause, Überstunden. Na ja, wir hatten ja auch genug Schulden. Ich sah das als einen Akt der Einsicht.
Doch eines Morgens rief mich Alexs Chefin an, wo mein Mann wäre, er würde schon drei Tage unentschuldigt fehlen.
Nanu, er ging doch jeden Morgen in Arbeitsklamotten aus dem Haus. Ich verstand die Welt nicht mehr. Als ich Alex danach fragte, kam nur vorwurfsvoll: „Spionierst du mir jetzt nach? Ich habe Urlaub." Damit war die Sache für ihn erledigt. Erst viel später erfuhr ich, dass er seine „Urlaubszeit" in Tschechien in bestimmten Etablissements verbrachte und für einen alten Herrn gegen Geld die Mädchen ausprobierte, um ihm dann alles haarklein zu berichten. Das war mein Mann? Er war so fremd!
Alexs Chefin war mit seiner Arbeitsmoral nicht einverstanden und schickte ihm die Entlassungspapiere zu, die aber Alex vor mir verheimlichte. Er ging weiter jeden Morgen in Arbeitskluft aus dem Haus. Und immer eindringlicher erzählte er mir von seinem Autowunsch.
Ich hatte Angst, ich glaubte, dass Alex die noch vorhandenen dreitausend Mark als Anzahlung für einen Mercedes benutzen würde. Ratlos beriet ich mich mit Cony und Manu. Danach hob ich das Geld von der Bank ab und eröffnete auf einer anderen ein eigenes Girokonto, wo ich das Geld ausdrücklich für Tilgungszwecke einzahlte. Dies ließ ich mir sogar für den Fall der Fälle von einer Anwältin bestätigen.
Weise Voraussicht. Alex bemerkte natürlich das fehlende Geld, wahrscheinlich hatte er es wirklich für etwas Besonderes gebraucht, denn das Haushaltsgeld hob immer ich vom Konto ab. Mann, war das ein Theater! Das war für unsere Ehe das Ende.
Das hatte ich nicht gewollt. Alex schrie, ich hätte ihn bestohlen, betrogen, hintergangen. Das Schreiben von der Anwältin ließ er nicht gelten. „Ich lass mich scheiden", war seine Schlussfolgerung. „Aber dich mach' ich fertig. Du wirst keine Freunde mehr haben!"
Mit der Rufschädigung hatte er auch gleich begonnen. Er reiste zu meinen Exschwiegerleuten, zu denen wir immer noch Kontakt hatten, er fuhr zu Josis Pateneltern, zu meiner Freundin Nancy aus Berlin, allen erzählte er, dass ich ihn um **dreißigtausend** Mark beklaut hätte. Meinen Freunden erzählte er, dass ich im Bett eine Niete wäre, dass ich schmutzig und untreu wäre. So Manches wurde erst geglaubt, man empfahl ihm sogar,

sich einen Anwalt zu nehmen. Erst später wurde ich mit diesen Gerüchten konfrontiert, erst später merkten die Leute, dass Alex eine ganz andere Wahrnehmung hatte.

Heute sollte das Gespräch mit Herrn K. von subvenio e.V. und einem Ansprechpartner der Allianz stattfinden. Cony musste noch einige Seiten zusätzlich faxen. Bis jetzt habe ich noch nichts gehört. Das fühlt sich nicht gerade positiv an. Aber vielleicht konnten sie mich noch nicht erreichen, denn heute klingelte dauernd das Telefon.
Die letzten Tage waren nicht gerade stabil. Bei meiner Schwester wurde ein Tumor an den Eierstöcken festgestellt. Wir hatten alle Angst. Mein Magen spielte verrückt. Nun aber hat sie die OP überstanden, wie es aussieht, war der Tumor gutartig. Und durch die Telefonate weiß ich, dass es ihr gut geht, denn wer sich schon so aufregen kann, kann gar nicht mehr krank sein.
Mutti und mir geht es nun wieder besser.
Jani hat Kirsten im Krankenhaus besucht. Nun warte ich, dass sie heim kommt. Wahrscheinlich ist auf der Autobahn Stau, nicht untypisch für Freitag nachmittags. Hoffentlich ist nichts passiert. Wenn meine Mädels mit dem Auto unterwegs sind, habe ich ständig so ein flaues Gefühl im Magen. Ich will nicht noch einmal so viel von der Hölle spüren. Das bisherige war genug. Wir haben doch unser „Soll" erfüllt.
Die nette tschechische Anwältin hätte heute für uns Zeit gehabt, da es aber familiär so viel Stress gab, haben wir es leider nicht angenommen. Hoffentlich fasst sie das nicht negativ auf. Sie ist die einzige Hilfe momentan, die wir im Prozess haben. Nun heißt es wieder: warten.

Nach wiederholten langen Gesprächen zog Alex in den Keller. Partyraum und Büro waren ja wohnlich eingerichtet, sogar mit Bett. Wir einigten uns darauf, dass jeder die Hälfte vom Kredit bezahlt und ich Unterhalt und Haushaltsgeld bekam.
Weit gefehlt. Ich Depp wusch seine Wäsche, kochte für ihn Essen und sah keinen Penny. Die Situation war schwer erträglich. Wollte ich weg, so meinte Alex, ich würde zu meinem Liebhaber gehen. Entsprechend waren seine bekannten Reaktionen.
Im ehemaligen gemeinsamen Schlafzimmer hatte er noch seine Kleidung. Einmal überraschte ich ihn beim Umziehen, denn ich wusste nicht, dass er im Schlafzimmer war. Seine Reaktion: „Kommst du zum Spannen? Geht dir jetzt einer ab?"
Auch kam er ins Wohnzimmer: „Hau ab, ich will jetzt fernsehen. Ich will dich nicht in meiner Nähe haben." Wo war der Alex, den ich kannte. Dieser war so primitiv, er war mir fremd.
Ich ging auf die Gemeinde und erkundigte mich nach passendem Wohnraum für meine Mädels und mich, denn den momentanen Zustand hielt ich nicht mehr aus. Sie versprachen mir, Bescheid zu geben, wenn sich etwas böte.
Schon am nächsten Tag, als Alex von der Arbeit kam (er war jetzt endlich in einer ande-

ren Baufirma beschäftigt), raunte er mich an: „Wie kommst du dazu, hinter meinen Rücken eine Wohnung zu suchen?! Ist dir gar nichts mehr heilig? Ja, ich habe noch Freunde, die mir alles sagen. Da staunst du, was?"
Nach einem langen, halbwegs vernünftigen Gespräch beschlossen wir, dass sich Alex eine Wohnung sucht, denn das würde billiger kommen, er bräuchte nur ein Zimmer. Wir würden uns erst mal für ein Jahr trennen.
Gut, wir waren uns mal einig, glaubte ich zumindest. Aber Alex dachte nicht daran, auszuziehen. Er machte mir die Hölle nur noch heißer. Nach zirka einem halben Jahr Spießrutenlauf, in welchem er zwar ein guter Vater aber ein mieser „Mitbewohner" war, ging ich zu einer Anwältin, um ihn mit einem Beschluss zum Auszug zu zwingen. Ich glaube, die Mädels fanden das nicht so gut. Zumindest glaubten sie in dieser Zeit, dass meine Gefühle zu Cony an der Zerrüttung Schuld wären. Aber Cony und ich waren nur befreundet, auch wenn jeder was anderes vermutete, und ich konnte meine Gefühle nicht abstellen, nur verbergen, was mir anscheinend nicht so recht gelungen war. Ich verfiel in Grübeleien. „Bin ich wirklich Schuld, dass die Ehe kaputt ging? Tauge ich nichts als Ehefrau? Ich mache alles falsch."
Alex war über die Aufforderung der Anwältin sehr entrüstet, doch er kam dem nach, allerdings nicht, ohne einen letzten großen Auftritt..
Von der Haushaltswäsche hatte ich, um es ihm leichter zu machen, schon vorher zwei gleichwertige Haufen gemacht, von denen er einen auswählen sollte. Er bediente sich überall. Dann hatte er zwei Kumpels dabei, um seine Möbel zu holen, und degradierte mich vor ihnen mit Sprüchen wie: Schlampe, Hure, Sau...
Er riss Regale aus den Wänden, sodass tiefe Löcher zurück blieben, er knallte mit Möbel gegen die Wände, dass der Putz abfiel. Ich verkroch mich auf die Terrasse, bis er endlich weg war, weg mit unserem Auto. Mir überließ er gnädigerweise das Moped, was defekt war. Eines noch gab Alex mir auf den Weg: „Ich musste mich fünfzehn Jahre wegen dir verstellen."
Oh Gott, das musste ja anstrengend gewesen sein. Warum hatte ich nichts gemerkt? Warum hatte er nicht schon früher sein „wahres Ich" gezeigt, uns wäre so einiges erspart geblieben. Warum hatte ich mich nicht schon eher von ihm getrennt. Warum hatte ich so gekämpft? Schon wieder fühlte ich mich schuldig.
Dann ging es los. Die Tränen schossen hoch. War es das jetzt? Ich bin allein! Ich bin Schuld! Mein Schmerz war so stark, dass ich zum Schrecken meiner Mädels zu randalieren anfing. Was hatte ich denn schon zu verlieren?

Eigentlich sollte ich erleichtert sein, denn es geht voran. Ich bin jedoch völlig ausgelaucht. Könnte nur noch heulen.
Frau Jeske von subvenio e.V. hat mich angerufen und mich über den Ausgang des Treffens unterrichtet. Sie haben es geschafft, dass der Vertreter der Allianz unseren Fall und zwei andere mitgenommen hat. Subvenio will, dass unser Fall in Tschechien abgeschlossen und nach Deutschland geholt wird, damit wir uns bei einem Vergleich einigen kön-

nen. Sie hat zumindest Hoffnung, denn sie wollen in jedem Fall berichten, ob positiv oder negativ. Es geht um die Öffentlichkeit der Allianz. Das wäre zu schön, um wahr zu sein. Ich kann mich noch gar nicht so richtig freuen.
Das liegt wohl an den ganzen privaten Problemen, denn der Tumor meiner Schwester ist nun doch bösartig, die Ärzte müssen noch beraten, wie sie weiter vorgehen wollen. Immer das Ungewisse.
Die Prozesskostenhilfe wurde auch beim Widerspruch abgelehnt, weil Anwalt K. nach eigenen Aussagen nie in Deutschland geworben hätte (obwohl wir die Beweise beigelegt hatten!), und weil wir nichts über den Prozessstand sagen können. Es wäre nicht „substantiiert" – aber genau deshalb wollten wir doch klagen, weil die Anwälte uns über NICHTS informiert hatten. Nur über die nette tschechische Anwältin hatten wir so Einiges erfahren und Tipps bekommen. Nun wird uns zur Last gelegt, dass wir nichts wissen. Über den ehemaligen deutschen Anwalt wurde kein Wort verloren. Schöner Rechtsstaat!
Die nette tschechische Anwältin will sich mit uns am Montag treffen. Dafür mussten wir jeder zirka zwanzigtausend Seiten kopieren und auf eine externe Festplatte übertragen, die Akten durchgehen und sortieren, telefonieren und sich erinnern.
Das Erinnern hat mich runtergezogen, alles kam wieder hoch: Meine Depressionen, meine Trennungen, mein Versagen als Mutter, unser Unfall, die Behandlungen danach, Josi... Mein Gott! Wann gibt es ein Ende?!

Bei den kleinsten Anlässen verfiel ich nun ins Weinen und Durchdrehen. Ich ertrug es nicht, dass Alex die Kinder an den Wochenenden holte. Er konnte mit ihnen etwas unternehmen, während für mich nur der Alltag blieb, den Haushalt zu meistern, die Schäden am Haus zu reparieren (Man glaubt gar nicht, was „Frau" so alles kann!), die Arbeit, die Kinder.
Wenn die Mädels mir vom lieben Papa berichteten, hatte ich Angst, sie würden sich mehr zu ihm hingezogen fühlen, er würde sie mir wegnehmen. Ich versuchte, es zu verbergen, was mir nicht immer gelang.
Im Sommer nahm ich die Gelegenheit wahr, mit den Mädels in den schon mit Alex gebuchten, doch noch nicht bezahlten Urlaub zu fahren, nach Süditalien. Wir hatten über eine Freundin eine Adresse von einer Familie bekommen, die in Süditalien eine Wohnung vermieteten. Ganze drei Wochen waren drin. Damit sich die Kosten etwas minderten, wollten wir Manu mitnehmen. Außerdem konnten wir uns da auch mit dem Auto-Fahren reinteilen. Noch ein paar Vokabeln gepaukt, dann konnte es losgehen.
Eigentlich war geplant, mit Conys Auto zu fahren, da ich ja keins hatte. Doch Cony hatte einen Verkehrsunfall – Totalschaden. Was nun? Mein liebes Schwesterherz stellte mir zu meinem Erstaunen Alfred vor die Tür. Alfred war ein alter Opel mit Choke, den ich regelmäßig absaufen ließ. Ich war Kirsten sehr dankbar, nun war ich wieder mobil. Sogar die Steuer und Versicherung übernahm sie. Danke, Schwesterlein. Alfred musste herhalten, sonst wäre aus dem Urlaub nichts geworden. Josi fuhr nicht mit, sie wollte mit Freunden

nach Spanien und danach das Haus „hüten".

Dieser Urlaub war von vorn bis hinten ein Abenteuerurlaub. Ständig war das Auto kaputt, schon fünfzehn Kilometer nach Abfahrt ging es los! An der Tankstelle vor der Autobahn wollte Alfred nicht mehr anspringen. Mit Überbrückungskabel gelang es uns, ihn zu starten. Auf der Autobahn merkte ich, dass Alfred immer langsamer wurde, als ich gerade bei einem Überholmanöver war, ging er total aus. Ich konnte mich noch rechtzeitig auf den Standstreifen rollen lassen. Das ging ja gut los.

Die Schutzbriefversicherung wurde alarmiert, man schleppte uns nach Wackersdorf ab. Die Lichtmaschine war defekt. Leider gab es für dieses Modell keine Ersatzteile mehr, außerdem war Samstag. Die netten Monteure bastelten bis zum späten Nachmittag an einer zusammengestückelten Lichtmaschine herum, mit Erfolg: Alfred lief wieder. Nach einem Check im Motorraum fragten sie uns, wohin es gehen solle. „Nach Süditalien, südlich von Neapel." „Na ihr seid Optimisten, das schafft ihr nie!", lästerten die Männer. „Wetten, wir schreiben euch `ne Karte!", nahmen wir uns trotzig vor. Nach Rechnungsbestätigung und Adressenerhalt schrubbten wir los. Fast einen Tag hatten wir eingebüßt.

Bis nach Österreich fuhr ich. An der Autobahnabfahrt wurden wir von der Polizei wegen der Maut kontrolliert. Zum Glück hatte uns Cony eine Plakette besorgt. Alfred verreckte wieder beim Starten. Die Polizisten sahen uns ungläubig hinterher.

Wir suchten nur noch schnell eine geeignete Stelle zum Übernachten, denn wir hatten wohlweislich ein Zelt eingepackt. An einem Bächlein in einem Waldstück bauten wir Frauen das Zelt auf. Wir stellten uns gar nicht so dumm an.

Am nächsten Morgen, nach der Toilette, beim Zähneputzen begrüßten uns die ersten Spaziergänger. Wir entdeckten überrascht, dass wir genau neben einer Häusersiedlung übernachtet hatten. Na gut, dass man uns nicht bei der Toilette gesehen hatte, denn das war eine größere Sitzung. Die armen Anwohner.

Nach einem guten Frühstück im „Wiener Wald" düste Manu weiter. Doch sie gab es bald auf. Wurden wir langsamer, drohte Alfred den Geist aufzugeben. „Das ist deine Kiste. Du kommst besser damit zurecht", wütete sie.

Also fuhr ich weiter, umfuhr den Brenner, balancierte das „Verrecken" von Alfred aus, fand die Autobahnauffahrt nicht, weil ich blaue Hinweisschilder suchte und die grünen ignorierte (Manu hätte mich ja aufklären können, war sie doch schon öfters in Italien), und war stolz über den sparsamen Spritverbrauch von Alfred: vier Liter auf hundert Kilometer. Bis kurz vor Rom.

Wieder auf der Überholspur sagte Alfred keinen Mucks mehr. Mit Mühe und Not ließ ich ihn auf dem Randstreifen ausrollen, mit Warnblinkanlage.

Manu suchte verzweifelt ein Telefon – Handy besaßen wir nicht – ich sicherte das Auto. Ein freundlicher Fahrer hielt an, er wollte einen von uns zum nächsten Telefon mitnehmen. Ich war misstrauisch, ich verstand sein Italienisch kaum und schickte ihn weg.

Nach zirka zehn Minuten kam schon ein Abschleppwagen vorbei und hielt. „Adack?" Bis wir kapierten, dass er eine Hilfe meinte. Wir hatten ja einen Schutzbrief, also – Hilfe annehmen. Das ging ja schnell!

Das Auto wurde aufgeladen, wir in die Fahrerkabine gequetscht, und los ging es: an einem Pannenfahrzeug vorbei, das, wie wir erfuhren, diesen Pannendienst bestellt hatte, von der Autobahn runter in die Prärie.

Im Nirgendwo war die Werkstatt, sogar ein einfaches Hotel. Die anwesenden Männer wuselten und telefonierten herum. Schließlich teilten sie uns mit, dass wir so lange, bis das Auto repariert war, in diesem Hotel übernachten können. Wenn wir zu dritt ein Zimmer teilten, könnte man da noch was regeln.

Wir waren froh und bezogen unser Zimmer. Duschen war dringendst angesagt. Dabei setzten wir das ganze Zimmer unter Wasser. Der Abfluss war kaputt, das Wasser rann durch die Badtüre und breitete sich unter unsere achtlos hingeworfenen Koffer aus. Bis wir das Malheur bemerkten, war schon alles durchtränkt. Mit umher liegenden Teppichen und Klopapier versuchten wir den Schaden zu minimieren. Mit wenig Erfolg.

Die Toilette musste auch arbeiten, wollte aber nicht. Nachdem ich mein kleines Geschäft verrichtet hatte, ging Manus großes nicht mehr runter. Das ganze Zimmer roch nach diesem Duft. Zwei Stunden brauchte der Wassertank, um sich wieder zu füllen! Die waren hier wohl nicht auf Gäste eingestellt.

Etwas genervt fanden wir uns an der Rezeption wieder und erkundigten uns nach den Mahlzeiten. Frühstück nebenan, Abendbrot hier im Restaurant.

Der Ort hatte wahrscheinlich wirklich selten Touristen zu Gast, denn in dem verschlafenen Nest kamen die Leute zusammen, um uns neugierig zu beäugen. Etwas unwohl suchten wir die Werkstatt auf.

Fabricio war sehr freundlich. Das wäre was Größeres, die Benzinpumpe und irgendein Ventil. Deshalb war Alfred so sparsam! Die Beschaffung wäre ein Problem, weil Alfred eben schon so betagt war. Begeistert waren wir nicht gerade, aber Fabricio lud uns für den Abend zum Dinnern ein. Er käme mit Frau. Da war ich schon froh, denn irgendwie sah er mich immer so schmachtend an.

Seine Frau Loriana war eine rassige Schönheit. Sie half auch in der Werkstatt aus.

An unseren Tisch gesellten sich das Hotelpersonal. Drei schmackhafte Gänge wurden serviert, Wein verteilt, die Stimmung war gelöst, Verständigung mit Händen und Füßen, und das Lokal war proppend voll. Alle musterten uns. Wir waren wohl Frischfleisch. Auch Fabricio hielt mit dem Flirten nicht zurück. Mann war mir das peinlich. Zu guter Letzt schickte er am späten Abend Loriana sogar nach Hause. Und mir machte er noch mehr den Hof. Ob ich mit ihm im Auto fahren wollte. Ich Blöde dachte zuerst an eine Probefahrt mit Alfred, bis ich mitbekam: Der will richtig was von mir! Heißt es immer, die Blondinen werden begehrt, ich musste mich eines Besseren belehren lassen.

Natürlich schoss ich sein Angebot in den Wind, obwohl ich um Alfred fürchtete.

Nach einer tiefen, erholsamen Nacht und einem Croissant-Frühstück mit Espresso im Café nebenan suchten wir die Werkstatt auf. Loriana würdigte uns keines Blickes, Fabricio war nicht zu sehen. Ich versuchte, Loriana nach dem Auto zu fragen, doch sie tat so, als wäre ich Luft. Glaubte sie wirklich...? Ich konnte sie nicht vom Gegenteil überzeugen. Sie ignorierte mich einfach.

Also gingen wir ins Hotel zurück, tranken Cappuccino und warteten, bis am Nachmittag Fabricio mit Alfred auftauchte. Alfred lief wieder. Die Rechnung unterschrieben wir und wollten das mit unserer Übernachtung und dem Essen regeln. Wir befürchteten, die Abendrunde hatte es sich auf unsere Kosten gut gehen lassen. Ganz so verkehrt war der Gedanke nicht, denn das gesamte Essen wurde vom schlaufüchsigem Hotelier als Übernachtungskosten gelegt. Das hieß für uns: Kost und Logieren umsonst. Was sollte uns da der Preis jucken.

Alfred lief, er lief bis zum Urlaubsort, welchen wir gegen Mitternacht endlich nach Irrwegen erreichten.

Nach Erkunden der nahen Gegend und ausgiebigem Baden freundeten wir uns mit den Dorfbewohnern an. Jeden Abend saßen wir mit ihnen an der Piazza, redeten, tranken ein Schlückchen und verdrückten Pizza oder heiße Maronen.

An solch einem Abend hatte ich einen Wickelrock an, der Wind blies ihn auf, so dass meine Beine zu sehen waren. Unserem Tischnachbar, zwanzig Jahre älter, dicke Hornbrille, fielen bald die Augen aus dem Kopf. In meiner Beschwingtheit lüftete ich zum Spaß noch mal den Rock: „Willst du noch mal sehen?"

Ich dachte mir nichts dabei, denn am Strand laufen doch sowieso alle fast nackt herum. Ich wusste nicht, das eine solche Geste in dieser Gegend ein eindeutiges Angebot bedeutete. Jedenfalls landete ich einen Volltreffer. Ich wäre für ihn „Liebe auf den ersten Blick". Er hätte die ganzen Jahre auf mich gewartet. Ach du dickes Ei.

Zum Glück war da noch Manu, die bei jedem Tänzchen natürlich für mich einsprang. Die Leute redeten mir zu, er wäre reich, ich solle ihn nehmen... Bei dem Gedanken lief mir ein Schauder den Rücken hinunter.

Auf alle Fälle ließ Peppino nicht locker, er bot mir sogar sein Auto an. Um so mehr ein Grund, das Weite zu suchen. So erkundeten wir die weiter entfernte Gegend: Palinuro mit seinen traumhaften Grotten, angeblich schöner als Capri, nur nicht so überlaufen. Natürlich meldete sich wieder Alfred.

Nach den vielen Tunnel auf dem Weg nach Palinuro hatte ich vergessen, dass Licht auszuschalten. Als wir von der romantischen Bootstour zurückkehrten, ging gar nichts mehr. Und kein Telefon in der Nähe. Die Leute konnten gar nicht verstehen, wieso wir kein Handy hatten. Aber sie halfen uns aus.

Der Pannendienst kam: Alfred brauchte eine neue Batterie, die alte wäre nichts mehr. Na gut, wird eben aufgerüstet.

Beim nächsten Ausflug auf einen steilen Berg, wo man die Lavaströme sehen konnte, machte Alfred wieder schlapp. Er schnaufte auf dem letzten Loch, die Gänge gingen schwer rein. Bergausflug gestrichen, Alfred schonen.

So fuhren wir mit dem Zug: nach Pompeji, wo ein liebeshungriger, junger Verkäufer in Gegenwart seiner hochschwangeren Frau sein lustgefülltes Teil mir an den Hintern drückte und uns bis zum Bahnhof verfolgte, wo er sogar einen Schlüssel für ein Kämmerchen besorgte. So langsam wurde mir die italienische Männerwelt zuwider, lästig. Selbst im Zug ging mit einigen Männern der aufdringliche italienische Charme durch. Manu ge-

fiel es, ich überließ ihr die Männer gern und hatte dadurch (fast) meine Ruhe.
In Neapel konnten wir so richtig schön bummeln und shoppen. Da hielt sich das Anbaggern in Grenzen, wohl auch wegen der hohen Polizeipräsenz. Neapel wurde bei unseren nächsten Besuchen in Süditalien ein beliebtes Ausflugsziel: Der totale Trubel einer Großstadt und zwei Straßen weiter hast du das Gefühl, auf einem Dorf zu sein, mit vielen kleinen, gemütlichen Plätzen und Kirchen. Einfach faszinierend (und billig)!
Wir bewunderten bekannte Ausgrabungen wie Elea und Paestum und genossen Sonne, Strand und Meer so oft es nur ging.
Für die Verpflegung war auch gesorgt, denn die netten Dorfbewohner hängten jeden Morgen eine Tüte mit Zitronen, Birnen, Äpfeln, Tomaten und Brot an unsere Tür. Man fühlte sich schon fast wie zu Hause.
Es war ein erlebnisreicher, erholsamer Urlaub, der leider auch zu Ende ging.
Nur die Heimfahrt war noch ein Stück Anstrengung.
Alfreds Bremsen versagten, die Gangschaltung ging immer schwerer.
Völlig erschöpft beschlossen wir, bei Bozen abzufahren und ein geeignetes Plätzchen für unser Zelt zu suchen. Die Bremsen gingen nur noch auf Metall. Ich wollte in keine Werkstatt mehr!
An einem Gebirgsbach schlugen wir unser Zelt auf. In dieser Nacht tobte ein mächtiges Gewitter, ich konnte kaum schlafen.
Am nächsten Morgen war auf der Autobahn Stau. Alfred fuhr sich heiß und gab immer mal wieder den Geist auf. Ewig warteten wir in der Autoschlange, das Radio ging nicht mehr, bis wir von anderen Autofahrern erfuhren, dass in Höhe Meran die Autobahn teilweise wegen Murenabgänge gesperrt war. Gestern Abend wären deutsche Touristen verschüttet worden. Da war unsere Übernachtung wohl unsere Lebensrettung.
Nach dem Stau ging es zügig in Richtung Heimat. Ich fuhr fast nur auf der Überholspur, denn entweder konnte ich den vierten Gang oder den zweiten Gang benutzen. Die anderen streikten. Ständig betete ich, dass ich wegen Anderen nicht abbremsen musste, denn das ging nur noch über den zweiten Gang oder über die Handbremse.
An unserer heimatlichen Ausfahrt fiel es mir ein, dass wir unterwegs durch zwei Städte mit Ampelschaltung mussten. Wie soll das denn gehen, wo ich doch nicht bremsen kann. Außerdem ging Alfred im Stand einfach aus und es dauerte zu lange, ihn wieder zu starten. Er wollte nicht mehr.
Die Gedanken rasten mir nur so durch den Kopf. „Übers Feld", fiel es mir ein.
Kurzerhand lenkte ich Alfred auf einen Feldweg.
„Wo fährst du denn hin?", fragte mich Manu panisch. „Nach Hause!"
„Doch nicht hier lang!" „Lass mich in Ruhe!", erwiderte ich genervt. „Ich weiß, was ich tue!"
Ich brachte Alfred und uns bis zu Manus Haus. Im Ort musste ich mich mit Warnblinkanlage Kreuzungen nähern, da ich ja nicht bremsen konnte.
Vor Manus Haus zog ich einfach den Schlüssel, mein Kopf fiel auf das Lenkrad und mich schüttelte ein Heulkrampf. Ich war froh, es geschafft zu haben und total ausgelaugt.

Nach meinem Heulen bemerkte ich, dass ich am ganzen Leib wie Espenlaub zitterte. Mir wurde erst jetzt bewusst, welch große Anstrengung diese Fahrt für mich war. Mir blieb nur noch ein Sprung in den Teich, um mich wieder zu normalisieren.
Cony und Josi hatten uns schon erwartet. Ich konnte sie erst nach dem Tauchgang begrüßen. Ich hielt Cony die Autoschlüssel hin: „Da steige ich nie wieder ein."
Cony ließ Alfred in die nahegelegene Werkstatt rollen. Totalschaden. Die Reparatur käme viel zu teuer. Da stand ich nun wieder ohne Auto und mit schlechtem Gewissen. Verzeih mir, Schwesterlein!
Die Rettung nahte. Muttis Freund aus Oberbayern hatte eine Autowerkstatt. Unverhofft kamen beide auf eine Stippvisite vorbei, mit einem weißen Opel Astra Kombi. „Der gehört dir." Ein weißes Auto, davon hatte ich oft geträumt! War ich glücklich, endlich wieder fahrbaren Untersatz zu haben, denn auf dem Dorf ist man ohne mobilen Untersatz erschossen. Gut, dass man liebe Menschen um sich hat.
Allerdings hatte Constantin nur sechzig PS. Auf der Autobahn, Katya wie immer auf der Überholspur, rollte an einem Berg rechts ein Autobus vorbei. Er war schneller. Constantin wurde immer langsamer, eben nur sechzig PS.
Constantin stiftete übrigens Verwirrung bei meinen Kollegen und Bekannten. Wenn ich von ihm erzählte, glaubten sie, es wäre mein neuer Freund. Als ich zur Kirchweih sagte, dass Constantin vorm Edeka steht, fragten sie mich erstaunt, warum ich ihn nicht reinhole. Meine Aufklärung ließ sie schmunzeln – sie erinnerten sich, dass bei mir die Autos einen Namen haben. Tja, so schnell hat man einen neuen Partner.

Nachricht von subvenio e.V.: Die Allianz fühlt sich für unseren Fall nicht zuständig.
Ich wusste, warum ich mich noch nicht freuen konnte. Zum Glück haben wir den Prozess in Tschechien nicht schleifen lassen.
Dort ignoriert man uns. Obwohl wir dem tschechischem Gericht in fünf Sprachen geschrieben haben, dass wir kein Tschechisch verstehen, bekommen wir wieder ein Einschreiben in Tschechisch. Wir verstehen natürlich Bahnhof. Also Gegenschreiben aufsetzen, mit dem Hinweis auf den Paragrafen, der das Gericht verpflichtet, mit uns in Muttersprache zu kommunizieren. Es war zwar in dem Schreiben ein Termin festgelegt, aber wenn man nichts versteht...
Abgesehen davon hatten wir Akteneinsicht beantragt. Angeblich wurden die Akten an das Gericht in Tachov geschickt. Doch die nette Anwältin hat sich auf diesem Gericht erkundigt, die Akten sind dort nicht angekommen. Nun müssen wir nach Tachov fahren, uns die nicht vorhandenen Akten bestätigen lassen und das Gericht in Prag wieder anmahnen. Klasse. Da wird man von einem tschechischem Staatsbürger schwer verletzt, und von genau diesem Staat als Idiot behandelt. Nun erst recht. Wir lassen uns nicht klein kriegen. Es geht ums Prinzip.
Unsere Ansprüche aus den Jahren 2010 und 20011 haben wir nun selbst an die Versicherung gestellt. Nun werden wir ja sehen, an wem das „Nichtzahlen" lag, an der Allianz-

Versicherung oder an den Anwälten. Wir haben also viele Baustellen, doch noch genügend Kraft.
Zwischenzeitlich habe ich, um Klarheit über meine Vergangenheit zu bekommen, Einsicht in die Akten von Vati beantragt. Die Antwort: Es existiert keine Akte.
Das kann doch nicht sein, Vati war in der Partei, im Wehrkreiskommando und leitete das Gästehaus des Autowerkes, wo auch Minister zu Gast waren. Das war bestimmt ein Versehen. Deshalb beantragte ich Einsicht in meine Akte. Auch sie gab es nicht.
Das ist schon komisch, denn ich hatte beim Staat gearbeitet, meine Schwester und mein Schwager hatten Republikflucht begangen, ich stand damals unter dem Verdacht der Republikflucht, mein damaliger Mann ist illegal in den Westen ausgereist, ich hatte einen Ausreiseantrag gestellt. Und da gab es keine Akte?!
Jetzt wird mir richtig klar, was Vati meinte, wenn er sagte: „Das wird schon. Ich habe einen Pakt mit dem Teufel. Ich bin mit dem Teufel im Bund." Das waren die unbekannten Männer bei Vatis Trauerfeier. Deshalb durfte ich trotz NC studieren.
Wer weiß, wie „wichtig" Vati war, was er wusste. Die Akten hat man schlicht und einfach vernichtet. Schade, das wäre bestimmt interessant gewesen.

Durch den Urlaub hatte ich geglaubt, ich sei wieder die „Alte" und war voller Optimismus.
Da das Geld ein bissl knapp war, kündigte ich die Hausrat- und meine Unfallversicherung. Ich hatte schon zwei Unfälle und damit mein „Soll" laut Statistik erfüllt. Die Hausrat hatte bisher sowieso jeden Schadensfall mit Ausreden abgelehnt, was sollte ich dafür noch das Geld aus dem Fenster schmeißen?
Die Weihnachtsgeschenke für meine Mädels schreinerte ich in der Werkstatt eines Freundes selbst. Jede bekam einen Schreibtisch, und für mich fiel noch ein Designerregal ab, alles von Cony entworfen. Es machte Spaß, an den großen Maschinen mit Holz zu arbeiten, man sah schnell ein Ergebnis, und es lenkte ab. Natürlich bekam ich tatkräftige Unterstützung vom Fachmann. Ich fühlte mich gut, war stolz auf das, wozu ich in der Lage war.
Sämtliche Bekannte, einschließlich und besonders Manu, sprachen mich die ganze Zeit auf meine Beziehung zu Cony an. Ich beschwichtigte sie, dass wir wie Bruder und Schwester waren. Dass ich ihn mochte, stritt ich ja gar nicht ab, aber mehr war nicht zwischen uns, redete ich mir zumindest ein. Um allen das Gegenteil zu beweisen, ging ich eine Liaison mit Klemi ein. Er wohnte in der nächsten größeren Stadt, in Franken.
Klemi sprach mich an, als ich das erste Mal aushilfsweise kellnerte, um ein kleines Zubrot zu verdienen. Er war mir sofort sympathisch. Ich wies ihn zwar auf mein Alter und meine zwei Kinder hin, doch ihn hatte ich auch falsch eingeschätzt. Er war genauso alt wie ich, sah aber mindestens zehn Jahre jünger aus. Auch optisch war Klemi nicht zu verachten.
Wir gingen gemeinsam auf Live-Konzerte, nahmen die Mädels dorthin mit. Er verstand

sich mit ihnen prächtig, und unsere Beziehung wurde enger, bis wir den ersten Sex hatten. Das erste Mal war nicht schlecht, aber im Laufe der Zeit wurde es immer langweiliger. „Das macht man nicht", war sein liebster Kommentar.
Im Nachtgewand auf der Terrasse frühstücken - „Das macht man nicht", auf dem Tisch tanzen - „Das macht man nicht", im Minirock gehen...
Mir wurde das immer blöder, bis ich ihm sein Geschenk, eine goldene Kette, und den Wohnungsschlüssel zurückgab. Vorbei - das macht man nicht. War eben ein Versuch.
In der Zwischenzeit terrorisierten mich Alex und seine neue Freundin, eine viel jüngere Tschechin.
Fast täglich wurde ich angerufen, wurden mir Vorwürfe gemacht. Hauptsächlich ging es um das Haus, welches ich umschreiben lassen musste. Dafür musste aber noch von der Landesbodenkreditanstalt und von der Bank geprüft werden, ob ich überhaupt solvent genug war, das Haus zu halten.
Das dauerte eben seine Zeit. Doch Alex warf mir die Absicht der Verzögerung vor, obwohl er doch sowieso nicht für den Kredit zahlte. Ich bemerkte es, als ich wegen der Umfinanzierung die Kontoauszüge holte. Der Kredit war trotz Abzahlung gestiegen. Ich war fassungslos.
Alex hatte seit unserem Bruch (als er noch bei uns wohnte) keine müde Mark mehr bezahlt, trotz Vereinbarung. Und die Bank hatte mir dies nicht mitgeteilt! Vor lauter Enttäuschung schrie ich im Schalterraum den Filialleiter an, schimpfte über den Betrug, warf ihm vor, dass er Alex deckte. Das alles war für mich Grund genug, zu einer anderen Bank, wo ich sowieso mein Girokonto hatte, zu wechseln. Und das zögerte wieder die Umschreibung hinaus. Alex warf mir erneut Absicht vor, seine Freundin schrie mich durch das Telefon an. Statt einfach aufzulegen, versuchte ich vergeblich, mich zu rechtfertigen. Nach solch einem Gespräch schüttelte mich jedes Mal ein Heulkrampf. Es tat so weh; ich wollte doch nichts Böses.
Es tat so weh, dass ich es kaum aushielt. Um einen Schmerz zu empfinden, der vom seelischen Schmerz ablenkt und dann auch wieder vorbei ist, verletzte ich mich selbst. Ich schlug mit meinen Kopf gegen die Wand, wieder und wieder, ich ritzte mich mit dem Messer in den Bauch (da konnte es keiner sehen) und ich randalierte. Wenn dann Josi und Jani vom „schönen" Ausflug mit Papa berichteten, war es ganz vorbei. Ich drehte durch, obwohl ich wusste, dass das mich noch weiter von den Mädels wegführte. Ich zerschlug im Haus sämtliche Teile, die mir in den Weg kamen, auch eine antike Bodenvase, beschädigte dabei die Holztreppe und kreischte begleitend, bis Jani mich bei einem Anfall anbrüllte: „Sag mal, spinnst du?!"
Das bremste mich aus. Meine kleine Tochter hatte mich angeschrien! Ich hielt inne, griff nach dem Autoschlüssel und fuhr mit über hundert Sachen durch den Ort bis in einen Wald hinein. Unterwegs nahm ich nichts wahr, ich weiß nicht einmal, wie ich in den Wald gekommen war. Wahnsinnig.
Im Wald stellte ich das Auto ab, rannte hinein und brüllte aus Leibeskräften, bis ich endlich weinen konnte.

Ich dachte in diesem Moment nicht daran, dass sich meine Mädels Sorgen machten, dass sie weinend ihre Omi und Cony angerufen hatten, dass sie Hilfe brauchten, dass sie mich liebten.

Nach diesem Anfall beruhigte ich mich scheinbar, doch nach jedem Wort über Alex oder nach einem Anruf von ihm, fühlte ich mich schlecht, klein, verlassen. Es ging so weit, dass ich nur noch im Trance auf Arbeit ging, dass ich eine Stunde brauchte, um auch geistig anwesend zu sein, dass ich stundenlang zu Hause im Keller im Dunkeln verbrachte und nicht merkte wie die Zeit verging. Ich kauerte ewig in einer Ecke, wollte niemanden sehen, fühlte mich wie ein dreijähriges, hilfloses Kind. Ich hatte das Gefühl, es regnet schwarze Tusche auf mich, ich bin in einem Wasserstrudel gefangen und werde immer tiefer hineingezogen, meine Hände rutschen immer wieder vom Rand ab. Mein ganzes Leben erschien mir als Qual. Ich fand nichts Schönes mehr daran, dachte, dass ich nur auf dieser Welt sei, um zu leiden. Ich sehnte mich nach Liebe, doch wenn Jani und Josi sie mir geben wollten, tat es weh. Ich konnte nicht mehr weinen oder lachen. Ich war wütend auf meine Mädels, weil ich wegen ihnen weiterleben musste. Ich dachte, ich verliere meinen Verstand.

Das sind alles schreckliche Gedanken, aber sie beherrschten meinen Kopf. Nichts, was lebte, bekam ich von meiner Umwelt mit. Nur Nebel.

Meine Arbeitskollegin erkannte meine Veränderung und suchte mit mir ein Gespräch. Sie erzählte mir von ihren immer wiederkehrenden Depressionen und befürchtete selbiges bei mir. Durch ihre Offenheit, Einfühlsamkeit und Fürsorge ließ ich mich zu einem Arztbesuch bei einem Psychiater überreden.

Dort wurde ich behandelt wie ein rohes Ei, als wäre ich schwerstkrank. Ich fühlte mich gar nicht wohl, wollte am liebsten flüchten. Sie attestierten mir eine schwere Depression. Krankenhaus kam wegen meiner Mädels, die noch minderjährig waren, nicht in Frage. Also bekam ich starke Antidepressiva und eine Überweisung zur Psychotherapie. Das war gar nicht so einfach, denn laut AOK müsste ich entweder zu diesen Ärzten, die mich wie fast tot behandelten, oder nach Bayreuth fahren, der nächste Weg, nur siebzig Kilometer einfach.

Nach langem Suchen empfahl man mir in der Nachbarstadt einen Allgemeinarzt mit psychotherapeutischer Zulassung. Na ja, er redete mir ein, was ich für eine tolle Frau wäre, was schön im Leben sei, was ich für eine tolle Schauspielerin wäre, was ich handwerklich so könnte, mein Sprachtalent, was ich für eine tolle Mutter wäre, bla, bla, bla... Ich hatte selbst drei Jahre Psychologie studiert, dachte der ich bin blöd? Das konnte ich mir auch selbst einreden, wenn ich's nur glauben würde.

Jede Woche zwei Sitzungen, die ich über mich ergehen ließ. Was mir half, waren die Tabletten und die Gespräche mit meiner Arbeitskollegin, natürlich auch die Rücksicht meiner tollen Mädels. Da ich so dahintingelte, ohne richtige ärztliche Behandlung, dauerte die Geschichte ganze drei Jahre. Drei Jahre Gefühlsschwankungen, drei Jahre im Wasserstrudel, drei schwere Jahre für meine Mädels. Ich bin ihnen so dankbar, dass sie trotz allem zu mir gehalten und mich nicht aufgegeben hatten. Ich bin so froh, dass sie ihre Lie-

be zu mir in dieser Zeit nicht verloren haben, dass sie mit mir gekämpft haben, obwohl sie manchmal so allein waren.
In diesen drei Jahren passierte einiges, an was ich mich noch erinnere.
Die Unterhaltszahlungen waren das Eine. Alex wollte natürlich nicht zahlen, ließ sich vom Betrieb feuern, doch über das Gericht setzte ich wenigstens einen Mindestbetrag durch. Alex kommentierte dies mit: „Die Alte nimmt mich total aus." Natürlich war ich dadurch wieder verletzt. Er klagte sein „Leid" sogar einer Journalistin - wenn sie sich überhaupt so nennen sollte – einer hiesigen Wochenzeitung, die eine ganze Seite darüber, mit Fotos und Spendenaufruf, berichtete, natürlich ohne nachzuforschen. Sie glaubte seine Version, und alle Leute konnten lesen, dass ich ihn angeblich ausnahm. Mir raubte dieser Artikel fast den Nerv. Alle sprachen mich darauf an: „Hast du schon gelesen? Weißt du schon?..." Ich wollte davon nichts hören und war es Leid, mich ständig zu rechtfertigen. Obwohl die Leute mir versicherten, dass sie das sowieso nicht glauben, dass Alex sich lächerlich gemacht hätte. Es nagte trotzdem.
Da ich nur halbtags arbeitete, mit meinem Geld drei Personen und das Haus durchbringen musste und ich zusätzlich eine Nachzahlung für das Grundstück leisten musste, suchte ich nach einem Nebenjob. Mein Einsatz als Kellnerin hatte einen guten Eindruck hinterlassen, so dass der Wirt mich als feste Aushilfskraft einstellte.
An manchen Wochentagen arbeitete ich abends, an den Wochenenden tagsüber und half bei Veranstaltungen aus.
Als ungelernte Kellnerin, die noch so tollpatschig war, schüttete ich schon mal dem einen oder anderen Gast die Salatsoße über den Schoß. Als es mir das erste Mal passierte, versuchte ich sofort, die Flecken mit der Serviette abzuwischen. Der erstaunte und vorwurfsvolle Blick seiner Partnerin machte mir erst bewusst, dass das ungeziemt war. Belustigt fragten mich auch andere Gäste, ob ich ihre Hose auch säubern würde. Es brachte mir trotzdem oder gerade deshalb ein gutes Trinkgeld ein.
Anstrengend waren Hochzeiten oder Reisegruppen. Da mussten alle annähernd gleichzeitig das Essen serviert bekommen und so manch einer wusste nicht mehr, was er vorbestellt hatte. Von Rentnern bekam ich schon mal zehn Pfennig Trinkgeld: „Machen Sie sich einen schönen Tag." Oh ja, ganz bestimmt.
Das Trinkgeld gab ich meinen Mädels, damit sie etwas mehr Taschengeld hatten. Meinen Verdienst teilte ich in drei Teile: Urlaub, Haus, ich.
Beim Kellnern wurde ich oft von Männern angeflirtet. Ein Grieche war besonders aufdringlich. Er kam oft mit seinen Brüdern oder Cousins und wollte mich von der Arbeit abhalten beziehungsweise mich nach Hause bringen. Das war echt ätzend. Ich hatte Angst vor denen. Es war lästig. Mein Chef und ein Kollege stellten ihn dann endlich zur Rede und gaben ihnen Hausverbot. Der Grieche rief mir noch nach: „Du weißt gar nicht, was du verpasst. Wenn du mit mir im Bett warst, willst du keinen anderen Mann mehr!" Eingebildet und billig war der gar nicht.
Als alleinstehende Frau wird man wie Freiwild angesehen. Viele Männer wollten mit mir ausgehen, besuchten mich zu Hause, machten mir eindeutige Angebote, sogar verheirate-

te Männer und ehemalige Väter. Mir war das sehr unangenehm. Ich machte ihnen sehr deutlich klar, dass so etwas für mich total tabu war.

Trotzdem kursierten die Gerüchte. Jedes Auto, was in der Nähe von meinem Haus stand, war von einem angeblichen Lover. Mir wurden neben Cony viele Verhältnisse angedichtet. So hätte man mich beim Sex auf dem Feuerwehrschlauch mit einem verheirateten Mann erwischt, im Wald wurde ich angeblich gesehen, beim Shoppen Hand in Hand mit einem Anderen. Sogar meine Freundinnen waren skeptisch. Ich merkte es bei Geburtstagsfeiern, wenn ich demonstrativ zwischen den Kinder platziert wurde. Redete ein Mann mit mir längere Zeit, war seine Frau beleidigt. Ich stellte eine Gefahr für die Frauen dar. Mich belastete das. Ständig musste ich mich rechtfertigen. Was glaubten denn die Leute von mir?

Alexs Freundin wurde schwanger. Wir waren noch verheiratet und sie übrigens auch. Alex hatte es eben eilig. Wie immer: neue Beziehung, Frau „festnageln".

Die Hausangelegenheiten waren endlich geklärt. Ich habe auf der Bank nach einem Superangebot umgeschuldet, brauchte nun nicht mehr die Tausendsechshundert- Mark-Rate bezahlen, die Rate wurde halbiert. Nun waren die Finanzen auch ertragbarer. Der Ablösezins war ein bisschen heftig, das war es mir jedoch wert. Alles musste nun noch vom Notar, auch wieder gegen eine vierstellige Summe, beurkundet werden. Zum Glück hatte ich mir etwas weggespart.

Beim Notar traf ich Alex. Wir besprachen auch die Scheidungsvereinbarungen. Er machte Theater, schrie umeinander. Mir war es peinlich. Zum Schluss verabschiedete sich die Notarin nur bei mir und wünschte mir viel Glück.

Der Scheidungstermin stand fest. Eigenartig, genau am zehnten Jahrestag des Mauerfalls. Ein Datum, das man nicht vergessen kann. Ich nahm mir eine Anwältin, denn gütlich ging es trotz Notarvertrag nicht. Alex drohte gegenüber anderen: „Die zieh' ich über den Tisch, die mach' ich fertig."

Die Scheidung verlief Alex-typisch. Er führte sich wieder auf, wollte sogar noch sechzigtausend Mark für das Haus von mir. Der Richter und sein Anwalt wussten davon nichts und schüttelten nur die Köpfe. Ich hingegen übernahm alle Kredite, einschließlich dem Aufwendungsdarlehen, das Alex mit-„verjubelte" (Türkeiurlaub), und verzichtete auf den Ehegatten-Unterhalt. Ich wollte mir nichts nachreden lassen, wollte mein Leben mit eigenen Mitteln finanzieren. So bin ich eben. Trotzdem verbreitete Alex wieder, dass ich ihn total ausnehmen würde.

Nach unserer Scheidung hatte Alex so richtig Stress. Seine Freundin bekam „sein" Kind noch gegen Ende unserer Ehe, es war jedoch rechtlich das Kind ihres Mannes. Also Vaterschaftsklage, Scheidung, Heirat.

Alex adoptierte ihren Sohn aus erster Ehe, war endlich offiziell Vater des gemeinsamen Babys und stellte die Unterhaltszahlungen für Jani ein. Er wäre ja arbeitslos und hätte nun eine neue Familie zu versorgen, Frau und zwei Kinder. Super. Ich hatte das Gefühl, dass er alles so geplant hatte.

Beim Jugendamt beantragte ich Unterstützung für Jani und Josi, denn auch Josis Vater

bezahlte nichts mehr für sie. Die Antwort: „Ihre Kinder sind schon zu alt. Nur bis zum zwölften Lebensjahr bezahlt der Staat." Bravo, als ob dann die Kinder nichts mehr bräuchten.
Ich ließ mich aber nicht kleinkriegen, arbeitete weiter nebenbei als Kellnerin, renovierte mit den Mädels das Haus - der Außenputz war geschimmelt.
Wir bauten aus Cola-Kästen ein Gerüst, wuschen den Putz mit Bürste und Anti-Schimmel-Mittel ab, grundierten und strichen neu. Anstrengend, aber „frau" kann das.
Ich versuchte das Beste aus der Situation zu machen. Meinen Kindern ging es relativ gut, sie gingen nun beide auf das Gymnasium, hatten ihre Hobbies wie Reiten oder Fußball, bei Schulausflügen bekam ich finanzielle Unterstützung vom Elternbeirat, wir durften bei der Nachbarin im großen Pool baden. Dieses Leben war ich ihnen schuldig. Meine Freundin Nancy erkundigte sich bei mir telefonisch, wie ich so zurecht komme. „Na ja, man muss eben jeden Penny umdrehen. Das ist nicht so einfach. Muss ja auch das Haus abzahlen...Ja, Jani ist gerade im Wald, reiten... ich gehe nachher in den Pool..." Mir war gar nicht so bewusst, was ich da von mir gegeben hatte. Ja, man hat es wirklich nicht leicht als geschiedene, alleinerziehende Mutter.
Die Gerüchteküche wegen der angeblichen Männergeschichten kochte weiter, sogar auf Arbeit bekam ich deswegen Probleme. Unter solchen Umständen wäre ich nicht mehr tragbar. Ich war völlig hilflos. Was konnte ich denn dafür, dass die Leute eine blühende Phantasie hatten. Angeblich wäre an jedem Gerücht ein Körnchen Wahrheit. Wenn ich dieses Körnchen wenigstens gefunden hätte. Ich wusste nicht mehr, was ich machen sollte. Meinen Depressionen gab es Nahrung. Ich konnte mich nicht mehr richtig konzentrieren, hatte Schlafstörungen, wogegen ich vom Arzt Tabletten bekam. Nervös war auch mein Alltag. Bei einem „Tee-Einkauf" für den Kindergarten half mir Josi, die Ware in den Kofferraum zu räumen. Ich war in meiner Hektik zwei Schritte voraus und schlug schon den Deckel zu, als sie noch gar nicht fertig war. Josi hatte es nicht mehr geschafft, den Kopf zurückzuziehen. Sie bekam eine fette Platzwunde am Hinterkopf. Ich drückte ihr ein Tuch auf den Kopf und hieß sie, ins Auto einzusteigen. Dann machte ich noch eilig private Besorgungen. Erst dabei wurde mir bewusst, was ich angerichtet hatte. Ich hätte ihr das Genick brechen können! Und jetzt kaufte ich einfach ein. Die Panik schoss in mir hoch. So schnell es ging, fuhr ich ins Krankenhaus. Auf einmal hatte ich Zeit. Warum war ich vorher nicht besonnener?
Als der Arzt fragte, was passiert sei, und Josi nur „Mama" sagte, hätte ich vor Scham in den Boden versinken können. Wie sollte ich das je wieder gut machen? Der Arzt schlug Eisessen vor, denn die Wunde war nicht so schlimm, wie sie ausgesehen hatte. Nochmal Glück gehabt.
Zu Weihnachten schreinerte ich für meine Mädels jeweils zwei Regale, für mich einen Küchenbeistellschrank. Das lenkte geistig wieder ein bisschen ab und befriedigte mich. Nebenbei wurde noch für den Theaterauftritt geprobt. Diesmal hatte ich die Hauptrolle. Klappte ganz gut, denn ich bekam wunderbare Kritiken.
Doch der Stress ging mir auf den Magen, ich bekam Geschwüre, konnte nicht mehr es-

sen, erbrach sogar. Mittels Medikamente bekam ich das nach einem halben Jahr wieder in den Griff.

In den Pfingstferien schnappte ich meine Mädels, brachte Benny in die Tierpension und fuhr kurzentschlossen mit unserem Auto Constantin nach Ungarn in den Urlaub. Einfach drauflos. Wir mussten raus, brauchten Luft und Abstand.

Am Balaton fanden wir einen beschaulichen, kleinen Ort, mit Burg. Wir waren anscheinend die einzigen Touristen, Ferienhäuser gab es auch nicht. So fragte ich mich mit meinen Ungarisch-Kenntnissen und Wörterbuch nach einer Unterkunft durch.

Die empfohlene, nette Frau überließ uns ihr bescheidenes Haus, nachdem sie erfahren hatte, dass ich alleinerziehend und mittellos bin, für dreißig Mark pro Woche. Das war ein guter Anfang.

Der Urlaub wurde für uns drei Weiber die reinste Erholung. Wir erkundeten den Ort, seine Burg, die westliche Seite des Balatons, den Kis-Balaton, die umliegenden Orte, Schlösser und Höhlen.

Einheimische beteuerten immer wieder, dass wir unbedingt „Ballona" ansehen müssen. Wir glaubten an einen Heißluftballon oder so etwas. Als wir diesen Ort mit suchenden Blicken erreichten, lasen wir auf einem Hinweisschild „Balona". Es war eine Höhle, allerdings noch geschlossen. Aber für unser charmantes, weibliches Dreiergespann wurde sie ausnahmsweise schon eher geöffnet, so dass wir die einzigen Besucher waren. Und das war eine Höhle - und was für eine! Mit einem Kahn durften wir ganz alleine die Grotten, Kanäle und Gesteinsformationen erforschen. Wir genossen die ruhige, phantastische, etwas gruselige Atmosphäre, herrlich. Das war wirklich ein guter Tipp.

An einem anderen Tag klapperten wir die angrenzende Puszta ab und entdeckten eine Wasserbüffel-Farm. Die Betreiber waren sehr freundlich und erlaubten uns, die Farm zu Fuß zu besichtigen. Das war toll. Inmitten der großen Büffel wir drei kleine Wesen. Wir durften sie sogar streicheln. Respektvoll verharrten wir, als eine Herde vorbei galoppierte. Wir waren so begeistert, dass wir gar nicht merkten, wie verdreckt wir waren. Die Farm hatte zwei Wassertümpel, umgeben von Matsch, wohin das Auge sah. Und kein fließendes Wasser.

So schlammbeklebt wie wir waren, stiegen wir in Constantin und fuhren los, auf der Suche nach Wasser, mit geöffneten Fenstern, denn der Gestank war enorm. Bis an den Balaton trieb uns unsere Suche, nirgends ein Brunnen oder ein Bächlein. Auch am Balaton war kein Herankommen, nur vorgebaute Gaststätten.

So schmutzig gingen wir durch ein Lokal, um ans Wasser zu kommen. Mit samter Kluft stiegen wir in das Wasser, das kilometerweit flach war, und genossen nach einem ewig angefühltem Fußmarsch gegen die Wellen, die uns Muschelscherben gegen die Beine schlugen, die angenehme Frische und zurückgewonnene Sauberkeit.

Nicht immer badeten wir in totaler Bekleidung. Es gab auch das andere Extrem. Auf unserer Seeseite war das Wasser nicht so flach. Wir mieteten uns ein Tretboot und „radelten" so weit hinaus, dass wir die Badenden am Strand nicht mehr sehen konnten. Im Schutz einer kleinen Bucht auf der anderen Seite, zogen wir uns splitterfasernackt aus

und erfrischten uns im kühlen Nass. Noch war Spätfrühling und der See nicht aufgeheizt. Nach dieser Erfrischung sonnten wir uns auf dem Tretboot und merkten nicht, dass sich uns ein Fischerboot genähert hatte, dessen Besatzung uns schmunzelnd beäugte. Als wir es bemerkten, tauchten wir mit unseren Bikinis schnell ins Wasser, um uns unauffällig und etwas geschützter wieder zu bekleiden. Dabei stellten wir uns vor lauter Peinlichkeit ein bisschen unbeholfen an, dass es eine gewisse Zeit brauchte. In dieser gewissen Zeit ist zu allem Unglück unser Boot abgetrieben. Zum Glück war Josi eine gute Schwimmerin, die es zurück holte, während ich Jani ein bisschen half, nicht unter zu gluckern. Zum Schluss konnten wir uns kaum noch halten vor Lachen, wir sind eben einmalig.
Jedenfalls ließen wir es uns so richtig gutgehen, wir verzehrten Maulbeeren, Kirschen, Paprika, genossen die Sonne, die netten Menschen und die Leichtigkeit.

Wieder ein Nackenschlag. Der beantragte Rechtsschutz für künftige Forderungen wurde vom ADAC abgelehnt. Begründung: Nach Auskünften unserer Altanwälte wäre durch das Urteil von Prag alles verjährt, keine Rentenansprüche mehr.
Nun stellt sich die Frage: Hat das tschechische Gericht unseren Widerspruch negiert? Steckt es mit denen unter einer Decke? Hat Rechtsanwalt Ü. geglaubt, seine Strategie ist aufgegangen? Man erinnere sich, wir hatten drei Werktage Zeit, um einen tschechischen Anwalt zu finden, der sich in dieser Zeit einarbeitet und für uns ohne Bezahlung, denn Deckungsschutz wurde vom ADAC wieder einmal verwehrt, Widerspruch einlegt. Eigentlich wirklich unmöglich. Nur durch die nette Anwältin hatten wir es noch geschafft.
Ist das der Grund, gehen sie alle von falschen Voraussetzungen aus? Aber wozu hat man eigentlich einen Rechtsschutz? Man merkt genau, dass es hier nicht um den Versicherungsnehmer geht. Hauptsache Beiträge kassieren.
Wenn ich daran denke, dass die Allianz-Versicherung uns die Zahlungen verweigert und stattdessen mit den Geldern Romney beim amerikanischen Wahlkampf unterstützt. Eigentlich müssten wir jetzt Romney um Schadensersatz verklagen, oder? Der verprasst ja unser ganzes Geld.
Wir haben jedenfalls ein ganzes Wochenende lang Unterlagen über die Jahre 2009 bis 2011 zusammengetragen und sortiert und stellen bei der Allianz direkt die Forderungen über Fahrkosten, Gesundheitskosten und Verdienstausfall. Mal sehen, wie sie jetzt reagieren. Lauter Baustellen. Da soll man nicht blöd im Kopf werden.
Meine Schmerzen sind momentan so extrem, dass ich beim Gehen die Krücke brauche. Ich kann einfach nicht auftreten. Zweimal wöchentlich bekomme ich Spritzen, die maximal fünf Stunden anhalten. Mein Arzt will mich in die Schmerztagesklinik schicken, da er nicht mehr glaubt, meinen Schmerz ambulant in den Griff zu bekommen.
Was soll ich sagen? Ich kann mir die Fahrtkosten einfach nicht leisten. So weit bin ich nun schon. Meine Gesundheit muss wegen Geldmangel leiden. Scheiß Unfall. Ich igel mich schon wieder ein.

Deshalb haben wir beschlossen, meine Freundin und deren Familie zu besuchen. Komme was wolle. Auch die Stunde Fahrzeit nehme ich in Kauf. Sonst verliere ich noch voll und ganz den Blick für das Schöne im Leben.
Meine Freundin möchte uns mit Pflaumenkuchen und Kesselgulasch verwöhnen. Ich freue mich schon auf unser Wiedersehen. Vielleicht kann das ein bisschen ablenken und Licht in den Schatten bringen.

Wieder zu Hause gingen die alten Sorgen weiter. Alex kaufte sich meiner Meinung nach meine Mädels ein, was mich immer wieder runter zog, die Männergerüchte kursierten weiter, mein Herz schlug in Conys Gegenwart immer noch wie wild. Nichts war mit „in einem viertel Jahr ist alles vorüber..." Was sollte das nur werden?
Abhilfe brachte mir David, ein Lehrer, den ich an der Kühltruhe im Supermarkt, ganz klassisch, kennenlernte. Von ihm erhoffte ich eine Loslösung von Cony und die Einstellung der Gerüchte.
Wir verabredeten uns. Er holte mich mit seinem Z3 ab. Das Auto ist eine einzige Krankheit. Es fällt auf, und man meint, man säße mit dem Hintern direkt auf der Straße. David fuhr mit heruntergeklapptem Dach im Schritttempo mein Wohngebiet hinunter.
Ich dachte, mich trifft der Schlag. So auffällig wollte ich David nicht der Umwelt zeigen. „Wenn du nicht Gas gibst, steig ich aus!", war somit meine erste Reaktion für das Show-Fahren.
Er stellte mir sein Zuhause vor. Ein im Bau befindliches Haus an einem kleinen Teich. David bewohnte wegen dem Bauschmutz das gut eingerichtete Obergeschoss seiner großen Doppelgarage.
Im Haus befand sich ein riesengroßer Whirlpool, eine Sauna und ein Solarium. Die Fenster waren aus buntem Bleiglas. Ein zweites Auto stand auch in der schon fast wohnlich eingerichteten Garage. Pferde und ein großes Wohnmobil nannte David zusätzlich sein eigen. Luxus pur. Luxus, der mir ein leichteres Leben versprach.
So oft es ging, trafen wir uns. Er brachte meinen Mädels Schokolade mit – wie einfallsreich. Mich beschenkte er mit teurem Parfüm.
Übernachtet wurde bei ihm. Am Anfang war die Neugier, doch so richtig machte mich sein Körper nicht an. Weichlich. Ich brauchte ein paar Gläser Wein, um mich ihm hingeben zu können.
Da David ehrenamtlich Drogenbeauftragter war, hatte er gewisse Kontakte und besorgte uns, nach langem, eindringlichem Betteln meinerseits, Joints. Danach war der Sex phantastisch. So ließ es sich leben. Solarium, Sauna, Whirlpool, Joints und Sex. David versuchte, mich immer aufs Neue zu beeindrucken: Er nahm mir eine CD auf, lud mich zum Essen ein, kochte für mich exotisch, nahm mich auf Reisen mit, er gab sich wirklich Mühe. Das „andere" Leben war verlockend.
Nach einer Weile stellte er mir seine hübsche, erwachsene Tochter vor, mit der ich mich super verstand.
Aber dann befiel mich so ein komisches Gefühl. Ich merkte, dass er mit mir angeben

wollte. Er suchte mit mir Lokale und Diskotheken auf, wo er seine Exfrau vermutete. Mir wurde es zunehmend unangenehm.

Dann versuchte er, mein Leben zu planen: versprach mir ein Auto, wir sollten bei ihm im nun fertigem Luxushaus wohnen, beschaffte mir sogar, ohne mich zu fragen, einen Job in seinem Wohnort. Das war mir zu viel! Ich lasse mich doch nicht kaufen! Das ging gegen meine Ehre. Scheiß auf den Luxus. Nach einem Jahr Beziehung beendete ich diese. Es hatte mir nichts gebracht. Nur eine Scheinwelt, und die Gefühle zu Cony waren auch nicht weg. David nahm die Trennung scheinbar locker. Nach unserer Trennung suchte er per Inserat eine neue und vor allen Dingen blutjunge Freundin.

Ich hatte die Nase voll. Alles ging schief. Unerfüllte Liebe, gescheiterte Beziehungen, Demütigungen, Kampf um die Gunst meiner Kinder, im Job beweisen, eifersüchtigen Ehefrauen meine Unschuld beteuern, beobachtet zu werden, Gefühle des Alleinseins und der Überforderung. Muttis gut gemeinte Worte: „Du bist stark, du schaffst das schon", zogen mich noch tiefer in mein Loch. Ich wollte mein Leben radikal ändern, wollte „Gutes tun", anderen helfen, meinem Leben einen Sinn geben.

Erst spielte ich mit dem Gedanken, nach Afrika zu gehen – meine Mädels hielten mich davon ab. Dann wollte ich ein bedürftiges Kind in Pflege nehmen. Es wurde abgelehnt, weil ich nicht verheiratet war.

Letztendlich bewarb ich mich im SOS-Kinderdorf am Ammersee. Ich wollte weg von hier. Und ich bewegte mich mit großen Schritten auf die vierzig zu. Es musste was passieren. Ich bekam einen Anruf und einen Termin in den Sommerferien für ein Vorstellungsgespräch. Juhu! Ich freute mich schon riesig darauf.

Um die Zeit zu überbrücken, werkelte ich weiter an unserem Haus. Ich fertigte mir bei einem anderen befreundeten Schreiner eine Flurgarderobe an. Dabei musste ich mir die privaten Probleme anhören, und wie mein Wesen so ist, half ich zu trösten, gab Ratschläge, obwohl ich es selbst nötig hatte.

Meine finanzielle Situation verbesserte sich immer mehr, ich konnte den Kredit auf mein Haus ständig sondertilgen, das machte mich stolz. Auch hatte ich genügend Geld, um mit meinen Kindern in den Urlaub zu fahren. Ich besuchte einen Italienisch-Kurs, und Süditalien wurde zu unserer zweiten Heimat. Wir liebten die Menschen, die unberührte Natur, die altertümlichen, beschaulichen Orte, das Ländliche, das Shoppen in Neapel, das Meer, die Sonne. Wir tankten auf, insbesondere ich. Ich wurde gelassener, zufriedener, die Depressionen machten sich ganz klein. Das war ein schönes, kraftvolles, optimistisches Gefühl. Ich war mit einem Mal froh, geschieden zu sein. Mein Leben fühlte sich zunehmend besser an.

Zwischendrin ging es auch mal in die Türkei, um etwas Neues kennenzulernen. Ich befreundete mich mit türkischen Frauen und war erstaunt, wie selbstbewusst und liebevoll sie waren. Die Frauen empfanden sich als Schwestern, es gab keine Konkurrenzkämpfe, eher bestärkten sie sich gegenseitig. Auch diese Erfahrungen ließen mich mein „neues" Leben mit anderen Augen sehen, machten mich „erhabener", sicherer. Ich genoss meine

Unabhängigkeit und die finanzielle Freiheit. Seit ich geschieden war, wuchsen meine Ersparnisse. Es war wunderschön, nicht überlegen zu müssen, ob man sich etwas kaufen konnte oder nicht. Das Geld war einfach da, durch meine Arbeit, ohne Unterhaltszahlungen. Es fühlte sich so relaxt an.

Die Mädels hatten sich inzwischen mit Alex gestritten, weshalb – sagten sie mir nicht. Insgeheim war es mir Recht, doch für die Mädels war es schwer. Alex besuchte alte Bekannte in unserem Ort und fuhr einfach an unserem Haus vorbei. Er kümmerte sich überhaupt nicht mehr. Das tat auch mir ein bisschen weh, denn meine Kinder gingen mir über alles, und ich wollte nur, dass sie glücklich sind. Auch als Jani nach einem Reitunfall mit Gehirnerschütterung und gebrochener Nase im Krankenhaus lag, besuchte er sie nicht. Seine Frau lag im selben Krankenhaus, da wäre er zu sehr eingespannt und würde es nicht schaffen, Jani zu besuchen, berichtete unsere Bekannte, die in der Einrichtung als Schwester der Intensivstation arbeitete. Ich empfand es als Schande. Ich kam zu dem Schluss, dass Alex keine Liebe kennt, dass er sie noch nie gefühlt hatte, denn sonst hätte es ihm doch das Herz zerrissen. Für ihn war Liebe einfach nur Besitz. Ich begriff, dass unsere Ehe nie eine Chance hatte.

Bei Cony und Manu hing der Haussegen schief. Mit Cony erarbeitete ich einen Ortsprospekt und einen Ortsplan mit einigen Werbekunden, denen wir auch Logos entwerfen mussten. Andere Projekte, größere, waren schon in Planung. Deshalb befand ich mich nun wieder öfter bei Cony, worauf Manu zunehmend eifersüchtig reagierte. Sie versuchte, mich und meine Mädels auszuspielen. Das ließ sie uns ständig spüren, wenn wir bei ihnen waren. Wie oft hatte ich mich mit Cony darüber gestritten. Er wollte nicht glauben, dass seine Frau zu so etwas fähig wäre. Es lag außerhalb seiner Vorstellungskraft, er nahm sie immer wieder in Schutz. Wieder fühlte ich mich klein, wollte schon gar auf die „Freundschaft" verzichten, fühlte mich unwohl.

Manu gab nicht auf. Vermutlich antwortete sie für mich auf ein Inserat, woraufhin ich von einem „irren" Arzt gestalkt wurde. Ich bekam schon richtig Angst. Ständig rief er mich an, wollte sich mit mir treffen, bedrohte mich. Ein anderer Mann bekam meine Telefonnummer, der mich nachts ständig anrief. Mich trieben die ganzen Spielchen fast in den Wahnsinn. Meine Mutter wurde von Manu angerufen, sie beschimpfte Mutti, dass sie genauso eine Hure wie ihre Tochter wäre

Dann fühlte sich Manu in depressiv, ließ sich von Cony trösten, was mir wiederum weh tat. Ich traute ihr zu, dass das wieder so ein Spielchen von ihr wäre. Aber sie kämpfte ja um ihren Mann.

Die Beziehung zwischen den Beiden spitzte sich zu. Manu merkte, dass ihre Chancen schwanden, so zog sie zu ihrer Arbeitskollegin. Dorthin wurde auch ich beordert und zum Verhör gestellt: „Liebst du Cony? Warst du mit ihm im Bett? Wie lange geht das schon mit euch?..."

Ich fühlte mich wie ein kleines Kind, verurteilt. Da ich die Ehe der Beiden nicht zerstören wollte, versuchte ich alles, um Manu zu beschwichtigen, sie zur Vernunft zu bringen. Ich schaffte es, dass sie wieder zu Cony zog, Bedingung: er musste sie selbst nach Hause

bitten und abholen.
Es schmerzte mich, von Cony so etwas zu verlangen, es schmerzte mich, dass er dann endlich auf sie zuging. Doch ich wollte es ja so.
Wieder daheim setzte Manu Cony ein Ultimatum: „Es muss etwas passieren. Entweder ich bekomme ein Kind oder wir bauen noch ein Haus. Wenn nicht, dann lasse ich mich scheiden!"
Das war dann Cony zu viel: „Ich lass mich nicht erpressen", war seine Reaktion. Zumal sich Manu das mit dem Kind ganz gut ausgedacht hatte. Cony sollte Hausmann spielen, sie wollte Karriere machen. So war Manu eben.
Es kam, wie es kommen musste. Cony machte keine Zugeständnisse mehr, Manu fuhr in den Urlaub und forderte ihn auf, das gemeinsame Haus zu verlassen. Wenn sie aus dem Urlaub käme, sollte er das Haus geräumt haben.
Nun standen auch die Beiden vor dem Beziehungsruin. Schon wieder fühlte ich mich schuldig. Cony tröstete mich: „Gefühle kann man doch nicht einfach abschalten."
Wo sollte Cony hin? Zu mir kam nicht in Frage, schon mal wegen der Leute nicht und ich wollte noch immer nicht zu meinen Gefühlen stehen, wollte nicht Schuld sein an dem Ende ihrer Ehe.
Zum Glück hatte Cony die Möglichkeit, in ein leerstehendes Haus zu ziehen. Nur musste er es vorher noch renovieren. Es war in einem desolaten Zustand. Die Elektrik musste erneuert werden, Fußboden, Isolierung, Wände streichen, Bad erneuern – Cony schuftete wie ein Wilder.
Zwei Tage bevor Manu zurückkam, räumte er sein Hab und Gut aus, um es in die noch unfertige Wohnung zu bringen. Ich als Freundin half ihm natürlich dabei. Constantin funktionierten wir zu einem Pickup um und fuhren mit zwei Autos mehrmals hin und her. Es war ganz schön anstrengend. Am zweiten Tag hatten wir es dann geschafft, und ich sagte meinen Mädels Bescheid, dass ich diese Nacht bei Cony verbringen werde, um ihm noch beim Einräumen zu helfen.

Gestern waren wir mit der netten Anwältin auf dem Tachauer Gericht und haben meine Gerichtsakte eingesehen, ganze drei Stunden! Die Altanwälte hatten Einiges eingereicht, das das Gericht als neue Beweismittel abgelehnt hatte, welche Überraschung!
Zum Glück hatten wir Berufung eingelegt. Also läuft der Prozess noch. Ich möchte nur wissen, warum das Gericht die Beweise abgelehnt hatte, um nachher festzustellen, dass die Beweise nicht ausreichen! Paradox.
Bei der Akteneinsicht entdeckte die nette Anwältin, dass der Richter eine Übersetzung des Urteils ablehnte, mit der Begründung, dass das Gesetz ihn nicht betreffen würde. Es herrscht reine Willkür.
Was hat das Prager Gericht nur gegen uns? Weil wir Deutsche sind?!
Die drei Stunden und die Autofahrt haben mir ganz schön zugesetzt. Schmerzen ohne Ende. Es ging gar nichts mehr, nicht mal Gehen mit Krücke, nur noch Liegen.
Die Allianz hat geantwortet! Cony bekam heute ein Schreiben.

Aber wie, das ist eine Frechheit:

Allianz pojistovna a.s, .
Motor Property and Liability Claims Division
Ke.Stvanici 656/3 18600 Praha 8
Czech Republic

Date 29.8.2012

Fax +420242455512 956 95
E-mail intnational.claims@allianz.cz Germany
Pages: 1/1

Informace o skodne udalosti /Information about the claim

Sehr geehrte Herr K.,

ihren Brief vom 14.8.2012 (uns übermittelt am 23.8.2012) haben wir zur Kenntnis genommen. In Ansehung dessen, daß bisher das Gerichtsverfahren in der gegenständlichen Sache vor dem unabhängigen Zivilgericht nicht rechtskräftig beendet wurde, werden wir jetzt zur Sachen nicht äußern.

S pozdravern // Best regards

Tomas K.   Jan S.
Director of department   Team leader

Was soll das jetzt heißen? Geht uns nicht an?! Gerade weil das Urteil nicht rechtskräftig ist, müssten sie doch auf unser Schreiben eingehen. Typische Taktik der Versicherungen, insbesondere der feinen Allianz, über deren Machenschaften doch schon genug im Fernsehen gesendet wurde. Was wollen sie tun, wenn die große Mehrheit wegen Vertrauensmangels die Verträge bei denen kündigt? Das würde Milliarden kosten. Na dann gehen sie eben Pleite und bekommen Unterstützung vom Staat. Die stinkigen Fischköpfe haben sowieso schon ihre Schäfchen ins Trockene gebracht.
Wir werden kämpfen! Nun wird Strafanzeige gestellt. Mal sehen, von wem sie da dann unterstützt werden. Es bleibt also spannend.

Conys neue Wohnung hatte Gestalt angenommen, richtig schön und wohnlich. Cony hatte viel selbst gebaut: eine Massivholzküche, Regale als Raumteiler, Schreibtische. Die

Fußböden und die Wände waren neu, und im Bad hatte er aus meinen gesammelten Fliesenbruchstücken aus Süditalien geniale Kunstwerke geschaffen, als Deko in die Wände eingelassen. Mitgenommen hatte er seine Bilder, Omas Schrank, Tisch, Stühle, die Lümmelcouch und das selbst gezimmerte Bett.
Diesen Anblick besiegelten wir nach getaner Arbeit mit einem Schluck Wein. Und nun? Wir waren frei. Beide. Unsere Gefühle mussten wir nicht mehr verstecken. Wir durften ihnen nachgeben.
Wie sagte mir Cony vor vier Jahren? „Wir haben alle Zeit der Welt." Diese Zeit war nun greifbar, und wir griffen danach.
Es war eine wunderschöne Nacht, voller Prickeln, Begierde, Lust, Neugier und Erfüllung. Wir passten zusammen wie ein Topf und sein Deckel. Mir wurde klar, dass alles bisher hatte so sein müssen. Vorherbestimmung. Jetzt hatte ich meinen Deckel gefunden. Ich fühlte mich zu Cony noch mehr hingezogen, noch verliebter, aber irgendwie mit mehr Sicherheit, Gelassenheit und Reife. Ich war glücklich.
Am nächsten Morgen beschlossen wir, uns einen schönen Tag zu machen und fuhren in die benachbarte tschechische Republik, um den Tag zu genießen und die Schönheit der Welt zu erleben. Es war ein sonniger 20. April 2002.
Wir schlenderten verliebt und gefühlsmäßig vereint durch Marienbad, bestaunten die prunkvollen Hotels und aßen gut zu Mittag. Danach erkundeten wir das Umland von Marienbad. Am Nachmittag entdeckten wir im Wald versteckt einen uralten, kleinen Stauweiher, an dem ich unbedingt Halt machen wollte. Wir genossen die Ruhe, untersuchten die alte Technik und erwärmten uns gegenseitig das Herz. Doch so langsam musste ich wieder nach Hause zu meinen Mädels. Natürlich wollte ich ihnen die „neueste Neuigkeit" verkünden. Ich war gespannt auf ihre Reaktion.
Auf der Weiterfahrt wunderten wir uns, dass die Tschechen immer noch sehr ärmlich lebten. Cony fuhr gemütlich, damit ich alle Eindrücke verarbeiten konnte. Er kannte mich schon: hinter jeder Ecke vermutete ich etwas Spannendes und fand es auch.
Auf halber Strecke von Marienbad nach Hause passierte es. Der wahre Wahnsinn.
Ich drehte meinen Kopf in Richtung Straße, dachte noch an das verfallene Haus am Straßenrand und sah plötzlich zwei Scheinwerfer. Dann der Knall.
Erst viel später realisierte ich, dass uns ein Wagen mit überhöhter Geschwindigkeit frontal auf unserer Straßenseite gerammt hatte, und ich habe erfahren, dass dessen Fahrer betrunken war.
Als ich wieder zu mir kam, erschien alles wie ein Traum. „Meine Kinder...", fiel es mir wie im Rausch ein. Dann sagte mir eine innere Stimme: „Du musst schreien!" Wie ferngesteuert versuchte ich mühsam zu schreien, klägliche Gurrlaute angefüllt mit Glasscherben verließen meine Kehle. Ich würgte, hustete, spuckte - und konnte endlich atmen.
Erst jetzt wurde mir die Situation bewusst. Oder war es doch ein Traum? Wir befanden uns irgendwo im Dreck. Cony stöhnte. Plötzlich war ich hellwach, musste alles unter Kontrolle halten, damit nichts schlimmer wird.
Meinen Kopf konnte ich nicht bewegen, beide Arme schmerzten, mein Gesicht brannte,

der Rücken und die Brust quälten mich und ich hatte schreckliche Kopfschmerzen. Vorsichtig legte ich meinen linken Arm auf Conys Körper, der sich zu bewegen begann. „Bleib ruhig. Ich bin bei dir. Nicht bewegen. Ich bin da", versuchte ich ihn in der Ahnung auf gefährliche Verletzungen zu beruhigen.
Dann schaute ein Frauengesicht durch die zersplitterte Scheibe: „Der Arzt kommt gleich." Endlich war Hilfe da. Immer wieder driftete ich ab, wieder bei Bewusstsein beruhigte ich Cony und dachte an meine Kinder.
„Alles in Ordnung? Ich bin Arzt", fragte mich ein Mann in gebrochenem Deutsch, der sich zu mir herein beugte.
„Mein Arm, meine Hand, mein Schlüsselbein und mein Rücken sind gebrochen", berichtete ich. Ungläubig erkundigte der Mann sich: „Spüren Sie die Beine noch?" „Ja." „Das kann nicht sein", erwiderte er. Dann erklärte er mir, dass Cony aus dem Auto geschnitten werden muss, weil er so eingeklemmt sei. Außerdem müssten sie ihn zuerst behandeln, da er so viel Blut verliere.
Ich hörte es ohrenbetäubend krachen und Cony immer wieder stöhnen. Wieder und wieder beruhigte und streichelte ich ihn, so gut es eben ging, unter Schmerzen und ständigen Bewusstseinsverlusten. Es war für mich alles nicht wirklich.
Einen Feuerwehrmann wies ich an, dass er meine Mädchen benachrichtigen soll. Er nickte. Ich hatte keine Kraft, ihm die Telefonnummer zu sagen, glaubte durch meinen Reisepass kriegten sie es raus. Ein netter Krankenpfleger versicherte mir in gutem Deutsch, dass er sich um unsere Sachen kümmern werde.
Endlich war es geschafft. Cony lag im Krankenwagen. Sanitäter und der Arzt versuchten, mich aus dem Wagen zu ziehen. „Mein Rücken!", schrie ich in panischer Angst. Ich musste zum Sanker laufen. Im Sanker lag auf der einzigen Liege Cony, ich musste mich auf so etwas wie einem Stuhl setzen. Meine innere Stimme impfte mich immer wieder: „Mach dich steif!" Beim Gehen, bei der Fahrt mit dem Sanker durch die Schlaglöcher: „Mach dich steif!"
Im Krankenhaus angekommen, ich glaube, ich hatte unterwegs einige Aussetzer, kamen die Untersuchungen. Wieder gehen, wieder stehen. „Mach dich steif!" Instinktiv folgte ich diesem Befehl. Die Kleidung wurde mir vom Körper geschnitten, röntgen, danach wartete ich in einem Bett mit einem Tropf an der Hand, nackt und frierend auf das, was noch kommt. Immer wieder wurde es mir schwarz vor den Augen. In lichten Momenten registrierte ich noch ein Bett, sonst nur Dunkelheit und Schmerzen.
Immer wieder musste ich mich übergeben, einfach ins Bett hinein, denn ich hatte weder eine Schale noch die Kraft aufzustehen.
Endlich standen Ärzte vor mir und teilten mir zuerst die gute Nachricht mit: Cony ist stabil und mit dem Rettungswagen auf dem Weg ins Krankenhaus in unsere Heimat. Ich atmete auf. Nun war ich dran, die schlechte Nachricht: Nicht transportfähig, wegen zertrümmerter Wirbelsäule mit Splitter im Wirbelkanal. Ich durfte mich nicht bewegen.
„Meine Kinder!", würgte ich heraus. Sie nickten nur. Eine Ärztin versuchte mehrfach bei geöffneter Tür, mir einen Blasenkatheder zu setzen, bis es endlich klappte. Ich fühlte

mich hilflos und ausgeliefert, zur Schau gestellt, denn ständig sah ich Schatten an der Tür vorbei huschen. Derweil übergab ich mich weiter. Ich fühlte, dass meine Intimsphäre verletzt wurde und konnte nichts dagegen tun.
Danach bekam ich für das gebrochene Schlüsselbein einen Rucksackverband und der linke Arm sowie die linke Hand wurden eingegipst. Außerdem zogen sie mit so etwas wie Klebestreifen die vielen Glassplitter aus meinem Gesicht. Es fühlte sich schrecklich an, als wäre ich ohne Haut.
Der nette Krankenpfleger erschien, brachte alle unsere Wertsachen wie Fotoapparat, Geld und Ausweise und redete auf mich ein: „Sie müssen weinen. Sie müssen weinen. Sie werden hier nicht gesund. Sie müssen hier raus!" Aber keine Träne wollte rollen. Ich verlor das Bewusstsein. Irgendwann wachte ich auf. Alles war dunkel, ich musste erbrechen und bemerkte den Gestank. Mein nackter Körper und das Bett waren über und über mit Kotze beschmiert. Ich schwamm regelrecht darin. Mit mir im unbelüfteten Zimmer lag eine Frau, die mich in Tschechisch ansprach. „Njemetzki", versuchte ich ihr zu erklären. Da begann sie auch noch, mich zu beschimpfen.
Zum Glück kamen zwei Krankenschwestern, die ihr Bett aufschüttelten. Sie unterhielten sich. Mit mir redete ja keiner, was wohl an meiner Sprache lag. Ich schnappte einen Wortfetzen auf, der mich mit ihnen in Kontakt bringen sollte: „Zigarett..."
Das musste ich nutzen! Meine Mädels sollten doch erfahren, warum ich nicht nach Hause kam! „Zigarett", wiederholte ich. Ungläubig schauten sie mich an und deuteten mir mit Gesten die Frage, ob ich rauchen will.
Wie pervers ist das denn? Ich bin schwerstverletzt, und die fragen mich, ob ich rauchen will. Als ob ich jetzt echt nichts Anderes im Sinn hatte. Aus Angst, den Kontakt wieder zu verlieren, nickte ich. Die zwei Krankenschwestern schoben mich kurzerhand mit dem Bett in einen Behandlungsraum, steckten mir eine Zigarette in den Mund und gaben mir Feuer. Ich konnte mich ja nicht bewegen. Den Aschenbecher stellten sie mir auf die Brust. Ich kam mir echt beschissen vor, ich wollte doch gar nicht rauchen sondern nur telefonieren.
„Telefon? Kinder", wagte ich es vorsichtig. Sie nickten und wählten meine genannte Telefonnummer. „ Nix Kinder, Maschin", hielt eine Schwester den Hörer hoch.
Ich bejahte schnell und sie legte mir den Hörer unter das Ohr.
„Hallo hier ist Mama. Macht euch keine Sorgen. Bin in Marienbad im Krankenhaus. Nicht weiter schlimm. Nur der Rücken ist ein bissl kaputt. Bussi Mami."
Ich war erleichtert. Jetzt wissen sie Bescheid. Aber – so ein Blödsinn – nicht weiter schlimm. Ich wollte eben, dass sie sich keine Sorgen machten.
Ich wurde wieder in das Zimmer geschoben. Ich schloss die Augen, jetzt konnte ich meinem Körper nachgeben und ruhen, wenn nur das ständige Erbrechen nicht gewesen wäre.
Am nächsten Tag erschien Josi. Jani, die gerade sechzehn war, hatten sie leider nicht über die Grenze gelassen, weil ihr Pass einen Tag abgelaufen war. So musste Josi den Weg ins Krankenhaus selber finden, und das bei ihrem Orientierungsvermögen. Nach einer Irrfahrt von zirka zwei Stunden war sie endlich da. Wie ich mich freute. Doch selbst Freu-

dentränen konnten kaum noch rinnen.

Liebevoll säuberte mich Josi und veranlasste, dass ich vom Tropf kam. In meinem Delirium hatte ich behauptet, ich wäre dagegen allergisch. Wahrscheinlich erinnerte mich dieses Übergeben an die Geburt von Josi. Na ja, es wurde gemacht.

Später erschien sie dann mit Mutti. Jani hatte sie angerufen, und Mutti fuhr sofort die hundertdreißig Kilometer, um uns beizustehen. Mit Jani hatte sie zwischenzeitlich schon Cony besucht und konnte mir berichten, dass es ihm den Umständen entsprechend gut ging.

Mutti war geschockt vom Zustand des Marienbader Krankenhauses. Später berichtete sie mir, dass der Stuhl fast zusammenfiel, der Schrank hing aus den Angeln, das Fenster ging nicht zu öffnen, es war schmutzig und aus dem Wasserhahn kam eine braune Brühe. Und ich hatte doch so viel Durst!

Da mittlerweile mein Bett keine saubere Ecke mehr hergab, setzten Josi und Mutti energisch durch, dass ich frische Bettwäsche bekam. Zu diesem Zweck hob mich ein Pfleger einfach so mit beiden Armen in die Höhe. Ich glaubte, mein Rücken fällt auseinander, und die Schmerzen! Da hatte ich mich zum ersten Mal in meinem Leben von außen gesehen. Ich sah von oben den Pfleger mit schütterem Haar, links Mutti und Josi lehnte rechts am schäbigen Metallbettrahmen. Ich schwebte.

Wieder im Bett gelandet, fühlte ich mich wohler. Josi wusch mich noch einmal gründlich ab und zum Dank erbrach ich in ihr Gesicht. Ich konnte das einfach nicht kontrollieren. Wie ein spuckender Vulkan. Nachdem mich Josi geduldig fertig säuberte, verlangte ich nach einem Spiegel. Ich wusste, dass mit meinem Gesicht etwas nicht stimmte. Es fühlte sich so wund an, und ich durfte es nicht berühren. Ich wollte unbedingt wissen, was damit ist, ich hatte Angst. Auch Mutti, denn sie traute sich nicht. Nach langem Bitten reichte sie mir zögerlich den Spiegel: „Nicht erschrecken." Das ganze Gesicht war verbrannt, die Haut hing in Fetzen runter. Schrecklich. Sollte ich so entstellt bleiben? Ich heulte los. Endlich.

Meine sensationellen Töchter organisierten den Rücktransport nach Deutschland. Ich musste nach Hause, das war allen klar. Allerdings verweigerten die Auslandskrankenversicherung sowie der Schutzbrief den Rücktransport. Begründung: Der Unfall ereignete sich nur zwanzig Kilometer Luftlinie nach der Grenze. Klauseln, die man nicht kannte. Wer liest denn schon immer das Kleingedruckte. Und meine Unfallversicherung hatte ich ja in gutem Glauben gekündigt. Zum Glück kannte Josi Sanitäter beim Roten Kreuz. Mutti hatte schon herumtelefoniert, welches Krankenhaus geeignet war und mich aufnehmen würde. Nun musste meine Familie nur noch zusichern, dass sie für die Kosten des Krankentransportes selbst aufkommen. Das war ja keine Frage, es ging ja um mich.

Es war schon am nächsten Tag abends, nichts zu essen, nichts zu trinken, ab und zu Spritzen in den Oberschenkel und ständiges Erbrechen. Ich siechte in meinem eigenen Dreck so dahin, als ich jemanden an der Tür vorbeischweben sah, deutsche Wortfetzen von sich gebend. „Sprechen Sie deutsch?", war meine hoffnungsvolle, schnell gestellte Frage. Ein Mann kam herein. Es war Josef, ein Bekannter von Josi. „Was machst du denn hier?",

wunderte ich mich, denn ich wusste noch nichts von den Aktivitäten meiner Mädels.
„Na, wegen dir sind wir da. Wir kommen dich holen." Manfred kam mit einer aufblasbaren Liege um die Ecke. Vor Glück, Erleichterung, Fassungslosigkeit und Seligkeit liefen mir die Tränen hemmungslos herunter. Ich konnte nur noch schluchzen. Rettung war da!
Sie erzählten mir, dass es Cony gut gehe, setzten mir einen Zugang mit Schmerzmittel und Kochsalzlösung und begannen, mit den Ärzten zu verhandeln. Die wollten mich einfach nicht herausrücken. Wahrscheinlich sahen sie in mir eine gute Geldquelle, die sie dringend brauchten. Denn ein paar Monate später, so erfuhr ich, ging dieses Krankenhaus pleite, naja, nicht verwunderlich bei dem Zustand und Service.
Manfred sagte: „Ohne Katya fahren wir nicht nach Hause." Josef: „Ich pack mal schon mein Kissen aus." - Aber das half auch nichts. Letztendlich verfrachteten die Beiden mich behutsam auf das stabile Luftbett, polsterten mich ab und drängten die in der Tür stehenden Ärzte zur Seite. Einer schob mir noch schnell einen Zettel unter die Nase, den ich unterschreiben musste. Das tat ich auch, ich weiß nur nicht mehr wie – in meinem Zustand. Das mochte eine Unterschrift gewesen sein!
Mit dem Krankenwagen ging es nun fast im Schritttempo nach Deutschland. Die Fahrt erschien mir ewig. Ständig musste ich erbrechen, das ganze Auto schwamm. Aber freundlich wie ich bin, entschuldigte ich mich jedes Mal dafür. Mir tat es wirklich Leid, und es war mir äußerst unangenehm, ich konnte den Schwall meines Mageninhaltes nicht abschwächen. Josef säuberte mich geduldig und sprach beruhigend auf mich ein, während Manfred fuhr. Irgendwann fragte Manfred: „Josef, wo muss ich denn hin? Nach Brumov oder Pilsen?" „Weiß ich auch nicht." „Nach Brumov", navigierte ich krächzend. Irgendwann hielt Manfred an und drehte das Fenster runter.
„Ich hab' die Katya im Wagen", erklärte er. „Endlich, fahrt weiter." Wir waren an der Grenze! Es war gut zu fühlen, dass ich erwartet wurde, dass ich völlig sicher war.
Die Weiterfahrt ins Krankenhaus war wieder endlos. Erbrechen – entschuldigen – nur nicht einschlafen. Ich weiß auch nicht warum, dachte aber, ich müsste hellwach bleiben, managen. Was man im Delirium so glaubt. Wahrscheinlich war das so in mir drin, weil ich kurz nach dem Unfall alles unter „Kontrolle" hatte, was vielleicht sogar überlebenswichtig war.
Josef erzählte mir, dass ein Hubschrauber schon bereit gestanden hätte, falls sie es nicht schaffen würden. Aber so würden sich die Kosten in Grenzen halten. Bei einem Fremden hätten die Beiden die Aktion sowieso nicht gemacht, das Risiko wäre zu groß gewesen, erklärte er mir. Was für ein Glück, dass man sich auf dem Land eben kannte.
Im Krankenhaus, kurz vor Mitternacht endlich angekommen, informierte Manfred zuerst per Telefon meine Mädels: „Eure Mama ist jetzt in Sicherheit. Alles gut. Nun geht endlich schlafen." Ich konnte die Erleichterung direkt spüren.
Währenddessen musste ich alle Untersuchungen noch einmal über mich ergehen lassen, weil die tschechischen Ärzte keine Krankenunterlagen mitgegeben hatten. Ergebnis: Trümmerfraktur des dritten Lendenwirbels mit Splittern im Wirbelkanal, Fraktur des zwölften Brustwirbels, das rechte Schlüsselbein war kompliziert gebrochen, Trümmer-

fraktur der linken Hand, Fraktur des linken Ellbogens, Verbrennungen im Gesicht (durch die heißen Gase des geplatzten Airbags), zusammengefallene Lunge rechts und Blutungen im Bauchraum. Das reichte erstmal. Diesmal hielt ich die Untersuchungen leichter aus, denn durch die medikamentöse Versorgung durch meine beiden Freunde waren die Schmerzen wenigstens reduziert, wenn nur das „Kotzen" nicht wäre. Die Gehirnerschütterung tauchte in den Arztberichten später nicht mehr auf. Allerhand andere Dinge hatten Vorrang, da ist so eine Gehirnerschütterung nur eine Kleinigkeit.

Der Blasenkatheder wurde erneuert, denn der tschechische wäre aus dem letzten Jahrhundert, der Rucksackverband verbessert, der linke Arm bis einschließlich der Hand neu eingegipst, mein Gesicht bekam eine Salbe, ich sollte die losen Hautfetzen einfach immer wieder ankleben.

Leider musste ich auf dem Gang schlafen, zur Beobachtung, wie man mir sagte. Es war mir äußerst unangenehm. Alle, die vorbei gingen, stierten in mein Bett. Bei der Morgenwäsche durch eine Krankenschwester wurde ich von Fremden beäugt, selbst beim Benutzen des Schiebers, alles öffentlich, ich fühlte mich entblößt, schämte mich, war wieder ausgeliefert.

Endlich im Zimmer kamen gleich zwei Ärzte und stellten sich als Ober- und Chefarzt vor. Sie erklärten mir die Notwendigkeit einer Operation. Ohne OP müsste ich neun Wochen bewegungslos ans Bett „gefesselt" werden, denn durch Bewegung könnten die Splitter im Spinalkanal wandern, und was das bedeutete, war klar. Die Chancen, nicht querschnittgelähmt zu werden, verringere sich durch die OP auf fünfzig Prozent. Ob ich einverstanden wäre. Blöde Frage, immerhin besser, als ewig steif herumzuliegen und trotzdem zu neunzig Prozent dieser Gefahr ausgesetzt zu sein. Allerdings müsse sich erstmal mein Kreislauf wieder stabilisieren, in zirka zwei Tagen würde es vielleicht soweit sein.

Nun wurde mir bewusst, in welcher Gefahr ich mich befunden hatte. Und wie sind die in Tschechien mit mir umgegangen?! Sie hatten mir nicht geglaubt. Ich musste stehen, gehen und sitzen. Zum Glück leitete mich meine innere Stimme, was ich tun sollte. „Mach dich steif" - war meine Lebenserhaltung.

Das Schlüsselbein musste auch geschraubt werden, weil so ein komplizierter Bruch von allein nicht richtig zusammenwachsen könnte. Aber das wäre nicht so wichtig, wie die Wirbelsäule, das hätte Zeit bis eine Woche nach der ersten OP. Der Chefarzt streichelte vorsichtig mein Bein.

Mit einem überfüllten Kopf und vielen Schmerzen ließen sie mich zurück. Ich konnte nicht alleine essen, wurde von einer Praktikantin gefüttert und gewaschen. Letzteres bei zurückgezogenen Vorhängen. Da das Krankenhaus eine neue Fassade bekam, stand das Gerüst auch noch ausgerechnet vor dem Fenster, an dem ich lag. Ein neugieriger Bauarbeiter wollte vor Faszination gar nicht weiter arbeiten. Entnervt schrie ich das arme Mädchen an. Ich wollte mich nicht weiter zur Schau stellen lassen. Sie begriff und war nunmehr umsichtiger. Nichts konnte ich allein, außer in das komische Gerät blasen, was meine Lunge wieder aufbauen sollte. Schrecklich, von anderen abhängig zu sein, sich

nicht bewegen können, nur flach liegen, die Notdurft nicht richtig entfernt, alles juckt und schmerzt. Sogar das Herz, denn ich habe von meinen Mädels erfahren, dass Manuela bei Cony am Bett sitzt. Und ich konnte nichts tun. War hilflos, kein eigenständiger Mensch. Und die Schmerzen. Ich hielt alles nicht mehr aus. Ich wollte nicht mehr, war kraftlos.
In diesem Zustand fand mich meine Schwester Kirsten auf. Lange stand sie an meinem Bett und redete mir Mut zu. Sie machte sich echt Sorgen, wollte mir helfen, mich wieder aufbauen. Bis sie energisch wurde. Sie gab mir etwas Lebenswillen zurück. Ich müsste immerhin an meine Mädels denken, die jeden Tag nach der Schule mich stundenlang besuchten. Mir war es gar nicht bewusst, wie sehr ich sie in Anspruch genommen hatte, war nur froh, sie bei mir zu haben, sie linderten meine Schmerzen und Kirsten verpasste mir den richtigen Schubs. So kam ich wenigstens wieder ein bisschen in die Welt zurück.
Mit einem Beruhigungsmittel für die erste OP vorbereitet, wurde ich per Fahrstuhl in den OP-Saal gefahren. Ich freute mich derart auf meine in Aussicht stehende Besserung, dass ich statt müde und ruhig zu sein, aufgeregt Lieder trällerte. Im Fahrstuhl fragte mich eine Krankenschwester besorgt, ob ich denn keine Angst hätte, schließlich sei das die erste Rücken-OP dieses Arztes überhaupt. Was? Das hatte mir niemand vorher gesagt, aber es war mir „wurscht". Hauptsache, mir wird geholfen. Meine innere Stimme gab mir Sicherheit.
Nach der ersten Operation ging es aufwärts. Im Aufwachraum behandelte man mich wie ein rohes Ei, jeder Wunsch wurde mir erfüllt. So bekam ich Buttersemmeln mit Kakao, ein Nikotinpflaster, Musik, ich wurde gewaschen, gekämmt – ich fühlte mich dort sauwohl. Die Übelkeit war fast weg.
Zurück auf dem Zimmer war es dann nicht mehr so wohlig. Da ich mich noch immer nicht bewegen konnte, musste ich mir die Fürsorge der Krankenschwestern mit drei anderen Patientinnen teilen, und diese hatten ständig Besuch, so dass es mit der Ruhe dahin war.
Als interessanter Fall wurde ich zur „Chefarzt-Patientin", jeden Tag machten er und der Oberarzt bei mir eine Stippvisite, bei der mich der Chefarzt liebevoll streichelte. Das Krankenhauspersonal gab sich auch viel Mühe. Und die Küche erst! Wie in einem Hotel: Wahlessen von drei Menüs oder wenn man darauf keinen Appetit hatte - ala carte, das Frühstück konnte man sich maßlos zusammenstellen, Brot, Brötchen, Wurst, Marmelade, Kaffee, Kakao, Ei, Müsli, alles was das Herz begehrte. Auch meine Mädels waren unheimlich liebevoll. Obwohl Josi mitten im Abitur war, besuchten mich die beiden täglich und blieben ein paar Stunden. Ich genoss ihre Nähe, die mir Halt gab.
Gleich nach der Operation bekam ich einen Schmerzdiffusor, den ich nach Bedarf benutzen konnte. „Wir brauchen hier keine Indianer", erklärte mir der Anästhesist. Das war gut, denn so bekam mein geschlauchter Körper etwas Ruhe.
Die zweite OP stabilisierte meine rechte Körperhälfte, sodass ich dann schon alleine essen konnte, wenn auch umständlich: der linke Arm und die Hand eingegipst, Flachlage, und rechts eine Schiene. Aber es ging! Trotzdem brauchte ich noch immer Hilfe. Mir

juckte alles. Josi und Jani brachten mir einen großen Schuhlöffel mit, den ich dann an allen versteckten und zugänglichen juckenden Stellen entlang schabte. Ein Wohltat. Nun fehlten nur noch - endlich - saubere Haare.
Dabei half wieder Mutti. Die hintere Bettbegrenzung wurde entfernt, alles mit Plastikfolien abgedeckt, Josi hielt meinen Kopf, Mutti schäumte und massierte mir die Kopfhaut und Jani goss aus einer Kanne Wasser darüber. Volles Programm. Ah! So fühlte ich mich wieder frisch.
Auch Cony wurde regelmäßig von den Dreien besucht. Man hielt mich auf dem Laufenden, er wurde ständig operiert und musste in die Uni-Klinik verlegt werden. Sein Becken war zertrümmert, das Bein halb abgerissen, weil es im Unfallauto eingeklemmt war, und das Sprunggelenk war im Eimer, dazu war er selten ansprechbar, immer im Delirium. Wir brauchten also nicht zu konkurrieren, hatten beide das große Los gezogen.
Meine Psyche hatte trotz aller Fürsorge einen kleinen Knacks. Ich fragte mich so manches Mal, wozu das alles, es wäre besser gewesen, wenn ich nach dem Unfall die Augen nicht wieder geöffnet hätte. Oder nicht angeschnallt - „Da hätte man Sie mit einem Löffel von der Straße kratzen müssen". Na und, ich hätte nichts mehr gemerkt. Knall – tot. Es wäre so einfach gewesen.
Mittlerweile ging es körperlich jeden Tag spürbar besser. Zwar musste meine Hand nochmal gebrochen werden, weil sie falsch zusammengewachsen war (und das bei vollem Bewusstsein, eine Kleinigkeit bei den ganzen Verletzungen), meine Hautfetzen im Gesicht wurden ständig mit Panthenol wieder angeklebt - zeigte auch schon Wirkung, und die Blutungen im Bauchraum waren weg, ich war also „vorzeigbar". Meine Mädels „gaben mich den Besuchern frei". Freunde, Arbeitskollegen, Bekannte, alle sorgten sich um mich.
Aber da war doch noch was?
Eines Morgens kam mein enormes Wahlfrühstück mit einem Kuchen, einer Kerze und einer Karte vom Krankenhausteam. Ach ja, ich hatte doch Geburtstag, den vierzigsten.
Ich Blödmann hatte noch vor dem Unfall verkündet: „Zu meinem Geburtstag hau ich ab, da bin ich nicht da." Ich wollte dem Besucherstrom aus dem Weg gehen. Aber so? Sich selbst erfüllende Prophezeiungen. So hatte ich das nicht gewollt. Das nächste Mal muss ich konkreter sein.
Das Telefon klingelte, alle Kindergartenkinder sangen mir ein Ständchen und sagten, dass sie mich vermissten. Das war ein Geburtstagsgeschenk, Tränen über Tränen. War das lieb! Natürlich bekam ich an diesem Tag viel Besuch: mein Chef, der Filialleiter der Bank, meine Freundinnen, meine Arbeitskolleginnen mit Sekt und Eis - hmm!, ein Strauß Rosen von Cony über Fleurop und meine Familie. Der Tag verging wie im Flug. Er war auch sehr anstrengend, so sehr, dass ich alle Details vergessen habe. Eins wusste ich: Ich will gesund werden!
Mein Darm machte erst 'mal einen Strich durch die Rechnung. Die Peristaltik funktionierte nicht mehr, nicht einmal pupsen ging. So bekam ich ein Röhrchen in den After und drei Einläufe, von welchen erst der dritte Wirkung zeigte. Ohne Vorwarnung als Ge-

schoss. Explosion pur, bis in meine sauberen Haare, das ganze Bett. War mir das peinlich. Aber lieber ein Ende mit Schrecken als ein Schrecken ohne Ende. Der Anfang zu meinem Vorhaben war gemacht.

"Tropf, tropf, tropf", rinnt die kalte Flüssigkeit langsam in meine Vene. Der vierte Versuch hatte geklappt. Die Nadel sitzt, es wird nicht mehr dick, und das schmerzlindernde Elixier kann fließen.
Wieder einmal bin ich zur Schmerzbehandlung im Krankenhaus. Nichts ging mehr, konnte kaum noch laufen, hatte mich nur noch mit Schmerzmittel zugepumpt, was nicht lange anhielt. Alle Besuche musste ich absagen: Das Baby von meinem ehemaligen Kindergartenkind und seiner Frau konnte ich nicht besuchen, da sie bei Berlin wohnen, auch meiner Mutti musste ich absagen. Das Autofahren bereitete mir zu viele Schmerzen. Mein Arzt schlug mir eine ambulante Behandlung in einer Schmerztagesklinik vor, die ich ablehnen musste, denn erstens kann ich nicht so lange Autofahren und zweitens kann ich mir bei meiner Rente die Fahrtkosten nicht leisten, das wären pro Woche zirka vierhundert Kilometer, und das fünf Wochen lang.
Die Krankenkasse zahlt in diesem Fall nichts. Nach Rücksprachen mit einigen Ärzten (mein Arzt ist der beste) wurde beschlossen, dass über die Schmerztagesklinik die Voruntersuchungen gemacht werden, über einen Belegarzt bekäme ich eine Krankenhauseinweisung in ein näheres Krankenhaus, stationär, anschließend Reha-Antrag im selben Haus, wo die Chefärztin schon informiert wurde. Ich wäre meinem Arzt beinahe um den Hals gefallen vor Freude, endlich kann mir geholfen werden, wenn es auch kompliziert klingt.
Nachdem alle Vorbereitungen getroffen waren, erlebte ich noch eine riesige Überraschung.
Am Wochenende vor dem Krankenhausbesuch kochte Cony auf, ich hatte mich schon gewundert, wer das alles essen sollte. Dann kam ein Auto. Der Berg kam zum Propheten! Mein ehemaliges Kindergartenkind stand mit Frau und Baby vor der Tür. Ich hätte vor Freude weinen können, fühlte mich wie zum Geburtstag. War das eine Überraschung. Ich bekam das Baby auch gleich in die Hand gedrückt und gab es so schnell nicht wieder her. Zufrieden konnte ich meinen „Kassenurlaub" antreten.
Nun werde ich mit den verschiedensten Schmerzmitteln und Cortison vollgepumpt und sehe auch schon die erste Wirkung: Die Fältchen glätten sich. Außerdem war heute die erste Nacht, die ich ohne zusätzliche Schmerzmittel überstanden habe. Ich hoffe, es geht aufwärts, dass ich den Herbst und den Winter relativ schmerzfrei überstehen kann.

Nach zwei oder drei Wochen striktem Liegen auf dem Rücken und offenen Stellen durch das Liegen, angewiesen auf fremde Hilfe, den täglichen Besuchen meiner Mädels und dem damit verbundenem „Immer-Besser-Fühlen" wurde mir ein Spezialkorsett angepasst. Es drückte auf dem Brustbein. Also wurde ich wieder untersucht: Brustbein gebrochen. Doch ohne Korsett durfte ich nicht raus aus dem Bett. Es wurde nach meinem Drängen noch mehr ausgepolstert, und dann..! Mit Schwung aus der Rückenlage in den Stand. Uff, ich bin frei!

Nach den ersten Schritten war mein Ziel die Toilette. Mit einem speziellen Aufsatz durfte ich sie benutzen. War das ein Genuss. Man glaubt gar nicht, wie glücklich man durch ein einfaches Klo werden kann.

Nun kam die Kämpferin in mir durch. Täglich trainierte ich das Gehen. So manchmal überschätzte ich mich und schaffte den Rückweg nicht mehr. „Frau Bosse, tun Sie das ja nie wieder!", ermahnte mich der Chefarzt. Trotzdem schaffte ich es sogar bis in den Patientengarten und konnte auf der Bank die Sonne genießen.

Mir wurde es klar, welche Opfer mir meine Mädels brachten. Ich war und bin ihnen sehr dankbar, sie halfen mir, auf die Beine zu kommen und meine Psyche wieder aufzubauen. Mir hätte es sogar einmal in der Woche genügt, merkte ich doch ihre Anspannung. Josi hatte eine Prüfung verhauen und war total unglücklich. Kein Wunder bei der Belastung. Von nun an sollten meine Süßen höchstens dreimal pro Woche bei mir sein.

Cony lag in dieser Zeit wieder in Regensburg, wir telefonierten täglich. Auch er hatte Geburtstag. Da ihm das Essen in der Uniklinik nicht so behagte, bestellte ich ihm telefonisch vom Krankenhaus bei einer Regensburger Pizzeria eine riesengroße Pizza. Dafür haben mir meine Mädels sämtliche Telefonnummern von Regensburger Pizza-Stuben durchs Telefon mitgeteilt. Es war gar nicht so einfach, jemanden zu finden, der mir telefonisch vertraute. Ich freute mich wie ein Schneekönig über dieses gelungene Geschenk.

Die nächste Überraschung kam durch Mutti. Ich wollte Cony so gern wiedersehen, die Ärzte gaben mir sogar Tagesurlaub, und Mutti fuhr mich mit Korsett nach Regensburg. Das erste Mal wieder in einem Auto. Der Einstieg war schon eine Katastrophe. Mein Herz schlug am Hals, mir war es kotzübel. Ich bat Mutti immer wieder: „Fahr langsam, mir ist schlecht." Mutti fuhr langsam, das waren nur die Auswirkungen des Unfalls. Die Fahrt erschien mir endlos. Bis kurz vor Regensburg schwitze ich Blut und Wasser. Urplötzlich war diese Panik überwunden. Der nächste Schritt war getan. Ich konnte wieder im Auto fahren. Cony staunte nicht schlecht, als wir vor seinem Bett standen. Dass er nicht gut beieinander war, registrierte ich sofort. Ich musste gesund werden, er brauchte meine Hilfe.

Die Angst um Cony, dessen Zustand sich nicht verbesserte, sondern sich von OP zu OP anders verkomplizierte und meine Schmerzen und Rückfälle durch übereifrigem Üben ließen mich immer wieder in ein Loch fallen und verzweifeln. Oft nutzte ich die Zeit beim Seelsorger und die Stille in der Kapelle, wo ich meine Tränen ungehindert fließen lassen konnte und immer wieder auf der Suche nach dem Sinn war. Meine innere Energie ließ mich nicht völlig im Stich, ich blieb trotz allem am Ball, übte verbissen das Gehen, das Treppensteigen und genoss den immer wärmer werdenden Frühling im Patientengarten. Nur darüber reden wollte ich möglichst mit niemanden.

Erstaunlich schnell war ich wieder fit und durfte mit dem Krankentransport in die Reha-Klinik nach Bad Füssing fahren.

Anfangs überschätzte ich wie immer meine Fähigkeiten, lernte aber bald, auf meinen Körper zu hören. Sechs Wochen Erholung pur, bei superschönem Wetter, täglich im Heilbad, tägliche Betreuung durch das liebevolle Fachpersonal, nur zeigte mir niemand die Grenzen, sodass ich doch ab und zu in das alte Muster verfiel: Überforderung. Nach dem Abtrainieren des Korsetts, wo ich das Gefühl hatte zu zerbrechen, fuhr ich dreißig Kilometer mit dem Rad, wanderte, ging tanzen – wollte eben schnellstmöglich wieder die „Alte" sein. Alles schien in Ordnung, nur die Schmerzen blieben.

Endlich wieder zu Hause bewunderte jeder meine Hautfarbe: „Du siehst aus, als hättest du in der Karibik Urlaub gemacht." Ich fühlte mich auch so, aber die Schmerzen meldeten sich immer wieder. Ich begab mich vertrauensvoll in die Obhut meines Orthopäden, der mich weiter behandelte und noch arbeitsunfähig schrieb. Die Schmerzen wären normal, sie würden auch bald vergehen, ich müsste mich eben nur schonen.

Doch hatten wir die Rechnung ohne den Medizinischen Dienst gemacht. Der schaltete sich nämlich ein und teilte mir ohne persönliche Untersuchung schriftlich mit, dass ich ab Mitte November 2002 wieder arbeitsfähig wäre.

Ich konsultierte meinen Arzt, der meinte, da sei was schief gelaufen, der MD hätte nur nachgefragt, bis wann meine Krankschreibung gälte. Da er im Stress war, teilte er nur meinen nächsten Behandlungstermin mit. Darauf stützte sich der MD.

Auf keinen Fall könnte ich schon arbeiten, das wäre noch viel zu früh, beschloss mein Arzt. Mein Gesundheitszustand würde es erfordern, dass er mich noch weiter arbeitsunfähig schreiben müsste. Außerdem empfahl er mir diskret, meinen Beruf als Erzieherin „an den Nagel zu hängen", da es nicht vorteilhaft für meinen Rücken wäre und weitere Schäden begünstigen würde.

Völlig durcheinander wegen den gegenteiligen Meinungen des MD und meines Arztes und total am Boden zerstört wegen meines Jobs, der für mich mein Leben bedeutete, ging ich heulend zu meinem Hausarzt. Irgendwie konnte er mich medikamentös beruhigen und einige Tipps geben.

Etwas auf den Boden zurückgekehrt, rief ich den Medizinischen Dienst an, teilte ihm den fachärztlichen Standpunkt mit und bat um eine Untersuchung, denn nach meiner Meinung kann eine Ferndiagnose keine richtige Diagnose sein. Der allerdings weigerte sich unfreundlich und wies darauf hin, dass er für eine Untersuchung den schriftlichen Auftrag der zuständigen Krankenkasse, in dem Fall durch die AOK, benötige.

Also rief ich bei der örtlichen Krankenkasse an und schilderte mein Leid mit der Bitte auf eine Untersuchung durch den MD, fühlte ich mich ehrlich und bei allem Optimismus noch nicht arbeitsfähig. Die AOK teilte mir knapp mit, dass der MD immer Recht hätte. Einer Untersuchung bedürfe es deshalb nicht, und wenn mein Arzt mich weiter krank schreiben würde, wäre es nicht geltend, denn der MD hat Vorrang. Würde ich nicht wie aufgefordert im November zur Arbeit erscheinen, bekäme ich kein Geld mehr.

Ich verstand die Welt nicht mehr, fühlte mich doppelt als Opfer, einmal durch den Unfall, das zweite Mal durch die AOK. Hätte ich damals schon gewusst, wie oft ich noch gegen den Strom schwimmen muss, hätte ich mich dadurch wahrscheinlich nicht so herunter-

ziehen lassen. Aber so ging für mich die Welt unter. Was konnte ich denn dafür? Warum bestraft man mich?
Wieder heulend sprach ich beim behandelnden Orthopäden vor. Er zeigte sich auch erschüttert und übergangen, doch wusste er wenigstens eine kleine Lösung, um meinen Körper noch etwas schonen zu können. Er beantragte schnellstens eine Wiedereingliederung, die von der Krankenkasse genehmigt wurde. Ein Lichtblick.
So begann ich im November zu arbeiten, erstmal zwei Stunden am Tag, was dann wöchentlich gesteigert wurde.
Meine Kollegen waren sehr rücksichtsvoll, sie und die Kinder freuten sich, dass ich wieder da war, und die Arbeit machte mir richtig Spaß, denn irgendwie hatte ich mich schon danach gesehnt. Dieses Gebrauchtwerden und Integriertsein stärkte mich psychisch total, ließ mich den Ärger mit der Krankenkasse vergessen, und ich ging wieder auf, verdrängte meine Schmerzen. Nur wenn ich zur Ruhe kam, spürte ich sie wieder, immer an derselben Stelle.
Der Alltag hatte mich wieder im Griff. Cony war nun auch endlich nach zahlreichen OPs zu Hause und die Versicherung des Unfallfahrers hatte Schadensersatz geleistet: ich bekam meine Kleidung ersetzt und siebenhundertfünfzig Euro Schmerzensgeld. Hauptsache – Allianz versichert.
Josi hatte inzwischen das Abitur bestanden, aber noch keine berufliche Orientierung. Die Ausbildung zur Physiotherapeutin in ostdeutschen Fachschulen wurde abgelehnt, weil sie aus dem „Westen" war. So entschied sie sich für ein freiwilliges soziales Jahr bei der Arbeiterwohlfahrt, wo sie Rentner und Demenzkranke betreute und an Schulungen teilnahm.
Zum erfolgreichen Abschluss des Abiturs schenkte ich ihr Constantin. Ich hatte genügend Geld gespart, um mir ein neues gebrauchtes Auto zu kaufen. Per Inserat fand ich es: Opel Astra, Combi, rot, hundert PS, vier Jahre alt. Super. Fridolin sollte es heißen, alles schien in Ordnung, rostfrei, gut in Schuss. Nach dem Kauf stellten sich leider die ersten Mängel ein: Zahnriemen erneuern, Vorderradachsenbruch, kleine übermalte Roststellen, wahrscheinlich frisierter Kilometerstand – Fridolin entwickelte sich zur Sparbüchse. Dabei war ich doch so stolz auf mein erstes eigenes Auto.
2003 sollte ich wegen der gestiegenen Kinderzahl ganztags arbeiten, was meinem Geldbeutel sicher gut getan hätte. Mir fielen die Worte meines Orthopäden bezüglich meines Jobs wieder ein, und ich zweifelte an meinen körperlichen Fähigkeiten. Nach einem intensiven Gespräch mit meinem Arbeitgeber, verzichtete ich auf die Vollzeitstelle. Ich befürchtete, dass ich wegen der Schmerzen bei einer Höherbelastung öfters ausfallen würde, das wäre für die Kinder nicht gerade optimal. Deshalb teilte ich meine Entscheidung rechtzeitig mit, dass per Stellenanzeige ein geeigneter Ersatz gefunden werden konnte. Außerdem rief ich im SOS-Kinderdorf am Ammersee an (mein Arbeitgeber hatte von dieser Aktion überhaupt keine Ahnung) und zog meine Bewerbung zurück. Sie bedauerten es sehr, hatten mich schon fest als Kollegin gesehen, ich hätte optimal in das Team gepasst. Ich erklärte ihnen meine Lage, und dass ich ständig in ärztlicher Behandlung

bin. Sie waren wirklich richtig betrübt, verstanden mich aber und schickten mir meine Unterlagen zurück. „Wenn Sie es sich einmal anders überlegen, können Sie sich jeder Zeit wieder bei uns melden."

Wegen meiner Schmerzen war ich Dauergast beim Orthopäden. Die Fahrtkosten bekam ich von der Allianz zurückerstattet, was mich wenigstens etwas finanziell entlastete. Der Arzt erklärte mir, dass die Schmerzen vergehen würden, wenn erst einmal die Metalle aus dem Körper entfernt werden. Vorsichtshalber überwies er mich an einen Schmerztherapeuten, damit sich die Schmerzen nicht manifestierten. Dort bekam ich ohne vorherige Aufklärung über die Wirkungsweise Opiate verschrieben, deren erste Auswirkungen ich ziemlich lustig fand: Ich sah alles nicht mehr so eng, schob schon mal mit dem Auto Fußgänger aus der Parklücke, damit ich parken konnte oder fuhr bei Rot über die Ampel und wunderte mich, dass Passanten auf der Straße waren. Aber das Krasseste war das Flugzeug, welches ich mitten auf der Autobahn vor mir landen sah, so dass ich eine Vollbremsung durchführte. Mutti, die mit im Auto saß, war ganz erschrocken. „Siehst du denn das Flugzeug nicht?!", konterte ich. Ich glaube, Mutti zweifelte an meinem Bewusstsein, wo sie auch Recht hatte, denn das hätte alles ganz schön schief gehen können. Wer hätte Schuld gehabt, wenn was passiert wäre? Ich hatte doch nicht gewusst, dass man Wahnvorstellungen bekommen konnte und dass ich in der Gewöhnungsphase gar nicht Auto fahren durfte, da ich nie einen Beipackzettel lese.

Zum Glück gewöhnte ich mich an das Zeugs, amtliche Gutachter bescheinigten mir volle Verkehrstüchtigkeit, das Leben ging weiter, nur die Schmerzen vergingen nicht. Die Dosis der Opiate wurde erhöht. Ich wusste ja, wenn das Metall erst 'mal draußen ist...

Ich sehnte diese Zeit herbei und nutzte den erstmöglichen Termin. Im selben Krankenhaus wie nach dem Unfall wollte ich diese Operation machen lassen und vereinbarte einen Untersuchungstermin. Sie wollten alles gleichzeitig machen, das Metall aus dem Rücken und das vom Schlüsselbein sollte an einem Tag entnommen werden. Dieser Termin wurde auf Anfang März gelegt und der Oberarzt selbst wollte mich operieren. Ist doch seine Rücken-OP auf Video festgehalten worden, auf eine Fortsetzung wurde gewartet. „Kommen Sie einen Tag früher in die Klinik zwecks den Vorbereitungen und dem Anästhesiegespräch." Juhu, die Schmerzfreiheit wird greifbar!

„*Die Strafanzeige wird abgelehnt, da kein nachteiliger Schaden entstanden ist*", so einfach ist das. Cony hatte gegen die Allianz Strafanzeige wegen Betrug gestellt, denn die Krankenkasse bekommt jeden Cent ersetzt, bloß wir bekommen nichts. „*Wir werden uns zu dieser Sache nicht äußern...*", war die Reaktion auf unsere weiteren Forderungen. Was soll man denn noch machen? Jährlich sollen die Schadensforderungen laut tschechischem Gesetz eingereicht werden, die Allianz lehnt ab, Folge – Verjährung, wieder Geld gespart. Man ist eigentlich machtlos.

Deswegen hatte Cony Strafanzeige gestellt, in der Hoffnung, dass uns der deutsche Rechtsstaat hilft. Was interessiert dem deutschen Staat so kleine Wichte wie uns. Aber ein Geldkonzern wie die Allianz bedarf da eher Schutz.
Nun müssen wir Beschwerde einlegen, dann Verfassungsklage. Bin gespannt, wie das OLG Nürnberg im Rechtsstreit gegen die Altanwälte entscheidet. Bis jetzt wurde die Prozesskostenhilfe abgelehnt. Der ewige Kampf nimmt kein Ende und ich sitze hier im Krankenhaus und kann nichts machen.
Soeben habe ich von der Krankenkasse Bescheid bekommen. Schon wieder der Medizinische Dienst, der mich damals einfach ohne Untersuchung auf Arbeit geschickt hatte. Reha abgelehnt. Nach „sorgfältiger" Prüfung hat er beschlossen, dass die ambulante Behandlung intensiviert werden soll. Obwohl mein Arzt in der Begründung geschrieben hatte, dass die ambulante Behandlung ausgeschöpft ist.
Das ist wieder 'mal typisch. Die Gesundheit des Einzelnen interessiert nicht. Ich bin ja sowieso Rentner, was brauche ich da weitere Behandlungen? Schmerzfreiheit – Luxus nur für den, der sich das leisten kann.
Nun muss Widerspruch eingelegt werden, dafür haben sie Geld. Mal sehen, wie das dann mit mir weiter geht. Vielleicht verlängern sie ja dann in der Not die stationäre Behandlung.

Einen Tag vor der geplanten Operation trudelten Cony und ich im Krankenhaus ein.
„Ein Bett? Haben wir nicht. Da hätten Sie vorher eben mal anrufen müssen", so der Empfang in der Patientenaufnahmen nach einer Stunde Wartezeit. „Sie müssen auf dem Gang schlafen."
„Das kommt nicht in Frage. Meine OP war bekannt. Ich fahr wieder heim", echauffierte ich mich. Das konnte doch nicht wahr sein. Auf dem Gang schlafen war für mich nicht akzeptabel, wozu hatte ich die Vorgespräche? Was ist das für eine Organisation? Seit wann musste man vorher anrufen?
Der Anästhesistin berichtete ich über meine Opiateinnahme und suchte das Weite.
Am nächsten Morgen brachte mich Cony erneut in die Klinik. Auf nüchternem Magen (ausnahmsweise) rauchten wir noch schnell eine Zigarette, dann die Überraschung: Die ganze Woche war in einem Zweibettzimmer ein Bett frei, das erst heute morgen für mich vorbereitet wurde. So viel zur Organisation.
Ich war gleich die Erste zur Operation, doch das Gesicht des Chirurgen war mir völlig unbekannt. „Wo ist der Oberarzt?", erkundigte ich mich. „Im Urlaub." „Er wollte mich doch operieren. Wer sind sie überhaupt? Machen Sie mir ja wieder eine schöne Narbe!"
Die Krankenhausärzte würden sich alle von ihm operieren lassen, ich könne ihm vertrauen – kleiner Trost.
Die erste Narkosedosis wurde gespritzt. „Gleich werden Sie müde." Ich wurde nicht müde. Die zweite Dosis: „Jetzt müsste ein Elefant in den Schlaf fallen." Ich war kein Elefant, wohl eher ein Dinosaurier. „Ich bin nicht müde, mir ist nur übel", widersprach ich.

Wirklich, keine Spur von Müdigkeit.

Nach der dritten Ration verstärkte sich die Übelkeit. „Mir ist schlecht, ich muss mich übergeben", waren die letzten Worte, die ich herausbrachte. Ich richtete mich auf und wie bei einem Überdruckventil katapultierte mein Magen den Restinhalt nach vorn. Ich hörte nur noch: „Absauger!" und fiel mitten beim Kotzen in den tiefen Narkoseschlaf. Wahrscheinlich mussten sie dann erst 'mal den OP putzen und desinfizieren. So war ich wenigstens in bleibender Erinnerung.

Die OP verlief gut, ich kam wieder an den Schmerzdiffusor und nach einer guten Woche nach Hause. Jetzt musste es endlich besser werden. Optimistisch harrte ich aus. Wenn die OP-Schmerzen weg sind, geht's bergauf, hoffte ich. Die Hoffnung stirbt zuletzt. Nach wie vor hatte ich Schmerzen, immer an derselben Stelle. „Das Schmerzgedächtnis", wurde mir erklärt. Na gut, dann will ich es überlisten. Ich stürzte mich wieder mit vollem Eifer in meine Arbeit und vergaß in dieser Zeit tatsächlich meine Schmerzen, bis ich zur Ruhe kam. Die Opiate halfen mir, es besser wegzustecken.

Zwar konnte ich meinen Gesundheitszustand noch nicht akzeptieren, doch ich versuchte, mein Leben anzupassen: Ich ging nicht mehr in den Italienisch-Kurs, gab das Theaterspielen auf, joggte nicht mehr, reduzierte die heißgeliebten Autofahrten auf das Notwendigste, wanderte nicht mehr, ging nicht mehr tanzen. Jedes Mal, wenn ich im Dorf Musik hörte, stiegen mir die Tränen in die Augen. „Ich will wieder die Alte sein", hämmerte es in meinem Kopf. Mein Hass auf den Unfallverursacher stieg, zumal wir ihn auch kennenlernten, nämlich bei einem Gerichtstermin in Eger. Hätte ich gewusst, dass ER neben mir stand, hätte ich ihn angespuckt. Sowas Arrogantes, kein Wort der Entschuldigung, nur ein schräger Blick mit miesem Grinsen. Natürlich wurde er schuldig gesprochen, zwei Jahre Bewährung und zwei Jahre Führerscheinentzug. Mir war das eigentlich egal, hoffte nur auf Entschädigung für das verpfuschte Leben, für die grauenhaften Erinnerungen, woran er Schuld hatte. Ja, dieser Mann war für mich schuld, weil er zu viel getrunken hatte. Ich hatte Schmerzen, weil er zu schnell gefahren war. Weil er Schuld hatte, hatte ich finanzielle Einschränkungen. Die ganze Energie des Hasses hätte ich mal lieber in meine Gesundung fließen lassen sollen, aber das sagt sich so leicht. Ich konnte die Wut auf den Unfallverursacher nicht mindern. Meine süßen Mädels, Cony und meine Arbeit lenkten mich immer wieder ab, gaben mir immer wieder schöne Augenblicke, die mich meine „Scherben" vergessen ließen. Bis Juli 2003.

Josi fuhr im Rahmen des freiwilligen sozialen Jahres immer wieder auf Schulungen. Es konnte ja nicht schaden, weitere Einblicke in den sozialen Bereich zu bekommen. Jedoch distanzierte sie sich immer mehr von diesem Bereich, sie hatte für Demenzkranke nicht gerade den Nerv. Nach Gesprächen mit ihren Freundinnen beschloss Josi, Biologie zu studieren. Da wir finanziell nicht so gestellt waren, die Studiengebühren bezahlen zu können, machte sie sich auf die Suche nach Universitäten, die für das Studium nichts oder wenig verlangten.

So kam es, dass sie sich in Kiel für ein Biologie-Studium einschrieb und einen Bafög-

Antrag stellte. Die Freude war groß, als sie für September 2003 eine Zusage erhielt. Die Aufgabe bei der Arbeiterwohlfahrt nahm sie trotzdem noch sehr ernst und besuchte weiter die angebotenen Fortbildungen. Alles schien sich zu ebnen. Auch ich wurde ruhiger und versuchte mit meinem Schmerz besser umzugehen. Ich legte viel Wert darauf, einen entspannenden Schlaf zu haben, damit mein Körper Kraft schöpfen konnte, was mir nicht immer gelang. Also griff ich zu pflanzlichen Hilfsmitteln, die eine gute Wirkung zeigten.
Tief im Schlummer weckte mich die Türglocke. Es war fünf Uhr morgens. Verschlafen dachte ich an Josi, die zu einer Schulung in Bayreuth war und bei Freundinnen übernachten wollte. Wahrscheinlich hatte sie nur ihren Schlüssel vergessen. Hinter dem Glas der Eingangstür nahm ich eine blonde Frau wahr, meinte Josi zu erkennen und öffnete. Der Schock ließ mich putzmunter werden. Die blonde Frau war nicht Josi - uniformiert und in Begleitung eines Kollegen.
„ Nicht erschrecken, aber die Kindergärtnerin hatte einen Unfall."
„Welche Kindergärtnerin?" „ Katya Bosse." „Das bin ich", zitternd wurde mir klar, was passiert war. Josis Auto lief unter meinem Namen. Ich hielt die Luft an. Ich glaubte, dass mir der Boden unter den Füßen entschwand. Jani eilte kreideweiß die Treppe herunter. „Was ist los?"
Die Polizisten schoben uns sanft ins Wohnzimmer und erklärten uns, dass Josi außer Lebensgefahr war. Der Unfall war ganz in der Nähe. Ob sie uns begleiten sollen. Wir lehnten ab und befanden uns in Null Komma Nix angekleidet im Auto. Wie im Trance fuhr ich zur Unfallstelle. Die Straße war abgesperrt. Die Feuerwehrleute hatten betretene Gesichter. Sie kannten uns und ließen uns durch. Wir kamen gerade noch dazu, wie das total zusammengequetschte Wrack auf den Abschleppwagen gehieft wurde. Überall Blut. Keiner konnte erklären. Ich kramte schnell Josis Sachen aus dem Auto. „Sie ist schon auf dem Weg ins Krankenhaus. Sollen wir euch fahren?"
Nein. Niemand sollte unsere Panik sehen.
Das Auto wollte einfach nicht anspringen. Ich zitterte am ganzen Leib. Jani versuchte, mich zu beruhigen. Endlich den Gang reingewürgt, kurbelten wir die Fenster runter und steckten uns eine Zigarette an. Mit Vollgas ging es in die Klinik. Ich funktionierte wie eine Maschine, klick – nur noch handeln. Ich weiß nicht mehr wie, aber wir befanden uns vor der Intensivstation. „Sie können nicht rein. Sie wird gerade zur OP vorbereitet."
Unsere Bekannte arbeitete gerade auf der Station und ließ mit leichenblassem Gesicht uns doch noch zu Josi. Da lag sie. Ohnmächtig, aufgedunsen, in eine Wärmedecke gehüllt, das linke Bein lag unnatürlich daneben. „Oberschenkel gebrochen, beide durch. Sie hat viel Blut verloren und liegt erstmal im künstlichen Koma."
Wir berührten Josis Arm, ihr Gesicht und die Finger waren so dick, so fremd. Aber die Augen, unsere Josi, kleine Tränen rannen ihr über die Wangen, als ob sie merkte, dass wir bei ihr waren. „Wir müssen", wurden wir sanft auf die Seite gedrängt.
Josi wurde in den OP geschoben und mit uns gingen die Gefühle durch. Lauthals machten wir ihnen Luft. Dann gingen wir in die Kantine, tranken einen Kaffee und rauchten die nächste Zigarette. Mir war es egal, dass mich die Verkäuferin als Schauspielerin wie-

dererkannte, unsere Gedanken waren nur bei Josi. Nachdem ich rauchend Josis und meine Arbeitsstelle sowie Cony informiert hatte, warteten wir mit Kaffee vor dem OP-Saal. Immer wenn jemand kam, fragten wir nach – nichts Neues, sie schwebte in Lebensgefahr. Jani und ich sahen uns an und verstanden uns wortlos: Wenn Josi es nicht schafft, wollen wir auch nicht mehr. Wir waren uns einig und so nah. Stunden um Stunden vergingen. Wir warteten hoffend und uns von Zigaretten und Kaffee ernährend. Nach acht Stunden hatte sie es geschafft. Acht Blutkonserven und vier Plasmen hatte sie gebraucht. Der Chefarzt und ein chinesischer Experte hatten versucht, sie wieder zusammenzuflicken. Ein Stück Oberschenkelknochen hatte gefehlt.

Eigentlich sollte Josi in die Unfallklinik nach Bayreuth kommen, doch sie hätte den Transport mit dem Hubschrauber nicht überlebt. Am Unfallort hatte sie vom diensthabenden Notarzt schon zweimal reanimiert werden müssen. Die Ärzte hatten ihr Bestes gegeben. Doch Josi war noch nicht über dem Berg, und sie war immer noch im Koma. Durch unsere Bekannte durften wir wieder zu ihr, sie war so hilflos. Wir streichelten sie und sagten ihr, dass wir bei ihr sind. Sie soll gesund werden. Immer wieder beschwichtigten wir sie, bis man uns vorsichtig sagte, dass wir nichts mehr tun können, dass wir endlich nach Hause und uns ausruhen sollten.

Unsere Bekannte gab uns noch eine interne Information: Josi hatte keine Gurt-Merkmale. Auch haben die Ersthelfer berichtet, dass Josi neben dem Auto lag. Die Gutachter schlossen daraus, dass sie nicht angeschnallt gewesen wäre. Das konnte nicht sein! Ich war mir sicher, dass Josi nie ohne Gurt fuhr. Ich wusste, dass sie sich aus dem Wrack herausquälen wollte. Die Arme, das muss ja furchtbar gewesen sein!

Zu Hause kontaktierten wir sofort wieder die Klinik und erkundigten uns nach Josi. Keine Änderung.

Ich rief noch Josis Vater und meine Mutti an. Auch sie sollten von dem Unglück erfahren. Mutti ließ alles stehen und liegen und kam zu uns. Mit ihr fuhren wir in die Werkstatt zum Unfallauto. Es war schlimm, das anzuschauen. Aber wir brauchten Beweise. Wir fotografierten das Auto, oder das, was von ihm übrig war, und stellten fest, dass der Sicherheitsgurt auf der Fahrerseite heraushing. Also war sie doch angeschnallt! Beweise gesichert. Mutti riet ich dringendst ab, ins Krankenhaus zu fahren, wenn sie Josi so sehen würde, würde sie zusammenbrechen. Das wäre nicht gut für Josi, sie brauchte Kraft und Energie. Mutti verstand es. Wir besuchten sie allein. Alles scheinbar unverändert.

Schlaf suchend und nach dem Anruf in der Klinik auf die Ärzte und Josi vertrauend verbrachten wir die Nacht gemeinsam im Schlafzimmer.

Am Morgen wieder ein Anruf – alles unverändert. Doch, die Gurtmale waren endlich sichtbar. Das war der handfeste Beweis, dass sie angeschnallt war.

Nach dem Besuch bei Josi musste ich auf Arbeit, ich brauchte andere Gedanken. Mutti schickte ich wieder nach Hause. Ich versprach, sie auf dem Laufenden zu halten. Dann der Anruf aus dem Krankenhaus: „Wir mussten sie in die Kreisstadt verlegen, Notoperation."

Cony fuhr uns in das andere Krankenhaus. Wir sahen gerade noch, wie Josi auf einer Tra-

ge in den OP-Saal geschoben wurde, konnten sie schnell noch einmal streicheln und Glück wünschen. Ich hoffte, dass sie unsere Nähe spürte.
Wieder warten. Einige Ärzte stellten sich vor und versuchten, uns zu beruhigen. Ein weiterer Arzt erklärte uns, dass der diensthabende Arzt festgestellt hatte, dass Josis linke Bein kochend heiß war, Kompartment-Syndrom. Die Muskeln sind angeschwollen und klemmten den Nerv und die Blutversorgung ab. Das abgestorbene Fleisch muss weggeschnitten werden, damit nicht das ganze Bein infiziert wurde. Wäre sie bei Bewusstsein gewesen, hätte sie vor Schmerzen geschrien, meinte er, aber so konnten wir von Glück reden, dass dieser aufmerksame Arzt es bemerkt hatte.
Es gab kein Wartezimmer. Ein Tisch und zwei Stühle standen auf dem Gang. Auf dem Tisch lagen Broschüren. In einer wurde das Leiden erörtert. Eine Textstelle gab mir einen riesigen Stich: Man wäre selbst für das Leid verantwortlich. Was hatte ich denn getan, dass wir alle so leiden müssen? Bin ich verantwortlich für Josis Unfall, für Josis Leiden? Ich konnte mich nicht mehr halten und heulte los. Wenn es Gott gibt, warum ist er so ungerecht? Warum bestraft er Josi? Wieder war es Cony, der mich in den Arm nahm und meinte, dass so eine Behauptung aus der Luft gegriffen wäre.
Nach vier Stunden war die OP überstanden.
Noch immer lag Josi im Koma. Wie viel von dem Bein abgetragen werden musste, sagten sie uns nicht. Sie lag auf der Intensivstation, liebevoll umsorgt. Wir konnten nichts tun.
Wieder zu Hause, der prüfende Anruf: „Alles in Ordnung?" (Wenn man da von „Ordnung" sprechen konnte.)
Am Morgen wieder ein Anruf aus der Klinik: „Wir konnten ihr noch einmal das Leben retten. Sie ist dem Tod von der Schippe gehopst. Sie hatte eine Schocklunge. Nur ein Drittel der betroffenen Patienten überleben das."
Mir schossen die Tränen in die Augen. Warum hatte mir gestern Abend niemand Bescheid gegeben? Wieso sagen die, dass alles in Ordnung ist? Warum?!
Cony beruhigte mich: „Was hättest du denn da machen wollen? Du wärst im Weg gestanden. Du hättest das nicht durchgehalten." Ein bisschen sah ich das ein. Ich glaube, ich wäre in dem Moment total konfus gewesen. Aber wenn sie es nicht geschafft hätte?
Meine Kollegen hatten Verständnis, dass ich wieder nicht zur Arbeit erschien. Ich musste zu Josi. Sie lag in einem Einzelzimmer auf der Intensivstation. Ich musste mit mir kämpfen. Josi sollte nicht merken, wie schwach ich bin. Ich wollte Kraft und Zuversicht ausstrahlen, damit sich das auf sie überträgt. „Sie hatte schon die letzte Ölung bekommen", flüsterte mir eine Schwester zu. So schlimm stand es um sie?
Ich setzte mich neben sie ans Bett, streichelte sie und redete pausenlos auf sie ein. Sie solle wieder gesund werden. Wir brauchen sie. Wir lieben sie. Manchmal richtete ich ihre Haare, wischte ihr Gesicht ab oder legte einfach meinen Kopf auf ihren Bauch. Mittags, nach der Schule löste mich Jani ab. Ich besprach inzwischen mit dem Personal, dass niemand ohne meine Erlaubnis Josi besuchen durfte. Viele hatten mich angerufen und wollten Josi sehen. Doch wie sie so da lag, die ganzen Schläuche, Kabel und Beutel – ich

wollte nicht, dass Josi „begafft" wurde. Die Anderen konnten ja sowieso nichts tun. Wieder zu Hause zermarterten mir die Worte aus der Broschüre über das Leiden den Kopf. Josi konnte doch nicht sterben, weil ich Fehler gemacht hatte! Ich musste helfen, ich musste die Weichen anders stellen, aber wie? Ich setzte mich an den Computer und gelangte auf eine Seite, auf der sich Menschen „trafen", die fest an Gott glaubten, die die Macht der Gemeinsamkeit nutzen wollten. Ihnen schrieb ich von unserem Kummer. Ich trug mich in die Liste ein und bat alle Mitglieder, mit mir um Josis Leben zu beten. Das war für mich wenigstens ein kleiner Strohhalm, der mir ein bisschen Zuversicht gab.
Josis Vater besuchte sie auch, denn am nächsten Tag erhielt ich einen Anruf vom Chefarzt. Mein Ex wollte Josi in ein anderes Krankenhaus verlegen lassen. Das kam natürlich nicht in Frage. Erstens war sie viel zu schwach und zweitens wähnte ich Josi in guten Händen. Woanders wäre sie doch nur ein Patient unter vielen.
Den Ärzten waren solche Streitgeschichten zwischen Ex-Ehepaaren bekannt, deshalb hatten sie für mich schon einen Gerichtstermin organisiert.
Die Richterin bestellte mich nach Kenntnis des Arztberichtes als Josis Vormund. Alle Entscheidungen lagen bei mir. Auch konnte ich so alles, was mit dem Unfall zusammenhing wie Versicherungen, Abschleppdienst, Feuerwehr usw. für Josi regeln. Alle waren beruhigter.
Im Krankenhaus erwartete mich eine neue Hiobsbotschaft: Josis Galle funktionierte nicht mehr. Für eine OP wäre sie zu schwach, aber es könnte sie in Lebensgefahr bringen. Ich betete und betete. Jani, mit der ich mich stets nach dem Unterricht im Krankenhaus traf, teilte mit mir die Sorgen. Als sie mich bei Josi ablöste (wir durften immer nur einzeln auf die Intensivstation), flüchtete ich mich in das Treppenhaus, sackte auf einer Stufe zusammen und schrie. Den ganzen Schmerz schrie ich hinaus, dann schüttelte mich ein Heulkrampf, Besucher und Ärzte gingen an mir vorbei, keiner bot seine Hilfe an. Doch mir war in diesem Moment alles egal. Ich hatte keine Kraft mehr. Lieber Gott, wo bist du?!
Jeden Tag fuhr ich nach der Arbeit zu Josi, jeden Tag kam Jani dazu, jeden Tag erfuhren wir neue Schock-Diagnosen. So drohte Josis Milz zu platzen. Dann wussten die Ärzte nicht, ob sie einen Hirnschaden hätte, denn ein CT konnte nur im Wachzustand gemacht werden, das Bein musste wieder operiert werden, weil die Entzündung nicht gedämmt werden konnte. Ich weiß nicht, wie wir das alles ertragen konnten. Wir funktionierten wie Maschinen, Schalter um und los. Aber wir schafften es, Josi immer wieder zu vermitteln, dass sie zurückkommen sollte, dass wir sie brauchten, dass wir sie liebten – und wir blieben in ihrer Nähe stark.
Nach fast zwei Wochen Gefühlschaos forderten Jani und ich unabhängig voneinander Josi pausenlos auf zurückzukommen. Wir brauchten sie.
Als ich am nächsten Tag in die Klinik fuhr, kam mir Jani aufgewühlt und weinend entgegen: „Josi ist wach." Wir heulten beide. „ Seit wann denn? Wir wollten doch dabei sein! Warum haben die nicht auf uns gewartet?"
„Sie hat sich in der Nacht im Koma den Beatmungsschlauch selbst herausgerissen. Sie hat uns gehört. Ich habe ihr gestern gesagt, dass sie wiederkommen soll." „Ich auch."

Miteinander verschlungen suchten wir die Station auf. Jani ließ mir den Vortritt.
Vor Glück heulend umarmte ich Josi. „Mama, du sollst doch nicht so schnell Auto fahren", sorgte sie sich um mich. Schon komisch, sie war krank und machte sich um uns Gedanken. Sie war fest der Meinung, dass sie sich in Chemnitz befand und redete ziemlich wirr. Ein Arzt beruhigte mich: „Sie darf das, sie war im Koma, da sind die Patienten immer verwirrt. Das wird schon wieder. Hoffentlich."
Er erklärte mir auch, dass Josi sich selbst entschieden hatte, wach zu werden. Die Ärzte waren der Meinung, dass man es jetzt zulassen könne. Vielleicht wird sie so schneller gesund.
Josi kam mir wie ein vierjähriges Kind vor, sie benahm sich auch so und hatte dieselbe Wortwahl. Alles musste sie neu lernen, auch die Uhr musste ich ihr erst erklären. Sie ließ sich nur von ihrer Schwester die Zehen- und Fingernägel schneiden, die Mama nur durfte sie waschen oder frisieren, da war sie ganz hartnäckig. „Endlich ist die Mama da", atmeten jedes Mal die Krankenschwestern auf. Leider wurde Josi an den Unterarmen festgebunden, weil sie sich ständig die Zugänge heraus riss. Ich musste es ihr mit Engelszungen erklären. Wenn wir sie besuchten, war sie „artig" und spielte nicht mit den Schläuchen, nur untersuchen wollte sie diese. Es tat mir immer sehr weh, wenn ich Josi wieder anbinden musste, bevor ich ging, aber anscheinend hatte sie meine Erklärung in kindgemäßer Form verstanden.
Was mich beunruhigte, waren ihre Wahnvorstellungen. Josi war fest der Meinung, dass hinter der Wand die Autoflotte des Chefarztes stand, die er ihr sogar vorgeführt hätte, dass durch die Klimaanlage sie ständig Leute anstarrten, dass weiße Mäuse durch das Zimmer liefen, dass irgendwelche Leute sie mitnehmen wollten, dass das schlimme Bein nicht ihr gehören würde, dass sie im „Osten" wäre und vieles mehr. Wollte man Josi das erklären, bekam sie Panik und begann zu hyperventilieren. Also mussten wir ihre Vorstellungen wohl oder übel verstehen und bestätigen. Ich hatte Angst, dass das so bleiben würde. Die Ärzte meinten tröstend, dass sich das mit der Zeit wieder geben würde, das wäre bei Koma-Patienten so, denn das Hirn-CT hatte keine Schäden gezeigt. Zum Glück. Das hieß also: mit Geduld und Liebe wird Josi wieder normal denken können.
Aber höflich war Josi, bei jeder Spritze bedankte sie sich und wünschte noch einen schönen Tag. Wenigstens war die gute Erziehung noch da und brachte uns zum Lächeln.
In Josis Lunge befand sich viel Flüssigkeit, ein komisches Gerät musste sie in den Mund nehmen, welches sie durchschüttelte und zum Husten anregte. Natürlich sträubte sie sich, und ich musste schmeichelnd mit meinen Überredungskünsten arbeiten. Mit Erfolg, doch benutzte sie das Gerät nur in meinem Beisein. Auch beim Zähneputzen musste ich sie unterstützen. Sie lernte es wie ein kleines Kind neu. Dabei beschwichtigte ich sie, dass sie das Wasser zum Spülen wieder ausspucken musste – erfolglos. Gierig schluckte sie das Zahnputzwasser hinter. Ich konnte es verstehen, denn sie wurde noch immer mit der Magensonde ernährt und durfte wegen der kranken Lunge noch nicht trinken. Wir durften ihr nur die Lippen befeuchten.
So langsam wurde Josi „vernünftiger". Sie erzählte uns von ihren Erinnerungen. Meine

Vermutung hatte sich bestätigt: Im Koma bekommt ein Patient wirklich allerhand mit. Josi wusste, dass ihr Vater sie besucht hatte, sie hat Jani und mich reden gehört und sogar die Diskussionen um die eventuelle Verlegung und die Vormundschaft mitbekommen. War ich froh, dass wir an ihrem Bett nicht gejammert hatten, sondern ihr Mut machten und zum Zurückkommen bewegten.

Leider musste sich Josi immer neuen Operationen unterziehen, immer wieder wurde etwas aus dem linken Bein geschnitten, Haut wurde am Po geschabt und in die offene Wunde eingesetzt. Es wollte und wollte nicht heilen.

Josi kam mittlerweile auf ein Patientenzimmer, anfangs war es sogar ein Einzelzimmer, und konnte nun endlich ihre Besuche empfangen. Mutti, Josis Großeltern, ihr Erzeuger und viele Freunde waren ständig zu Gast und verkürzten ihr die lange Krankenhauszeit.

Josi hatte noch einen Blasenkatheder, den die Schwestern trotz mehrmaliger Erinnerungen durch Josi, Jani und mich vergessen hatten auszuleeren. Pech für die Krankenschwestern, denn der übervolle Beutel platzte und das ganze Zimmer stand unter Urin. Da hatten sie erst recht Arbeit. Nach diesem „Unglücksfall" wurde der Blasenkatheder entfernt und wir konnten Josi im Rollstuhl mitnehmen, aber weiter als bis in den Garten kamen wir nicht. Hauptsache war, dass Josi an die frische Luft kam, was sie sichtlich genoss.

Irgendwann durfte Josi das rechte Bein belasten und sie bekam Gehhilfen. Als sie schon etwas fitter war, nahmen wir sie im Auto mit zur Teichpfanne, wo wir einen entspannten, sonnigen Nachmittag genießen konnte. Es ging aufwärts. Nach über hundert Tagen wurde Josi entlassen. Eine Zentnerlast fiel uns vom Herz. Ich wünsche niemanden, ein solches Martyrium zu erleben. Dieser Herzschmerz, diese Aufregungen, diese Angst, dieses Funktionieren hinterließen nur noch Erschöpfung.

Zu Hause musste Josi weiter behandelt werden, denn das linke Bein wollte einfach nicht verheilen. Unser „Dorfarzt" kam auf die geniale Idee, Algen in die klaffende Wunde zu setzen, was wirklich geholfen hatte. Nachdem die Wunde endlich verheilt war und sie die Reha-Behandlung unter lauter alten Menschen erfahren hatte, sollte Josi auf Vermittlung des Chefarztes in die Unfallklinik nach Berlin-Marzahn. Dort sollten bessere Schrauben in die Oberschenkelknochen eingesetzt werden. Außerdem verkrümmten sich trotz intensiver Krankengymnastik und meiner unermüdlichen Bemühungen Josis Zehen, weil die Nerven am linken Bein beschädigt waren, sie kein Gefühl mehr hatte und dadurch den Fuß nicht anheben konnte, sodass sie beim Gehen immer hängenblieb. Auch dies sollte im UKB gerichtet werden.

In Berlin verweilte Josi weitere sechs Wochen. Sie wurde mehrfach operiert, bekam neue Schrauben in beide Beine, wo festgestellt wurde, dass das linke Bein etwas kürzer war, weil ein Stück Knochen gefehlt hatte. Dies wurde ausgeglichen.

Des weiteren wurde der linke Fuß und alle Zehen versteift, damit sie wieder gehen konnte. Ein riesiges Metallgestell, was an das Schienbein geschraubt wurde, und überall Zehenpiercing zierten Josis Bein. An den Wochenenden fuhren wir nun nach Berlin, um Josi zu besuchen, die Fortschritte zu sehen und ihr ein bisschen Liebe und Durchhaltever-

mögen zu geben, bis wir sie wieder mit nach Hause nehmen durften. Mann, war das eine Zeit. Ich weiß nicht mehr, wie Jani das im Gymnasium schaffte, wie ich meinen Job ausführte. Ich kann mich nur noch erinnern, dass meine Kollegen feststellten, dass ich anders wäre. Ja, ich arbeitete wie eine Wilde, setzte damit die anderen unter Druck. Ich wollte mich ablenken. Natürlich war ich anders, wenn man den Kopf so voll hatte, zog alles andere nur so vorüber.
Jani und ich sahen nur Josi. Uns selbst hatten wir dabei völlig außer Acht gelassen. Aber es war der Anstrengungen wert. Josis fast unerschütterlicher Optimismus spornte uns an.

Die nervenaufreibenden Momente setzten sich auch im Jahr 2004 fort. Denn zwischendurch war ich mit Jani, die an einer massiven Skoliose litt auf Empfehlung bei einem Professor in Bad Berka. Schon vorher hatten wir Fachärzte und Unikliniken konsultiert. Diese meinten nur, das wäre ein Schönheitsfehler, sie müsste eben ein Stützkorsett tragen, weiter könne man nichts tun. Mir ließ das keine Ruhe, und ich merkte, wie Jani darunter litt, bis mir eine Physiotherapeutin diese Adresse gab.
Der Professor fotografierte Janis Rücken, röntgte sie, verschrieb ihr intensive Krankengymnastik und bestellte uns ein Vierteljahr später wieder in die Sprechstunde. Vor dieser Untersuchung schaute ein anderer Arzt sich die Röntgenbilder an. „Der Professor macht keine Schönheitsoperationen", bemerkte er lakonisch. Uns verließ schon die Zuversicht. Doch der Professor war ganz anderer Meinung. Der Vergleich der Fotos und Röntgenbilder vorher und jetzt zeigte, dass die Wirbelsäule in sich gedreht war, wohl ein Gendefekt, und sie hatte sich trotz intensiver Behandlung weiter gebogen. Die inneren Organe würden mehr und mehr eingeengt. Dringender Handlungsbedarf. Ein sehr großer Teil der Wirbelsäule musste versteift werden. Wir vereinbarten einen Termin zur Operation.
Mein Orthopäde musste die Krankenhauseinweisung ausschreiben. Dabei sagte er mir unter vier Augen. „Wäre das meine Tochter, würde ich es nicht tun. Die Operation ist viel zu gefährlich. Sie könnte sterben. Ich weiß das. Ich habe schon selbst viele Wirbelsäulen-OPs durchgeführt. Sie könnte auch gelähmt sein. Die Infektionsgefahr ist auch sehr hoch. Also ich rate ihnen ab."
Ich begann zu zweifeln, beriet mich mit Jani. Sie war fest entschlossen. Also packten wir es an. Jani wollte nur noch die Führerscheinprüfung bestehen und das unbedingt noch vor der OP. Sie setzte sich damit mächtig unter Druck. Natürlich fiel sie bei der ersten Prüfung durch, zu viel Anspannung und eine Portion Pech.
Zum OP-Termin und die darauffolgende Woche nahm ich mir Urlaub, um Jani beizustehen. Zugegeben, mein Herz raste, die Worte des Orthopäden klangen noch in meinen Ohren. Hoffentlich geht alles gut – war mein größter Wunsch. Mutti begleitete uns in die moderne Klinik, damit wir etwas Unterstützung hatten.
Nach der Aufnahmeuntersuchung beschlossen die Ärzte, Jani doch nicht zu operieren, jedenfalls nicht zum vereinbarten Termin, sondern erst eine Woche später – wegen der Infektionsgefahr, denn Jani hatte leichten Schnupfen. Alle Pläne waren gekippt. Meinen Urlaub konnte ich nicht mehr verschieben, leider.

Während Jani operiert wurde, war niemand da, um ihr die Daumen zu drücken, nur aus der Ferne. Mutti war die Einzige. Ich fieberte von zu Hause aus, ob alles gut gehen würde. Nach mehreren Anrufen in der Intensivstation fiel mir der Stein vom Herz - überstanden.
Bis zum Wochenende telefonierten wir täglich, Jani hatte starke Schmerzen und musste sofort aufstehen. Auch bekam sie intensive Physiotherapie, die sie ganz schön schlauchte. Endlich konnte ich sie besuchen. Da Josi zur Materialentfernung im Krankenhaus war, begleiteten mich Mutti und Cony. Alex hatte es nicht geschafft, irgendwann in der langen, schwierigen Zeit Josi zu besuchen, und jetzt bei seiner leiblichen Tochter Jani schaffte es ihr Vater auch nicht. Traurig.
Als Jani nach dem vierwöchigen Klinikaufenthalt endlich wieder daheim war, brauchte sie noch viel Fürsorge. Schule war tabu, Erholung und Genesung waren angesagt.
Die nervliche Erleichterung, dass nun alle Gefahren gemeistert waren, ließ mich zur Ruhe kommen. Ich stellte fest, dass ich mich bisher nur mit Schmerzmittel zugepumpt hatte, mittlerweile zeigten auch sie keine Wirkung mehr. Schmerzbedingt brach ich zusammen und bekam stationär eine Intensivbehandlung, zwei Wochen.
Schmerzreduziert konnte ich wieder meinem Alltag nachgehen.
Mein Orthopäde hielt am Schmerzgedächtnis fest, obwohl meine Schmerzen immer an der gleichen Stelle waren und mir das Gefühl gaben, dass etwas nicht stimmt. So bekam ich weiter Opiate, Psychopharmaka, ein Reha-Antrag wurde gestellt und genehmigt. Wieder sehr eindringlich erinnerte er mich, dass ich meinen Beruf wechseln sollte, meinem Rücken zuliebe. Ich war sehr erschüttert. Mein Beruf war doch mein Hobby, mein Leben. Was sollte und konnte ich denn Anderes tun? Diesen Gedanken schob ich schnell weit von mir weg.
Im Herbst 2004, Jani war noch krankgeschrieben, ging es zur Psychosomatischen Reha nach Bad Sooden, wieder drei Wochen Arbeitsausfall. Diese Kur tat mir ganz gut, ich konnte mir einige Atemtechniken und Gymnastikübungen aneignen, aber es änderte nicht viel an meinen Schmerzen. Trotzdem wurde ich als gesund entlassen.
Nach zwei Wochen Arbeit, kam ich wieder ins Krankenhaus, die Schmerzen waren einfach nicht mehr in den Griff zu kriegen, ich war eben ein hartnäckiger Fall. Wieder Intensivbehandlung mit Anmeldung in der psychosomatischen Klinik bei Regensburg. Mein Arzt ging nicht auf meine Forderungen ein, mich gründlichst zu untersuchen. „Das kommt alles vom Schmerzgedächtnis. Wir müssen es umprogrammieren."
Nach einem viertel Jahr wurde der Aufenthalt in der psychosomatischen Klinik bestätigt. Über einen Monat ließ ich die Behandlungen, während welcher ich mal vom medizinischen Personal anstößig angeflirtet wurde und mal mit blauen Flecken davon kam, über mich ergehen. Ohne mich vorzuwarnen, reduzierten sie meine Opiate. Ich wusste nicht, was los war, konnte mich nicht aufraffen, fror wie ein nackter Hund, war nicht in der Lage, mich zu bewegen, konnte mich nicht einmal zudecken. Bis der Pfarrer mir einen Besuch abstattete und meinen Zustand bemerkte. Er wickelte mich in meine Decke ein. Erst viel später, ich hatte kein Zeitgefühl, wurde mir lapidar mitgeteilt: „Das ist völlig

normal. Schließlich machen Sie gerade einen Entzug." Na schön, dass mir das auch mal jemand sagte.

Ich zweifelte an der Behandlung. Von wegen: „Und jetzt öffnen Sie die Augen und spüren keinen Schmerz mehr." Wollten die mich verarschen? Wenn ich ein Loch im Zahn habe, muss es auch gebohrt werden, da helfen keine „Traumreisen".

Meine Sorgen bekam ein Patient, der beim Fußball-Nationalverein ein hohes Tier war, mit. Er vereinbarte mit dem Mannschaftsarzt der Nationalelf einen Termin für mich. Die Stationsärztin stellte sich quer, sodass ich von einem anderen Patient das Auto bekam und heimlich hinfuhr. Ich wurde ohne Wartezeit den anderen Patienten vorgezogen und zuvorkommend behandelt, war ich doch eine Bekannte von Herrn B. Dieser Arzt schickte mich zum Kollegen, einem Neurologen, der bei mir eine Nervenentzündung feststellte.

Diesen Befund legte ich der Stationsärztin vor, doch sie ignorierte ihn, obwohl ich den Beweis hatte, dass wirklich etwas nicht stimmte.

Bisher hatte die gegnerische Versicherung „Allianz" sämtliche Auslagen wie Fahrtkosten und Zuzahlungen, die Cony für mich geduldig abrechnete, zurückerstattet, nun wollte sie ein ärztliches Gutachten. Also ließ ich mir wieder einen Termin bei dem prominenten Arzt geben. Wieder wurde ich bevorzugt behandelt. Der Doktor begrüßte mich mit einer Umarmung und Küsschen auf die Wange. Die Leute schauten skeptisch, hielten mich wohl auch für eine Prominente, wussten aber dennoch nicht, wer ich war.

Der Arzt vermutete eine Liaison zwischen Herrn B. und mir. Ich verneinte: „Ich habe ihm nur den Rücken massiert (im Rahmen einer Therapie)." „Von dir würde ich mich auch mal massieren lassen." (Was war das denn?!) Er bot mir das „Du" an und versprach, mir ein Gutachten zu schreiben. Naja, von so einem Arzt ein Gutachten zu bekommen, musste wohl Wirkung haben. Deshalb blieb ich freundlich.

So konnte ich im März 2005 endlich wieder aufgebaut meiner Arbeit nachgehen. Ein paar Atemtechniken und eine gute Freundin aus Regensburg nahm ich mir aus Donaustauf mit. So war es nicht ganz umsonst.

Allerdings hielt ich nicht lange durch. Gleich nach zwei Tagen befand ich mich wieder im Krankenhaus, Zusammenbruch. Mit Cortison und diversen Schmerzinfusionen wurde ich wieder auf die Beine gestellt. Mit mir musste doch was sein! Doch mein Grübeln brachte mich nicht weiter. Ich konzentrierte mich wieder auf das Berufsleben. Ich konnte mich nicht hängen lassen.

Während ich auf Arbeit trotz allem mit Rückenschmerzen geplagt war, kam mir in den Sinn, dass ich ja wegen des Unfalls nicht ganztags arbeiten konnte und die Allianz-Versicherung die Verluste (Fahrtkosten und Medikamente) regelmäßig, wenn auch in nicht nachvollziehbaren Beträgen, bezahlte. Deshalb stellte ich einen Antrag auf Teilerwerbsunfähigkeitsrente. Meine Krankheitsgeschichte sprach ja für sich. Dann könnte ich den entgangenen Verdienst bei der gegnerischen Versicherung einfordern. Wobei Cony als freiberuflicher Journalist, dessen Aufträge sich durch die lange Krankheit in Luft auflösten, bis jetzt noch keinen Cent Verdienstausfall von der Versicherung bekam. Er lebte von seinen Ersparnissen, denn seine damaligen Aufträge wurden vergeben, bei der Wirtschaftszeitung wurde Ersatz gefunden, und wo Cony sich bewarb, war er zu „überqualifiziert". Nicht gerade erbaulich.

Die Rente wurde rückwirkend auf November letzten Jahres gewährt, allerdings ganztags. Das hatte ich nicht gewollt. Ich wollte nicht total zu Hause bleiben, und jetzt zu dieser Zeit? Alle Kinder wären ohne Erzieherin. Sie sollten doch auf die Schule vorbereitet werden. Wo sollte mein Arbeitgeber so schnell einen Ersatz finden? Und ich – zu Hause?! Ohne Arbeit?!

Nach langem Diskutieren mit Cony, meinen Kindern und Mutti beschloss ich, die Rente anzunehmen. Vielleicht würde mir eine Ruhephase ganz gut tun. Doch nicht jetzt sofort! Ich telefonierte mit der Rentenstelle und erklärte ihnen mein Problem. Wir einigten uns, dass ich erst ab August 2005 die Rentenzeit in Anspruch nehmen werde. Bis dahin sollten die Zahlungen ruhen.

Ich bekam einen neuen Bescheid, dass die Rente bis Ende der Reha genehmigt wurde. Welche Reha? Ich hatte doch gar keine beantragt. Aber egal, die werden schon wissen, was sie tun.

Den Rentenbescheid bekam erstmal die Allianz, um einen Lohnausgleich zu beantragen. Der arme Cony musste alle Belege scannen, speichern, sortieren und weiterleiten. Er war ganz schön mit diesem Zeugs beschäftigt.

Manchmal, später immer öfter, musste er auch nachhaken, da die Belege irgendwie verschollen waren. Einer schob die Schuld auf den Anderen. Jeder hatte natürlich alles richtig gemacht. Cony erfuhr durch Internetrecherchen, dass man Klage einreichen musste, damit die Ansprüche nicht verjährten. Also ging er regelmäßig den Anwälten auf die Nerven. Diese zeigten keine Reaktion. So ging das ein paar Monate, Jahre – immerhin waren schon drei Jahre seit dem Unfall vergangen. Schließlich beschwerte sich Cony beim ADAC-Rechtsschutz und forderte Kostendeckung für einen Anwaltswechsel, denn eigens der ADAC vermittelte uns den tschechischen Anwalt, der inzwischen, ohne uns zu fragen oder zu informieren, unseren Fall einfach an einen scheinbar freundlichen Angestellten weiter gereicht hatte. Bisher lief jede Kommunikation per Email.

Allein zu einer Gerichtsverhandlung in Prag, bei der kein Dolmetscher zugegen war, konnten wir einige Worte mit dem neuen „Vertreter" wechseln und hatten dabei den Eindruck, er würde uns überhaupt nicht verstehen, lag es an den Sprachunterschieden oder am Intellekt? Fakt ist, dass sich gar nichts bewegte, dass unsere Forderungen im Sand verliefen.

Der ADAC ließ sich Zeit. Wir wurden ungeduldig. Was war mit der Verjährung? Endlich teilte uns der ADAC-Rechtsschutz mit, dass alles in Ordnung wäre. In Tschechien würde so was eben dauern, deshalb stimmten sie auch keinem Anwaltswechsel zu. Na gut, wir schenkten dieser Aussage Glauben.

Jani arbeitete inzwischen wieder an ihrem Abitur. Ich redete mit Engelszungen auf sie ein, sie solle wegen der langen Krankheit das Gymnasium noch um ein Jahr verlängern. Doch Jani lehnte kategorisch ab: „Ich will die Scheiß-Schule endlich hinter mir haben!"

Für Josi hatte auch ein neuer Abschnitt begonnen: Mit viel Geduld war sie wieder herge-

stellt und konnte ab dem Herbst studieren. Was man so als „wieder hergestellt" bezeichnen kann. Das linke Bein bestand nur noch aus Knochen und transplantierter Haut, Josi fühlte vom Knie abwärts ihr Bein nicht mehr. Die Durchblutung war auch etwas dürftig. Wunderbar verstand sie es, beim Gehen ihr Defizit zu kaschieren. Sie bewegte ihr Bein von der Hüfte aus. Ich bewundere sie, wie sie das alles so geschafft hat.
Nach etwas Hick-Hack (ihre Krankheit wurde nicht anerkannt, sondern wurde als zwei Semester an der Uni verbucht) und einer erneuten Operation, um das stabilisierende Gestell und das „Zehenpiercing" zu entfernen, zog sie im Oktober nach Kiel, um ihr Biologiestudium zu beginnen. Die Trennung war für mich sehr schlimm. Ich hatte das Gefühl, ich würde sie erneut verlieren. Ich gönnte ihr den Neuanfang, aber es tat nur so unendlich weh. Das war schlimmer als Liebeskummer, es schmerzte bis in die letzten Zellen.

Nachdem ich aus der Klinik in Donaustauf mit einem lebensgefährlichen (Zitat Arzt) Medikamentencocktail entlassen wurde, musste ich medikamentös wieder umgestellt werden. Doch nichts half, die Opiate mussten wieder höher gestuft werden. Ich flehte meinen Orthopäden an, mich gründlich zu untersuchen, er beschränkte es auf Röntgenaufnahmen, die eine gute Heilung zeigten. „Das Schmerzgedächtnis" - wurde ich erinnert. Der Orthopäde durfte keine Betäubungsmittel verschreiben, der Schmerztherapeut war beleidigt, weil er nicht über den Krankenhaus-Aufenthalt informiert worden war, so blieb mir nur noch mein Hausarzt. Er wollte mir keine Medikamente mehr verschreiben. „Mir ist nicht wohl dabei", entschuldigte er sich. Auf mein verzweifeltes Bitten schrie mich der selbstgefällige Doktor an: „Ich kann Ihnen nicht helfen. Ich kenne Sie. Sie hatten schon mal psychische Probleme. Das spielt sich bei Ihnen nur im Kopf ab. Sie können sich nur selbst helfen!" Er ignorierte meine Befunde vom Neurologen und von dem „Promi-Arzt". Sollte ich doch „verrückt" sein? Aber trotzdem brauchte ich doch meine Medikamente!
Tränenüberströmt verließ ich die Praxis. In meiner Not wandte ich mich an die Deutsche Schmerzliga, wo ich schon einmal vorstellig war. Ich bekam von ihnen die Adresse eines anderen Schmerztherapeuten im benachbarten Landkreis.
Dieser untersuchte mich, verschrieb mir meine Medikamente und bestellte mich wieder. Das nächste halbe Jahr verlief mit vielen verschiedenen Tests, Akupunktur, Shiazu, Blutuntersuchungen, Infiltrierungen, Infusionen, Schmerztagebuch. Er erklärte mir, dass er nach dem Ausschlussverfahren handelte. Ein Ergebnis war schon mal klar. Meine Schilddrüse arbeitete nicht mehr. Das wäre eine Überbelastungs-Reaktion wegen der Schmerzen.
Vielleicht konnte ich deshalb so schlecht schlafen, und wenn, dann plagten mich Alpträume von Hilflosigkeit und Ausgeliefert-Sein. Vielleicht würde sich das mit der Zeit durch die Schilddrüsenhormone geben. Mein Blutdruck spielte mittlerweile auch verrückt. Eine Langzeit-Messung ergab, dass nachts die Werte gefährlich hoch waren. Was soll's, damit musste ich nun wahrscheinlich leben. Vielleicht wird das besser, wenn ich wieder richtig schlafen kann.
Alle Untersuchungen ließen auch diesen Arzt nicht schlauer werden. Ich zweifelte immer

mehr an meinem Verstand. Sollten die psychosomatischen Behandlungen doch der richtige Weg gewesen sein? Zur letzten Abklärung schickte er mich ins MRT.
Der Radiologe stellte nach der Untersuchung fest: „Kein Wunder, dass Sie Schmerzen haben. Die Wirbelplastiken haben sich wieder aufgelöst, der dritte Lendenwirbel besteht aus zwei Teilen, ein Drittel fehlt, und die Teile haben sich verdreht, sodass der Spinalkanal gedrückt wird. Sie müssen ja höllische Schmerzen haben."
„Hurra, ich bin krank!", rief ich dem verblüfften Cony entgegen, der im Auto auf mich wartete. Dann wurde mir erst mal bewusst, wie blöd dieser Satz war. Doch ich war einfach nur glücklich, dass mein Verstand noch in Ordnung war. Ich wusste doch, dass am Rücken etwas nicht stimmte.
Nun entschied mein neuer Arzt, wie er mich behandeln konnte.
Der Allianz teilte ich nun mit, was wirklich „kaputt" war. Die siebenhundert fünfzig Euro Schmerzensgeld, die ich erhalten hatte, waren dafür ja eine Lachnummer.
Ab jetzt bekam ich zweimal wöchentlich Schmerzbehandlungen (Spritzen, Infusionen), zu denen mich Cony fahren musste, denn ich war danach fahruntüchtig. Dazu bekam ich Krankengymnastik, um die Muskulatur zu stärken, und die Opiate, welche ständig wieder erhöht werden mussten, wurden durch ein Morphin ersetzt. Es pendelte sich so ein. Die Schlafstörungen (inzwischen über ein halbes Jahr, wo ich nachts nur 2-3 Stunden Schlaf abbekam), waren noch eine Sorge, aber dafür bekam ich Schlafmittel, damit mein Körper sich wenigstens ein bisschen erholen konnte. So langsam ging es mir besser. Ich wurde ausgeglichener, die Schmerzen erträglicher.
Diesen Zustand wollten wir ausnutzen: Urlaub, mal raus, mal was anderes sehen und hören, weg von dem Scheiß Unfall-Kram. Außerdem lastete es mir unheimlich auf der Seele, dass ich nicht mehr arbeiten konnte. Ich vermisste meinen Job, die Kinder, die täglichen Herausforderungen. Ich fühlte mich nutzlos. Ein Urlaub wäre genau das Richtige, um auf andere Gedanken zu kommen.
Es bot sich ein weiterer Grund an: Jani hatte ihr Abitur trotz der langen Fehlzeit mit „Zwei" bestanden. Josi bekam von mir zum Abitur das Auto, Jani boten wir einen gemeinsamen Urlaub an, was sie freudig annahm.
Cony buchte fast vier Wochen: knapp eine Woche Hongkong, drei Wochen Bali. Herrlich. Diese Zeit war wie ein neues Leben. Weg von allem, neue Menschen und vor allen Dingen SONNE, die mir so gefehlt hatte, für meinen Körper und für meine Seele.
Hongkong faszinierte mich wie keine andere Stadt. Anfangs war ich über die Gepflogenheiten schockiert: Mitten im größten Menschengewusel legten sich die Leute einfach auf den Gehweg und schliefen. Mir war das völlig unverständlich. Auch das Hotel war mehr als gewöhnungsbedürftig. Das Foyer zeugte vom Modernsten, aber die Zimmer! Jani und meine „Kammer" war ein Loch, in dem nur ein Doppelbett Platz hatte, mit integrierter Plastiknasszelle. Kleiderschrank gab es nicht. Die Wäsche wurde an einem Haken in der Wand aufgehängt. Das Fenster ging nicht zu öffnen, die Gardinen hatten seit Jahren kein Wasser gesehen.
Die Entschädigung war das Frühstück. Hoch oben über allen Dächern! Ein sagenhafter

Anblick.

In Hongkong war das Hochmoderne dicht neben dem Uralten. Mit der Rolltreppe bewegte man sich meistens fort und kam auch mal mitten in einem Vogelpark an. Überhaupt ist diese Stadt sehr grün, und die Inseln ringsum, der Wahnsinn. Irgendwann möchte ich diese eindrucksvolle Stadt wieder besuchen.

In Bali ließen wir es uns gut gehen. Wir besuchten Tempel, Berge, verschiedene Künstlerorte wie Ubud, genossen die Bar im Pool, die Sonne, das Meer und die täglichen, wohltuenden Massagen. Jani fühlte sich wie zu Hause, sie kannte fast jeden, war ständig auf Achse. Wenn wir mit ihr bummelten, wurde alle paar Meter freundlich gerufen: „Jani, salamat pagi!"

Die Sichtweise der Asiaten brachten uns zum Nachdenken. Es geht auch anders als es der poltrige Deutsche gewohnt ist! Während eines Verdauungsspazierganges am Strand entdeckten wir vor einem Lokal Mädchen, die traditionelle Tänze übten. Fasziniert blieben wir stehen und beobachteten sie. Der Kellner gesellte sich dazu und lud uns zum Essen ins Restaurant ein, wo die Tänze vorgeführt wurden. Wir lehnten ab, da wir ja schon gegessen hatten. Nach einer Weile wurde der Kreis der „Beobachter" größer. Der Kellner räusperte sich und machte uns erneut das Angebot. Wieder lehnten wir ab. Er blieb lächelnd abseits stehen, machte später noch einmal einen Versuch. Plötzlich fühlte ich mich unbehaglich: „Cony, wir nehmen dem Lokal doch die Gäste weg." Wir verstanden nun, warum der Kellner uns wieder und wieder fragte und kehrten den begabten Mädchen den Rücken. Der Kellner folgte uns: „Thank you", waren seine Worte, welche uns begleiten sollten. Gänsehaut.

Ein anders Mal lag ich am Strand und ließ mir von einer jungen Balinesin, mit der wir uns angefreundet hatten, die Fußnägel lackieren. Eine zweite Frau, die unsere Bekannte anscheinend gut kannte, erschien, um mir den Rücken zu massieren. Ich bejahte dies. Als sie ihre Utensilien holte, fragte ich „meine" Balinesin, ob es ihre Freundin wäre. Ihre Antwort: „Sometimes." Braucht es dazu noch Erklärungen?!

Kurz vor unserer Abreise erfuhren wir von einem Mönch im Muttertempel, der heilsame Kräfte hätte. Wir beschlossen: Wir kommen wieder.

Wieder zu Hause bekam ich ein Schreiben von der Rentenversicherung: Weihnachten nach Bad Isny zur Kur. Auf der einen Seite freute ich mich darauf, aber andererseits konnten wir das erste Mal nicht gemeinsam in Familie feiern. Ich rief in der Klinik an, aber der Termin ließ sich weder nach vorn noch nach hinten verschieben. Ich wurde darauf hingewiesen, dass es um meine Rente ginge. Okay, dann eben nicht.

Isny hatte ich auch hinter mich gebracht, mit dem Ergebnis: Vermittelbar aber arbeitsunfähig. Zuvor hatte mich der weitsichtige Chefarzt noch darauf hingewiesen, dass ich noch zu jung für eine Rente wäre.

Mit diesem Schreiben begann eine neue Odyssee. Die Rentenversicherung erklärte die Erwerbsunfähigkeitsrente für beendet. Die Krankenkasse wollte kein Krankengeld zahlen, da ich ja vorher nicht arbeitstätig war. Das Arbeitsamt lehnte eine Zahlung ab, da ich

ja wegen der Arbeitsunfähigkeit nicht dem „Arbeitsmarkt zur Verfügung stand" und verwies mich an meinen Arbeitgeber. Mein Arbeitgeber hatte schon über ein halbes Jahr nach dem Unfall Lohnfortzahlung gewährt, er war nicht zuständig, einstellen konnte er mich auch nicht, da ich als arbeitsunfähig galt. Also ging ich zum Sozialamt, die auch nicht zuständig waren, weil ich mich erst arbeitslos melden müsste. Zur Krönung bekam ich noch ein Schreiben der AOK, in dem sie mir mitteilten, dass ich und meine Mädels nicht mehr krankenversichert wären und empfahlen mir, mich privat zu versichern.
Ja Herrgott noch mal! Von welchem Geld denn?!
Ein viertel Jahr ging es so hin und her, ich löste mein Festgeldkonto auf, um leben zu können, von den laufenden Abzügen für das Haus und für Versicherungen mal ganz abgesehen.
Cony war empört, bei den Behindertenbeauftragten, bei der Bundesregierung – überall fragte er für mich um Rat, aber keiner fühlte sich zuständig. „Ja, wenn die Gesetze nicht eingehalten werden, dann können wir auch nichts machen."
Die Allianz-Versicherung stellte in dieser Zeit auch noch die Zahlungen für die Medikamente und die Fahrtkosten zu den Ärzten ein mit der Begründung: „Nach Prüfung kam ein Gutachter zum Schluss, dass die Medikamente und Fahrtkosten unnötig sind."
Kein Arztbericht wurde anerkannt, der Grund war ein irrtümlich nicht herausgestrichener Wert für ein Katzenwurmmittel. Dafür hatte ich aus Versehen ein Schmerzmedikament gestrichen. Bei zirka tausend Abrechnungsposten passiert halt mal so was. Die hatten, glaub' ich, nur auf solch einen Fehler gewartet.
Dann reichte Cony Klage beim Sozialgericht mit einstweiliger Anordnung ein. Und siehe da, das Arbeitsamt zahlte plötzlich. Ich bekam Arbeitsvermittlungen als Übersetzerin (so gut waren meine Englischkenntnisse auch wieder nicht), an einer Hotelrezeption (Koffer tragen, da könnte ich mich zwischendurch hinlegen) oder als „Klofrau". Sie verstanden mein Gesundheitsproblem nicht.
Irgendwann musste ich zu einem Amtsarzt, von wo Widerspruch zum Rentenbescheid eingelegt wurde. Nach einer blödsinnigen Untersuchung durch einen Gutachter stellte dieser den Antrag auf Rente wegen „Kopfschmerzen". Ich weiß nicht, wie ich dazu gekommen bin, auf alle Fälle meinte dieser Arzt, dass die Schmerzen psychisch wären, meine Befunde interessierten ihn nicht. Doch oh Wunder, die Rente wurde gebilligt. Mein Schmerztherapeut meinte: „Der Grund ist egal, Hauptsache – Rente. Sie können nicht arbeiten."
Nach intensivem Beraten mit einem Kollegen schickte mich mein Arzt mit dem letzten MRT-Befund zum Neurochirurgen. Dieser eröffnete mir: „Das muss sofort operiert werden, sonst droht eine Querschnittslähmung. Allerdings würde ich Sie da in eine Spezialklinik in der Nähe von Regensburg schicken. Dort arbeitet ein anerkannter Wirbelsäulenspezialist."
Okay, das war eine Option. Aber vorher nochmal schnell in den Urlaub, nach Bali. Wer weiß, wann das wieder möglich ist, und außerdem war ja dort noch der Mönch, ihn wollte ich um seine Meinung fragen. Vielleicht kann er mir helfen und ich brauchte doch

nicht operiert werden.

Diesmal flogen nur Cony und ich. Es war wie ein Luxusurlaub erster Klasse. Schon beim Flug fing es an. Die ganze Mittelreihe war frei, sodass ich die Nacht im Liegen verbrachte. Täglich gingen wir in Spas und in Restaurants, ließen uns mit dem Taxi durch ganz Bali chauffieren, relaxten, nur der Mönch war nicht auffindbar. Mit unserem kläglichen Indonesisch und mit dem gängigem Englisch war nichts zu machen, man verstand uns einfach nicht. So blieb für mich doch nur noch die OP in der Spezialklinik.

Durch diesen Urlaub kam ich wirklich kurzzeitig in den Genuss, weniger Schmerzen zu haben. Es ging doch!

Zu Hause ging es damit jedoch nach einer Woche wieder los, ich ließ die ersten vorbereitenden Untersuchungen für die OP in der Spezialklinik durchführen: Myelografie und Diskografie, beides stationär.

Beim Ersteren wurden mir Kontrastmittel in die Wirbelsäule gespritzt, um die Durchgängigkeit des Spinalkanals zu prüfen, was leider Verengungen deutlich machte. Dieser Test wurde zur Sicherheit ein weiteres Mal durchgeführt, dasselbe Ergebnis.

Die Diskografie wurde bei örtlicher Betäubung im OP durchgeführt, um die Schmerzzentren zu finden. Allerdings ist kein Arzt mit der Nadel richtig reingekommen. Alles war verhärtet und vernarbt. Es war eine sehr lange Prozedur, ich lag auf dem Bauch und konnte unter den OP-Tisch sehen. Mann war das dreckig! Ich hätte am liebsten begonnen, den Staub abzuwischen. Die verschiedenen OP-Tische waren nur mit Plastik-Vorhänge voneinander getrennt. Da die Ärzte von den anderen OP's bei mir auch ihr Glück versuchten, bekam ich große Einblicke in die Körper anderer Patienten.

Nach der Untersuchung ging ich zum Rauchen auf die Dachterrasse. Keine Chance, sich dort auf die Bank zu setzen – diese und der Fußboden waren voller Mäusedreck.

Die Bäder im Patientenzimmer wiesen Schimmelspuren auf. Das alles hätte mir eine Warnung sein müssen. Dennoch ließ ich mich dort operieren.

Eine Stunde vor der OP, ich hatte schon die Beruhigungstablette geschluckt, kam der Wirbelsäulenspezialist, ein Grieche, von welchem sich auch viele Reiche aus Saudi Arabien operieren ließen, an mein Bett. Ich sah ihn zum ersten Mal. Er erklärte mir, dass er die ganze Nacht überlegt hätte, doch die schwere OP am dritten Lendenwirbel könne er nicht vornehmen, es wäre zu gefährlich. Stattdessen schlug er mir vor, entweder das letzte Segment oder die gesamte Wirbelsäule zu versteifen. Ich solle mich entscheiden. In diesem Moment war mir alles egal, ich wollte nur von den „Leiden" weg: „Machen Sie, was Sie für richtig halten."

Nach der Operation im Aufwachraum hatte ich ewig viel Schmerzen, über mir eine Schmerzpumpe. Ich pumpte. Keine Wirkung. Alle anderen Patienten schliefen, ich konnte nicht. Die Schmerzen wurden immer heftiger, ich pumpte und pumpte. Heulend klagte ich der Krankenschwester, dass ich riesige Schmerzen hätte. „Sie kriegen schon was." Ich bettelte, ich flehte. Sie ignorierte mich. Ich schrie, sie fuhr mich an: „Sie pumpen doch schon die ganze Zeit. Das sind OP-Schmerzen. Und überhaupt, wer hat ihnen denn die starken Medikamente verschrieben?!"

Schließlich hielt ich es überhaupt nicht mehr aus. Zielstrebig suchten meine Augen irgendwelche Kabel. „Ich kann nicht mehr, ich häng' mich auf."
Ich entdeckte über mir schwarze Leitungen. Mit letzter Kraft wollte ich sie für eine Schlaufe herunter ziehen. Es gab einen mörderischen Knall. Das ganze Überwachungsgerät schepperte zu Boden.
„Sie dürfen sich nicht bewegen, sie sind frisch operiert!"
Aufgelöst telefonierte sie mit einem Arzt: „Eine Patientin dreht hier durch. Was soll ich machen?" Dann brachte sie mir eine rosafarbene, paranussförmige, riesige Kapsel. Gierig schluckte ich sie hinter und fiel endlich in einen schnellen Schlaf.
Am nächsten Morgen stellte das neue Personal fest, dass der Zentralvenenkatheder falsch lag. Die Schmerzmittel kamen gar nicht an. Super. In der Hand wurde ein neuer Zugang gelegt. Ich war völlig am Ende. Als irgendwelche Handwerker im Intensivraum das Lärmen begannen, wurde es mir zuviel, ich wollte auf mein Zimmer.
Meine Hand schwoll an, die Schmerzen nahmen zu. Ein Arzt schaute herein: „Frau Bosse sieht aus, als ob sie ihre Ruhe haben will." Weg war er. Und meine Schmerzen? Ich hoffte auf meine Medikamente, die ich weiter einnehmen sollte. Die Opiate waren angeblich nicht da, und ich bekäme Ersatz. Die Schmerzen wurden schlimmer, ich konnte kaum noch sprechen, so erschöpft war ich. Hinzu kamen unerträgliche Schmerzen im linken Bein. Ich glaubte durchzudrehen. Ich versuchte den Notknopf. „Was iss denn nu scho wieder?", hallte die Stimme der Oberschwester aus dem Lautsprecher. Ich konnte nur zu leise antworten. Es kam niemand.
Bei der Visite wurde ich angefahren: „Was glauben Sie denn, was das für Schmerzen sind?! Immerhin haben wir an der Nervenwurzel gearbeitet. Da kann schon was verletzt sein. Übrigens hat der Doktor nur das untere Segment versteift." Ich bekam einen neuen Zugang, der diesmal saß. Mir ging es langsam besser.
Die diensthabende Nachtschwester fragte, warum ich meine Medikamente, die Opiate nicht nehme. „Ich denke, die sind nicht da?" „Sagen Sie nicht, von wem Sie das wissen. Aber sie liegen schon seit gestern vorn in der Schwesternstation. Sie müssen sie ausdrücklich verlangen." Ach so ist das? Darum sollte man sich auch noch kümmern. Was stellen die bloß mit den Pillen an?
Zum Essen bekam ich jeden Tag, weil das Verdauungssystem wegen der OP geschont werden sollte, ausgerechnet eine ungenießbare Tomatensuppe. Mein Magen krümmte sich zusammen. Ich bettelte um Zwieback, wenigstens etwas anderes.
Als ich dann langsam auf die manchmal fast rohe Mikrowellen-Normalkost umgestellt wurde – ich hatte mir schon selbst einen Gehwagen besorgt, mit dem ich mich nun schleppend, kurzstreckig fortbewegen konnte – wurde es mir speiübel. Eine Brechschale war nicht im Zimmer. Ich läutete und schleppte mich zum Bad. Am Waschbecken konnte ich es nicht mehr zurückhalten und übergab mich mit einem vollen Schwall ins Becken. Die angekommene Schwester wetterte: „Was ist das für eine Sauerei? Das machen Sie schön selber weg!"
Ja, so war das in der Spezialklinik. Den Operateur hatte ich nicht mehr zu Gesicht be-

kommen. Ich erfuhr nur, dass er vierundzwanzig Stunden und länger am Stück operierte und in seiner freien Zeit nach Oman oder Saudi Arabien flog, um dort zu operieren. Kein Wunder, dass er keine Zeit für seine Patienten hatte. Mit einem Korsett wurde ich wieder in die Welt entlassen. Es ging zu einer Anschlussheiltherapie, die mir wirklich sehr gut tat, ganze sechs Wochen lang. Allerdings wurde wie zu jeder Kur mein psychisches Problem mit dem Unfall nur angerissen. Nach über sechs Jahren traute sich immer noch keiner, das so richtig anzupacken. Der Hass auf den Unfallverursacher wuchs und zermarterte mich. Ich bekam es einfach noch nicht auf die Reihe.

Wieder zu Hause telefonierte ich wie ein Weltmeister und suchte psychologische Unterstützung, denn noch immer plagten mich Schlafstörungen und Alpträume. Nach langem Hin und Her erbarmte sich endlich eine Psychologin, die eigentlich keinen Platz mehr frei hatte, und versprach mir einen Therapieplatz, jedoch mit einer Wartezeit von einem Jahr. Sie war der Meinung, dass ich einer Behandlung dringend bedarf.

Es konnte nur besser werden.

Sonntag und Montag war wieder „Büroarbeit" angesagt.
Da der ADAC-RECHTSSCHUTZ uns für die zukünftigen Forderungen keinen Deckungsschutz gegeben hatte, müssen wir selber ran. Die nette tschechische Anwältin gab uns den Tipp, dass wir laut Gesetz in Deutschland klagen dürfen. So etwas sagt uns ja kein „Schwein", wohl mit Absicht. Der Rechtsschutz hätte auch darauf kommen müssen, dass Geschädigte in Wohnortnähe klagen dürfen. Aber nein, wir mussten nach Prag fahren. Die haben uns als Täter gesehen, denn wir wollten ja was von ihnen.
Jedenfalls hatte Cony wieder im Internet recherchiert: Wenn der Streitwert unter fünftausend Euro liegt, braucht man keine Gerichtskosten vorschießen, darüber kostet der Spaß dreißig Prozent.
So hat Cony beschlossen, dass ich nun in Deutschland alle zwei Monate meine Fahrtkosten zu den Ärzten und die Zuzahlungen einklage. Für die ersten beiden Klagen (der Kosten halber klage ich getrennt), hat er schon die Klageschrift geschrieben, richtig in Fachsprache. Man könnte meinen, ein Anwalt hätte das verfasst. Nun mussten alle Belege zusammengesucht, gescannt, gespeichert und kopiert werden. Das hat aufgehalten und natürlich das Nervenkostüm belastet. Hätte ich nicht jedes Mal vorher meditiert, ich glaube, dann hätte ich es nicht geschafft. Nur der Schmerzpegel stieg wieder an. Aber dafür habe ich ja noch die Bedarfsfall-Tropfen.
Leider haben diese mit der Zeit auch Nebenwirkungen. Ich bin im Moment total neben der Spur. Gestern nach dem Spritzen beim Arzt bat ich die Sprechstundenhilfe, mir die medizinische Begründung zum Reha-Widerspruch zu faxen. Auf ihre Frage nach meiner Faxnummer sagte ich: „Ich habe keine." (Hatte beim „Faxen" an Cony gedacht, das konnte sie ja nicht wissen.) Sie schaute mich nur fragend an. Das war mir schon zu viel, und ich ging in den Warteraum, um meine Jacke zu holen. Dort begrüßte mich eine Patientin: „Grüß Gott." „Ist gut", war meine Antwort. Verdammt, was redete ich da für einen Blödsinn? Da hätte ich auch gleich sagen können: „Mach ich."

Beim Sprechen ziehe ich immer öfter unbewusst zwei Wörter zusammen. Da wird aus „Kai" und „Anna" - „Aina", ich habe im Kopf einen „Dachvogel", und aus „Ja" und „Tschüss" wird einfach „Jütsch". Ich weiß auch nicht, was in meinem Kopf vorgeht. Noch kann ich darüber lachen. Wenigstens etwas Lustiges.

Ein Jahr ging es mit meiner Gesundheit so einigermaßen gut. Nur unser Problem löste sich nicht. Cony bat den ADAC immer wieder um einen Anwaltswechsel, weil gar nichts in unserem Fall voran ging. Vergeblich. Vergeblich suchten wir überall nach Hilfe, wandten uns an Presse und Fernsehen; unser Fall wäre zu kompliziert. Die Deutsche Botschaft in Tschechien schrieb uns, dass sie uns rechtlich nicht helfen können. Es tat sich reinweg nichts.
Schließlich stieß Cony im Internet auf eine Seite, die anbot, Versicherungsopfern zu helfen. Ein Anwalt, sogar mit zwei Titeln nahm sich unser an. Dann ging es los. Es bewegte sich etwas.
Die Schäden wurden uns zum ersten Mal ausgerechnet. Seitenweise Berechnungen und von uns erbrachte Beweise, alles plausibel. Die Versicherung erklärte sich nach Erhalt dieser Forderungen verhandlungsbereit. Die Hoffnung stieg.
Der tschechische Anwalt verhandelte indessen hinter unserem Rücken mit der Allianz, woraufhin der erste gemeinsame Einigungstermin platzte. Der neue deutsche Anwalt, der sogar – oh Wunder – von der ADAC-Rechtsschutz-Versicherung übernommen wurde, wollte sich mit einem deutschen Vertreter der Allianz treffen. Ergebnis: Die Versicherung bot uns eine kleine monatliche Rente an, die der Anwalt wegen Lächerlichkeit ablehnte, für Cony war es nicht einmal ein Drittel des Sozialhilfesatzes.
Dann folgten Gerichtstermine, wo kein Dolmetscher anwesend war, die wir zu spät erfuhren, wo der deutsche Anwalt nicht informiert wurde, die vertagt wurden usw. Immer wieder hieß es, dass wir uns außergerichtlich einigen sollten. Weder wir noch der deutsche Anwalt erfuhren trotz mehrfacher Aufforderung den Gegenstand der Klage oder sahen die Klageschrift der tschechischen Kanzlei. Uns drückte immer noch die Angst, dass alles verjähren würde. Antwort vom ADAC-Rechtsschutz und von den Anwälten: „So lange der Prozess läuft, verjährt nichts."
Wir schenkten dem Glauben und hofften wieder. Ständig bekamen wir zu hören: „In zwei Monaten ist es vorbei." „Bald haben Sie eine sechsstellige Summe auf dem Konto." „Wir stehen kurz davor." Das Gesparte war inzwischen aufgebraucht. Das Geld wurde langsam knapp.
Wir malten uns schon aus, was wir mit dem Geld aus dem Unfallschaden anstellen würden. Ich wollte meinen Mädchen den „kostenlosen" Kredit (Kindergeld, Josis Zuschuss aus ihrer Unfallversicherung) zurück zahlen, das Haus abzahlen und renovieren lassen, was ja wegen meines Rückens nicht mehr selbst möglich war. Ich wollte eine Hilfe für den Haushalt und den Garten einstellen. Ach, das war ja auch so eine Sache: Erst billigte mir die Allianz eine Hilfe für den Garten zu. Ich wollte die Kosten, rücksichtsvoll wie ich bin, niedrig halten und stellte privat jemanden ein. Die Rechnung wurde natürlich nicht

bezahlt, ich solle eine Firma beauftragen. Wieder nahm ich die kostengünstigste, zum Glück, denn diese Rechnung wurde völlig ignoriert - ich kam mir wiedermal verarscht vor.

Vor allen Dingen wollte ich von dem Schadensersatz mehr für meinen Rücken tun, zum Beispiel Osteopathie, was ja von den Krankenkassen nicht bezahlt wird, oder Rückenharmonisierung nach Breuss. Ich hatte damit auf den zahlreichen Kuren schon überwältigende Erfahrungen gemacht.

Die Hoffnungen zerplatzten immer wieder. Man glaubt gar nicht, wie das auf die Psyche geht. Ich konnte kaum noch schlafen, wenn, dann hatte ich Alpträume. Im Auto wurde ich als Beifahrerin noch ängstlicher, ich verkrampfte und schrie sogar, ich brauchte nur den Gegenverkehr wahrnehmen. Die Haare fielen mir aus, der Magen rebellierte, der Schmerzpegel stieg wieder an und verlegte sich bis zum linken Fuß. Man schickte uns für ein Gutachten nach München in die Isar-Klinik. Ein Neurochirurg, angeblich eine Koryphäe auf seinem Gebiet, prophezeite mir noch zwei Jahre, dann würde ich im Rollstuhl sitzen. Meine Bänder könnten den in zwei Hälften zerfallenen, verdrehten Wirbel nicht mehr halten. Ich dachte, ich kippe um, so blieb mir die Luft weg. Mir war es nur noch schlecht. Nachdem ich mich wieder gesammelt hatte, beschloss ich für eine Zweitmeinung ein anderes Klinikum aufzusuchen. Gründliche Untersuchungen gaben die gehoffte Entwarnung. Ich darf nur nicht fallen oder sonst wie die Wirbelsäule belasten, dann könnte es noch zwanzig Jahre halten. Das wollte ich hören. Damit konnte ich leben.

2009 stimmte der ADAC endlich einem Anwaltswechsel zu. Sie hatten die Eingebung, dass doch nicht alles in Ordnung wäre, doch unter einer Bedingung: wir sollten wieder einen Juristen, der von ihnen vorgeschlagen wurde, beauftragen, ansonsten gäbe es keinen Deckungsschutz.

Selbstverständlich stimmten wir zu. Wir hofften immer noch auf das Recht, uns blieb ja nichts anderes übrig.

Diese Kanzlei kam zu dem Schluss, dass alle Ansprüche bis 2010 verjährt wären. Sauber. Was unseren Schock noch verstärkte: Nach Recherchen haben wir erfahren, dass es dieselbe Kanzlei war, die unseren Fall damals geprüft hatte und alles für in Ordnung befand. Der Korrespondenzanwalt legte sofort sein Mandat nieder, als wir ihn damit konfrontierten. Die neuen Anwälte meinten, dass die Beweise nicht ausreichten. Auf unsere Frage, welche Beweise denn fehlten, kam keine Antwort. Dann wurden wir zugeschüttet mit Terminabgaben. Wir sollten zum Beispiel auflisten, wer wann geholfen hatte, was er getan hatte, wegen dem Haushaltsschaden. Zwei Tage Zeit, mit Unterschriften. Neue Arztgutachten sollten her. Die Gutachter wollte niemand zahlen. Ich sollte beweisen, dass die vielen Operationen notwendig gewesen waren. Mein Arbeitsvertrag wurde angezweifelt, es könnte ein „Gefälligkeitsschreiben" sein. Ich war am Ende.

Ich konnte nichts mehr von dem Unfall und was damit zusammen hing, hören. Ich war kurz vorm Durchdrehen, meine Wut ballte sich, konnte aber nicht heraus.

Ich wollte nicht wahr haben, was mit mir passierte. Ich fing an, alles, was mir gefiel, im Internet zu kaufen: Gläser, Messer, Kleidung, Schuhe, Schmuck, Bodylotion. Meine Er-

rungenschaften türmten sich. Auch begann ich, mich bis zur Erschöpfung abzurackern.
Dann kam dann der Zusammenbruch. Unerklärbare komische, körperliche Symptome: meine Hände rissen tief auf, sie bluteten, ich konnte nichts mehr essen, meine Mundschleimhaut brannte, ich fand keine Freude, kam kaum aus dem Bett.
Mein Arzt machte sich Sorgen um meine Psyche, sprach von einem Klinikaufenthalt. Ich wollte davon nichts wissen, stürzte mich wieder in den Kaufrausch und betreute einen älteren Herrn, der mir dafür sehr dankbar war. Ich hingegen weniger. Meine Nerven waren sehr gereizt. Ich kam mit mir selbst nicht mehr zurecht.
Auf der einen Seite war ich hyperaktiv, auf der anderen zu Tode betrübt. Ich konnte mich nicht mehr konzentrieren, nichts lesen, nicht schlafen, keine Musik hören. Jeder Einfluss von außen war zu viel. Kam wieder so eine negative Nachricht von den Anwälten dazu, konnte ich nicht anders als schreien oder mich zu verletzen. Ich wollte, dass das aufhört und schaffte es nicht.
Nachdem meine Psychologin nach nun schon monatelanger Betreuung auch noch vorsichtig versuchte, dass ich mir der Tatsachen bewusst werde, gab ich schließlich nach. Zur ihr hatte ich großes Vertrauen, mit ihr kam ich super zurecht, sie kannte mich. Ich glaubte ihr und ließ mich einweisen.
Die Klinik hatte eine schöne Lage, umgeben von einem Park.
Ich hatte Glück, die erste Woche war trotz des Spätherbstes warm und sonnig. Ich konnte mich „abseilen", isolieren. Ich verbrachte meine Zeit auf Bänken in der Sonne und merkte nicht, wie die Zeit verging. Wenn es dunkel wurde, war wieder das Zimmer da. Diese Isolation brauchte ich, um erst einmal Abstand zu gewinnen, um mich langsam für meine Umwelt öffnen zu können, um abzuschalten.
Beim Körbeflechten lernte ich zunehmend Geduld und meine Energie einzuschätzen. Langsam entwickelte sich der Kontakt zu den Mitpatienten, die alle ihr Päckchen zu tragen hatten. Ich hatte immer geglaubt, ich hätte das Unglück gepachtet, immer ich, immer passierte nur mir so etwas. In der Klinik habe ich erfahren, dass es nicht nur mir so geht. Ich habe so viel Leid mitbekommen. Es kostete viel Kraft, sich dadurch nicht herunterziehen zu lassen und den nötigen Abstand zu finden, um Trost und Mut zu spenden oder einfach nur zuzuhören. Es gab so viele Hauptdarsteller im Streifen „Die wunderbare Welt meiner Meisterschöpfung", die für einen großen Zyniker den Film abwechslungsreicher und spannender gestalteten, damit dieser nicht langweilig wird, wohl Auserwählte.
Die ganzen Vorträge, Gruppensitzungen und Einzelgespräche (mit Ausnahme der persönlichen Betreuungsschwester) waren nichts gegen unser Miteinander, das Bündnis der „starken Schwachen". Ich stand sowieso nicht darauf, in der Gruppe unter Anleitung eines Arztes oder einer Psychologin meinen Schmerz auszubreiten. Unter uns, im „Bündnis", klappte es eher. Ich stellte fest, dass die eigentlich „Kranken" draußen waren. Die „Irren" hier drin waren ganz normal. Nur dass wir emotionaler reagierten und die Welt nicht durch eine rosarote Brille sahen. Unser Ziel wurde es, das Schöne zu „suchen", die innere Liebe wieder zu finden und Probleme nicht zu persönlich zu sehen.
Mit manchen „Irren" entstanden sogar richtige Freundschaften. Eine war mir besonders

unsympathisch, nichts konnte man ihr Recht machen. Sie war total unzufrieden und empfand die anderen als potentielle Feinde. Ich hatte vergessen, dass auch ich in so einem Zustand gewesen war.
Ich übte gerade das Socken-Stricken, da knüpfte sie Kontakt. Sie wollte dies auch erlernen. Mittlerweile versorgt sie mit Socken fast ihre ganze Stadt. Eine wunderbare Freundschaft ist daraus entstanden. Wir sind wie Seelenverwandte. Auch mein „irrer" Freund gesellte sich zu uns. Er ist ein Arbeitstier und vergisst sich oft selbst dabei. Doch wir sind auf gleicher Wellenlinie. Ein bisschen verrückt, Träume, kunstinteressiert. Es tut gut, jemanden zu haben, der einen auch außerhalb der vier Wände versteht.
Nach den acht Wochen Aufenthalt hatte ich genügend (na ja - fast) Kraft, um mit meiner Familie Weihnachten zu feiern.

Nach Weihnachten suchte ich Hilfe bei einem Verkehrsopferverein, weil sich in unserem Fall außer Versprechungen immer noch nichts bewegte. Sie wollten Akteneinsicht, um zu entscheiden, an welchem Punkt sie ansetzen könnten. Der Vorstand war optimistisch. Was wir nicht wussten war, dass der Vereinsanwalt in der Kanzlei unseres jetzigen Anwaltes gearbeitet hatte. Unser Anwalt mit den zwei Titeln, der inzwischen eine Kanzlei in Australien aufgebaut hatte und auch dort lebte (Kontakte waren nur noch telefonisch oder per Mail möglich), nahm dies zum Anlass, wegen Vertrauensbruch sein Mandat niederzulegen. „Ich lasse mir nicht über die Schulter schauen", war seine Erklärung, kein Bitten half.
Der tschechische neue Anwalt legte nach einem verlorenen Gerichtsprozess, von dem wir wieder erst viel zu spät erfuhren, auch sein Mandat nieder.
Ganze zwei Tage hatten wir Zeit, uns in das tschechische Urteil einzuarbeiten, einen Anwalt zu finden, der die Sprache verstand und für uns Widerspruch einlegte. Keine Chance. Der ADAC-Rechtsschutz lehnte natürlich die Kostendeckung ab.
Der Zufall bescherte uns eine nette Anwältin in Tschechien, die uns über die tschechischen Gesetze aufklärte. Daher erfuhren wir, dass wir selbst in Tschechien Widerspruch einlegen können, nicht wie uns der andere Anwalt mitteilte, es ginge nur mit entsprechender Rechtsvertretung.
Am zweiten Tag legten wir per Fax Widerspruch ein und schickten dieses Schreiben per Einschreiben mit Rückschein an das tschechische Gericht.
Nach der Akteneinsicht bemerkten wir, dass nur für den Zeitraum von 2002 bis 2003 Schadenersatzklage erhoben wurde, auch noch zwei Tage zu spät. Jetzt wurde uns der Ausspruch der letzten tschechischen Kanzlei: „Wir können keine Ansprüche mehr einreichen, die Versicherung wird den Einwand der Verjährung bringen", klar. Also – Anwaltsversagen. In Tschechien konnte man sich nur bei der Anwaltskammer beschweren, was wir auch taten. Abgelehnt. Der „beklagte" Anwalt hatte erklärt, dass er nur nach unseren Vorgaben gehandelt hätte. (Dann wären wir ja wohl nicht in diesem Dilemma!) Eine Klage gegen die Anwälte – unmöglich.
Wir suchten deutschlandweit nach einem Anwalt, jeder hatte eine andere Ausrede, keiner

übernahm den komplizierten Fall.
Die Verhandlungen des Unfallopfer-Vereins liefen in eine Sackgasse, die deutsche Allianz wäre nicht zuständig, obwohl die tschechische eine hundert-prozentige Tochtergesellschaft ist und wir auch schon mit deutschen Verhandlungspartnern dieser Versicherung Kontakt hatten! Da standen wir nun und hatten gar nichts, keinen Anwalt, kein Geld, keine Rechte.
Nun wurde Cony zum endgültigen Juristen. Ich glaube, er würde jede Anwaltsprüfung bestehen. Er legte in Deutschland Klage gegen die Anwälte ein und beantragte Prozesskostenhilfe, denn Geld hatten wir keins mehr. Antrag abgelehnt, Widerspruch eingelegt. Nun lag der Antrag schon lange Zeit in Nürnberg. Endlich sollte ein Prozess stattfinden, wo entschieden wird, ob wir dafür Prozesskostenhilfe bewilligt bekommen. Wie ich mittlerweile die deutsche Justiz kenne, wird das auch nur eine Show-Veranstaltung.
Da die Allianz-Versicherung und der ADAC-Rechtsschutz uns gezielt getäuscht hatten und auf die Verjährung hinarbeiteten, stellte Cony eine Strafanzeige. Abgelehnt wegen „keinen nennenswerten Schaden". Was für ein Schaden ist denn nennenswert?!
Die EU-Kommission in Brüssel befand das Vorgehen für akzeptabel, Abgeordnete versprachen Hilfe, aber nichts kam.
Der Prozess in Nürnberg dauerte vier Stunden. Wir wurden intensivst und streng befragt. Die Gegenseite behauptete plötzlich, dass es ihre Kanzlei nicht gegeben hätte. Meinten die, wir seien alle blöd?! Zum Glück hatte ich ein Schreiben dieser Kanzlei mit Briefkopf dabei, was ich dem Gericht vorlegte. Zur Kenntnis genommen.
Nach dieser Verhandlung ging es mir wieder einmal schlecht. Physisch und psychisch. Wir hatten ein ungutes Gefühl.
Mittlerweile wurde unser Widerspruch in Tschechien wegen mangelnder Beweise abgelehnt. Wieder ein Tiefschlag. Aber das war ja zu erwarten. Die tschechische Justiz hatte von unserem Fall die Nase voll. Sie wollte ein Ende der Geschichte. Leider zu unserem Ungunsten.
Nach langen Wochen des Wartens flatterte das Urteil vom OLG Nürnberg ins Haus: Genehmigt! Das konnte doch nicht sein! Wir wollten es nicht glauben! „...wegen hinreichender Aussicht auf Erfolg..." war die Begründung. Juhu! Sollte es nun aufwärts gehen?

Trotz der neu erwachten Hoffnung verstärkten sich meine Rückenschmerzen.
Ich erfuhr durch eine Freundin von einer Schmerzpumpe und machte deshalb einen Termin in der Uniklinik Regensburg aus.
Der Neurochirurg bedauerte meinen Fall, doch wegen des defekten dritten Lendenwirbels, dem eingedrückten zwölften Brustwirbel und der Vernarbungen könne er mir die Elektroden unmöglich erfolgreich setzen. Er versprach mir aber ein Konsil mit Unfall- und Wirbelsäulenspezialisten, zu dem ich eine Woche stationär aufgenommen werden müsste.
Gesagt, getan. Alles erwies sich als Flop. Ich kam mir wieder einmal „verarscht" vor – die Ärzte versteckten sich nach den Untersuchungen vor mir! Sie gingen mir aus dem

Weg oder waren einfach nicht mehr da. Auch Cony empörte sich darüber. Gemeinsam machten wir Rabatz, bis sich ein unbekannter, übermüdeter Arzt opferte: Nicht operabel, nur Schmerztherapie, stationär im Haus. Und „Tschüss". Wir packten meine Sachen und verließen fluchtartig die Klinik.
Wenn nur die Schmerzen nicht wären. Alle Infiltrierungen und Infusionen halfen nur kurzzeitig.
Dann das nächste Aus: Mein Hausarzt und Schmerztherapeut gab seine Praxis leider aus Altersgründen auf, war nur noch sporadisch in der Praxis.
Mein Neurochirurg erklärte mir, dass er mir nicht mehr helfen könne. Unter Tränen teilte ich ihm mit, dass ich so nicht mehr weiter leben könne. Ich konnte ja kaum noch gehen. Er verwies mich an eine Spezialklinik am Starnberger See.
Es wurde ein Vorstellungstermin vereinbart.
So etwas hatte ich noch nie erlebt! Gleich drei Ärzte kümmerten sich um mich, keine Wartezeit, Röntgenaufnahmen in Stellungen und Mengen, die ich vorher gar nicht kannte, Freundlichkeit, Menschlichkeit -. ich fühlte mich sofort aufgehoben.
Nur die Diagnose war ein bisschen niederschmetternd: zwei Bandscheibenvorfälle, der dritte Lendenwirbel instabil, die Versteifung, welche nach Meinung dieser Ärzte nicht nachvollziehbar war, hatte sich im rechten Winkel abgeknickt, die Schrauben waren locker und rieben bei Bewegungen am Nerv, die Wirbelsäule hatte sich, um das Gleichgewicht zu halten entgegengesetzt gekrümmt. Sch...
Sie erklärten mir, dass sie mir helfen, jedoch nicht unnötig quälen wollten.
Es gäbe drei verschiedene Optionen: Facettenblockaden, Materialentfernung, Totalversteifung. Wobei sie mit der harmlosesten beginnen wollten.
Also wurde wieder ein stationärer Termin vereinbart.
Dabei bekam ich unter Röntgenaufnahmen Blockaden an verschiedenen Bereichen gesetzt, um das Schmerzzentrum zu bestimmen.
Als dies feststand, erfolgte wieder eine Woche, in der ich eine Facettenblockade unter Bildgebung und eine Superschmerztherapie erhielt.
Erfolgreich!
Ich war drei Wochen schmerzfrei! Ich fühlte mich wie im Himmel! Als hätte ich Drogen genommen.
Durch eine falsche Bewegung jedoch bekam ich wieder eine Nervenentzündung. Mein neuer Schmerztherapeut (wieder ganz in der Nähe, nur vierzig Kilometer entfernt, Richtung Norden) behandelte mich mit massiven Cortisongaben und meinte, ich solle die Facettenblockade wiederholen lassen, da sie ja zumindest einen kleinen Erfolg zeigte. Also stand ein neuer Termin am Starnberger See ins Haus.
Beim nächsten Aufenthalt in Tutzing wurde ich nicht mehr infiltriert, die Besserung hätte zu kurz angehalten. Das würde sich nicht lohnen. Die Infektionsgefahr wäre zu hoch. Stattdessen erhöhte man mir die Medikamente auf ein höchstzulässiges Maß. Meine neuropathischen Schmerzen in den Beinen blieben, nur die „Strom-Attacken" ließen nach.
Meinen lauten Unmut hörte die neue Stationsärztin (drei Ärzte hatten die Klinik gewech-

selt!) und bestellte mich zu einem ermahnenden Gespräch in ihr Büro. Dort meinte sie, ich solle meine Wünsche niedriger stecken. Wie niedrig sollten denn noch meine Wünsche sein?! Ich wollte doch nur Schmerzlinderung und Tablettenreduktion?!
Zum Glück konnte die Psychologin im nachfolgenden Termin meine Verzweiflung lindern, und zum Glück erfuhr von dieser „Misere" die Chefärztin einer anderen Klinik. Manchmal gibt es doch die guten Zufälle!
Als ich wieder zu Hause war, erhielt ich den überraschenden, hoffnungsvollen Anruf, dass ich diese Chefärztin kontaktieren soll. Gesagt – getan.
Wir unterhielten uns auf sehr herzerwärmender Basis über alle Fakten. Ich schickte alle Unterlagen und erhielt einen Termin.
So einen Krankenhausaufenthalt wie in Bad Aibling hatte ich noch nie erlebt.
Ein sehr vertrautes Arzt-Patienten-Verhältnis, Verständnis, intensive, individuelle Behandlungen wie Kranio-Sacral-Therapie, Akkupunktmassagen, Einzel-Feldenkrais-Therapie, Gruppenübungen und: INFILTRATIONEN unter Bildgebung! Und nicht nur eine! Die ganzen Behandlungen brachten mir einen Monat Schmerzfreiheit! Nur meine Beine „nerven" noch. Nun muss überlegt werden, ob ich noch einmal eine Schmerztherapie mit Infiltrationen oder die geplante OP durchführen lasse. Denn dort würden sie mich operieren! Also keine Aussichtslosigkeit mehr.
Meine Psyche hat sich inzwischen stabilisiert. Durch die behutsame, einfühlsame, manchmal sogar energische Hilfe meiner Therapeutin habe ich Stück für Stück gelernt, mich selbst anzunehmen, zu mögen. Schrittweise kam ich aus der „Opfer-Rolle" heraus, sodass meine Alpträume sich legten.
Ich kann jetzt trotz der vielen Scherben das Paradies wieder sehen, das kleine Schöne erkennen, wenn man die Scherben beiseite schiebt, meine Liebe weitergeben und Dankbarkeit bewusst fühlen.
Meinen Kampf gegen die „Allianzen" sehe ich nun als Job, der irgendwann bezahlt wird. Mein Hass gegen den Unfallverursacher hat sich in andere, positive Energien gewandelt, die ich nun bewusster einsetzen kann, wie ein Buch schreiben, wieder Sprachen lernen, mich sozial engagieren, für meine Lieben da sein.

Bisher waren wir nicht faul. In ganz Deutschland schrieben wir Anwälte an, telefonierten mit ihnen, erklärten den Fall, doch keiner wollte uns helfen. Immer gab es ähnliche Ausreden: „Ich möchte nicht den Pfusch anderer Kollegen ausbaden." „Damit ist nichts verdient im Vergleich zur Arbeit, die man reinstecken muss." „Ich klage nicht gegen Kollegen." „Das ist zu kompliziert." „Ich kenne mich mit tschechischem Recht nicht aus."
Wir waren verzweifelt und gaben schon fast auf. Da meldete sich aus heiterem Himmel ein Berliner Anwalt bei uns.
Wir waren sehr überrascht. Das Nürnberger Richterkollegium hatte ihn von uns erzählt und gebeten, diesen Fall zu übernehmen.
Er und sein Team arbeiteten sich in die ganze Misere ein, tausende von Seiten, stapelwei-

se Ordner, für nur tausendsiebenhundert Euro, was der Staat pauschal an PKH zahlte, inklusive der Büro- und Fahrtkosten.

Der Gerichtsprozess in Weiden fand nach zwei Jahren endlich statt. Dort lernten wir vor der Verhandlung unseren neuen, mild gesinnten, enthusiastischen Anwalt kennen.

Cony zweifelte, denn wer würde sich für so wenig Geld aufopfern?

Zur Verhandlung wurden wir von den Richtern arrogant belächelt, unmenschlich, entwürdigend behandelt. Mich schüttelte ein Heulkrampf, weil alles wieder hochkam. Da war nichts mehr mit der neuen Einstellung, mit erlernten Methoden. Wir mussten den Saal verlassen. Und ich dopte mich. Selbst unser Anwalt war entsetzt. So etwas hatte er noch nicht erlebt! Cony und ich hatten es geahnt. Man unternimmt doch nichts gegen Kollegen, mit denen man Golf spielt oder sich zu gemeinsamen Essen trifft.

Die Klage in Deutschland (Landgericht) wurde wie erwartet wegen „Nicht-Zuständigkeit" abgelehnt, der Streitwert jedoch gerichtlich höher festgesetzt.

Unseren Anwalt ließ man auf die Bezahlung warten.

Entgegen unserer Befürchtungen legte er Widerspruch beim Oberlandesgericht ein. Es flattern ständig irgendwelche genehmigte Anträge der Gegenseite ins Haus.

Ähnlich verläuft es am Amtsgericht. Nach zwei Jahren die erste Verhandlung. Nun soll ein Gutachter die Verjährung prüfen, was auch schon wieder ein halbes Jahr her ist. Die Gegenseite: Anträge, Einwände. Da ich jedes Jahr wegen der Verjährung die entstandenen Fahrtkosten und Zuzahlungen einklagen muss, laufen dort mittlerweile drei Klagen.

Die letzte Forderung wurde von der Allianz gar nicht erst entgegengenommen, die Schreiben kamen beschädigt zurück.

So sieht es momentan aus.

Nun kämpfen wir weiter.

Unser Plan: Jedes Jahr erneut eine Klage, damit die Ansprüche, falls es noch welche gibt, nicht verjähren.

Wir werden den Gerichten auf den Nerv gehen, es muss sich doch etwas tun. Wir werden auf vielen Baustellen kämpfen: Allianz-Versicherung, ADAC-Rechtsschutz, das tschechische Gericht (Verfahrensdauer und nicht richtige Würdigung der Beweismittel), die Anwälte.

Aber alles zu seiner Zeit, Schritt für Schritt. Vorerst benötigen wir das Urteil von Nürnberg, der Prozess steht ja noch an.

Die Gegenseite wird sich eine Niederlage bestimmt nicht gefallen lassen. Wenn das Urteil dann endgültig ist, können wir die nächsten Schritte angehen. Wenn er mag, behalten wir den neuen Anwalt. Vielleicht lohnen sich dann endlich seine Mühen.

Wir geben nicht auf.

Mit diesem Buch möchte ich es öffentlich machen. Hoffentlich lesen das Buch recht Viele. Hoffentlich gehen wir damit den „Giganten" auf den Nerv, hoffentlich wird es ihnen schlecht, wenn sie unsere Namen nur hören, wie es uns schlecht wird, wenn wir ihren hören!

Dieser „Film" muss ein Happyend bekommen! Ich will glücklich und sorgenfrei mit mei-

ner Familie (und bald Enkelkinder) leben!
Dann kommen die fünf prallgefüllten Aktenordner in den Reißwolf, Tausende von Seiten im Computer auf eine Festplatte und in den Keller! Ich will gründlich das von den „Giganten" verpestete Leben reinigen! Die Scherben aus dem Paradies fegen.

Warum nicht?!

Danksagung

Hiermit möchte ich mich bei allen den lieben Menschen bedanken, die mir Mut gemacht haben, die so manche dunkle Wolke weggeschoben haben und die mir ihre Liebe zeigten, damit ich das Leben nicht ganz so sinnlos finde.

Herzlicher Dank gilt denen, die zum Entstehen dieses Buches beigetragen haben.

Besonders dankbar bin ich meiner Psychologin, die mir geduldig und mitunter knallhart den Weg aus der Schattenseite zeigte. Ohne sie und ohne meine Familie hätte ich es wahrscheinlich nicht geschafft, so weit zu kommen.

Meinen heutigen Ärzten bin ich auch sehr dankbar, weil sie mich ernst genommen haben und mir glaubten, sonst hätte ich endgültig an mir gezweifelt.

Katya Bosse

Der erste Teil

Katya Bosse:
Warum nicht? - Ein ganz normales Leben und andere Unebenheiten

164 Seiten
16,80 Euro

Locker, schonungslos und heiter erzählt die Autorin ein ganz normales Leben. In vielen Geschichten findet sich der Leser wieder. Ja so war das in den 60er und 70er Jahren in Deutschland, in Ost und West gar nicht so verschieden. Dabei fällt die Autorin nie in ein larmoyantes "früher war alles besser", in der Kindheit und frühen Jugend war es nur anders, aus heutiger Sicht manchmal fast schon fremd. Ein anderes Mal scheint es, als hätte sich nichts verändert. Oft wird man über die radikal subjektive Sicht lachen müssen, manchmal wird der Leser auch ein bisschen nachdenklich. Ein Buch, das man bis zum Ende nicht aus der Hand legt.